광장 / 구운몽

최인훈 전집 1
광장/구운몽

초판 1쇄 발행 1976년 8월 25일
초판 47쇄 발행 1989년 4월 15일
재판 1쇄 발행 1989년 6월 15일
재판 41쇄 발행 1994년 6월 25일
3판 1쇄 발행 1994년 8월 10일
3판 15쇄 발행 1996년 10월 25일
4판 1쇄 발행 1996년 11월 10일(소설 명작선 1)
4판 61쇄 발행 2010년 3월 15일
5판 1쇄 발행 2001년 4월 10일(『광장』 발간 40주년 기념 한정판)
6판 1쇄 발행 2008년 11월 13일
6판 4쇄 발행 2010년 1월 18일
7판 1쇄 발행 2010년 5월 7일
7판 21쇄 발행 2024년 2월 6일

지은이 최인훈
펴낸이 이광호
펴낸곳 ㈜문학과지성사
등록번호 제1993-000098호
주소 04034 서울 마포구 잔다리로7길 18(서교동 377-20)
전화 02) 338-7224
팩스 02) 323-4180(편집) / 02) 338-7221(영업)
전자우편 moonji@moonji.com
홈페이지 www.moonji.com

© 최인훈, 2010, Printed in Seoul, Korea

ISBN 978-89-320-1915-4 04810
ISBN 978-89-320-1914-7(세트)

최
인
훈
전
집
1

광장 / 구운몽

문학과지성사
2010

일러두기

1. 『최인훈 전집』의 권수 차례는 초판 발행 연도를 기준으로 했다.
2. 이 책의 맞춤법 및 외래어 표기는 국립국어연구원의 『표준국어대사전』을 따랐다. 다만, 일부 인명(러시아말)과 지명, 개념어, 단체명 등의 표기와 맞춤법, 띄어쓰기는 작가와 협의하에 조정하였다.
3. 인용문은 원본 그대로 표기하는 것을 원칙으로 하였으나, 경우에 따라 현행 맞춤법에 맞게 옮겼다.
4. 속어, 방언, 구어체, 북한어 표기 등은 작가가 의도한 바를 그대로 따랐다.
   예) 낮아분해 보이다/더치다/좀체로/어느 만한/클싸하다 등.
5. 단편과 작품명, 논문명, 예술작품명 등은「 」, 장편과 출간된 단행본 및 잡지명, 외국 신문명 등은『 』부호 안에 표기했다. 국내 신문은 부호 표기를 생략했다.
6. 말줄임표는 ……로 통일하였고, 대화문이나 직접 인용은 " "로, 강조나 간접(발췌) 인용은 ' '로 표기하였다.

차례

독자에게

지난봄 증쇄본에 새 개정 부분을 만들어 넣었습니다. 주인공의 그 당시 마음과 바깥세상의 관계가 좀더 자연스럽게 맞물리게 하자면 어떻게 묘사하는 것이 더 적절하게 독자에게 다가설까 하는 생각을 따라가본 끝에 나온 교정입니다. 초판본의 그 부분에 전혀 개연성이 없다 할 수는 없겠지만 주인공에게 좀 지나치게 무거운 짐을 지운 것이 아닌가 싶은 느낌이 줄곧 있어왔기 때문입니다. 초판본에서 뜻한 효과가 다 사라지지는 않으면서 너무 강조되지는 않게 보이는 쪽으로 고치는 것이 작가가 이 주인공에게 도움을 줄 수 있는 길이라고 생각한 것입니다. 아무쪼록 이후의 독자들에게도 도움이 되었기를 바랍니다.

2010년 가을
저자

1989년판을 위한 머리말

이 전집판이 가로쓰기로 바뀌게 되었다. 그동안 차츰 자리 잡아온 가로쓰기의 관행에도 맞추고, 새로 나온 표기법에도 맞출 수 있게 된 이번 판이 독자들에게 더욱 가까운 형식이 되기를 바란다.

이번 판에서도 몇 군데 내용이 고쳐졌다. 큰 흐름에는 영향이 없고 그 흐름을 조금이라도 도와줄 수 있게 하려고 하였다.

이 작품의 첫 발표로부터는 30년, 소설 속의 주인공이 세상을 떠난 날로부터는 40년에 가까운 세월이 흘렀다. 이 소설의 주인공이 겪은 운명의 성격 탓으로 나는 이 주인공을 잊어버릴 수가 없다. 주인공이 살았던 것과 그렇게 다르지 않은 정치적 구조 속에 여전히 필자는 살고 있기 때문이다. 이명준은 그가 살았던 고장의 모습이 40년 후에 이러리라고 생각하였을까 — 이런 생각이 떠오르는 것이다. 당자가 아니기에 단언할 수는 없지만, 아마 현실의 결과보다는 훨씬 낙관적인 전망을 무의식적으로 지니고 있지 않았을까 싶다. 그는 한국 사람이 인생에 대해서 그 어느 때보다 유보 없는 꿈과 희망에 휩싸인 시대를 산 사람이다. 그의 생전에 결국 그런 꿈과 희망이 쉽사리 — 적어도 그의 감각만큼은 그렇게 유보 없을 수 없다는 것을 그는 알게 된 것이지만, 40년이 지난 다음에 지금 같은 상태라고는 다시금 짐작지 못한 것이 아닐까 생각하는 것이다. 주인공의 무의식을 짐작해보는 일은 그렇다고 하고, 작가 인 필자의 사정을 말해본다면, 이 작품을 쓸 당시에 주인공이 그 렇게 힘겨워한 일들의 뒤끝이 이토록 오래 끌리라고는 예감하지 못하였다. 필자 자신의 마음이었음에도 불구하고 구체적으로 확실 히 떠올릴 수 있어서가 아니고, 어렴풋이 — 지금 돌이켜 생각해 봐서 그런 느낌이 든다. 주인공이 마주친 인생 문제도 상대적으로 시대와 더 관련된 부분과 그렇지 않은 부분이 있는 것은 사실이다. 그러나 말은 그렇게 해보지만 그 두 부분이 깨끗이 나뉜 모양으로 제출되는 것이 인생이 아닌 것도 사실이다. '문제'라는 표현은 다 만 비유적으로 쓰고 있을 뿐이다. 이 문제는 먼저 이렇게 저 문제 는 다음에 저렇게, 하는 식으로 처리할 수 없는 것이 인생 '문제' 의 성격이다. 그 성격에 비교적 어울리는 형식이 소설이기도 하기 때문에 주인공과 만난다는 것은 언제나 독자로서의 자기와 만난다 는 자기 인식으로 돌아온다.

  이번 판에서 고친 부분에서도 그 무렵의 주인공의 능력과 자연 스러움에 변화를 주는 일 없이 그 무렵의 그만한 젊은이의 생활과 생각의 분위기를 유지하려고 노력하였다.

1989년 4월 30일
최인훈

전집판 서문

    이번 개정판에서 고친 것은 한자어를 모두 비한자어로 바꾼 일이다. 예술로서의 소설 문장의 본질은, 표기법에 따라서 높고 낮아지는 것은 아니며, 또 결정되는 것도 아니다. 표기를 가지고 나타내고자 하는 심상에 따라 결정되는 것이다. 그러나 관례적 표현과 어떤 심상이 오래 결합되어 쓰이고 보면, 심상의 형성 과정 ─ 의식과 현실 사이의 싱싱한 갈등의 자죽이 관례적 표현으로서는 나타내기가 미흡해 보이는 때가 올 수 있다. 이럴 때는 그 표현이 낡아진 것이 아닌가 알아보는 것이 좋다. 이런 현상이 일어나는 까닭은 여럿 되겠지만, 그 한 가지는 의식이 보다 더 깊게 현실과 어울리는 힘을 가지게 될 때다.

    『광장』은 이번으로 다섯번째 개정인데, 나는 이 여러 번의 개정이라는 과정을 거쳐, 적어도, 『광장』이라는 이름의 작중 현실에 대해서는, 처음 쓸 때보다 훨씬 익숙하게 볼 수 있게 된 것을 알게 되었다. 그 때문에, 이번 개정에서는 보태야 할 데라든지, 빼야 할 데, 플롯에서 중요한 데를 바꾸고 새로 맞춰넣어야 할 데가 거의 저절로 떠올랐다.

다음에 고친 것이 한자어를 모두 비한자어로 고친 일이다. 우리 소설 문장은 한자어를 한글 표기로 하기 때문에, 예술로서의 언어 표현의 본질인 의식과 현실의 갈등이라는 과정을, 이미 만들어진 한자어에 밀어버리고도 그런 줄 모르게 될, 표기에서 오는 함정을 감추고 있다. 이 문제를 풀자면, 반드시 비한자어로 바꿔야 하는 것은 아니지만—즉 그 한자어를 문맥 속에서 더 꼼꼼하게 정의 하는 것도 좋겠지만, 너무 번거로워진다.

이 판에서는 비한자어로 바꾸는 길을 골랐다. 그러나 관습에서 너무 멀어져야 할 때는 거기서 그치도록 했다. 그러나 부피로 보 면 그대로 둔 데는 얼마 되지 않는다.

이 같은 표기상의 바꿈 말고도, 표현도 바꾸는 것이 좋다고 느 낀 데는 눈에 띄는 대로 바꿨다. 작자의 사정으로, 이런 일을 하기 에 넉넉한 시간을 가질 수 있었기에 이런 일을 할 수 있었다.

위와 같은 개정 내용들이, 나의 짐작으로는, 이명준의 사람됨과 그의 걸어간 길을 독자에게 좀더 가깝게 느끼게 하는 데 조금은 보 탬이 되지 않았을까 생각한다.

1976년 7월
저자

일역판 서문

이 땅 위에 사람이 살기 비롯한 것도 오래되거니와, 앞으로도 사람은 오래 살아가지 않으면 안 된다.

살아가는 누구나, 이 세상을 살면서 무언가 저마다 짐작을 가지고 살아간다.

그런데 이 짐작이 얼마쯤 뚜렷한 때도 있지만, 그렇지 못한 때도 있다. 사람은 초목이나 짐승과는 달라서, 이 짐작이라는 것을 나면서 몸에 지니고 나오는 것은 아니다. 살아가는 동안에 저편에서 가르쳐주고, 제가 깨달아간다는 것이 사람의 삶의 어려움이다.

그런데 그 삶의 짐작을 아무도 가르쳐주지 않고, 혼자 힘으로 깨닫기는, 혼자서 태어나기가 어려운 만큼이나 어려운 시대라는 것은 끔찍한 일이다.

이렇게 되면 사람은 허둥지둥하게 된다. 짐작이 안 가니 그럴 수밖에 없다.

그렇다고 해서 이 세상이 없어져버리거나 끝나는 것도 아니다. 그대로 세상은 버티고 있다. 거기 살고 있는 사람들이 짐작을 가지고 살고 있건 아니건, 아랑곳없다. 그럴 때 사람은 산다느니보다 목숨을 이어간다는 말이 옳겠다. 다시 말하면, 초목이나 짐승처럼, 알지 못하는 힘에 밀려서 때와 공간을 차지한다. 그런 삶을 탐탁지 못해하는 사람들은 어떻게 하는가? 어떻게 해서든지 그 짐작을 알아내보려고 애를 쓴다. 머릿속에 있는 골이라는 기관을 짜본다든지, 몸을 놀려본다든지 한다. 그러나, 골을 짠다든지, 몸을 놀렸을 때 그들은 철조망이나 시멘트 벽에 부딪히기가 일쑤다. 울타리 너머를 기웃거리기나 하려 들면 대뜸 몸을 다치게 된다.

　여기서 주저앉아버리면, 그 사람은, 산다는 일을 무언가 신비한 도깨비 놀음처럼 알게 된다. 무서운 낭떠러지 언저리 따위에는 얼씬도 않으려 들고, 눈 익고, 발에 익은 골목만 골라 다니면서 하다 못해 푸근한 인정이나마 놓치지 말자고 든다.

　그런데 이런 시대에 또 다른 길을 가는 사람들도 있다. 철조망이나 시멘트 벽 쪽을 골라 사는 사람들이다. 이런 사람들은 어떤 짐작이 들었노라고 스스로 믿는다. 그러나 거의 모두, 그들의 짐작이라는 것은, 함부로 버리기 어려운 무엇인가를 버리지 않고는 얻을 수 없는 그런 짐작이다. 버린 것 — 그것은 무엇일까? 귀한 어떤 것이다. 버리기 어려운, 버려서는 안 될 어떤 것이다. 그것을 잃지 말자는 마음을 버리고서야 비로소 얻어지는 그 짐작이 가져다주는 평화에, 선뜻 몸과 마음이 내키지도 못하는 사람들 또한 있다.

이 얘기의 주인공도 그런 사람이다. 초목처럼 살기도 싫고, 그렇다고 계산이 다 되지도 않은 데를 잔인하게 잘라버리고 사는 데도 내키지 않는 사람이다.

위대한 사람이라면 이 막다른 골목에서 빠져나오는 힘이 있으리라. 그러나 이 주인공에게는 그런 힘이 없다. 그리고 이 주인공과 시대를 함께하는 많은 사람들에게도 그런 힘이 없다. 그래서 그가 한 자리 얘기의 주인공이 된 것은 그가 위대해서가 아니다. 되레 그렇지 못한 탓으로, 많건 적건, 많은 사람들의 운명의 표징으로서 이 소설 속에 나타난 것이다.

이 주인공이 만난 운명은 그 같은 사람에게는, 너무 갑작스러웠다는 것, 힘에 부쳤다는 것 — 이런 까닭으로 이 주인공은 파멸로 휘말려갈 수밖에 없었다. 이 일 또한 주인공 한 사람의 생애라는 말로 끝나지 않는다. 이 국토에 시대를 함께한 숱한 사람들이 만난 운명이다.

소설의 주인공이란, 정말 사람보다는 얼마쯤 분명한 걸음걸이를 보여주지 않으면 안 된다. 그런 뜻에서 이 주인공이 걸어간 길도 그 나름대로 상황을 밝혀내는 몫만은 해낸 셈이라 볼 수 없을는지.

남은 일은, 살아 있는 사람들이, 살아가면서 스스로 풀지 않으면 안 될 숙제다.

그저 막연히, 산다고 절로 풀릴 숙제일 리 없지만, 어쨌든 살지 않으면 안 된다. 그리고 여기서부터는, 소설이 아니라 역사에 들어간다.

살아 있는 사람의 한 사람으로서, 작자는 이 소설의 주인공에

대해서 큰소리칠 자리에 있지 못하다. 그가 쓰러진 데서 한 걸음
인들 내디뎠다는 믿음을 못 가졌기 때문이다—

〔일역판: 김소운 옮김, 『광장』(동수사, 1973)〕

1973년판 서문——이명준의 진혼을 위하여

　나는 12년 전, 이명준이란 잠수부를 상상의 공방工房에서 제작
해서, 삶의 바다 속에 내려보냈다. 그는 '이데올로기'와 '사랑'이
라는 심해의 숨은 바위에 걸려 다시는 떠오르지 않았다.

　여러 사람이 나를 탓하였다. 그 두 가지 숨은 바위에 대한 충분
한 가르침도 없이 그런 위험한 깊이에 내려보내서, 앞길이 창창한
젊은이를 세상 버리게 한 것을 나무랐다. 사람들은 옳다. 그러나
숨은 바위에 대해 알고 있다면 누가 잠수부를 내려보낼 것인가.
우리가 인생을 모르면서 인생을 시작해야 하는 것처럼, 소설가는
인생을 모르면서도 주인공을 삶의 깊이로 내려보내야 한다. 그렇
게 해서 그가 살아오는 경우 그의 입으로 바다 밑의 무섭고 슬픈
이야기를 듣게 되는 것이요——돌아오지 못하는 경우는, 그의 연
락이 끊어진 데서 비롯하는, 그 밑의 깊이의 무서움을 알게 된다.

　이명준은 그 암초를 피하지는 못했지만, 거기까지 이르는 사이

의 바다 밑 지리며, 심도에 대해서는 송신해주었다.

이명준 이후로 나는 연이어 적잖은 수의 잠수부를 같은 해역에 내려보냈다.

말할 것도 없이, 지금이라면 이명준이 혹시 목숨을 보전하는 데 도움이 되지 않을까 싶을 만큼의 심해 정보를 가지게 되었다.

그러나 슬프다, 그런들 한번 간 사람에게야 무슨 쓸모가 있겠는가.

그저 마음을 달래볼 수 있는 한 가지 길은, 지금 내가 가지고 있고, 잘 쓰기만 하면 숱한 잠수 벗들에게 유익할 수 있는 심해 정보의 쌓임이 이명준에서 비롯되었고, 그는 안내 없는 바다에 내려간 용사였음을 다짐하는 일이다.

12년 전에 내가 『광장』을 쓴 것도 바로 용사의 기념비였고, 묘비명의 뜻이었다. 그 세월이 지난 지금 나는 이 묘비명에 보탤 것도 깎을 것도 없다.

다만 바람먼지에 얼마쯤 파묻힌 비면碑面의 때를 씻어내는 일을 하였다.

이명준, 나의 친구여. 그제나 이제나 다름없는 나의 우정을 받아주기를. 그리고 고이 잠들라.

1973년 7월 1일
저자

1961년판 서문

　인간은 광장에 나서지 않고는 살지 못한다. 표범의 가죽으로 만든 징이 울리는 원시인의 광장으로부터 한 사회에 살면서 끝내 동료인 줄도 모르고 생활하는 현대적 산업 구조의 미궁에 이르기까지 시대와 공간을 달리하는 수많은 광장이 있다.

　그러면서도 한편으로 인간은 밀실로 물러서지 않고는 살지 못하는 동물이다. 혈거인의 동굴로부터 정신병원의 격리실에 이르기까지 시대와 공간을 달리하는 수많은 밀실이 있다.

　사람들이 자기의 밀실로부터 광장으로 나오는 골목은 저마다 다르다. 광장에 이르는 골목은 무수히 많다. 그곳에 이르는 길에서 거상巨象의 자결을 목도한 사람도 있고 민들레 씨앗의 행방을 쫓으면서 온 사람도 있다.

　그가 밟아온 길은 그처럼 갖가지다. 어느 사람의 노정이 더 훌륭한가라느니 하는 소리는 아주 당치 않다. 거상의 자결을 다만 덩치 큰 구경거리로밖에는 느끼지 못한 바보도 있을 것이며 봄 들판에 부유하는 민들레 씨앗 속에 영원을 본 사람도 있다.

어떤 경로로 광장에 이르렀건 그 경로는 문제될 것이 없다. 다만 그 길을 얼마나 열심히 보고 얼마나 열심히 사랑했느냐에 있다. 광장은 대중의 밀실이며 밀실은 개인의 광장이다.

인간을 이 두 가지 공간의 어느 한쪽에 가두어버릴 때, 그는 살 수 없다. 그럴 때 광장에 폭동의 피가 흐르고 밀실에서 광란의 부르짖음이 새어나온다. 우리는 분수가 터지고 밝은 햇빛 아래 뭇 꽃이 피고 영웅과 신들의 동상으로 치장이 된 광장에서 바다처럼 우람한 합창에 한몫 끼기를 원하며 그와 똑같은 진실로 개인의 일기장과 저녁에 벗어놓은 채 새벽에 잊고 간 애인의 장갑이 얹힌 침대에 걸터앉아서 광장을 잊어버릴 수 있는 시간을 원한다.

이명준의 경우도 마찬가지다.

그는 어떻게 밀실을 버리고 광장으로 나왔는가. 그는 어떻게 광장에서 패하고 밀실로 물러났는가.

나는 그를 두둔할 생각은 없으며 다만 그가 '열심히 살고 싶어 한' 사람이라는 것만은 말할 수 있다. 그가 풍문에 만족지 않고 늘 현장에 있으려고 한 태도다.

바로 이 때문에 나는 그의 이야기를 전하고 싶어진 것이다.

1961년 2월 5일
저자

서문

'메시아'가 왔다는 2천 년래의 풍문이 있습니다.

신이 죽었다는 풍문이 있습니다. 신이 부활했다는 풍문도 있습니다. 코뮤니즘이 세계를 구하리라는 풍문도 있습니다.

우리는 참 많은 풍문 속에 삽니다. 풍문의 지층은 두껍고 무겁습니다. 우리는 그것을 역사라고 부르고 문화라고 부릅니다.

인생을 풍문 듣듯 산다는 건 슬픈 일입니다. 풍문에 만족지 않고 현장을 찾아갈 때 우리는 운명을 만납니다.

운명을 만나는 자리를 광장이라고 합시다. 광장에 대한 풍문도 구구합니다. 제가 여기 전하는 것은 풍문에 만족지 못하고 현장에 있으려고 한 우리 친구의 얘깁니다.

아시아적 전제의 의자를 타고 앉아서 민중에겐 서구적 자유의 풍문만 들려줄 뿐 그 자유를 '사는 것'을 허락지 않았던 구정권하에서라면 이런 소재가 아무리 구미에 당기더라도 감히 다루지 못하리라는 걸 생각하면 저 빛나는 4월이 가져온 새 공화국에 사는 작가의 보람을 느낍니다.

〔『새벽』, 1960년 11월〕

:

광장

바다는, 크레파스보다 진한, 푸르고 육중한 비늘을 무겁게 뒤채면서, 숨을 쉰다.

중립국으로 가는 석방 포로를 실은 인도 배 타고르호는, 흰 페인트로 말쑥하게 칠한 3,000톤의 몸을 떨면서, 물건처럼 빼곡히 들어찬 동중국 바다의 훈김을 헤치며 미끄러져 간다.

석방 포로 이명준李明俊은, 오른편에 곧장 갑판으로 통한 사다리를 타고 내려가, 배 뒤쪽 난간에 가서, 거기 기대어 선다. 담배를 꺼내 물고 라이터를 켜댔으나 바람에 이내 꺼지고 하여, 몇 번이나 그르친 끝에, 그 자리에 쭈그리고 앉아서 오른팔로 얼굴을 가리고 간신히 당긴다. 그때다. 또 그 눈이다. 배가 떠나고부터 가끔 나타나는 허깨비다. 누군가 엿보고 있다가는, 명준이 획 돌아보면, 쏙, 숨어버린다. 헛것인 줄 알게 되고서도 줄곧 멈추지 않는 허깨비이다. 이번에는 그 눈은, 뱃간으로 들어가는 문 안쪽에서 이쪽을 지켜보다가, 명준이 고개를 들자 쑥 숨어버린다. 얼굴이 없는 눈이다. 그때마다 그래 온 것처럼, 이번에도 잊어서는 안 될 무언가를 잊어버리고 있다가, 문득 무언가를 잊었다는 것을 깨달은 느낌이 든다. 무엇인가는 언제나처럼 생각나지 않는다. 실은 아무것도 잊은 것은 없다. 그런 줄을 알면서도 이 느낌은 틀림없이 일어난다. 아주 언짢다. 굵은 밧줄을 한 팔에 걸치고 뱃사람이 지나가면서, 입에 물었던 파이프를 뽑아 명준의 가슴께를 두어 번 치는 시늉을 한 다음, 그 파이프로 선장실을 가리킨다. 명준은 끄덕여 보이면서 바다에 대고 담배를 휙 던지고, 선장실로 가는 사닥다리 쪽으로 걸어간다.

선장은 비스듬히 앉아서 차를 마시다가, 들어오는 명준에게 다른 한 잔의 차를 턱으로 가리킨다. 구레나룻이 탐스러운 그 얼굴은, 아리안 핏줄에서 좋은 데만 갖춘 듯, 거무스름하게 칠한 깎아놓은 토막을 떠올리게 한다. 앉으면서, 커피잔을 입으로 가져간다. 수용소에서 마시던 것보다 씁쓸한 맛이 나는 인도 차를, 별미라고 이렇게 가끔 불러서 내놓는다. 선장을 멍하니 쳐다보고 있던 눈길을 옮겨, 왼쪽 창으로 내다본다. 마스트 꼭대기 말고는 여기가, 으뜸 잘 보이는 자리다. 바다는 그쪽에서 활짝 펴진, 눈부신, 빛의 부채다.

오른편 창으로 내다본다. 거기 또 다른 부채 하나가 있고, 아침부터, 이 배를 지키는 전투기처럼 멀어지고 가까워지고 때로는 마스트에 와 앉기도 하면서, 줄곧 따라오고 있는 갈매기 두 마리가, 그 위에 그려놓은 그림처럼 왼쪽으로 비껴 날고 있다.

포로들을 데려가는 일을 맡아서 타고 오는 무라지라는 인도 관리는, 낮에는 하루 내 술이고, 밤이면 기관실 위에 붙은 키친에서 쿡을 우두머리로 벌어지는 카드 노름으로 세월을 보냈고, 배 안에서 석방자들의 살림과 선장과의 오고 가기 따위는, 거의 명준이 도맡아서 보고 있다. 그의 영어는 그럭저럭 쓸 만했다. 처음 만나서 명준의 학력을 물을 때 ＊＊＊University라고 배운 데를 댔더니, 선장은 대뜸, r 자를 몹시 굴린 명준의 소리를 고치면서,

　"아하 유니버시티라고요?"

　r 소리를 죽여버린 밋밋한 소리를 해 보였다. 영국에서 상선학교를 나왔다고 하면서, 이쪽이 알 턱이 없는, 영국 해군의 우두머리들을 누구누구 이름을 대가면서 같이 배웠노라고 했다. 그러나 그런 말에는 뭇사람들의 구린내 나는 제 자랑하는 투는 없고 어린애같이 맑은 데가 있다. 다른 나라 사람들을 사귀면서 느껴오는 일인데, 그들은 줄잡아 우리 사람보다 어린애다운 데가 있다. 그러면서 그럴 만한 데서는 또 어린애들모양 고집통으로 떼를 쓰면서, 가볍게 몸짓을 바꾸지 못하는 것을 볼 때마다, 그들의 몸속 성깔의 뼈대를 문득 짐작하게 된다. 홀로 선장뿐 아니라 뱃사람들도 쳐서, 이 배의 그들 석방자들에 대한 눈치에는, 어느 나름의 은근히 알아준다는 대목이 있다. 그 대목인즉 그들 석방자들이 제 나라 어느 한쪽도 마다하고, 낯선 땅을 살 곳으로 골랐다는 데서 제 나라에서 쫓긴 수난자 같은 모습을 저희들대로 그려낸 탓인 모양이다. 이런저런 일로 그런 눈치를 채게 될 때마다 턱없는 몫을, 눈을 지레 감으며 받아들이고 있는 듯한 부끄러움을 맛본다. 부끄러

위하는 자기가 혀를 차고 나무라고 싶게 못마땅하다. 그 마음을
다 파헤치면 뜻밖에 섬뜩한 무엇이 튀어나올 것 같아 두루뭉술한
손길로 얼버무려온다.

"어때요. 느낌이? 기대, 두려움?"

"아무것도, 아무 생각도 없어요."

명준은 고개를 젓는다. 선장은 연기로 동그라미를 만들어 훅 뿜
어내면서 가볍게 웃는다.

"허긴, 나로선 알 수 없는 일이야, 자기 나라 어느 쪽으로도 가
지 않고 생판 다른 나라로 가 살겠다는 그 일이 말이지. 부모나 가
까운 핏줄이라든지, 아무도 없소?"

"있어요."

"누구? 어머니?"

"아니."

"아버지?"

명준은 끄덕이면서 왜 어머니부터 물어보게 될까 그런 생각을
한다.

"애인은?"

명준은 얼굴이 그렇게 알리도록 금시 해쓱해진다. 선장은 당황
한 듯이 오른손 인지를 세우고 고개를 까딱해 보이면서,

"미안, 미안."

아픈 데를 건드린 실수를 비는 그런 품에 그들로서는 버릇인지
모르나 퍽 분별 있는 사람의 능란한 몸짓이 얼핏 스친다. 선장을
잠시나마 거북하게 해서 안됐다. 양쪽으로 트인 창으로 바람이 달

려들어와서, 바늘로 꽂아놓은 해도의 가장자리를 바르르 떨게 한
다. 갈매기들은 바로 옆을 날면서 창으로 테두리 진 넓이를 내려
가고 치솟으며, 맞모금을 긋고 배 꼬리 쪽으로 휙 사라지곤 한다.
햇빛이 한결 환해지면서 멍한 느낌이 팔다리를 타고 흘러간다. 먼
옛날 그의 초라한 삶에서 그래도 무겁다고 해야 할 몇 가지 일들이
다가올 때도 그렇더니…… 애인은? 그 말이 아직 이토록 깊고 힘
센 울림을 지니고 있다는 것은.

"애인이 있으면 이렇게 다른 나라로 가겠다고 나설 리가 있습니
까?"

명준은 미안했던 것을 메우기나 하듯, 짐짓 누그러지면서 선장
을 건너다본다.

선장은 잠깐 실눈이 되었다가, 문득, 잘라 말한다.

"아니지, 그럴 수도 있지."

그 몹시 가라앉은 말투에 섬뜩해지면서, 빈 찻잔을 들어 만지작
거린다. 저쪽은 다짐하듯,

"아니지, 그럴 수도 있지."

"글쎄요."

아까와는 딴판으로, 그 일에 내놓고 티를 보이는 품이 곧아서
좋다.

"사람에게 가장 중요한 것을 남기고도 항구를 떠나야 할 때가
있으니까."

선장은 제 일을 새기고 있는 모양이다. 그 뒤를 따라서 이 마흔
줄 선장이 겪은 바닷바람처럼 저릿하고, 어쩌면 밤바다와 같이 어

두운 사랑 이야기가 흘러나올 듯하다. 그때 뱃사람들이 들어와서 알렸다. 기관부에 무슨 탈이 있다는 말인 듯한데, 기계 이름을 섞어가면서 빠르게 주워섬기는 이야기를 알아들을 수 없다. 선장은 일어서면서 명준의 어깨에 손을 얹는다.

"이따 밤에, 좀 늦어서 오게."

싱긋 웃어 보이고는 뱃사람을 앞세우고 사다리를 내려간다. 그들이 나가고 잠깐 앉았다가 뱃간으로 돌아온다. 한방에 있기로 된 박은, 아래위로 갈라진 잠자리 아래쪽을 차지하고 누워 있다가, 기척을 듣고 이편으로 돌아눕는다. 함흥에서 교원 노릇을 했다는 그는, 배를 타고부터 틈만 있으면 잠을 잔다. 모가 진 얼굴에 졸린 듯한 가는 눈을 가진 젊은이다. 명준은 그를 만났을 때 지친 사람이라는 느낌을 받았다. 지쳤다면 자기도 그렇지만, 박의 경우는 더 때 묻고 고린내 나는 삶의 고달픔일 것이라고 느낀다. 그런 느낌은 미상불 저쪽을 깔보는 것이었고, 명준은 그 독살스럽게 감겨오던 공산당원들의 늘 하는 소리였던 소부르주아 근성일 거라고 혼자 쓴웃음을 짓는다. 그는 다시 저편으로 돌아누우면서,

"다음 들르는 데가 홍콩이라지?"

"응."

명준은 자기 자리인 윗다락으로 기어오르면서 박의 머리맡을 내려다보았을 때, 베개에 반쯤 파묻힌 위스키 병을 본다. 이제까지 혼자 누워서 한 모금씩 빨고 있었던 모양이다.

"오를 수 없을까?"

"안 될 거야. 일본에서두 안 됐으니까."

30

"우리가 무슨 억류잔가? 이건 바로 포로 다루듯이 아니야?"

술기가 있다. 그러니 어쩌란 말이냐, 명준은 속으로 뇌까리면서 울컥 화가 치민다. 여럿이 똑같이 느끼는 투정을 그 중 어느 한 사람이 혼자만 당하는 체하면 짜증스럽다. 대답을 않고 길게 발을 뻗는다. 팔다리가 오그르르 풀리는 자릿함이 제법 즐겁다. 몸을 돌리면서 한 팔을 아래로 뻗친 다음 주먹으로 기둥을 두어 번 툭툭 치고, 주먹을 편다. 이내 뭉툭한 유리병 모가지가 와 닿는다. 술병을 받아올려 딱지를 본다. 일제 양주다. 병은 3분지 1쯤 비고도 아직 듬직한 무게가 남았다. 병마개를 뽑고 한 모금 빤다. 향긋하고 찌르르한 흐름이 혓바닥 위로 흘러든다. 연거푸 두어 모금 마신 다음, 도로 팔을 뻗쳐 임자한테 돌려준다. 아래쪽에서 느닷없이 박이 호호호 웃는 소리가 들린다. 왜 그런지 명준은 소름이 쪽 끼친다. 벌떡 일어나면서,

"왜 그러나?"

대답이 없다.

"응? 왜 그래?"

그제야 대답이 온다.

"호호호. 여보게, 자네 지금 다시 골라잡으라면 그래도 중립국으로 가겠나? 난 모르겠어."

명준은 일으켰던 몸을 소리 없이 눕힌다.

누워 있는 자리가, 그대로 슬며시 가라앉아서, 배 밑창을 뚫고 바다 속으로 내려앉을 것 같은, 어두운 멀미가 그를 잡아끈다. 불일듯하는 목구멍을 식히려고 침대에서 내려 큰 컵으로 물을 따라

마시고 다시 자리로 기어오른다. 굳이 돋우지 않아도, 얼어 마신 술기운이 벌써 스며오는지 스르르 눈꺼풀이 감긴다. 다시 골라잡는다? 다시 골라잡으래도 또 지금 이 자리를 짚겠느냐고? 암 그렇지…… 암.

 깨어보니 저녁끼니 무렵이다. 끼니때면 그들 석방자 모두는 으레 한곳에 모였고, 그런 다음에는 뒤쪽 손잡이 울타리에 몰려서 한참씩 때를 보내다가 어느새 뿔뿔이 흩어지곤 한다. 앞날을 같이 하는 그들이 되도록이면 떨어지지 말자고 자주 모이고, 모이면 흩어지지 않을 것 같은데 정작 그렇지 않다. 하긴 처음 탔을 땐 그랬다. 뱃길에 나선 지는 사흘밖에 안 되지만, 기다린 사이까지 쳐서 이 배를 타기는 열흘이 넘었다. 기다리는 동안 무라지를 거쳐 옮겨지는 일의 앞뒤를 알고, 움직임을 같이하기 위하여 그들은 '무리'로 움직였다. 그것은 무리의 매정스러운 걸음에서 밀려나지 말자는, '낱' 쪽의 타고난 두려움을 넘어선 것이라곤 할 수 없었다. 정작 모든 일이 끝나고, 이제 갈 데까지의 뱃길만 남았을 때는, 그들은 서로 어울리고 싶지 않은 것 같다. 무슨 갑자기 매정스러워졌다는 건 아니다. 갈 데까지 가는 동안 마물러두어야 할 마음의 매듭을 혼자서 소리 없이 풀자면, 나뉜 뱃간으로, 더 바르게는 저마다 가슴속으로 몸을 사려야 했기 때문에이다. 명준의 방에서 벌어지는 모습은 모든 방에서 벌어지는 일이다. 끼니때 모일 적마다 서로 눈치를 살핀다. 남들 얼굴에서 그 숨은 일거리가 얼마나 축이 났는지를 캐어보는 것이었으나, 한결같이 활짝 핀 얼굴이라곤 없다. 그러면 그들은 한편 마음놓고 한편으론 더욱 답답하다.

자기만 그런 것은 아니어서 마음이 놓였고, 풀려야 할 매듭이 풀리지 않아 답답하다.

바다는 잔잔하다. 바람은 낮보다 더 시원하고, 달은 벌써 하늘 한가운데 있다.

그들은 울타리를 잡고 한 줄로 서서, 바다를 내려다보고 있다. 아무도 말이 없다. 처음엔 이렇지 않았다. 떠들고, 노래 부르고, 흥겨운 힘이 넘쳤었다. 명준은 언제 갈 데 닿기 전에 배에서 술추렴이라도 한번 열어야 하겠다고 생각한다. 선장은 그러라고 하리라. 그러자 아까 선장이 밤에 오라던 생각이 난다. 선장실을 올려다본다. 환하게 불이 켜진 작은 망루처럼 보이는 그 방 위로 뻗친 마스트에, 흰 점을 본 듯싶어 눈을 두어 번 껌뻑이고 나서 다시 올려다본다. 분명치는 않았으나 갈매기들이리라. 불현듯 오늘밤 선장이 여자 이야기를 꺼내면 어쩌나 싶었다. 남의 속 얘기를 듣고 그것을 갚자면 자기 속을 털어놓는 것 말고 다른 길이 있을 것 같지 않다. 좀 늦어서 오라고 했지. 명준은 둘러본다. 벌써 다 흩어지고 거기 남은 사람은 저까지 쳐서 서넛뿐이다. 뱃간으로 갈까 하다 말고, 부엌으로 간다. 들여다본다. 덜미가 두 겹으로 겹친, 돼지처럼 살찐 주방장의 굵은 목이, 천천히 이쪽으로 틀더니 째리듯 한 번 명준을 쳐다보고, 돌아간다. 그 눈매는 버릇이다. 아마 눈이 나쁜 모양이다. 그 옆에, 무라지의 깡마른 얼굴이 있다. 알루미늄이 번들번들 윤나게 손질이 된 그 방에서, 낮은 테이블을 사이에 두고 등을 구부리고 머리를 조아린 한 무리의 사람들은, 어찌 보면 퍽이나 오손도손해 보인다. 처음 이곳을 기웃했을 때, 주방장은 한몫 끼라고 눈짓을 했으나 고개를 흔들자 시원스레 자기도 고개를 돌려버리고 말았었다. 어린애가 조르다가 금방 잊어버리고 딴 장난을 하는 것처럼.

몹시 외곬인 친구다. 한참 서서 카드 놀이를 들여다본다. 주방장은 어깨를 낮추고 있다가, 자기 앞에 패가 돌아오면, 허우대에 어울리지 않는 잽싼 품으로 손을 놀려 패를 던진다. 문간을 떠나 선장실로 올라가는 계단에 걸터앉아 마스트를 올려다본다.

가까운 자리에서 보니 분명히 갈매기 두 마리는 거기 있었다. 희끔한 그림자 둘이 어렴풋이 떠 있다.

명준은 벌떡 일어나서 뚜벅뚜벅 계단을 짚어 올라간다. 뱃머리 쪽 하늘을 쳐다본다. 별이 쏟아지듯한 밤이다. 아직 달이 있는데 별빛이 그토록 눈부시다. 선장은 해도를 들여다보고 있다가, 그가 들어오는 것을 보자 컴퍼스를 던지고 의자에 가 앉는다.

"갈매기가 따라오는군요."

전혀 벼르지 않았던 그런 말이 불쑥 튀어나온다.

"뱃사람들은 저런 새를 죽은 뱃사람의 넋이라고들 하지. 뱃사람을 잊지 못하는 여자의 마음이라고도 하고. 흔히 저런 수가 있는데, 한번은 영국에서 캘커타까지 따라온 적이 있어. 그 새가 없어졌을 땐 서운하더군. 대단한 정성 아닌가. 아마 메인 마스트에서 주무실걸."

선장이 창으로 목을 내밀고 삐끔히 위를 올려다본다.

"흠, 아가씨들 저기 있군. 기왕이면 아가씨들이라 하는 편이 로맨틱하잖아? 시스터 갈. 하하하."

주방장이 커피를 가지고 들어왔다. 그는 자기 보스와 친한 손님에게 어려워하는 티와 얼마쯤 시샘이 섞인 몸짓으로 서브하고 나서 뒤뚝거리면서 계단을 내려간다. 발소리가 사라졌을 때 명준은 입을 연다.

"캡틴, 주방장도 헤엄을 칩니까?"

선장은 배를 끌어안고 몹시 웃는다.

"암, 치고말고. 그러나 물에 뜨는지는 장담 못 해."

그러곤 또 한바탕 웃는다. 명준은 허우대가 훤칠한 선장이 깔깔대는 모양을 바라보면서 어두운 마음이 조금 가신다.

웃음을 그친 선장은, 문득 가라앉은 목소리가 되더니, 이런 말을 꺼낸다.

"벌써 스무 해 전이군. 내가 캘커타에서 첫 뱃길에 올랐을 때, 편지 한 장을 받았어. 까닭 없이 나를 버린 어떤 여자한테서 온 편지였지. 퍽 나무랄 줄 알지만 자기 일이 그랬노라고. 탈없는 뱃길을 빈다고. 처음 뱃길에, 게다가 뜻밖의 편지로 어수선해서 멀어져가는 바닷가를 바라보고 있을 때, 갈매기 한 마리가 우리 배를 자꾸 따라오는 걸 봤지. 아까 내가 한 얘기는 바로 그때 캡틴이 내게 한 거야. 난 그게 꼭 그녀 모습이라고 생각했어. 그 후에도 가끔 그런 일이 있었지. 허지만 다 옛날 얘기고, 지금은 뱃길마다 어김없이 아들 마누라에게 선물 사가는 것이 즐거움인 늙은일세."

선장은 찬장문을 열고, 총몸이 긴 사냥총을 끄집어내어 어깨에 대고, 허공을 한번 겨냥해보고 나서 명준에게 넘겨준다.

"일본 사냥총이야. 벌써부터 조르는 걸 이번에야 갚는군."

커피를 마시고 한참 이야기하다가 선장실에서 물러나온다.

아름다운 별밤이다.

올려다보면, 별하늘에서 마스트가 솟아나서 거기에 선장실이 붙고 갑판이 달린 것 같다. 갑판 어두운 구석을 찾아 반듯이 드러눕는다.

새들이 바로 위에 보인다. 새들은 먼 밑바닥에서 이리로 날아오다가 문득 마스트에 걸린 흰 댕기처럼 보인다.

대학에서 종로로 나오는 길가에 늘어선 플라타너스 잎사귀는 거의 다 지고, 가지 끝에 드문드문 매달린 나뭇잎새가, 바람이 불면 망설이듯 하늘거리다가, 그제는 선선히 바람에 몸을 맡기고 팔랑개비처럼, 빙글빙글, 떨어져온다.

늦은 가을이, 옷깃을 여미고, 조용히, 한숨을 쉬고 있다. 이명준은, 겨드랑이에 낀 책꾸러미 속에서 대학 신문을 끄집어내어 펼쳐든다. 그런 글이 실리는, 맨 뒷장에 자기가 보낸 노래가 칸막이로 짜여서 실려 있다.

아카시아가 있는 그림

아카시아
우거진 언덕을

우리는 단둘이
늘 걸어가곤 했다
푸른 싹이
향긋한 버러지처럼
움터나오는 철에
벗은 오히려
하늘을 보면서
말했다
멋있는 서막이
바로 눈앞에
다가 있는 성싶어
아카시아 새싹 같은 말이야
응?

아무도 나빠할 리 없는
꽃피는 철이 되더니
벗은 또 멋지게 꽃잎을
코끝에 대면서
말한 것이다
아 참 삶은 멋있어
아카시아 꽃내음처럼
기막혀

이리하여
하늘이
저렇게 높아가는
이 무렵

벗은 이윽이
가지에 눈을 주며 말하는 거다
삶은 섬뜩한 것이야
이 아카시아 가지처럼
단단해

그래도 나는
아주 아무렇지 않은 낯빛으로
천천히 한 대 피워물면
그도 하릴없이
담배를 꺼내물고

아카시아
우거진 언덕을
우리는 또 말없이
걸어가는 것이었다

신문을 받고 자기 노래가 실린 것을 알고서도, 곧 읽어보지는 않았다. 어쩐지 다른 사람들 보는 데서 제 글이 실린 신문을 펴들고 있기가 쑥스러워서.

그럴뿐더러 신문을 접어서 책갈피에 끼운 다음, 학교 문을 나설 때까지, 거기 신문이 있다는 일을 되도록 잊어버리려고 애쓴다. 학교 안에서 펴내는 소꿉장난 같은 신문에 노래 한 가락이 실렸대서, 대견해하는 것처럼 믿고 싶지 않았으며, 어, 장난삼아 보냈더니, 이쯤 의젓하게 꾸미려던 것이다. 그런 탓으로, 이렇게 한쪽 겨드랑이에 책을 끼고, 그쪽 팔을 거북스럽게 구부려 신문 한 모서리를 잡은 몸매로 걸어오면서, 활자로 찍힌 자기 노래를, 지금 처음, 똑똑히 훑어본다. 가벼운 울렁거림을 속일 수는 없다.

철학과 3학년이다. 철학과 3학년쯤 되면, 누리와 삶에 대한 그 어떤 그럴싸한 맺음말이 얻어지려니 생각한다. 그러나 지금 곧이어 겨울방학이 될 3학년 가을, 아무런 맺음말도 가진 것이 없다. 맺음? 맺음말이란 건 무얼 말하는 것일까? 누리와 삶에 대한 맺음말이란 무엇을 뜻하는 것일까? 그것만 잡히면 삶 같은 건 아주 시시해지는 그런 무엇일까. 아니 반드시 그럴 것까지는 없고, 또 그러기를 바라는 것도 아니다. 사람이 무엇 때문에 살며, 어떻게 살아야 보람을 가지고 살 수 있는지를 알아야 한다. 날에 날마다 눈으로 보고 느끼고 치르는 모든 따위의 일이라면 아무런 뜻도 거기서 찾지 못한다. 먹고 자고 일어나고 낯 씻고 학교에 와서 교수의 말을 시시하다면서 적어두고, 또 집에 가고, 비가 오면 우산을 받고, 누가 가자고 끌면 영화 구경을 가고. 끄는 사람은 대개 영미였고. 영미의 그 화려한 사는 본때가 조금도 부러울 게 없다. 댄스 파티, 드라이브, 피크닉, 영화, 또 댄스 파티…… 그 되풀이가 그녀의 나날이다. 무슨 짐작이 있기에 그다지도 때를 헛쓰는 것일까? 생각해본다. 아무 짐작도 있어 보이지 않는다. 그저 리듬을 몸으로 옮기는 재미. 빠름에 취하는 재미. 어떤 데 먹이를 다른 곳에 옮겨놓고 배 속에 쑤셔넣는 재미. 배우가 자리에서 일어날 때 팔을 얼마쯤 구부리면서 하품하는가를 보는 재미. 모조리 재미투성이이다. 영미한테는 아마 삶이란 재미면 그만인 모양이다. 그러나 미군 지프 꽁무니에 올라앉아서 미국의 유치원 아이보다 못한 영어로 재롱을 부리는 게 사큄이라는 이름에 값하는 것일까. 자동차 이름과 카메라 이야기와 미국에는 높은 집이 많다는 소리밖에 할 줄 모르는 사람들이, 바로 우리가 배워야 할 사람의 본보기며, 삶의 새로운 틀을 가져온 옮김꾼이란 일은 엉터리 같기만 하다. 영미의 오빠 태식은 음악을 배우는 학생이면서 카바레에서 색소폰을 불고 있다. 어쩌면 그렇게도 닮은 오뉘인지 물림일 거라고 명준은 늘 새삼스러워한다. 그 부모에 그 아이들.

다만 이들 오뉘에게 한 가지 좋은 데가 있다면, 부르주아의 집안 아이들이 흔히 갖는 덕—너그러움이다. 그저 그렇게 지내려면 좋은 사람들임에는 틀림없지만 사무치는 이야기 같은 것은 아예 밥맛없어하는 사람들이다.

그러다 보니 두 가지 얼굴을 갖추지 않을 수 없다. 그들과 시시덕거릴 때의 얼굴과, 혼자서 자기로 돌아왔을 때의 얼굴. 그렇다고 아주 붙임성 없이 구는 건 아니다. 모임의 고삐를 애써 잡아보려고 하지 않는 것뿐이다. 늘 광짜리이기를 바라는 사람의 버릇으로, 영미는 그런 명준의 덤덤한 데를 되레 좋아한다. 영미가 가자는 데로 대개는 가준다. 그러면서 어디서나 서먹서먹해진다. 실컷 맛본 끝에 오는 싫증이 아니다. 애당초부터 이게 아닐 텐데, 이런 게 아니지 하는 겉돎이 앞선다. 삶이 시들해졌다고 믿고 싶지는 않다. 왜냐하면, 그는 부지런히 무엇인가를 찾고 있었기 때문에. 다만 탈인즉 자기가 무엇을 찾고 있는지 저도 모른다는 것이고, 자기 둘레의 삶이 제가 찾는 것이 아니라는 낌새만은 분명히 맡고 있다는 게 사실이다.

무언가 해야 할 텐데, 할 텐데 하면서, 게으르게 머리통 속에서만 뱅뱅 돌아간 것은 아니다. 삶을 참스럽게 생각하고 간 사람들이 남겨놓은 책을 모조리 찾아 읽는다.

숱한 나날을 한 가지 일만 깊숙이 파내려간 사람들이, 그러면 어떤 노다지 줄기를 뚫어놓았는지 길잡이를 삼자는 것이었는데, 삼고 보니 아주 야릇할 얏자였다. 갸륵한 길잡이꾼들은 노다지 줄기나 새나, 그 허구한 나날 앉은자리에서 뭉개고 있었다는 걸 알게 된다. 삶은, 그저 살기 위하여 있다. 이 말이었다. 그들은 무언가를 숨기고 있는 게 틀림없다. 이런 뜻 없고 아리송한 말을 할 때는, 그 뒤에 차마 입 밖에 내지 못할 진짜 이야기를 숨기고 있는 것이라고 생각하는 것이었으나, 그게 무언지는 알 수 없는 채 값진 때가 모래시계 속 모래처럼 자꾸만, 아랑곳없이 흘러가는 것이 두렵다.

늘 묵직하게 되새겨지는 일 한 가지가 있긴 있다. 신이 내렸던 것이라 생각해온다. 대학에 갓 들어간 해 여름. 교외로 몇몇이 어울려 소풍을 나간 적이 있다. 한여름 찌는 날씨. 구름 한 점 보이지 않고 바람도 자고 누운. 뿔뿔이 흩어져서 여기저기 나무 그늘로 찾아들다가 어느 낮은 비탈에 올라섰을 때다. 아찔한 느낌에 불시에 온몸이 휩싸이면서 그 자리에 우뚝 서버린다. 먼저 머리에 온 것은 그전에, 언젠가 바로 이 자리에 똑같은 때, 이런 몸짓대로, 지금 겪고 있는 느낌에 사로잡혀서, 멍하니 서 있던 적이 있다는 헛느낌이었다. 그러나 분명히 그건 헛느낌인 것이 그 자리는 그때가 처음이다. 그러자 온 누리가 덜그럭 소리를 내면서 움직임을 멈춘다.

조용하다.

있는 것마다 있을 데 놓여서, 더 움직이는 것은 쓸데없는 일 같다. 세상이 돌고 돌다가, 가장 바람직한 아귀에서 단단히 톱니가 물린, 그 참 같다. 여자 생각이 문득 난다. 아직 애인을 가지지 못한 것을 떠올린다. 그러나 이 참에는 여자와의 사랑이란 몹시도 귀찮아지고, 바라건대 어떤 여자가 자기에게 움직일 수 없는 사랑의 믿음을 준 다음 그 자리에서 죽어버리고, 자기는 아무 짐도 없는 배부른 장단만을 가지고 싶다. 이런 생각들이 깜빡할 사이에 한꺼번에, 빛살처럼 번쩍였다. 하긴 이 신선놀음은 곧 깨어졌다. 그렇게 짧은 사이에 그토록 뒤얽힌 이야깃거리가 어쩌면 앞뒤를 밟지 않고 한꺼번에 일어날 수 있었던가, 오래도록 모를 일이었다. 이를테면, 그 여러 가지 생각들이, 깜빡할 사이라는 돌 떨어진 자리를 같이한 몇 겹의 물살처럼 두 겹 세 겹으로 같은 터전에 겹으로 떠오른 것이다. 만일 이런 깜빡 사이가 아주 끝까지 가면, 누리

의 처음과 마지막, 디디고 선 발밑에서 누리의 끝까지가 한 장의
마음의 거울에 한꺼번에 어릴 수 있다고 그려본다. 그런 그림은
몹시 즐거운 심심풀이였다. 학과 가운데서 그리스의 자연철학자들
의 학설에 끌린다. 사실 그것들은 학설이랄 것도 없는 아이디어쯤
될 것이었지만, 그것을 그저 어리궂은 생각으로 돌리느냐, 더 깊
이 참이야기의 짧막한 풀이로 받아들이느냐 하는 것은 이쪽의 마
음 깊이에 달릴 수 있는 힘을 가지고 있는 것만은 갈 데 없다.

 느닷없고 짧막하면서, 풀이되지 않은 것이 풀이된 것 같아 뵈는,
그 짧막한 글월들의 힘과 그 뜨거운 여름 햇볕 아래서 겪은 어질머
리 사이에는 닮은 데가 있다.

 깜빡할 사이에 오는 그런 복 받은 짬은 하기는 어떤 마이너스의
마당자리에서 일어나는 꿈일 것이리라. 비록 플러스의 자리래도
좋았다. 쉴 새 없이 움직이고, 쫓아가고 하더라도, 그와 같은 비치
는 단단함 속에 젖어가면서 살 수 있는 삶. 명준이 찾는 삶이다.
아무 일에도 흥이 안 난다. 마음을 쏟을 만한 일을 찾아낼 수가 없
다. 가슴이 뿌듯하면서 머릿속이 환해질, 그런 일이 없을까? 도낏
자루 안 썩는 신선놀음 같은.

 집에는 벌써 손님들이 들끓고 있다. 영미의 남녀 친구들이 방에
서 들락날락하는 모양이, 넓은 뜰을 너머 바라보인다. 조금 있으
면, 늘 하는 대로, 영미가 그를 데리러 온다. 오늘, 고지식하게 영
미와의 약속을 지키느라고, 정 선생을 찾아가지 못한 게 뉘우쳐진
다. 정 선생은 전번에 거리에서 만났을 때, 어느 일본 사람이 가지

고 있던 미라를 사들였는데, 보러 오라고 했다. 그 길로 따라가고 싶었으나, 그때엔 마침 그러지 못할 일이 있었고, 오늘까지 못 가고 있다. 그 이야기를 들은 날 밤을 뜬눈으로 새우다시피 했다. 몇천 년 옛날에 살았던 사람의 표본. 긴말 접고 기막힌 일이다.

우스운 일이 있는지 왁자하니 떠드는 소리가 가을저녁 선들바람을 타고 건너온다. 창을 닫는다. 넓은 뜰을 가운데 끼고 ㄷ 자로 세워진 일본집, 가파르게 기운 높은 지붕 중턱에 비죽이 내민, 창이 달린, 2층 4조 반짜리가 그의 방이다. 그는 이 방을 좋아했다. 창을 열면 밖이 모두 기와다. 갇히고 치우친 맛이 좋다. 이런 지음새가 원래 왜식은 아닐 테고, 그림에서 눈 익은 서양식이겠지. 아무튼 밖에서 볼라치면 생김새가 재미있고 속에 들면 아늑한 맛이 있다. 뜰은 왜식 그대로다. 못이며, 돌로 된 꾸미개에서 인조 동산까지, 달라진 것이라곤 아무것도 없다. 이 창으로 내다보면서 헛궁리질할 때가 가장 즐겁다.

늦은 봄 아지랑이 일렁이는 기왓장 곁에서 햇빛은 얼마나 뜻깊은 소용돌이를 쳤던가. 믿음직한 데생을 떠올리는 늙은 밤나무의 하늘로 뻗친 튼튼한 가지. 맑은 날씨 탓으로 쨍 소리 나게 뚜렷하게 그어진 금들이, 아늑한 그림의 기쁨을 주는 맞은편 언덕 살림집들. 오손도손 타이르는 듯하던 5월달 궂은 빗소리. 몰래 다가드는 삶의 목소리가 호젓이 느껴지는 첫 여름밤. 삶을 이루고 있는 이런 따위 일들이 그에게 정말로 뜻있는 일이 된 것은 하기는 그리 오래된 일이 아니다. 그것도 이 창가에서다. 나면서부터 보아온 일이지만 사람이란 어느 때까지는, 세상일의, 말하자면 가장 껍데

기만을 허술히 보고 지내는 것이며, 자기와 둘레 사이에 아무 티
격태격도 없는, 달걀 속 노른자위같이 사는 무렵이 그나마 좋은
때라 할까.

카네이션, 달리아, 글라디올러스, 칸나. 호사스런 한패의 양반
아낙들. 지금 같아서는 놀람과 정을 느끼는 데는 이런 굉장한 패
거리가 꼭 있어야만 하는 것은 아니다. 대수롭지 않은 일들이 그
대수롭지 않음의 테두리에서 문득 걸어나오면서, 놀라운 섬뜩함으
로 맞서오는 것을 알고 있다. 헛궁리에서 오는 어수선함은 그래도
뼈아픈 어떤 걸음을 내딛기까지는 다그치지 않는다. 그것은 오히
려 달콤하고 새로 알게 된 곡절을 노리개 삼아 다루면서, 쉬운 일
을 어렵게 짠, 말의 비단보자기를 씌워보는 셈이다. 하지만 복도
많은 아가씨가 인형과 재롱부리는 것보다는 조금이나마 덜 소꿉장
난임을 몰라주면 자기가 너무 불쌍하다. 젊은 친구가 토끼꼬리만
한 앎을 가졌대서 다 된 사람일 수가 없다. 믿음 없는 마음의 허전
함을 달래려고, 힘껏 산다, 때의 한점 한점을 핏방울처럼 진하게
산다, 수없이 고꾸라져서 수없이 정강이를 벗기더라도 말쑥한 정
강이를 가지고 늙느니보다는 낫다, 이렇게 속으로 부르짖어보지만
어떻게 하면 힘껏 살 수 있는지 도무지 캄캄했고, 피처럼 진한 시
간은 어디 숨어 있는지 꼬리도 찾을 수 없을 뿐, 정강이를 벗기자
면 걸려서 넘어갈 돌부리라도 있어야 하는데, 그의 발부리에 걸리
는 것이라곤 영미가 기르는 고양이밖에 없다.

보람 있는 일이라면 도깨비하고 흥정해도 좋다고 뽐내지만, 도
깨비가 얼마나 무서운지는 모르고 하는 소리다. 교수의 강의를 짐

짓 낮추어 본다. 신, 이 일을 풀지 않고는 모두 쓸데없다. 사치가 아니라 나한텐 사무치는 허전함이다. 이러면서, 허전함과 맞서본다. 어떤 책에서고 Dialektik의 D 자만 보아도 반한 여자의 이름 머리글자를 대하듯 가슴이 두근거리는 것을, 은근히, 늙은 군인이 훈장 자랑하듯 보람을 느낀다. 삶의 강. 흐르는 물결에서 몸을 떼어 흐르는 강을 받치는 움직임 없는 강바닥에 서보려 한다. 때의 흐름 속에서, 마무리 진 뜻을 읽어내서, 허전함을 달래려 한다. 하지만 삶은 아랑곳없이 흐르고 있다. 미련스럽게 움켜온 강바닥 모래들도, 돌아가는 굽이에서 벌써 알알이 흩어진다. 무언가 마지막 것을 얻기만 하면 다시 생각이란 이름의 화냥년을 잠자리에 들이지 않으리라 마음먹으면서, 낯빛과 몸짓을 가꾸는 마음의 거울 속에서는 자꾸 연지가 빗나가고 곤지가 번진다. 끝없이 실수를 거듭하고 끝없는 뉘우침이 따른다.

실수가 없어지라는 것이 갸륵하나마 자기 됨됨이를 모르고 제멋에 겨운 데에 그치는 것이며, 더 혹독하게는 신에 대한 철없는 대듦이라면, 이리도 저리도 못 하는 고단한 마음은 또 한 번 제자리에 주저앉는다. 누리와, 삶의 뜻을 더 깊이 읽을 힘이 없는 자기처럼, 남도 불쌍한 삶이거니 싶은 마음을 너그러움이라는 싸개로 그럭저럭 꾸려가지고, 신이 바란다는 이웃사랑과 바꿔 쓰기로 한다는 언저리에서 주저앉곤 한다.

풍성한 고달픔이 구름처럼 쌓이는 이런 궁리질 끝에 고단한 풋잠을 즐길 때, 베개로 삼는 게 바로 지붕 중턱에 내민 이 창문의 쓸모였다.

발소리가 들려온다. 치레뿐인 노크가 울리기 바쁘게 영미가 들어선다. 그녀의 모습은 명준을 약간 어리둥절하게 만든다. 흰 이브닝드레스에, 어린 플라타너스 줄기처럼, 미끈하면서 보오얀 팔이 쭉 곧다.

　"명준 오빠, 내려가요, 응?"

　그녀는 말끝을 어리광 섞어 치킨다.

　"가선 뭘 해."

　"쑥이, 뭘 하긴? 춤추고 얘기하고 그러지. 오늘 이쁜 애들 많이 왔어요."

　"글쎄 나야 뭐 가나마나……"

　그녀는 여느 때처럼 명준의 팔을 끌어서 일으켜세우려고 하지 않고 손가락으로 드레스 자락을 집어올리면서 창가로 와서, 턱을 괸 채 한참 말이 없다.

　"그럴 때는 무엇 같은데?"

　그래도 아무 대꾸를 안 한다. 무슨 일이 있었나? 영미가 이렇게 나오면 난처하다. 그녀의 몫이 아닌 만큼, 어쩌다 그러면 구성지다고 명준은 생각한다.

　"명준 오빠."

　"응."

　"오빠는 이 담에 뭘 하실래요?"

　"글쎄 말이야."

　"아니 왜 저럴까."

　"정말이야, 좀 좋은 일 있으면 가르쳐줘. 하란 대로 할 테니간."

"정말?"

"정말이래두."

"가만있자…… 뭐가 좋을 것 같아요?"

"누구더러 물어?"

그들은 소리 내어 웃는다. 그제야 그녀는 일어서면서 그의 손을 잡아끈다. 그는 말없이 따라나선다. 계단을 내려가면서 그녀는 자기 얼굴을 명준의 팔에 기댈싸하고, 한 단씩 디딜 적마다 울림을 주며, 춤추듯 발을 옮긴다.

넓은 방에는 긴 의자를 벽에다 밀어붙이고, 푸른 전등 빛 아래서, 쌍쌍이 춤을 추고 있다. 블루스. 영미는, 앞으로 돌아오면서, 그의 어깨에 손을 얹는다. 그의 솜씨는 보잘것없었으나, 그녀가 워낙 잘 추는 탓인지, 꽤 부드럽게 돌아간다. 손바닥에 옮아오는 그녀의 따뜻한 몸기운이, 차츰 그를 달뜨게 한다. 애써서 틈을 만드느냐 않느냐가 다르지, 누구든 싫달 수는 없어. 명준은 부푸는 마음을 놓아둔다. 영미 같은 처지에 있는 애로선 하기야 이런 식으로 때를 죽이는 길밖에 달리 길이 없기도 할 테지. 방 안에는 모두 열댓 명.

"딴생각 마요. 잘 추지도 못하면서."

"응."

곡이 끝나자, 사람들은 서로 엇갈리면서, 영미도 그에게서 떨어져간다. 명준은 문가에 놓인 긴 의자에 가 앉으면서, 담배를 꺼낸다. 담배 맛이 씁쓸하기만 하다. 몸을 훨씬 눕히고 눈을 감는다. 눈을 감는 버릇을 가지라, 신에 가까워지리라. 어디선가 읽은 말이 생각난다. 신에 가까워진다? 가까워져서는 어쩌자는 겐구?

"명준 오빠, 여기 이쁜 아가씨 데리고 왔어요."

눈을 떠보니 영미가, 좀 마른 편이지만, 그 말대로 눈매가 시원한 여자와 팔을 끼고 서 있다. 친구의 말에 발가우리해진 품이 밉지 않다.

"미리 얘기는 다 해놨으니깐."

그녀는 친구를 쑤셔박듯 명준의 옆에다 앉혀놓고, 저쪽으로 가버린다. 거북하게 굴지 말자는 생각이 얼른 들면서, 이쪽에서 먼저 말을 건다.

"영미하고 동창이신가요?"

"네, 고등학교가 동창이에요. 대학은 달라요."

"어느?"

"—댑니다."

그는 무슨 과냐고 물으려다가 따지는 투가 된 것을 깨닫고 입을 다문다. 그때 다시 음악이 일어난다.

"추십니까?"

그녀는 머리를 갸우뚱하고 잠시 생각하는 듯하다가, 곧 따라 일어선다. 영미보다 잘 춘다.

"댁은 어디십니까?"

"인천이에요."

"그럼 기숙사에? 아 이거 너무 실례 같은데."

"괜찮아요. 하숙하고 있어요."

"......"

"어느 동이냐고 묻지 않으세요?"

"하하하."

영미와 비슷하면서 어딘지 좀 다르다.

몇 시나 됐을까, 그 생각이 더 꼬리를 이을 사이 없이, 철철철 빗물받이를 타고 흘러내리는 물소리가, 잠에서 깬 귀에 큰물처럼 부풀려져 밀려든다. 바그르 좌, 바그르. 세차게 퍼붓는 그 소리는 씩씩한 숨결에 넘친 소리다. 고개를 들어 머리맡에 있을 탁상시계를 더듬어본다. 야광이 아닌 그 오래된 기계는 자리조차 가늠할 수 없다.

불을 켜면 되겠으나, 그렇게 하지는 않는다. 때를 굳이 알아야 하는 것은 아니기 때문에. 그대로 어둠 속에 눈을 뜬 채 누워 있다. 한밤에 잠이 깨는 건 참 질색이야. 아주 안됐거든. 아주. 이를테면 이를테면, 이음씨를 몇 번이나 되풀이한 끝에 무슨 생각을 하려던 것인지 그만 잊어버리고 만다. 아마 무슨 생각이 꼭 있었던 것은 아니다. 텅 빈 머릿속을 메우기나 하려는 것처럼, 빗소리가 한결 모질게 들리기 시작한다. 그 소리는 귀를 거쳐 온몸으로 흘러간다. 돌돌돌 귓가에서 거품져 흘러들어, 머릿속으로, 목으로, 가슴으로, 배, 발끝까지 빠르게, 그러면서 가닥가닥까지 스며든다. 물에 빠진 사람처럼 헉, 숨을 넘기면서 벌떡 일어나 앉는다. 머릿속이 휑하니 열리는 듯 허허해지면서, 뚝, 빗소리가 그친다. 오래 그런 몸 가눔으로 있은 줄 알지만, 실은 아주 짧은 사이다. 일어서서 불을 켤까 말까 한동안 망설인다. 켜면 뭘 해, 이런 밤엔

책도 읽을 수 없지. 아니 그렇다고 다시 잠들기는 다 틀렸어. 그러면 아무래도 켠다? 이런 생각을 하는 것이었으나 그저 그래 보는 것뿐이다.

무슨 너절한 뜻 없는 생각이라도 자꾸 빚어내어, 머릿속에 있는 바퀴를 자주 돌리지 않고는 배겨나지 못할 허전한 마음에서. 끝내 켠다. 갑자기 밝아진 방은 오히려 어색하다.

4조 반짜리 다다미방은 혼자 쓰기에 좁지 않다.

윗목에 놓인 책장에 마주 선다. 한번 죽 훑어본다. 얼른 뽑아보고 싶은 책이 없다. 400권 남짓한 책들. 선집이나 총서, 사전류가 아니고 보면, 한 책씩 사서는 꼬박 마지막 장까지 읽고 꽂아놓고 하여 채워진 책장은 한때 그에게는 모든 것이었다. 월간 잡지가 한 권도 끼지 않았다는 게 자랑이다. 그때그때, 입맛이 당긴 책을 사서 보면, 자연 그다음에 골라야 할 책이 알아지게 마련이다. 벽 한쪽을 절반쯤 차지하고 있는 이 책장을 보고 있으면, 그 책들을 사던 앞뒷일이며, 그렇게 옮아간 그의 마음의 나그넷길이, 임자인 그에게는 선히 떠오르는 것이고, 한 권 한 권은 그대로 고갯마루 말뚝이다.

책장을 대하면 흐뭇하고 든든한 것 같았다. 알몸뚱이를 감싸는 갑옷이나 혹은 살갗 같기도 하다. 한 권씩 늘어갈 적마다 몸속에 깨끗한 세포가 한 방씩 늘어가는 듯한, 자기와 책 사이에 걸친 살아 있는 어울림을 몸으로 느낀 무렵이 있다. 두툼한 책 마지막 장을 닫은 다음, 창문을 열고 내다보는 눈에는, 깊은 밤 괴괴한 풍경이, 무언가 느긋한 이김의 빛깔로 색칠이 되곤 했다.

언제부턴가 그런 복 받은 사이가 조금씩 무너지기 시작한다. 후린 여자에게서 매정스레 떨어져가는 오입쟁이의 작태를 떠올리면서 그는 쓸쓸하다. 지금 이렇게 마주 서도 얼른 손을 뻗쳐 빼내고 싶도록 힘센 끌심을 가진 책은 없다. 한때는 책장마다 빛무리가 쳐 보인 벅차던 책들이면서도. 평생을 거친 계집질 끝에, 사랑한다고 다짐해가며 살을 섞은 여자들을 한 사람 한 사람 떠올려보면서, 막상 다시 한 번 안아보고 싶은 상대가 하나도 없는 것을 알게 되는 오입쟁이의 끝장은 생각만 해도 끔찍하다. 나그넷길이라는 말을 사랑에 끌어붙여 쓴 것은 누가 처음인지는 몰라도, 당자의 속셈은 어떻건 딴은 진흙처럼 걸쭉한 그럴듯함이 있을 성싶다. 영미의 오빠 태식만 해도 거짓말 섞어 날마다 애인을 바꾸는 모양이었다. 애인, 그런 사이를 애인이라고 부를 수 있을까?

마음 쓰는 거며, 부잣집 외아들치고는 윗줄이랄 수 있는 태식에게 푹 정이 가지지 않는 데는 이런 일이 많이 힘을 미치는 모양이다. 그런 마음을 차분한, 마음의 슬라이드 위에 올려놓으면, 뜻밖에 시샘이라는 벌레들이 우글거리는 꼴이 보일는지 모르지만, 가령 그렇다 하더라도 그것으로 풀이가 끝난 것 같지는 않다. 여자를 껴안고 뒹구는 건, 사람의 여러 가지 몸부림 가운데 하나일 것이다. 어떤 사람은 여자 말고 싸움을 택한다. 그래서 그는 알렉산더가 되고 칭기즈 칸이 된다. 어떤 사람은 물질 사이에 걸쳐 있는 눈에 보이지 않는 거미줄을 택한다. 그래서 그는 갈릴레이가 되고 뉴턴이 된다. 오입꾼답게 태식은 그걸 알고 있다. 어느 날, 거리에서 만난 태식과 나란히 집으로 돌아오는 길이었다. 그는 한쪽 겨드랑이에 색소폰이 든 케이스를 끼고 걸으면서, 카바레에서 일한다고 학교에서 말이 있다고 한다. 발길이 그리로 움직여서 그들은 중앙청을 오른쪽으로 바라보며 남산을 오르고 있다. 운동복에 머릿수건을 친 권투선수가 두 팔을 엇바꿔 곧게 뻗쳤다 오므렸다 하면서, 링에서 하는 대로 빠르게 발을 스치듯 끌어가며 지나간다. 발 움직임에 숨결을 맞추는 씩씩 소리가 짐승의 숨소리처럼 거칠다. 열심히 팔다리를 놀리면서 멀어져가는 그 모습은 어쩐지 대견스럽다. 명준은 아직도 그 모양을 멀거니 바라보는 태식에게 말한다.

"그 노릇도 수월치 않은 모양이야."

"고독해서 저러는 거야."

명준은 아찔하다. 권투선수와 고독을 한 줄에 얽는 태식의 그 말이 그대로 안겨온다.

선禪 같은 데서 비법을 주고받을 때, 스승이 뚱딴지 같은 물음을 불쑥 던지면, 뛰어난 제자가 마찬가지 헛소리 같은 사설로 받아넘겨서, 두 사람 사이에 홀아비 사정을 홀아비가 안 빙그레 웃음으로 마음이 마음을 알아, 깨달음의 주고받음이 이루어지는, 옛 우리네 마음놀이의 저 기합술 같은 수작의 생김새는 아마 이런 것이라 싶게, 태식의 한마디는 명준의 가슴에서 대뜸 울려오던, 그런 일이 있다. 그 후 그들은 툭하면, 고독해서 그러는 거야, 엉뚱한 데다 그 말을 쓰곤 했는데, 버스 꽁무니를 바싹 따라가는 자전거 선수이든, 로터리에서 교통 정리하는 순경의 경우든, 국산 기관포로 강냉이를 튀기는 아저씨의 경우든, 모조리 그럴싸한 데는 놀라고 만다.

한 번은 역시 둘이서 길가에 늘어앉은 사주쟁이들 옆을 지나다가 명준이,

"저 친구들은?"

"고독해서 그러는 거야."

"맞았어."

길가였는데도 그들은 깔깔대고 웃었다.

태식은 책 읽기를 아주 싫어한다. 그대로의 그런 깨달음을 여자 치르기에서 짐작해낸 게 틀림없다. 그녀들의 미끄러운 허리에서, 도톰한 젖은 입술에서, 할딱이는 젖가슴에서, 또 — 여자들 몸에서 배운 길이 밤잠을 잃어가면서 얻은 명준의 책 읽기와 마주치고 보면, 보기 좋게 그는 밑진 것일까? 한 책에서 채워졌다면 다음 책으로 옮기지 않아도 됐을 이치다. 한 여자에게서 채워졌다면 다음 여자로 갈 일은 없을 테지. 그 점에도 다름이 없다. 그러나 책을 바꾼다는 일을 사람 갈아치우기와 같은 자리에 둘 수 있나.

신약성서가 얼핏 눈에 띈다. 금칠을 한 등이 눈을 끈 것뿐이다. 그는 그것을 뽑아서 잡히는 대로 열어본다.

— 가이사랴에 고넬료라 하는 사람이 있으니 이달리아대라 하는 군대의 백부장이라. (「사도행전」 10장 1절)

그 글줄은, 서먹서먹하고, 겉돈다. 거룩하다는 이 책을 아무렇게나 펼쳤을 때, 무엇인가 뜻 깊은 대목이 나오지 못하고, 밑도 끝도 없이 불쑥 튀어나온 이달리아대의 백부장 고넬료는, 아무래도 우습다. 다시 한 번 해보기로 한다. 이번에 뜻깊은 대목이 나오면

신을 믿으리라. 밤중에 깨어난 사람의 하릴없는 마음이, 아무렇게나 장난을 해본다.

— 저희가 그리스도의 일꾼이냐, 정신없는 말을 하거니와 나도 더욱 그러하도다. 내가 수고를 넘치도록 하고 옥에 갇히기도 더 많이 하고…… (「고린도 후서」 11장 23절)

어럽쇼, 이건 또 무슨 소린구? 바울 아저씨가 농담을 하시는군. 원 나이 지긋한 양반이 점잖지 못하게 제 자랑은. 그러면 신학박사들이 평생을 두고 풀이한 저 이름난 구절들은 이 책을 끝에서 끝까지 샅샅이 뒤진 다음, 제일 묵직한 걸루 골라낸 것이 된다아? 안 되지, 안 될 소리. 하느님의 말이면 어느 갈피, 어느 대목, 아니 어느 글자든 대번 이편을 때려눕힐 수 있어야지. 줄거리를 읽은 다음에야 그 무게를 가릴 수 있다면 사람의 말과 무엇이 다르담. 옳지, 이 책은 하느님에 씌워서 사람이 썼다는 책이라더라. 그렇다면 일은…… 어쨌든 좋아. 그는 책을 탁 덮어 제자리에 꽂았다.

그러나 또 할 일이 없다. 그러자 빗소리가 다시 들리기 시작한다. 도둑고양이처럼 발소리를 죽이며 계단을 내려가서, 유리문이 달린 복도에 내려선다. 촉수가 낮은 전등불 밑에 발바리 종자 강아지 메리가 앉아 있다가, 그를 보자 앉은 채 꼬리를 친다.

이런 늦은 때 무렵에 상큼하니 낯을 쳐들고, 눈이 초롱초롱한 강아지 모습이 또 때에 어울려 보이지 않는다. 하긴 사람 같으면 이부자리가 있으니까, 자다 일어났다는 걸 알 수도 있겠지만, 강

아지고 보면 그렇지도 못했고, 사람은 부스스한 옷매무시나 벙벙
한 낯빛으로, 자다 깬 사람은 알 수 있는 법이지만, 잠옷이 없는
이 짐승은 그것도 아니고, 어느 모로 뜯어보아도 자다 깬 사람이
가지는 그 흐트러진 낌새는 찾을 수 없다. 짐승 곁에 쭈그리고 앉
아서 머리를 두들겨준다. 끙끙거리며 메리는 더 재게 꼬리를 치며
몸을 일으키려 든다. 허리를 눌러 개를 주저앉히고 개의 눈앞에
손바닥을 벌려 내민다. 메리는 얼른 한 발을 준다. 다른 손바닥을
내민다. 메리도 다른 발을 준다. 오른손, 왼발, 왼손, 오른발. 몇
번을 해도 메리는 끈기 좋게 바꿔가며 발을 준다.
  그는 멋쩍어진다. 바보. 메리의 머리를 한번 툭 때리고 일어선
다. 복도 유리문 밖으로 팔 하나 길이만큼의, 희미한 불빛이 밝히
는 너비는, 내리치는 빗발이 안개처럼 보얗다. 내려올 때처럼 살
금살금 걸어서 방으로 돌아온다. 문득 신문 생각이 난다.

  아카시아
  우거진 언덕을
  우리는 단둘이
  늘 걸어가곤 했다

  활자로 탈바꿈된 그의 마음은, 머릿속에서 만났을 때보다, 도사
린 품이 남스럽다. 아카시아 언덕을 우리는 단둘이 왜 늘 걸어가
곤 했을까. 고독해서? 그는 흠칫 놀란다. 잠이 깨서 이제까지 어
름어름 돌아간 일이 갑자기 우스워진다. 그러자, 저녁에 만난 영

미의 친구 강윤애의, 턱언저리가 몹시 고운 얼굴이 문득 떠오른다. 그 얼굴은 대어들 듯 웃고 있다. 나긋나긋하던 그녀의 허리 어림이 아직 손바닥에 있다. 영미를 거쳐 낯이 익은 애들은 더러 있어도, 그녀들 쪽에서 곧 쌀쌀해지곤 한다. 명준의 주변머리 없는 품이 그녀들에겐 건방져 보인 모양이었고, 영미는 그녀대로 명준을 함부로 내놓으면 안 되기나 하는 것처럼 군다. 명준에게는 여자를 다룬다는 일이 끔찍이 거추장스러운 일로 여겨진다. 대개 나이는 아래이게 마련이고, 두개골 속에 담겨진 알맹이래야 빤하다. 무슨 얘기를 한담. 사랑합니다. 영원히? 사랑이니 영원에 대하여 꽃집 진열장에 놓인 외국 종자 화분 보듯 가지고 싶다는 마음밖에는 마련이 없는 그녀들과 걸음이 맞을 수 있을까. 참말은 여자들에게 엉거주춤해지는 까닭은 성 때문이다. 성을 마다하는 건 아니었다. 지식을 다룬다면 어항 속 들여다보듯 빤한 그녀들의 속이, 성이라는 자리에서 보면 보석처럼 단단한 벽으로 바뀌고 말아, 관찰이라는 빛은 그 벽에 부딪혀 구부러져서는 그만 간데없이 되고 만다.

여자도 남자하고 자고 싶어 할까. 명준에겐 그게 제일 궁금하다. 문학은 이럴 때 믿을 것이 못 되었다. 남자 작가들이 그려놓은 여주인공들의 욕정이란, 따지고 보면 남자의 마음을 여자 속에 비쳐놓은 듯이 보였기 때문에, 남주인공이 나오고 여주인공이 나오지만, 남주인공이 여자의 속을 알지 못하는 바에는 그는 마스터베이션을 하고 있는 것으로밖에는 보이지 않는다. 남자의 사랑은 대개 고지식한 법이다. 대중소설의 나쁜 놈을 제쳐놓는다면, 남자는 여자의 돈이나 자리를 사랑하는 건 아니다. 여자 당자에 반한다. 여

자들은 다르다. 부자의 첩살이를 하는 여자를 흔히 무슨 참지 못
할 일을 어쩔 수 없는 곡절로 참아가는 심청이처럼 불쌍히 여기는
축이 있지만, 실상 본인들은 그렇지도 않은 것이 안속인지 모른다.
그녀들의 사랑에는 뜻밖에 티가 많은 듯하다. 여자란 자기가 무엇
인지를 알지 못하는 짐승 같다. 남들이 사랑하니까 사랑한다는 식
의 허영을 그녀들의 지나가는 조잘거림에서 깨닫는 수가 적지 않
다. 그녀들에겐 사랑도 치장일까. 명준의 이런 여성관은 오랫동안
그녀들의 낯빛과 말이며 움직임, 다음에 소설의 여주인공들을 뜯
어본 다음에 얻어진, 찢어지게 가난한 열매다.

만나본 여자들이 누구나 한 번씩 즐겨 쳐드는 얘기 가운데, 수
녀가 되고 싶다는 축이 꽤 많다. 그럴 때 그는 그녀들의 참하게 빗
은 머리며, 아른아른 윤나는 손톱을 바라보면서, 씨가 다른 짐승
을 맞는 느낌이다. 뭐 이런 짐승이 다 있어. 그런 까닭 없는 마땅
찮음이 마음 한구석에 있었으나, 그 느낌을 뒷받침할 힘은 여전히
없다.

남자의 몸은 잘 안다. 자기 몸이기 때문이다. 그 속에서 타는 불
길이 얼마쯤 뜨거운지도 잘 알고 있다. 금방 살갗 밑에서 타는 불
이니까. 그러나 그녀들의 몸과 불은 알 수 없다. 자연과학이란 건
꼬투리가 자기에 가까워지면 질수록 법칙으로 고쳐놓기가 어려운
모양이어서, 생리학 책은 전혀 도움이 되지 않는다. 그러고 보면,
이성의 욕정을 안다는 건 죽어보지 않고 죽음을 알아보자는 일이
나 매한가지였고, 그러나 그것을 알지 못하고 보면 그의 손은 그
녀들에게 대해서 엉거주춤하니 두 호주머니에 찔린 채 빠질 줄 모

르는, 창피한 군더더기에 지나지 않는다. 사내를 두고 말한다면 그의 욕망은 분명했으나, 여자라는 그 고운 집에는 어떤 모양의 방이 있는지 아무래도 알 수 없다. 내일 6시, 강윤애와 만나기로 되어 있다. 오후에 정 선생을 찾아본 다음 그녀를 만나자. 그녀의 얼굴이 또 한 번 대어들 듯 웃는다. 불을 끄고 자리에 눕는다. 어느새 비는 멎어 있다.

이튿날 남산길을 걸어서 정 선생 댁을 찾아간다. 사람의 일생 가운데 어떤 때 어떤 사람의 영향을 몹시 받는 수가 있다. 다른 사람의 눈으로 봐서는 그럴 만한 것 같지도 않은 사람한테서 그러는 수가 많다. 정 선생은 고고학자이며, 여행가다.

그는 마흔 살 넘기고도 결혼하지 않고, 할멈을 데리고 이 널찍한 한식집에서 혼자 살고 있는 사람이다. 역사의 뒷골목 이야기를 다루는 대가이며, 그의 책 『서양사 아라비안 나이트』 『동양사 아라비안 나이트』 두 권은 지금도 꾸준히 잘 나가는 책들이다. 선생은 코언저리가 약간 얽었으나 중키에 알맞게 살이 있고, 무엇보다 선생은 링컨에게 위함을 받을 사람이다. 마흔 살 넘어서는 사람 얼굴은 제 탓이라고 링컨이 말한 그런 뜻에서다. 좋은 얼굴이다.

선생은 집에 있었다. 남향한 서재에서 테이블 위를 뒤적이고 있다가, 명준이 들어서자 회전의자를 한 바퀴 핑그르르 돌리더니 활짝 웃는다.

"어서 오게."

"전번에 보여주신다고 하신 걸 보러 왔습니다."

"서두르지 말게. 내 집은 시간이 실각한 곳일세."

"무정부 상태에서 늘 용하게 사십니다."

"무정부가 아니지, 정부가 너무 많은 거지. 지구상에 일었다가 쓰러진 왕조들이, 모조리 여기서 연립정부를 만들고 있지."

"제가 늘 궁금한 일이 한 가지 있습니다."

"사전을 찾아야 할 일인가?"

"아니지요, 알아맞혀보시지요."

"기권하겠네."

"다른 게 아니고, 선생님이 왜 결혼을 하지 않으셨나 하는, 그 까닭입니다."

"그것 말인가? 쉽지. 한번 알아맞혀보게."

"기권하겠습니다."

"하하하 복수로군. 그럼 말하지. 여자를, 너무도 사랑하기 때문이야."

"그렇게 나오실 줄은 생각했습니다만, 암만해도 이상한 얘기 아닙니까?"

"이상한 얘기지."

"선생님 가슴에 있는, 그 영원한 여인상을, 좀 보여주지 않으시렵니까?"

"이 군, 나를 슬프게 하지 말게. 나는 아직 그렇게는 늙지 않았단 말일세."

정 선생은 소파로 와서 명준의 곁에 앉았다.

"이 군, 친구들이 소탈한 체하고 털어놓는 연애 얘기를, 곧이곧대로 받아들이지 말게. 정말 소중한 얘기는 그렇게 아무한테나 쏟아놓지 않는 법이야. 설사 하더라도 에누리를 두는 법이지. 자네와 나하구의 우정하군 다른 얘기야. 그런 고백을 한다는 건, 저쪽에 대한 모욕이지. 상대가 그보다 못한 애정 생활의 내력밖에 못 가졌다면, 그는 은근히 자기 생애가 초라한 생각이 들 것이며, 그 반대의 경우에는 지루해할 것이 아닌가. 어느 쪽이든 똑똑한 일이 아니야."

명준은 정 선생의 그 말이 한군데만 내세우고 한편으로 다른 데를 감춰버린 데서 오는 속임수란 것도 잘 알고 있다. 그러나 그는 거짓말이 지니는 참도 알고 있다. 그걸 바로잡으려고 들면, 선생이 가진 멋도 함께 죽여버리는 것이 된다. 그것은 멋이 아니다. 할멈이 커피를 가지고 들어온다. 선생보다 대여섯 살 위로 보이는 할멈은, 언제나 거의 말이 없다. 선생을 보살피는 그녀의 품으로 말할 것 같으면 옛날 종이 대감 대하듯 한다. 그는 몽테크리스토 백작과 그의 그리스 노예 에테를 떠올린다.

"미라는?"

"이리 오게."

정 선생은 옆방으로 들어간다. 그 방은 선생의 침실이다. 침대가 놓인 쪽과 맞은편의 벽을 온통 가린 휘장을 걷자, 그 뒤에 또 한 대의 침대가 놓이고, 명준은 그 위에 누운 사람의 모습을 본다. 뚜껑에 그림이 그려진 미라 외관이다. 칠한 물질의 겉이 가는 실처럼 금이 갈라져 있고, 통틀어 모습이 몸의 어디건 지나치게 모가 진 느낌이다. 여자의 미라인 것은 팔목과 가슴, 허리의 모양으로 짐작이 가지만 부드러워야 할 턱, 어깨, 허리 언저리도 일부러 그렇게 다듬은 듯 반듯반듯 모가 졌다. 말하자면 진짜에 한꺼풀 입힌 조각일 텐데, 사진에서 보는 그리스 조각과는 사뭇 다르다. 그리스 조각의 선은 따뜻이 굽이쳐 흐르는 곡선인데, 이쪽은 엷은 판대기를 수없이 쌓아서 높낮이를 만든 것 같은 솜씨다.

집 짓는 슬레이트를 가지고 사람 모습을 만들면 이렇게 되리라 싶다.

"양인들이 이집트에 가서 무덤을 파헤쳐 훔쳐오던 시절에, 몰래 밖으로 내온 것일 거야. 어느 영국 부자가 가지고 있다가 일본 귀족에게로 넘어갔던 게, 이번에 나한테 온 거야. 아마추어가 봐선 잘 모를 테지만, 이건 여자고, 높은 신분이었던 걸 알 수 있네. 지금으로부터 수천 년 전 그 무렵 이 땅덩어리 위에서 제일 깬 고장을 다스리던 태양의 나라에 산, 양반 아낙이 내 방에 지금 누워 있는 거야. 시골에 있는 과수원 두 곳을 팔아서 사들였어. 원래 같으면 마땅히 이집트에 돌려줘야 할 일이지만, 이런 예는 한두 가지가 아니야. 서양 부자들 수집품 속에는 국보급에 드는 약한 나라들의 고대 유물이 상당히 있는 실정이지만, 장사꾼들이나 당사국 간에 버젓한 비밀이 되고 있는 그런 물건들은 더 따지지 않기로 한, 이를테면 기정사실이 돼 있지. 장차, 일본 사람들이 훔쳐간 우리 유물을 찾는 게 큰일이야. 아무튼 잘 봐두게, 막 내놓는 것이 아니니깐 말일세."

햇빛에 바랜 낙타 똥 냄새가, 어렴풋이 풍기는 장엄한 시간이, 몸속으로 소리쳐 흘러오는 듯한 떨림이 있다. 아랫배에서 치골에 이르는 언저리도 마찬가지 기하학적 우격다짐을 벗어나지 못하고

62

있을. 그 두부모 자르듯한 다룸새가 보는 이로부터 구체적 상상을 가로막는 구실을 하고 있을, 굳어서 말라버린 그, 사람의 몸은, 병원의 유리관 속 알코올에 담긴 몸뚱어리가 풍기는 생생한 역겨움에서는 동떨어진 곳으로 그를 이끌어간다. 정 선생은 관 뚜껑을 들어올린다. 그 옛날 이 아낙이 대리석 잠자리에서 낮잠을 즐길 때, 그녀가 거느린 종이 그러했을 것처럼 조심조심. 속은—비어 있다. 명준은 꿈에서 깬 듯 제정신이 들었다. 휘장 하나 너머에 방금 본 '비어 있음'이 누워 있다는 게 거짓말 같다. 그들은 응접실로 돌아오면서 서로 말이 없다.

"전 정말, 가끔가다 선생님 곁에서 이런 굿을 치르지 않으면 제 생활이란 훨씬 보잘것없는 걸 겁니다."

"지나친 말이네. 내가 자네보다 나은 건, 내가 더 부자라는 것뿐이야."

"사는 것처럼 사는 법이 좀 없을까요?"

"자넨 아직 패를 많이 가지고 있지 않나?"

"패라니요?"

"왜, 미스를 할 적마다 패 하나씩 빼앗기는 놀이 있잖아. 자넨 아직 한 판도 안 했단 말일세. 아니, 내가 잘못 알았나?"

"아닙니다. 아직 한번도 미스가 없지요."

"그러니 되지 않았나. 큰소린 치지만 내 손엔 남은 패가 사실은 한 장도 없어. 어쩌면 도대체 나한텐 패가 꼭 한 장뿐이었는지도 모르지."

"실수를 해보면 압니까?"

"그건 장담 못 하지. 다만 자넨 바보가 아니니깐, 될 거야."

"그러나 전 게임을 하면, 실수 없이 할 작정인데요."

"미신 중에 으뜸가는 미신이야. 구부러진 손가락으로, 저한테 주어진 패를 잔뜩 움켜쥐고 무덤에 들어서는 게 자랑은 아닐세. 저승에서 그 패를 주고 천국행 침대표하고 바꿔칠 수 있다면 또 모르지만. 허나 그건 놀부 같은 놈 아니야? 애정에 그렇게 인색한 게 덕인가? 가만있자, 내 경우를 가지고 반박하지는 말게. 내겐 워낙 패가 한 장밖엔 없었다고 하지 않나."

"알아요. 그러나 저는 반드시 연애여야만 하겠다는 게 아니에요. 아무것이든 좋아요. 갈빗대가 버그러지도록 뿌듯한 보람을 품고 살고 싶다는 거예요."

"정치는 어때?"

"정치? 오늘날 한국의 정치란 미군부대 식당에서 나오는 쓰레기를 받아서, 그중에서 깡통을 골라내어 양철을 만들구, 목재를 가려내서 소위 문화주택 마루를 깔구, 나머지 찌꺼기를 가지고 목축을 하자는 거나 뭐가 달라요? 그런 걸 가지고 산뜻한 지붕, 슈트라우스의 왈츠에 맞추어 구두 끝을 비비는 마루며, 덴마크가 무색한 목장을 가지자는 말인가요? 저 브로커의 무리들, 정치 시장에서 밀수입과 암거래에 갱들과 결탁한 어두운 보스들. 인간은 그 자신의 밀실에서만은 살 수 없어요. 그는 광장과 이어져 있어요. 정치는 인간의 광장 가운데서두 제일 거친 곳이 아닌가요? 외국 같은 덴 기독교가 뭐니 뭐니 해도 정치의 밑바닥을 흐르는 맑은 물 같은 몫을 하잖아요? 정치의 오물과 찌꺼기가 아무리 쏟아져도 다

삼키고 다 실어가버리거든요. 도시로 치면 서양의 정치 사회는 하
수도 시설이 잘돼 있단 말이에요. 사람이 똥오줌을 만들지 않고는
살 수 없는 것처럼, 정치에도 똥과 오줌은 할 수 없지요. 거기까지
는 좋아요, 허지만 하수도와 청소차를 마련해야 하지 않아요? 한
국 정치의 광장에는 똥오줌에 쓰레기만 더미로 쌓였어요. 모두의
것이어야 할 꽃을 꺾어다 저희 집 꽃병에 꽂구, 분수 꼭지를 뽑아
다 저희 집 변소에 차려놓구, 페이브먼트를 파 날라다가는 저희
집 부엌 바닥을 깔구. 한국의 정치가들이 정치의 광장에 나올 땐
자루와 도끼와 삽을 들고, 눈에는 마스크를 가리고 도둑질하러 나
오는 것이지요. 그러다가 착한 길 가던 사람이 그걸 말릴라치면
멀리서 망을 보던 갱이 광장에서 빠지는 골목에서 불쑥 튀어나오
면서 한칼에 그를 해치우는 거예요. 그러면 그는 도둑놈한테서 몫
을 타는 것이지요. 그는 그 몫으로 정조를 사고, 돈이 떨어지면 또
다시 칼을 품고 광장으로 나옵니다. 일거리가 기다리고 있으니깐
요. 그렇게 해서 빼앗기고 피 흘린 스산한 광장에 검은 해가 떴다
가는 핏빛으로 물들어 빌딩 너머로 떨어져갑니다. 추악한 밤의 광
장. 탐욕과 배신과 살인의 광장. 이게 한국 정치의 광장이 아닙니
까? 선량한 시민은 오히려 문에 자물쇠를 잠그고 창을 닫고 있어
요. 굶주림을 면하기 위해서 시장으로 가는 때만 할 수 없이 그는
자기 방문을 엽니다. 한 줌 쌀과 한 포기 시래기를 사기 위해서.
시장, 그건 경제의 광장입니다. 경제의 광장에는 도둑 물건이 넘
치고 있습니다. 모조리 도둑질한 물건. 안 놓겠다고 앙탈하는 말
라빠진 손목을 도끼로 쳐 떼어버리고, 빼앗아온 감자 한 자루가

거기 있습니다. 피 묻은 배추가 거기 있습니다. 정액으로 더럽혀지고 찢긴, 강간당한 여자의 몸뚱이에서 벗겨 온 드레스가 거기 걸려 있습니다. 한 푼 두 푼 모아서 가계가 늘어가는 그런 얘기는 벌써 통하지 않아요. 바늘 끝만 한 양심을 지키면서 탐욕과 조절을 꾀하자는 자본주의의 교활한 윤리조차도 없습니다. 파는 사람이 사는 사람을 울러댑니다. 한국 경제의 광장에는 사기의 안개 속에 협박의 꽃불이 터지고 허영의 애드벌룬이 떠돕니다. 문화의 광장 말입니까? 헛소리의 꽃이 만발합니다.

또 그곳에서는 아편꽃 기르기가 한창입니다. 개처럼 욕정할 수 있는 기술을 배워주는 개인 지도와 좀 대중적인 강습소와 이 두 가지 층이 있습니다. 정치의 광장에서는 서로 으르렁거리던 사람들이 뒷골목에 차려진 작은 지붕 달린 광장들, 바와 카바레에서는 공범자처럼 술을 권합니다. 부정하게 얻은 돈이 마구 뿌려지고, 문간에서 바이올린을 켜는 비굴한 예술가의 낯짝에 지폐 뭉치가 뿌려집니다. 발레리나들은 스커트를 한 번씩 들어줄 때마다 지폐 한 장씩 다투어가며 주워 모아서는 핸드백에 소중히 간직합니다. 그 핸드백의 무게가 그녀들의 명성의 바로미터이지요. 할 수 없어요. 그녀들의 연습장은 당수협회에서 뺏어버렸으니깐. 저 빛무리 눈부신 화랑들의 무술 말이에요.

시인들은 알아볼 수 있는 막끝까지 말을 두들겨패서 사디즘 충동을 카타르시스합니다. 그들은 가난하니까 진짜 대상, 여자를 쓸 수 없기 때문입니다. 비평가들은, 아니 자네가 정말 카프카와 똑같은 겪음을 했단 말이야? 거짓말 마, 저놈은 가짭니다. 이런 식으로 국산 카프카를 엉망진창이 되게시리 두들겨 팹니다. 비평가란, 자기만은 박래품이라는 망상에 걸린 불쌍한 미치광이의 별명이지요. 이런 광장들에 대하여 사람들이 가진 느낌이란 불신뿐입니다. 그들이 가장 아끼는 건 자기의 방, 밀실뿐입니다.

그는 밀실에만은 한 떨기 백합을 마련하기를 원합니다. 그의 마지막 숨을 구멍이기 때문이지요. 저희들에겐 좋은 아버지였어요. 국고금을 덜컥한 정치인을 아버지로 가진 인텔리 따님의 말이 풍기는 수수께끼는 여기 있는 겁니다. 오, 좋은 아버지. 인민의 나쁜 심부름꾼. 개인만 있고 국민은 없습니다. 밀실만 푸짐하고 광장은 죽었습니다. 각기의 밀실은 신분에 맞춰서 그런대로 푸짐합니다. 개미처럼 물어다 가꾸니깐요.

좋은 아버지, 프랑스로 유학 보내준 좋은 아버지. 깨끗한 교사를 목 자르는 나쁜 장학관. 그게 같은 인물이라는 이런 역설. 아무도 광장에서 머물지 않아요. 필요한 약탈과 사기만 끝나면 광장은 텅 빕니다. 광장이 죽은 곳. 이게 남한이 아닙니까? 광장은 비어 있습니다."

정 선생은 가만히 듣고 있다. 맞장구도 치지 않고, 대꾸도 없다. 두 사람 다 그쪽이 편했다.

정 선생은 은갑에서 담배를 꺼내 자기가 한 대 물고, 명준에게도 권한다. 라이터를 내미는 선생의 손이 떨리는 듯했다.

정 선생이 그때 선생에서 친구로 내려오는 것을 명준은 어렴풋이 깨닫는다. 자랑스러우면서 서운하다. 우상을 부순 다음에 오는 허전함.

"그 텅 빈 광장으로 시민을 모으는 나팔수는 될 수 없을까?"

"자신이 없어요, 폭군들이 너무 강하니깐."

"자네도 밀실 가꾸기에만 힘쓰겠다는."

"그 속에서 충분히 준비가 끝나면."

"나와서."

"치고받겠다는 거죠."

"그 얘기가 부도가 되면?"

"부도나는 편이 진실이겠죠."

또 말이 끊어진다. 말할수록 정 선생의 자리는 내려가고, 그는 자꾸 건방져지는 게 선하다.

"베토벤이 어때?"

명준은 크게 끄덕인다. 정 선생은 전축을 걸어놓는다. 부수는 듯한 비바람 대신에, 나긋나긋하고 환한 가락이 조용히 흘러나온다. 「로맨스」다. 몰리고 있던 분풀이를 마음껏 했다는 듯 일부러 딴 데를 보면서, 정 선생은 장난꾸러기처럼 허리를 한 번 젖혀 보인다. 명준은 빙긋 웃는다.

번들거리는 빠름이 먼지를 날리며 뛴다.

색안경 너머 바닷속같이 가라앉아 보이는 들과 뫼들이, 획 달려오는가 하면 금시 뒤로 빠진다.

경인 한길을 명준은 모터사이클에 몸을 싣고 달리고 있다.

빠르게 달리는 틀에 앉아 있는 몸에는, 한창 찌는 듯한, 7월달 한낮 지난 공기도 선풍기 쐬는 속이다. 지난해 겨울, 영미와 같이

와보고 지금 두번째, 윤애네를 찾아가는 길이다.

집에서는 내일쯤 어쩐 일인가 찾기 시작할 테지만 그전에 전화를 하지.

말도 않고 제 차를 타고 왔다고 태식이 화낼까. 아니 괜찮을 거야. 그 일 너무 생각지 마라. 그보다 윤앨 어떡헐래? 영미 말을 들으면 진짜로 익어가는 모양이던데. 나 같으면 사랑해주겠어. 고거 쓸 만하잖아? 하던 태식의 말이 생각난다. 남의 차를 집어타고 윤애한테로 달려온 걸 샘님이 제법이라고 어깨를 추스를 거다. 제법이 되지 않고는 못 배기게 만든 그 일. 불시에 그녀가 보고 싶어지면서 문간에 놓인 모터사이클을 끌어내 힘껏 밟아대고 있지만, 반드시 그녀가 보고 싶다는 것만은 아니다. 그저 미칠 듯이 달려보았으면 베개로 목 죄듯한 이 눌림에서 좀 벗어나질까 해서다.

영미 아버지한테서 그 얘기를 듣고, 경찰에 두 번 다녀온 지금 그의 삶의 가락은 아주 무너지고 말았다. 어느 날 아침 일어나 보니 그는 꼬리가 붙은 범죄자였다. 뒤따르는 검은 그림자. 그런 삶이 자기 일이 되고 말았다. 누군가가 그에게 앙갚음한 모양이다. 목숨이 지루하다 푸념하던 자에게 심술궂은 그 누군가가 네 이놈 맛 좀 보라고. 아니 그런 꿈속의 무서움이 아니다. 등허리가 쭈뼛한 꿈 밖의 무서움이다. 정치의 광장에서 온 칼잡이가 그의 침실 앞을 서성거리게 된 것이다. 모터사이클이 좌우로 크게 흔들린다.

인천 거리를 북으로 빠진 변두리, 벽돌담으로 둘러싸인 윤애네 문 앞에서 모터사이클을 세운 그는 두 발로 땅을 디디고 틀을 가누면서, 멀리 구름이 인 바다를 바라본다. 내가 여기 온 정말 심사는. 그는 기척을 느끼고 후딱 얼굴을 든다.

모시 치마 저고리에 고무신을 끈 윤애가 서 있다. 윤애의 눈을 보자 그는 부지중 고개를 돌린다. 놀란 모양이다. 그녀는 얼른,

"어머나, 이렇게 갑자기…… 더운데 이러구 계실 게 아니구, 이리루 집어넣으세요."

그녀는 앞장을 서서 대문 안으로 들어선다. 딴 집처럼 세워진 뒤채가 그녀 방이다.

마루에 놓인 등의자에 마주 앉아서도, 명준은 얼음에 담근 수박에 부지런히 손을 내밀 뿐 말을 꺼내지 못한다. 윤애는 무심히 부채질을 해주고 있다. 늘 그렇게 해온 사이처럼. 명준은 덫에 걸린 느낌이 든다. 그러자 갑자기 거짓말처럼 흥이 돌아온다.

"놀라셨습니까?"

"사실은 그래요. 문간에 오토바이 멎는 소리가 나길래 내다봤더니……"

그녀는 놀랐다는 걸 말을 가지고는 잘 나타내지 못하겠다는 듯 부채를 한 바퀴 핑그르르 돌리면서 입맛을 다시는 것처럼 한다. 명준은 수박씨를 손바닥에 뱉으면서 웃어 보인다.

"정말 저희 집으로 오신 거예요?"

명준은 접시에 손을 털어내면서 낯빛을 고친다.

"아닙니다."

그녀의 입술이 하얘진다.

"윤애 씨 집으로 온 게 아니구, 윤애 씨한테 온 겁니다."

그녀의 얼굴이 이번에는 빨개진다. 명준은 자기가 지금 허드레

말을 함부로 쏟고 있다고 생각한다. 주체 못 할 우울한 심사를 없애보느라고 마구 들뜬 말을 쏟아놓는 거라고. 내친걸음에서 한껏 밑천을 뽑자는 심보 같기만 하다. 북받치는 안으로부터의 느낌이 없이 그런 말이 수월히 나간다는 일을 달리 풀이할 길이 있을까? 아니면 어느새 입발림이 버릇이 된 것일까. 윤애는 부치던 손을 멈추고 손가락으로 부챗살을 더듬고 앉아 있다. 명준은 여기가 윤애의 집이라는 걸 생각한다. 손님이니 그녀 편에서 얘기를 서둘러주는 게 옳다고 믿어본다. 좀 허황한 꼴이 된 급작스런 걸음에 어울릴 만큼 그들 사이가 익지 못한 데서 오는 거북한 응어리가 가로놓여 있다. 지난가을 이후, 서로 눈치를 보고 그럴듯한 발뺌을 늘 마련하면서, 어느 쪽도 알몸을 먼저 드러내기를 꺼려 한 그들의 사귐은, 이 여름까지 한 해 가까운 세월에도 이렇다 할 자국이 없다. 한 해라지만 만난 횟수는 얼마 되지 않는다. 헤어질 때 어느 편에서도 다음 마련을 먼저 내놓는 사람이 없었던 탓이다. 그러다가 한 달도 지나고, 두 달도 지나다 어찌어찌 만나지고 하면, 그들은 어줍은 위신을 다치지 않고 또 한 번 만날 수 있는 것만을 은근히 기뻐한다.

그럴 즈음 그 일이 일어난다.

새잎이 짙어가는 5월 어느 날 저녁. 명준은 사랑방으로 영미 아버지한테 불려간다.

은행 지점장인 영미 아버지는 집안사람 누구한테나 그렇지만, 더구나 명준에게는 한 주일에 한두 번 볼까 말까, 집에서 지내는 시간이 거의 없는 사람이다. 밤늦어서 대문간에서 클랙슨 소리가 나면 문이 열리는 소리가 따르고, 안채에서 들릴락 말락 기척이 있고, 그뿐 이튿날 아침에 식당으로 내려갔을 땐 나간 다음이다. 은행가라는 일이 그토록 밤늦게 어디서 보내다가, 아침이면 꼭 제때에 나가는 걸 보면, 그런 힘이 어디서 나오는지 미상불 신기스럽기까지 하다. 영미 아버지가 하는 얘기는 전혀 뜻밖의 이야기다.

"오늘 은행으로 형사가 찾아왔더군. 늘 있는 일이라 별로 특별한 생각 없이 만나봤더니, 은행 일로 온 게 아니구, 자네 일을 좀물을 것이 있다잖은가. 그 사람 말이, 자네 부친이 요사이 평양 방송의 대남 방송 시간에 나온다는 거야. 알아보니 자네 주소가 드러나서, 바로 본인을 불러서 알아보려고 했지만, 집에 있는 사람이고 하니 한마디 알리러 왔다면서, 자네 부친과의 관계며, 자네품행 따위를 몇 마디 묻다가 돌아갔어. 근일 중, 혹시 불려가는 일이 있을지도 모르니, 그리 알게. 뭐 별일이야 있겠냐만 그렇더라도 자넬 생각한다면 이름쯤은 바꾸고 지냄 직도 한 일이건만……"

나무라듯 말끝을 흐린다.

명준은 아닌 밤중에 홍두깨를 맞고 앉은 것만 같다. 일부러 그랬건 저절로 그리 됐건 여태껏 그의 삶에서 떨어져 있던 일이 그처럼 불쑥 튀어나올 때, 얼른 지을 낯빛조차도 마련이 없다. 8·15 그해 북으로 간 아버지는 먼 사람이 되어가고 있었다. 아버지가 북으로 간 지 얼마 안 돼서 돌아가신 어머니. 아버지 친구였던 영미 아버지 밑에서 지내온 몇 해 사이에, 어머니 생각은 가끔 나도, 아버지는 살아서 지척에 있었건만 정히 보고 싶지도, 생각나지도 않았다. 고아나 다름없는 신세였는데 살붙이가 그리운 생각이 난 적도 없다. 그의 외로움은, 아버지나 어머니에게 돌아가는 일이 전혀 없다. 아마 까닭은 그의 나이였으리라. 아버지나 어머니가 아쉬운 나이가 아니다. 아버지나 어머니가 아쉽지 않아지는 나이다. 부모가 없는 탓으로 먹고살기가 무언지 일찍 눈이 떠지는 일도 없이 영미 부친의 살림 안에서 필요한 지급을 받고 있었고, 그런 일을 송구스럽게 여기도록 영미 형제는 옹졸한 애들도 아니다. 아마 아버지 돈이지 저희 돈이 아닌 때문이었을 것이다. 돈이 없으니 명준은 돈을 모른다. 그만한 돈쯤 주는 것을 신세라고까지 여기고 있지도 않다.

군이 아버지가 도와주기도 했다는 친구니까, 기댈 데 없이 된 친구의 아들을 학교 보내주는 것쯤 그럴 만하다는 안팎을 따진 끝에, 그 위에 도사리고 앉은 품이라느니보다, 돈이라는 돋보기를 가지고 제 삶을 뜯어보질 않았다는 말이다. 돈의 길이 삶의 길인데, 그저 그렇게 살아가는 것이거니 돈을 잊고 살아온다. 제 삶을 꾸려주는 돈 말이다. 밥을 먹고, 잠자리를 받고, 학비를 타고, 책을 사고 하는 데 쓰이는 돈이라는 물건을 한번도 '자기'라는 것의 살갗 안에 있는 것으로 느껴본 적이 없는 그였다. 젊고 가난한 철부지 책벌레다.

자기라는 낱말 속에는 밥이며, 신발, 양말, 옷, 이불, 잠자리, 납부금, 담배, 우산…… 그런 물건이 들어 있지 않았다. 오히려 어떤 물건에서 그것들 모두를 빼버리고 남는 게 자기였다. 모든 것을 드러낸 다음까지, 덩그렇게 남는 의심할 수 없는 마지막 것.

관념 철학자의 달걀 이명준에게 뜻있고, 실속 있는 자기란 그런 것이다. 아버지가 그의 '나'의 내용일 수 없었다. 어머니가 그의 나의 한식구일 수는 없었다. 나의 방에는 명준 혼자만 있다. 나는 광장이 아니다. 그건 방이었다. 수인의 독방처럼, 복수가 들어가지 못하는 단 한 사람을 위한 방. 어머니가 살아 있대도 그녀와 한 방에 있을 수는 없었을 것이며, 그들이 서로 만날 수 있는 광장은 지금 와서는 사라졌다. 어머니는 죽었으므로. 살아 있는 사람과 죽은 사람이 더불어 쓰는 광장이 아직은 없기 때문에. 아버지와 만날 수 있는 광장으로 가는 길은 막혀 있다. 아버지가 모습을 나타내는 광장은 다른 동네에 자리 잡은 광장이다. 그리고 그 사이에는 기관총이 걸려 있다. 애당초 그리로 갈 엄을 내지 말아야 했고, 가고 싶다고 생각한 일도 없다. 왜냐하면 그는 광장을 믿지 않기 때문이다. 갑자기 나타난 아버지는 어떻게 맞이했으면 좋을지 어리둥절한 어떤 풍문과 같다.

이틀 후. 명준은 S서 사찰계 취조실에서 형사와 마주 앉아 있다. 형사는 두 팔굽을 책상에 걸치고 그를 쏘아본다.

"어느 학교에 다녀?"

"─댑니다."

"뭘 전공하나?"

"철학입니다."

"철학?"

형사는 입을 비죽거린다. 명준은 얼굴이 확 단다. 그의 말이 비위를 건드렸지만, 고개를 돌린다. 형사의 등 뒤쪽에 열린 커다란 창문 밖에서 물이 흐르듯 싱싱한 포플러 나무의 환한 새잎에 눈길을 옮긴다. 5월. 좋은 철이다. 좋은 철에 자기는 뭣 하러 이 음침한 방에 앉아서, 보통 같으면 담뱃불 댕기는 것도 싫을 버릇없는 사나이한테서 이죽거림을 받는 것일까. 아버지 덕에? 아버지. 고맙습니다. 같이 있을 때도 늘 집에 보이지 않고, 몇 달씩 집을 비웠다간 불쑥 나타나곤 했던 아버지다. 신징. 하얼빈. 연길. 소년 시절을 보낸 중국의 도시들. 해방이 되자 뭣 하러 부랴부랴 서울로 나왔을까? 안 그랬던들 어머니도 돌아가시지 않았을지 몰라.

"그래 철학과면 마르크스 철학도 잘 알겠군?"

"네?"

생각에서 깨어나면서 얼결에 그렇게 되묻자 형사는 주먹으로 책상을 탕 치면서,

"이 쌍놈의 새끼, 귓구멍에 말뚝을 박안? 마르크스 철학도 잘 알겠구나 이런 말야!"

투가 확 달라지는 것이었다. 명준은 눈시울이 뜨거워진다.

"왜 대답이 없어!"

그래도 가만있는다.

"왜 대답이 없냐 말야. 아, 이 새끼가 누구 농담하는 줄 아나?"

그제야 입을 연다.

"잘 모릅니다."

"잘 몰라? 네 애비 녀석이 지랄을 부리는 마르크스 철학을 너는 잘 모른다?"

"철학과라도 전공이 있습니다. 철학 공불 한대서 마르크스 철학

을 공부하는 건 아닙니다."

"안단 말야. 그렇더라도 너는 네 애비가 그렇게 열렬한 빨갱이
니깐 어렸을 때부터 공산주의의 영향을 받았을 게 아냐?"

"부친은 집에선 그런 말 한 적이 없습니다."

마음의 길이 삶의 길이지만 그들 부자는 그럴 틈도 없이 보낸 지
난날이다.

"좋아. 소식 자주 듣나?"

"네?"

"아, 이 새끼. 가는귀가 먹언. 말귀를 못 알아들어?"

명준은 또 입을 다물었다. 지글지글 끓는 물건이 울컥울컥 메스
껍게 가슴에 치받쳤다.

"무슨 소식 말입니까?"

"네 애비 소식 말이야."

"어떻게 들을 수 있겠어요."

"아따 새끼, 능청맞긴. 내래 알간 네래 알디."

"그렇게 자꾸 말씀하시면 곤란합니다."

"뭐? 곤란해? 이 새끼가 아직 정신을 못 차리는군."

그는 의자에서 벌떡 일어나더니, 테이블을 끼고 명준의 앞으로
불쑥 다가선다. 명준은 왈칵 겁이 나면서, 저도 모르게 두 손으로
막는 시늉을 한다.

"손목때기 티우디 못하간? 인나!"

명준은 겁에 질려 오뚜기처럼 벌떡 일어선다. 곧바로 얼굴에 주
먹이 날아온다.

명준은 아쿠 외마디 소리를 지르면서 뒤로 나자빠지다가, 의자에 걸려 모로 뒹군다. 끈적끈적한 코밑에 손을 댄다. 마구 코피가 흐른다. 한 손으로 땅을 짚고 한 손을 코에 댄 꼴이 흡사 개 같다 싶어, 엉뚱하게 웃음이 흘러나왔다. 그는 쿡 웃는다. 그러자 여태까지 무서움이 씻은 듯 가신다.

　"어? 이 새끼 봐, 웃어? 오냐 네 새끼레 그런 줄 알았다. 이 빨갱이 새끼야!"

　이번에는 발길이 들어왔다. 간신히 피한 발길이 어깨에 부서지게 울린다.

　명준의 알 수 없는 품으로 뱰이 틀린 나으리는 발을 바꾸어가면서 매질을 거듭한다. 어깨, 허리, 엉덩이에 가해지는 육체의 모욕 속에서 명준은 오히려 마음이 가라앉는다. 아, 이거구나, 혁명가들도 이런 식으로 당하는 모양이지, 그런 다짐조차 어렴풋이 떠오른다. 몸의 길은, 으뜸 잘 보이는 삶의 길이다. 아버지도?

　처음, 아버지를 몸으로 느낀다.

　"엄살 부리지 말고 인나라우. 너 따위 빨갱이 새끼 한 마리쯤 귀신도 모르게 죽여버릴 수 있어. 너 어디 맛 좀 보라우."

　명준의 멱살을 잡아 일으켜서 또 주먹으로 갈긴다. 또 한 번 명준은 나뒹군다.

　"인나, 인나서 거기 앉아."

　명준은 일어나서 의자에 앉는다.

　"어때 정신이 좀 들언? 묻는 말에 순순히 대답하란 말야. 곤란해? 새끼."

명준은 형사를 건너다본다. 형사는 휴지를 꺼내서 손에 묻은 피를 닦고 있다. 명준은 코밑을 감싸고 있던 손을 떼어 손바닥을 펼쳐본다. 응어리진 피가 진흙처럼 질척하다. 피. 자기 피. 가슴속에서 그 핏빛과 똑같은 빛깔의 한 불길이 확 피어오른다. 그 불길을 바라본다.

불길은 그의 나의 문에 매달려서 붙고 있다. 그 불을 끌 생각이 나질 않는다. 문을 무너뜨리고 자리를 삼키고, 침대, 책상, 커튼, 시렁에 놓인 토르소를 불태우고야 말 그 불길을.

"수사에 협력만 하면 너한텐 죄가 없어. 아버지가 지은 죄를 네가 대신 씻어야 그런대로 나라에 대한 의무를 지키는 거구, 더 큰 의미에선 아들 된 도리가 서디 않간?"

불쌍한 악당놈아, 지껄일 대로 지껄여라.

"안 그래?"

또 역정 난 소리다.

"네 그렇습니다."

화닥닥 놀란 듯한 자기 말투가 슬프다.

"담배 피우네?"

"네."

"한 대 피워."

그는 명준에게 담뱃갑을 내민다.

"지금은 피우고 싶지 않습니다."

더 권하지도 않고 형사는, 저만 담배에 불을 붙여 한 모금 빨아들인 다음, 후 내뿜는다. 일을 한바탕 치른 다음 흐뭇이 한숨 돌린다는 몸짓이다. 속에서 탈 대로 타고 난 무서움의 잿더미에 미움의 찬비가 소리 없이 내리면서, 남은 재를 고스란히 적시며, 명준의 온몸에 스며간다. 부드득 이 가는 미움보다 더 차분하지만 사무치는 미움이다.

경찰서를 나선다. 서의 뒤편에 잇닿은 동산에 올라간다. 나무 그늘 밑에 쭈그리고 앉는다. 초여름 한창 길어가는 햇살은 아직도 창창하다. 셔츠 앞자락이 온통 피투성이고 보면 거리를 걸어갈 수가 없었다. 그런 몰골을 한 채로 돌아가라고 그를 내보낸 형사의 처사가, 얻어맞았을 때보다도 더 분했다. 한 사람 시민이 앞자락에 핏물을 들인 채 경찰서 문을 나서는 걸 그들은 꺼려 하지 않는다는 뜻이다. 그 모습대로 걸어가서 온 천하가 다 봐도 아무 상관 없다는 소리나 마찬가지였다. 그는 몸을 떤다. 빨갱이 새끼 한 마리쯤 귀신도 모르게 해치울 수 있어. 어둠에서 어둠으로 거적에 말린 채 파묻혀가는 자기 주검이 보인다. 나는 법률의 밖에 있는 건가. 돈과, 마음과, 몸을 지켜준다는 법률의 밖에 있는 어떤 길. 무릎을 끌어안고 앉은 발끝에, 저희들 몸집보다 훨씬 큰 벌레를 여러 마리 개미가 굴리고 있다. 그는 발을 움직여 개미를 비벼 죽인다. 풀과 흙에 묻혀서 자국도 없어질 때까지 발을 놀린다. 마지막에는 손바닥만 한 땅바닥이 범벅이 되어 드러나고, 벌레와 개미는 말끔히 사라져버렸다. 그 벌레처럼, 그 누군가 커다란 발길이 그, 이명준을 비비고 뭉개어 티도 없이 지워버린다면? 아니 아까 그 형사는 정말 그럴 수 있다고 했다. 법률이 있다. 시민의 목숨이 그렇게 어둠 속에서 다뤄질 수는 없지. 불쑥 한 가지 생각이 떠오른다. 아까 그 형사를 폭행으로 고소를 하자. 그러나 그는 곧 머리를 젓는다. 전에 한번 본 일을 떠올린다. 찻간에서 일어난 일이었다. 한 사람이 승무원석에 앉아 있고, 그 앞에 또 다른 사람은 마루에 꿇어앉아 있다. 올라앉은 사나이는, 검은 안경을 끼고 있다. 자리가 떨어져서 무슨 말인진 알 수 없었지만, 검은 안경은 무엇인가 한마디 하고는 꿇어앉은 자의 뺨을 후려갈긴다. 또 뭐라 하고는 발길을 들어 무릎을 걷어차고, 무릎으로 턱을 올려치는 것이었다. 처음에 그쪽으로 쏠렸던 차 속의 눈길은 곧 제자리로 돌아들 가는 것이었다. 보아서는 안 될 일을 본 것처럼. 제가 당하지 않는 것만 천만다행이라는 듯 외면하는, 사람스럽지 못한 그 속에서 명준 자신도 죽은 듯 숨을 죽인다. 지금 생각하면 그 검은 안경을 낀 형사의 본때는 든든히 믿고 있는 어떤 힘을 가리키고 있는게 분명했다. 그렇지 않고서야 뭇사람이 보는 앞에서 혐의자(인지 뭔지 모르지만)를 마루에 꿇어앉히고 때린다는 따위 짓을 할 리가 없다. 돈과 마음과 몸을 지켜준다는 '법률'의 밖에 있는 어떤 삶. 그는 번듯 드러눕는다. 푸른 하늘이다. 좋은 철이다. 뭉실한 솜구름이 여기저기 떠돌아가는 하늘은 좋다. 문득 우스개 한마디가 떠오른다.

좋은 철
궁리질 공부꾼은
보람을 위함도 아니면서
코피를 흘렸는데

내 나라 하늘은

곱기가 지랄이다.

눈물이 주르르 흐른다. 분하고 서럽다. 보람을 위함도 아니면서.
아버지 때문에? 어쩐지 아버지를 위해서 얻어맞아도 좋을 것 같
다. 몸이 그렇게 말한다. 멀리 있던 아버지가 바로 곁에 있다는 것
을 깨닫는다. 그의 몸이 거기서부터 비롯한 한 마리 씨벌레의 생
산자라는 자격을 빼놓고서도, 아버지는 그에게 튼튼히 이어져 있
었다. 아버지는 그의 옆방에 살고 있었다. 옆방에 사는 아버지를
미워하는 사람들이, 명준의 방문을 부수고 들어와서, 그에게 대신
행패를 부린 것이었다. 멀리 있는 아버지가 내게 코피를 흘리게
하다니. 이건 무얼 말하는 것일까. 높은 데서 솔개가 빙빙 돈다.
어디선가 한가한 새 울음. 명준은 격해야 할 자기가 이렇게 마음
이 가라앉아만 가는 게 이상하다. 싸늘한 웃음이 안개 끼듯 피어
나 마음속 높은 천장에서부터 아래로 아래로 내리밀면서 으스스
떨게 한다. 어느새 해도 넘어가고, 눈앞에 보이는 S서 건물 창마
다 불빛이 흘러나온다. 이젠 뒷골목을 빠져가면 그런대로 자기 몰
골을 드러내지 않고 돌아갈 수 있었지만, 얼른 자리를 뜰 생각이
나지 않는다. 손을 들어 얼굴을 만져본다. 눈언저리와 입언저리가
부었다. 혓바닥으로 윗입술을 핥는다. 아까 그 형사는 아직 저 건
물 속에 있을까. 그는 처음 만나는 나를 왜 그렇게 미워했을까. 그
렇게까지 할 줄은 몰랐다. 영미 아버지를 봐서라도 자기를 그렇게
까지 다루지는 않으리라는 믿음이 있었던 터에, 거침없이 손찌검

을 하다니. 어찌 된 일일까. 여태까지 잘못 생각해온 것을 어렴풋이 깨닫는다. 잘못 생각. 마음이 그렇게 말한다. 나의 방문이 무너지는 소리가 들린다. 그렇게 튼튼하리라고 믿었던 나의 문이 노크도 없이 무례하게 젖혀지고, 흙발로 들이닥친 불한당이 그를 함부로 때렸다. 내 방인데. 그자는 어찌 그리 방자할 수 있었을까. 그 점에 헛갈림이 있었던 게 분명하다. 명준의 편에서든 형사의 편에서든. '법률'이 그렇게 말한다.

일주일 후, 명준은 두번째 S서 형사실에 앉아 있다. 이번에는 여러 사람이 자리에 있는 시간이다. 명준을 맡은 형사 옆에 앉은, 얼굴이 바둑판같이 각이 진 친구가 명준을 흘끗 쳐다보더니 묻는다.

"뭐야?"

"이형도 씨 자제분이야."

"이형도?"

"이형도가 누구야?"

다음다음 자리에 앉았던 친구도 서류에서 눈길을 떼면서, 그들의 이야기에 끼어든다.

"박헌영이 밑에서 남로당을 하다가 이북으로 뺑소니친 새끼야."

저편 자리에서 소리가 난다.

"응 알아. 요사이 민주주의민족통일전선인가에서 대남 방송에 나오는 놈 말이지?"

"그래."

"이 새끼가 그 새끼 새끼란 말이지?"

와 웃음이 터진다. 명준은 고개를 숙이고 발끝을 내려다본다. 아버지 이름이 놀림을 받는 자리에서 아버지에 대한 사랑이 태어나는 것을 알았다. 얻어맞고 터지더라도 먼젓번처럼 취조관하고 단둘인 편이 오히려 나을 성싶다. 여럿의 노리개가 되는 건 더 괴로웠다.

"그래, 이 자식은 뭘 하는 놈이야?"

"철학자라네."

"철학? 새끼 꼭 아편쟁이 같은 게 그럴싸하군."

"이런 새끼들 속이란 더 알쏭달쏭한 거야. 내 사찰계 근무 경험으로, 극렬한 빨갱이들 가운데는 이 새끼 같은 것들이 꽤 많아. 보기는 버러지도 무서워할 것 같지. 이런 일이 있었어……"

그자는 명준을 젖혀놓고 동료 쪽으로 돌아앉아서 겪은 얘기를 늘어놓기 시작한다. 명준은 그의 얘기를 들으면서도 또 한 번 놀란다. 그는 자기 전성 시대라면서, 일제 때 특고 형사 시절에 좌익을 다루던 이야기를 하고 있는 것이었다. 그는 특고가 마치 한국 경찰의 전신이나 되는 것처럼 이야기한다. 그 말투에는 일제시대에, 그 학교의 전신이던 학교에 다닌 선배가, 그 소위 후배들을 앞에 놓고 옛날, 운동으로 날리던 얘기에 신명이 났을 때의 도도함이 있다. 그의 옛날 얘기를 듣고 있으려니까, 명준은 자기가 마치 일본 경찰의 특고 형사실에 와 있는 듯한 생각에 사로잡힌다. 형사의 얘기는 그토록 지난날과 지금을 뒤섞고 있다. 빨갱이 잡는 걸 가지고 볼 때 지금이나 일본 시절이나 다름없다고 생각하고 있는 게 완연하다. 일제는 반공이다, 우리도 반공이다, 그러므로 둘은 같다라는 삼단논법. 그는 '아까' '아까'를 거푸 지껄인다. 그의 의견으로는 빨갱이는 어떻게 다뤄도 좋다. 그는 옛날은 좋았다고 한다. 옛날엔 세도가 당당했다고 한다. 명준은 차츰 몰라진다. 옛날이 좋았다? 조선시대란 말인가? 고려? 신라? 삼한? 혹은 에덴 시대? 아니 이자가 그런 고전적인 회고 취미를 가졌을 리 없다. 그건 일본 시대를 말하는 소리다. 20분이나 잘되게 그를 버려뒀다가 그제야 돌아앉는다.

"잘 생각해봤나?"

"네?"

"이 새끼, 첫마디에 알아듣는 적이 없어. 대학에서 철학까지 공부하는 새끼레 왜 그리 눈치가 없어?"

"……"

"순순히 불 생각이 들었느냔 말이야."

명준은 잠깐 고개를 떨어뜨렸다가, 똑바로 얼굴을 쳐들면서 입을 열었다.

"전번에도 말씀드렸습니다만, 저에게 오해를 하시는 모양인데…… 네, 끝까지 들어주세요…… 잘못 아시는 모양인데 제 부친은 집에 들어서는 통 그런 얘기를 안 하는 분이었고, 월북하셨을 때도 처음 몇 달 동안은 어머니나 저나 그런 줄을 몰랐어요. 전에도 집을 비우시는 일이 많았으니까요. 그러려니 하고 있다가 나중에야 알았어요. 그 후로 어머니는 돌아가시고 저는 지금 살고 있는 변성제 씨 댁에 와서 지금까지 지냈고 아버지 소식은 알래야 어떻게 알 수 있었겠습니까. 이 점에 대해서는 변 선생께서도 잘 알고 계십니다."

그러나 형사는 그의 말을 내내 들어주고 있지는 않는다. 성냥개비를 가지고 귀를 후비기도 하고, 새끼손가락 끝으로 콧구멍을 후비기도 하면서, 딴전을 부리다가 변성제란 이름이 나왔을 때 불쑥 한마디 던진다.

"변 선생? 변 선생은 거기까지는 다짐할 수 없다는 거야."

명준은 가슴이 콱 막힌다. 어렴풋이나마 그 이름이 미칠 수 있는 힘을 짐작하고서 한, 명준의 그 말만은 놓치지 않고 대뜸 쏘아붙이는 형사의 투는, 흘려듣는 듯하면서 대목은 결코 놓치지 않고 있다는 다짐이다. 능글맞은 늑대 한 마리를 보는 듯하다. 변 선생이 뭐라 한 걸 가지고 넘겨짚는 수작인지 그것도 알 수 없다. 가만히 있을 순 없을 것 같아서, 그대로 잇는다.

"물론 한집에 사는 식구라도 일거 일동을 모조리 알 수야 없겠지만, 저의 생활이란 간단합니다. 제가 제일 접촉이 많은 곳이래야 결국 학교일 테고, 그 밖에 교우 관계도 조사해보시면 아실 겁니다. 지은 죄 없이 추궁받는 건 정말 괴롭습니다."

'일거 일동'이니 '접촉'이니 '교우 관계'니 하는 이 동네 말이 제 입에서 술술 나온다.

"제일 친한 친구가 누구야?"

명준은 잠깐 생각했다.

"별로 없습니다."

"뭐? 한 사람이라두 대란 말야."

"글쎄요. 특별히 친하단 사람은…… 변태식이 그중……"

"변태식이?"

"뭣 하는 사람이야?"

"변 선생 자제분입니다."

"아따 요 새끼 노는 꼴 봐라."

옆자리에서 거들 듯 홍 소리가 난다.

"변 선생을 끌고 들어가는 게 안전하단 말이지? 그따위 잔꾀 부리지 마. 하긴, 내 경험으로두 너처럼 상판때기가 샌님처럼 생긴 게 곧잘 사람을 속이는 법이야. 내가 아직 경험이 없을 땐 그 수에 잘 넘어갔지. 그렇지만 지금은 달라. 너 같은 놈을 한두 명 겪은 줄 알어? 뱃속까지 환하다, 이 새끼야."

그러면 어쩌자는 말일까. 그의 목을 죄는 손은 웬걸 끈질기다. 무서움이 한 걸음 한 걸음 뚜렷한 모습을 띤다.

그 후 한 번 더 불러들이고는 아직 아무 기별도 없다. 명준은 나날을 걱정이라는 먼지 티끌이 자욱이 서린 공기를 숨 쉬면서 살았다. 그러면서 줄곧 속에서 부르짖는 한 가지 소리가 있다. 이명준, 자 보람 있는 삶이 끝내 자네 것이 된 거야. 갈빗대가 버그러지도록 벅찬 불안에 살 수 있게 되지 않았나. 하루의 시간이 어두운 무서움으로 짙게 칠해진, 알차게 익은 시간이란 말일세. 자네가 그렇게 조르던 바람이 아닌가. 이제 심심하단 말은 말게. 놀려주는 소리다. 그는 소리를 죽이느라고 술을 마신다. 마시면 마실수록 머릿속은 더욱 또렷해간다. 누르듯 무거운 공기에 견디다 못해서 불현듯 머리에 떠오른 윤애의 모습을 좇아서 이곳까지 오고 말았다.

윤애가 손수 저녁상을 들고, 두 줄로 키 높이 자란 칸나 울타리를 돌아온다.

명준 한 사람 몫이다.

전번에, 서에서 형사한테 얻어맞은 후로 자꾸 자기가 못난 생각만 든다. 그래서만은 아니겠지만, 불쑥 찾아온 자기를 뛰어다니면서 보살펴주는 마음씨가 몹시 고맙다.

허황스럽던 몸가짐이 탁 꺾이고, 며칠 사이로 퍽이나 약해진 느낌이다. 몸이 저절로 무언가를 배운 모양이다. 여태껏 기대어오던 게 무엇이든지 간에, 나는 믿을 수 없는 걸 믿어온 게 아닌가. 적어도 나의 방 자물쇠는 장난감이었던 모양이다. 윤애에게 상의해본다.

"저는 지금 돌아갈까 합니다."

윤애는 그를 빤히 쳐다본다.

"무슨 말씀을 하세요, 늦었는데."

"헤드라이트가 있으니 괜찮아요. 밤에는 왕래가 없으니 속력도낼 수 있어요."

"어머나, 참 이상하시네."

이상할 수밖에 없는 속을 털어놓지 못하는 일이 괴롭다.

"글쎄요."

"글쎄가 뭐예요. 이 밤에. 오토바이 선수가 되실 작정이세요?"

그녀는 까르르 웃다가,

"정 그러시다면 내일 떠나세요. 저희 형편은 며칠이라도 괜찮지만."

"며칠이라도?"

"선생님 한 분 오셔서 밥 굶진 않아요."

"그럼 여름내 여기서 신셀 질까요!"

"그럭허세요."

손뼉이라도 칠 듯이 대뜸 반색을 한다.

"집의 형편은…… 하하 식객이 늘어서 어떻다는 이야기가 아니구, 부모님들이라든지 괜찮겠느냐 말씀입니다."

"제가 말씀드리지 않았던가요?"

"뭘 말입니까?"

"저희 집은 식구가 단출해요. 작년에도 와보시구서. 전 외딸이랍니다."

"남자 형제는?"

"없어요."

"네에."

"호호. 네에라니 마땅찮으세요?"

명준은 마음껏 웃었다. 며칠 만에 처음 즐겁다.

"그럼 이렇게 합시다."

"어떻게요?"

"제가 한번 돌아가겠습니다. 알리기나 해놓아야지요."

"그게 좋겠군요. 그럼 내일 가셨다가."

"네, 모레나, 늦어도 글피는 돌아와서, 다시 한동안 신세지겠습니다."

"신세 신세 하지 마세요. 주인인 제가 좋아서 모시는 건데, 억지로 오시거나 하는 것처럼, 뭘 그러세요? 그보다도, 인제 그 웃저고릴 벗으세요."

정하고 나니 후련하다. 여름 동안 아무 작정도 없이 있었는데, 인천에서 보내게 되는구나. 딴은 일부러 바라도 어려울 일이다. 설마 윤애네에서 한여름을 보내게 되리라고는 꿈도 안 꾼 일이라, 마음이 술렁거림을 누르지 못한다. 영미가 놀릴 테지. 어쨌든 한동안 서울을 떠나 살게 된 일이 기쁘다. 조용한 시골에서 오붓한 시간을 보내노라면, 마음도 가라앉을 테고, 좋은 마련도 떠오르리라 믿고 싶다. 고단할 테니 빨리 쉬라고 하면서, 윤애가 안채로 들어간 다음에도, 이런저런 생각에 엎치락뒤치락하였으나, 어느덧 쉴 없이 밀려드는 잠의 물결 속에서 몇 번 꼴깍꼴깍 허덕이다가, 끝내 깊은 밑바닥으로 푹, 가라앉아버린다.

예감이란 말이 있다. 옛날 사람들이 그렇게 나타냈고, 지금도 그대로 쓰고 있다. 어떤 사람이든 생애에 적어도 한두 번씩 이런 느낌을 겪게 되는 법이고, 지금 명준이 바로 그렇다. 자기가 애쓰지 않는데도, 어떤 일이 다가옴을 살갗으로 느끼는 걸 예감이라고 부른다. 알맞은 말이 없는 탓으로 지금도 그대로 쓰지만, 그 짜임이 어떻게 생겨먹었는지 밝혀지지 않고는 앞으로도 그럴 거다. 하지만 명준의 경우에는 그 예감의 안속이 반드시 짐작 못 할 것만은 아니다. 나라나 세상 앞일이 아니고 제 일이고 보면, 뭐니 뭐니 해도 자기가 제일 잘 알고 있다. 자기 삶이 어떤 나무에서 익을 대로 익은 끝에, 곱다랗게 자리 잡고 있던 가지에서 뚝 떨어지기 앞선 얼마 동안, 새로운 움직임을 마련하는 숨결이, 아무래도 본인에게 새어나게 마련이다. 두꺼운 벽을 가진 방 안에서 주고받는 말소리가 듣는 사람에게 안타까움을 주는 게 사실이라면, 문득 귀찮아져서 엿듣기를 그만두는 마음도 있을 수 있다. 명준은 자기 밖에서, 또 안에서 아끼던 물건이 흠칫흠칫 허물어져가는 소리를 듣고 있다. 밤중에 잠에서 깼을 때, 집 재목이 쩡 말라가는 소리처럼, 단단한 벽에 금이 가는 낌새를 눈치 채고 있다. 그렇게 쉽사리 허물어지리라고는 정말 생각지 않던 일이었으나, 별수 없는 일이다. 고요한 무너짐. 그는 기다리는 수밖에 없다. 쓸 손도 없었거니와 귀찮기도 해서, 그저 심란하면서 꼼짝하기 싫은 몸을 일으킬 염을 내지 않았다. 실은 무서워서, 그토록 질려버린 것이다.

윤애한테 말하지도 않고, 혼자서 곧잘 거리를 걸어본다. 부두를 낀 거리를, 맥고모자를 눌러쓰고 기웃거리는 시간에, 그는 즐겁다. 윤애도 없고, 때리던 형사도 없고, 아버지도 없다. 비린내 나는 어시장에서, 얼음에 잠긴 물고기들을 물끄러미 내려다보면서, 그저 때를 보내는 게 좋다. 얼음에 차갑게 잠겨서, 눈을 번히 뜬 채, 지붕에 박힌 빛받이 창문으로 내리비치는 햇살 아래, 은색 비늘의 깨끗한 조기를 보고 있으면, 미술이라는 일이 짜장 가난하게만 느껴지는 사무치는 울림이 있었다. 물건 살 사람 같지는 않은지, 모른 체해주는 그곳 사람들이 좋다. 너무 남한테 마음을 쓰면서 살아왔어. 모든 사람에게 이쁘게 보이려구. 흔히들 여자란, 남편이나 애인이 아닌 남자한테도 꼬리를 치는, 타고난 갈보라지만, 시시한 소리다. 여자보다 더 쩨쩨한 남자도 얼마든지 있다. 나 같은 놈이 바로 그렇다. 남자는 씩씩해야 된다? 여자는 상냥스러워

야 한다? 시시한 소리다. 아득한 옛날 수풀에서, 돌도끼로 짐승의
이마빡을 치던 때 얘기다. 씩씩하려야 씩씩할 거리가 없다. 어찌
보면 문화란 말은 턱없는 믿음의 범벅이다. 남자는 씩씩하다고들
한다. 이미 씩씩하다는 이야기는, 스포츠에서나 보이는 몸놀림의
깨끗함이라는 값밖에는 매길 수 없는 시대에, 아직도 이런 믿음이
남아 있다. 남자들은 씩씩한 체하려고들 한다. 애인들 앞에서, 굳
센 수컷의 맛을 보여주려고 애쓴다. 왜냐하면 그녀들이 바라기 때
문이다. 그런 바람이 얼마나 모진 일인지 알지도 못하는 여자들의
비위를 맞추려고, 소뿔 끝에서 피를 뿌리는 스페인 사람들이 한다
는 그 백정놀이에서처럼, 그들은 쓰러진다. 오늘날 세상처럼 사람
이 '영웅의 삶'을 살 수 없는 때도 없다. 사람이 달라진 게 아니고,
조건이 달라진 것이다. 조건을 쑥 뽑은 다음에 그 어떤 알맹이가
남는다는 건, 곧 아름다운 미신이다. 나한테도 영웅의 삶을 살고,
영웅의 죽음을 죽을 수 있는 씨앗이 파묻혀 있을까. 그건 알 수 없
다. 다만, 이 검은 해가 비치는 어두운 광장에서는 피어날 수 없는
씨앗인 것만은 확실한 것 같다. 그런 광장으로 시민들을 불러내는
나팔수가 바로.

비린내 나는 살갗 검은 여자들이, 꼬챙이로 고기를 꿰어 광주리
에 옮기면서, 목쉰 소리로 셈을 외친다. 한나히요, 두홀이요, 서
어히요, 가락을 붙인 셈 소리는 성의 구별을 잊게 한다. 저 여자들
도 삶의 뜻을 가끔 생각할까? 아마 결코 않는다. 철학은 한가에서
온다고. 무엇에서 비롯했건 교육받은 숱한 사람들에게, 생각한다
는 버릇이 붙어버렸다는 일은 물리지 못한다. 아가미처럼 이루어

진, 이 '생각'이라는 가닥을 떼어버리면, 그들은 죽는다. 아가미를 떼지 않고 매듭을 푸는 길만이, 사실에 맞는 처방이다.

개인의 밀실과 광장이 맞뚫렸던 시절에, 사람은 속은 편했다. 광장만이 있고 밀실이 없었던 중들과 임금들의 시절에, 세상은 아무 일 없었다. 밀실과 광장이 갈라지던 날부터, 괴로움이 비롯했다. 그 속에 목숨을 묻고 싶은 광장을 끝내 찾지 못할 때, 사람은 어떻게 해야 하는가?

처음 이 집에 왔을 적에 윤애의 눈에 켜졌던 불은, 그 후로 이내 볼 수 없다. 그녀는 세 번에 한 번씩은, 명준을 따라, 정한 데 없는 걸음을 따라나선다. 기름이 떠돌고, 나뭇조각이며 빈 병이 떴다 가라앉았다 하는 선창에서 느끼는 즐거움을 말해주면, 그녀는 그저 듣고만 있었다. 명준의 그런 겪음에 저도 끌리는지 어쩐지, 겉으로는 어느 편으로도 보이는, 심란하기까지 한 낯빛이다. 그럴 때 명준은 문득, 무서워진다. 사람이 사람을 안다고 말할 때, 그건 얼마나 큰 잘못인가. 사람이 알 수 있는 건 자기뿐. 속았다 하고 떼었다 할 때, 꾸어주지도 않은 돈을 갚으라고 조르는 억지가 아닐까. '사랑'이란 말 속에, 사람은 그랬으면, 하는 바람의 모든 걸 집어넣는다. 그런, 잘못과 헛된 바람과 헛믿음으로 가득 찬 말이 바로 사랑이다. 어마어마한 그물을 얽어낸 철학자가, 늘그막에 가서 속을 털어놓는 책을 쓰는데, 그 맺음말에서 '사랑'을 가져온다. 말의 둔갑으로 재주놀이하는, 끝없는 오뚝이 놀음. 철학이란 그렇게 가난한 옷이었다. 윤애의 덤덤한 낯빛은, 관념 철학자의 달걀 이명준에게, 화려한 원피스로 차리고, 손이 닿을 거기에 다소곳이

선 '물자체'였다.

부드러운 살결이 벽처럼 둘러싼 이 물건을 차지해보자는 북받침이, 불쑥 일어난다. 그러자, 언젠가 여름날 벌판에서 겪은 신선놀음의 가락이 전깃발처럼 흘러온다.

"더러운 물건이 갑자기 아름다워 보일 때, 저는 제일 반갑습니다. 눈이 열린다 할까요?"

"더러운 물건이어야만 하나요?"

"아름다운 물건이, 아름답게 보이는 건, 뻔한 일입니다. 그러나 그대로는 더럽게밖엔 보이지 않던 물건이 그대로 아름다움 속에 돋아나 보이는 건, 마음이 더 높은 곳으로 옮겨갔다는 겁니다."

"그렇겠지요."

오호, 그렇겠지요라구. 이 텅 빈 말. 귀밑머리가 구름처럼 나부끼는 그녀의 옆얼굴을 쳐다보며, 명준은 알 수 없는 미움이 치받쳤다.

"바다와 산, 어느 편을 좋아하세요?"

"둘 다 좋아요. 산은 산대로 맛이 있구…… 그렇잖아요?"

주여, 이 깡통을 용서하옵소서. 일곱을 일흔 번 하여 용서하옵소서. 명준은, 방금 연기를 뿜으며 그들 앞을 떠나가는, 작은 통통배에 눈을 돌린다. 이런 말을 가지고는, 그녀의 마음이 울리지 않는 모양이다. 아무리 전파를 보내도, 한 편의 수신기가 헐었거나, 주파수가 안 맞으면, 그 전파는 흩어진다. 가르치는 사랑으로?

"바다에 서면 그대로 어디든지 가고 싶어요."

유행가를 부르는구나. 홈이 다 닳아빠진 레코드에서 흘러오는,

이 강산 낙하 유수를. 하지만 이토록 예쁜 아가씨가, 국문학을 배우는 문학도가. 귀여운 생각이 든다. 내 이야기도 유행가지. 본인에게는 아무리 벅찬 넋두리라도, 남의 귀에는 유행가로밖에는 들리지 않는 바에야 무슨 말이면 다르겠는가. 이만한 분별은 있다.

"가면 괴로움이 없는 땅이 나타날까요?"

"몰라요. 나타나든 안 나타나든 갔으면 좋겠어요."

"그런 느낌은 알 만합니다. 꿈이지요."

"꿈, 사람은 꿈에 속아서 사는 것 같아요."

"왜 속아서라구 합니까?"

"그저 속는 거지요. 결혼두 무서워요. 집에서는 가끔 이야기가 있습니다만."

"글쎄요, 저두 무섭다는 건 알겠습니다만, 사람이 생기면서부터 있어온 일인데, 비켜갈 수 있겠어요? 저는 가끔, 나이 많은 사람을 보면, 이런 생각을 해요. 제 손으로 목숨 끊지 않고 저 나이까지 살아냈다는 건 어쨌든 장하다구."

"장한 게 아니구 할 수 없이 산 것이겠지요."

명준은 마음에서 가시가 뽑히고, 너그러운 마음이 되어간다. 어쩌면 이리도 마음이 차분치 못할까. 미움과 사랑이 함부로 뒤바뀌는 짜증스러움이, 자기의 불안한 자리를 말하는 줄을 알긴 한다. 그리고 보면, 광장에서 보낸 어두운 그림자는, 이 항구의 붐빔 속으로까지 그를 따라와 있는 것이 된다. 그런들 윤애에게 화풀이할 까닭이 없었으나, 뉘우치면서도 언제나 마찬가지였다. 윤애에게 부드러우려고 애쓴다. 모처럼 폐를 끼치면서 심술까지 부릴 법이 없다고 뉘우친다.

여느 날처럼 그날도 2시쯤, 한창 햇살이 이글거릴 무렵에 집을 나선다. 누군가 따라오는 기척에 돌아다본다. 윤애였다. 명준은 걸음을 멈추고 그녀를 기다려준다.

"왜 그리 혼자만 다니세요? 이건 저한테 놀러오신 게 아니구, 저희 집으로 오신 거군요."

노란빛 파라솔 밑에서, 그녀는 웃는다. 명준은 머리를 긁적이면서, 그녀와 가지런히 걸음을 맞춘다.

"오늘은 선창 말고 다른 데로 가요."

그는 머리만 끄덕인다. 선창을 끼고 올라가서 오래 걸었다. 명준, 이럴 때 남자가 두 사람 사이를 이끌어야 되려니, 생각한다. 자기가 손만 내밀면 그녀는 들을 것 같다. 퇴짜 맞을 때를 떠올리고 머뭇거린다. 기껏 신사 대접을 받다가, 도적놈으로 탈바꿈하는 데는 배짱이 있어야 했다. 도적놈.

거침없이 살던 사람들의, 조마조마한 울렁거림을 옮겨볼 자리를, 그는 찾지 못하고 있었다. 그의 눈앞은 좁아서, 눈을 가린 마차 말처럼, 숨 막히고 지루한 산길을, 한 가지 무심한 햇살에 짜증을 부리면서 몰아가는 나날이었다. 요즈음 그 숱한 정치 모임의 어느 하나도 모르고 지내온 생활이었다. 까닭은 두 가지다. 벌어지고 있는 일의 뜻을 잘 알 수 없었다. 너무 큰일에, 너무 많은 사람들이, 너무 내친 말을 하고 있다. 하느님의 문서를 보고 온 사람들처럼. 철학이란 물건에서 배운 것이 있었다면, 정말 알고 있는 것보다 목소리를 더 높여서는 안 된다는 것이었다. 아무것도 아닌 일이지만, 높은 가락만 들리는 판에서는 싸울 뜻이 없는 사람처럼 보인다. 까닭의 두번째는, 좀더 가까운 슬기였다. 아버지 아들인 그는 조심해야 했다. 지금 한 여자를 굽혀보자는 생각은, 죄악에 넘친 음모처럼 그를 꾄다. 새로운 지평선에 올라선 사람의, 새로워진 힘이 밀려온다. 그들이 다다른 곳은, 왼편에 마을이 보이는 언덕진 땅 생김이 분지를 이룬, 움푹한 자리다. 오른편으로 멀리 바라보여야 할 선창과 거리는, 막아선 늙은 느티나무의 한 무리 때문에 보이지 않았고, 앞으로만 트인 눈길 앞에, 선창의 붐빔을 금방 보고 온 눈에는 기이할 만큼 빈 바닷가에, 모래만 허허하게, 기운 한낮의 햇살을 되비치고 있다. 느긋하면서 두근거리는 힘이 흥건히 속에서 괴어오르고, 명준은 누구에겐가 고마운 마음이 드는 것이다. 그들은 그 분지에서, 조용함을 즐기듯 한참 서서 바다를 내다보고 있다가, 나무 그늘에 자리를 잡는다. 바다에는, 배 그림자도 없다. 탐스럽게 푸짐한 뭉게구름만, 우쭐우쭐 솟아 있다. 희고 부드러운 덩어리에는, 햇빛 때문에, 유리처럼 반짝이는 모서리가 있다. 머리나 어깨 언저리가 그렇고, 아랫도리는 그늘이 져, 환한 윗몸을 돋우어준다. 그 모양은, 여자의 벗은 몸을 떠올린다. 금방 물에서 나온 깨끗한 살갗의 빛깔과 부피를 닮았다. 어디서 봤던가 기억을 더듬는다. 영미였다. 그녀가 목욕을 하고는, 곧잘 그의 방 의자에서 농담을 하다가 돌아가곤 할 때, 보기가 민망하도록 곱던 살빛이다. 쓴웃음을 짓는다. 기껏해야 떠올리는 본이라고는 영미뿐. 초라해진다. 영미는 나한테 무엇이 되는가.

친구의 누이, 아버지 친구의 딸, 나의 친구, 주인집 딸? 그는 흠칫한다. 주인집? 왜 갑자기 이런 부름이 나왔을까? 여태까지 그 집을 주인집이라 여긴 적이 없다. 하지만 주인집이 아니고 무언가. 그는 다시 구름을 바라본다. 반짝이는 작은 물체가, 흰 바탕 앞에서 날고 있다. 구름조각이 따로 노는 것처럼 보이는 그것은, 갈매기다. 마음을 가다듬고, 눈을 흡떠, 물밑에 있는 먹이를 노리고 있는 모습이런만, 떼어놓고 보기에는, 날개를 기울이며 때로 내려꽂히고, 때로 번듯 뒤채이며, 스르르 미끄러지는, 노곤한 그림 한 폭이다.

명준은 그녀를 돌아다본다. 발끝을 내려다보면서 모래를 비비적거리고 있다. 푸른 줄이 간 원피스가 눈에 시다. 나무 그늘인데도, 바닷가 햇살은, 환하다. 그녀의 손을 잡는다. 그녀는 흠칫하는 듯했으나, 가만있는다. 오래 그러고 있는다. 다음에는 어떻게 했으면 좋을지 모르겠다. 오래 끌수록 점점 거북하고 불안해진다. 그녀는 손을 옴지락거리면서, 빼내려는 듯이 했다. 그녀의 움직임이 명준을 갑자기 떠밀었다. 잡았던 손에 힘을 주어 자기 쪽으로 당기면서, 다른 팔로 그녀의 허리를 붙든다. 입술을 가져가니, 억세게 밀어낸다. 그녀는 두 팔로 그의 가슴을 받치고, 머리를 저어 그의 입술을 비킨다. 명준은, 그녀의 허리를 안았던 손에 힘을 주고, 한 팔로 그녀의 팔을 젖히면서 앞으로 당기자, 그의 가슴을 받치던 윤애의 팔이 꺾이고, 이쪽 가슴으로 푹 안기고 말았다. 그는 두 팔로 그녀의 몸을 죄면서 입술을 더듬었으나, 그녀는 고개를 낮추어 그의 가슴에 얼굴을 파묻으면서, 끈질기게 마다한다. 명준은 노여움으로 온몸이 확 단다. 그는 감았던 팔을 확 풀면서, 그녀의 턱과 뒷머리를 거칠게 붙잡아, 틈을 주지 않고 입술을 누른다. 기다리기나 한 듯이, 곧, 그녀의 입술이 열리고, 부드러운 그녀의 혓바닥을 자기의 그것으로 느낀다. 그녀의 몸에서 힘이 빠지면서, 머리를 붙든 명준의 두 팔에 무게가 걸려왔다. 그는 가슴으로 그녀의 무게를 받아주면서, 그대로 입을 빨았다. 그녀는 눈을 감은 채 팔을 축 늘어뜨리고 있었으나, 그의 것을 맞이하는 그녀의 미끄러운 살점은 빠르게 움직인다.

그는 입술을 떼고 그녀의 뺨에, 이마에, 입술을 댄다. 다음에는 목을 애무한다. 원피스가 팬 틈으로 가슴을 더듬는다. 그녀는 또 한 번 꿈틀한다. 그는 그녀를 힘있게 한 번 가슴에 품었다가, 놓아줬다. 자리를 옮겨앉으면서, 흩어진 머리를 만지는 그녀는, 아주 가까워진 사람 같다. 사람이 몸을 가졌다는 게 새삼스레 신기하다. 사랑의 고백도 없이 이루어진 일인데, 어떤 대목을 빼먹었다는 뉘우침은 없다. 대목이라고 하면, 그녀를 처음 만나서 지금까지, 반 년이란 시간은 되고도 남을 세월이다. 손을 반쯤 내밀었다간 도로 움츠리고 한, 병신스런 반년. 맑고 가득 찬 기쁨이 있다. 명준은 윤애의 손을 잡아다가 두 손바닥으로 다독거린다. 손톱 모양이 고운 기름한 손가락이, 그의 손을 얽어온다. 아까 입을 맞추었을 때처럼, 그 움직임은 그녀의 마음을 옮기고 있다.

은근한 힘으로 명준의 손가락에 응해오는 미끄러운 닿음새를 즐기면서, 처음에 그녀가 보여준, 마다하는 흉내를 눈감아줄 마음이 되는 것이었다. 그녀의 눈을 들여다본다.

그녀는 부신 듯 얼른 고개를 숙여버린다. 사랑스럽다. 그녀의 손가락을 하나씩 꺾어서 소리를 내본다. 다섯 손가락을 다 마치고, 다른 손을 끌어다 또 그렇게 한다. 그녀는 아랫입술을 깨물면서, 그의 장난을 보고 있다. 명준은, 처음 짐작과는 달리, 사랑하는 사람들끼리 마주 앉았을 때 시간을 메우는 흉내를 쉽사리 해내고 있는 일에 놀란다. 아무 어려운 것이 없다. 그녀의 열 손가락 마디가 모조리 끝나자, 이번에는 그 손가락을 입술로 가져가서 하나하나 애무했다. 손톱이 깨끗이 손질이 된 손가락을 이빨 끝으로 딱 물어끊고 싶다. 바다에서는 아직도 그 자리에서 갈매기가 날고 있다.

그날 밤 윤애가 일찌감치 자리를 뜨고 나간 뒤에, 명준은 팔베개를 하고 누워, 그녀가 앉았던 방석을 물끄러미 바라보면서 흐뭇한 기쁨을 즐긴다. 잠자리 날개모양 풀이 꼿꼿한 모시적삼을 입은 그녀의, 깔끔한 자태가, 자기 품에서 숨을 할딱이던 바로 그 몸이라는 일은 그에게 자랑스러움을 준다. 그렇게 튼튼하게만 보이던 돌담의 한 모서리가, 멋쩍을 만큼 쉽사리 허물어진 일은 거짓말 같다. 연애가 희한한 '기술'로만 비치던 명준에게는, 뻔히 자기 손으로 만져본 승리조차도, 그러므로 허깨비나 아니었던가 싶게 믿어지지 않는다. 입술을 갖다 대자 대뜸 그녀의 입술이 열리던 생각을 하고, 그는 빙그레해진다. 그녀는 베테랑인가? 아니 숨차서 허덕이는 참에 그렇게 된 것이겠지. 내내 두 팔을 드리운 채로였지. 내 허리에 매달리거나, 목에 걸어오지도 않았다. 불안한 생각이 든다. 그녀는 그저 갑작스레 당하고 만 것일까. 아니, 그녀의 혀는 토막 난 뱀처럼, 욕정에 젖어서, 꿈틀거리지 않았나. 부드럽게 젖은 그 살점은, 분명히, 사랑을 말하고 있었다. 사람이 가질 수 있는, 가장 값진 전리품은, 사람인 성싶었다. 그의 만족은 그처럼 크다. 그녀의 마음을 그동안 눈치채지 못한 건 아니었지만, 그녀의 몸의 한군데를 내받은 지금에야 마음 놓고 믿을 수 있었다. 마음은 몸을 따른다. 몸이 없었던들, 무얼 가지고, 사람은 사람을 믿을 수 있을까. 눈에 보이지 않는 신을 보고지라는 소원이, 우상을 만들었다면, 보고 만질 수 없는 '사랑'을, 볼 수 있고 만질 수 있게 하고 싶은 외로움이, 사람의 몸을 만들어낸 것인지도 모른다. 사람의 몸이란, 허무의 마당에 비친 외로움의 그림자일 거다. 그렇게 보면 햇빛에 반짝이는 구름과, 바다와 뫼, 하늘, 항구에 들락날락하는 배들이며, 기차와 궤도, 나라와 빌딩, 모조리, 그 어떤 우람한 외로움이 던지는 그림자가 아닐까. 커다란 외로움이 던지는. 이 누리는 그 큰 외로움의 몸일 거야. 그 몸이 늙어서, 더는 그 큰 외로움의 바람을 짊어지지 못할 때, 그는 뱄던 외로움의 씨를 낳지. 그래서 삶이 태어난 거야. 삶이란, 잊어버린다는 일을 배우지 못한 외로움의 아들. 속였기 때문에 또 다른 속임의 대상을 찾지 않을 수 없는 오입쟁이의 계집들, 그게 삶이야. 이거다 싶게 마음에 드는 계집을 만났을 때만, 오입쟁이는 고단한 옷치장을 그치고 파자마로 갈아입을 것이며, 으뜸가는 아이를 낳았을 때만, 외로움은 씨뿌리기를 그칠 것이며, 공간은 몸 푸는 괴로움을 벗을 거야. 삶이란, 끝가는 데를 모르는 욕정 탓에 괴로운, 애 잘 낳는 여자의 아랫배 같은 것.

형사의 발길질에 멍이 들고도, 관념 철학자의 달걀답게, 이런 어수선한, 곤달걀 속 같은 꿈 넋두리 속을 오락가락하다가 잠이

든다.

 이따금 들리는 뱃고동 소리가, 언젠가 들은 적이 있는 산새 울음소리 같다고, 그런 생각을 하고 있다. 뱃고동. 산새 울음. 소주잔을 들어서 쭉 들이켠다. 목에서 창자로 찌르르한 게 흘러간다. 이 목로술집은 인천에 와서부터 단골이다.
 얼마 붐비지 않는 게 좋았고, 내다보이는 창밖이 좋다.
 마룻장 밑에서는 바다가 철썩거린다. 다 탄 담배를 창밖으로 던진다.
 "더 드릴깝쇼?"
 주전자를 한 손에 들고 주인이 등 뒤에 서 있다. 주전자를 잡은 손마디가 유난히 굵다. 명준은 별 뜻도 없이 주인의 얼굴을 빤히 쳐다보면서 천천히 머리를 든다.
 "아니오."
 웬일인지 주인은, 서성거리면서, 무슨 말을 하고 싶은 눈치다. 명준은 웃었다. 머리를 끄덕이면서 자기 옆자리를 가리킨다. 앉으라고. 그러자 주인은, 주전자를 상에 올려놓고, 두 손바닥을 비비듯하면서, 은근한 말투가 되는 것이다.
 "배가 있어요."
 먼저, 그의 낯빛이었다. 야릇한 얼굴이다. 그 말을 할 때, 그는, 문간을 흘끗 쳐다보았다.
 "......"
 "괜찮아요, 처음 오셨을 때부터 전 알았습죠."

"배라니."

"헤헤헤, 괜히 이러십니다. 처음엔 다 그러시지요."

주인은 컵을 집어다가, 제 손으로 한 잔 따라 마시고는, 명준의 귀에다 대고 무슨 말을 했다. 그 말에, 몸에서 힘이 스르르 빠진다. 마음이 푹, 놓인다. 마치, 그 말을 기다리기나 했던 것처럼 태연하다. 그 태연한 빛을 보자, 주인은 그것 보라는 듯이, 이번에는 그쪽에서 시무룩해지는 것이다. 명준은 담배를 뽑아 입에 물고, 불 댕기는 것을 잊은 듯, 멍하니 창밖을 내다본다. 가랑비는 짙은 안개 같다. 안개 속에서, 이따금, 짧은 뱃고동이 울려온다. 안개 속에 윤애의 흰 가슴이 있다. 그가 만지게 맡겨주던, 촉촉이 땀 밴 가슴이, 가랑비를 맞으며 둥둥 떠 있다. 그 분지에서 자지러지게 어우러지다가, 그녀는 불쑥,

"저것, 갈매기……"

이런 소릴 했다. 그녀의 당돌한 말이 허전하던 일. 그 바닷새가 보기 싫었다. 그녀보다도 더 미웠다. 총이 있었더라면, 그는, 너울거리는 흰 그것을 겨누었을 것이다. 떨리는 손가락으로 방아쇠를 당겼을 것이다. 흰 가슴 위에서 갈매기가 날고 있다. 비에 젖어.

주인이 명준에게 한 귀엣말은 이런 것이었다.

"이북 가는 배 말씀입죠."

"미스터 리."

선장이 옆구리에 와 서 있다. 마도로스 파이프가 번쩍 하면서, 잠시 밝혀낸 불빛 속에, 선장의 단정한 얼굴이 웃고 있다. 명준은

누운 채로 말했다.

"캡틴은 미남잡니다."

"음? 으하하하…… 쌩큐 쌩큐. 우리 마누라가 들으면 얼마나 좋아할까? 자 일어나게. 내 방에서 한잔하세. 모셔둔 스카치를 터뜨려야지."

"상을 주시는 거군요?"

"상? 좋아서 그러는 걸세."

"그럼 어떤 상을 받느냐는 제가 골라잡을 수 있겠군요."

"스카치로선 안 된단 말이로군. 이거 단단히 미남자 값을 치르는데?"

명준은 손을 들어 밤하늘을 가리키고, 그 손을 옮겨 자기 얼굴을 가리킨 다음, 말했다.

"내 별빛을 막지 말아주시오."

선장은, 한걸음 뒤로 물러서면서 차렷을 하고, 모자 차양에 손을 올린다.

"존경하는 디오게네스 각하, 실례했습니다."

구두 뒤꿈치를 탁 올리며 뒤로 돌아 한번 멈추었다가, 고개도 돌리지 않고 뚜벅뚜벅 걸어서 모퉁이를 돌아간다. 디오게네스는 고개를 돌려 반듯이 별하늘을 올려다본다.

별, 별, 별……이다.

바다 위에서 보는 별하늘은 자지러질 듯하다. 종교가 없는 그는, 별하늘에서 사람의 길을 본 사람의 마음을 알 수 있다.

그와 윤애는, 그 바닷가 분지에서, 초롱초롱 별이 보이기 시작

할 때까지 앉아 있곤 했었다. 그 무렵 그는 왜 그토록 안절부절못
했을까. 처음 안 여자의, 모든 것을, 한꺼번에 알려고, 그리도 서
둘렀던지.

"그런 얘기를 더 하세요."

"그런 게 뭐 재밌어?"

"어머나, 자기는 뭘 공부하시는데?"

"나? 그러니까 바보였지. 지금은 일없어."

"그럼 뭐가 일 있어요?"

"윤애야."

정말이다. 윤애면 다였다. 스무 살 고개에 처음 안 여자는, 모든
것을 물리치고도 남았다. 몸의 길은 취하는 길이었다. 그는 누구
보다도 더 잘 사랑할 수 있다고 믿었다. 태식이보다는 몇 갑절이
나 잘 사랑하겠다고 뻐겼다. 마음은 그랬건만 어떤 열매가 맺혔는
지. 적어도 윤애에게 있어서, 그와의 사귐은 무얼 가져다주었을
까. 그녀 자신이 사람으로서 여물고 깊어지기 위해서, 어느 만큼
이나 도움이 되었을까.

"전 그런 딱딱한 얘기 듣는 게 좋아요."

"깍쟁이."

그녀의 말을, 어린 티가 덜 가신 빈말이라고 쉽게 밀어버리고,
그녀의 목을 끌어당기곤 했다. 나는 잘못 안 게 아닐까. 그것은 윤
애가 참된 목소리였는지도 모른다. 꾸밈이 아니라, 그 또래 소녀
의 숨김없는 마음이 아니었을까. 나중 일까지 쳐보면 아마 그랬던
모양이다. 명준이 진저리가 난 잿빛 부엉이가, 그녀한테는 금누렁

앵무새로 보였는지도 모른다. 틀림없이 그때 그녀의 몸은 스스로를 깨닫고 있지 않았다. 그런 그녀를 나는 비싸게 군다고 탓했지만, 그녀로서는 억울한 누명이었던 게 아닌가. 어떤 사람이든, 다른 사람에게 만지우고 잡히는 걸 싫어하지만, 애인한테만은 다르다고 보아야 했다. 그런데 윤애는 곧잘 그를 밀어내는 것이었다. 그럴 때 그는 창피스러웠다. 그녀가 고분고분하면 좋아라 하고, 마다하면 비로소, 그녀도, 움직이지 않는 물건이 아니고, '사람' 하나라는 것을 알아차렸다. '사람'과 부딪친 것을 창피를 당했다고 여겼다니, 남 위할 줄 모르는 사람이 아니고 무엇이었을까. 살을 섞는 데서 그녀가 어느 만큼한 즐거움을 가지는지, 그는 끝내 알 수 없었다. 명준은 그 일을 실존 연습이라 농 삼아 불렀으나 그가 보건대 그녀의 답안은 썩 뛰어난 편은 아닌 것 같았다. 또는 그의 출제 방법이 나빴는지도 모른다. 마음이 없으면 몸은 빈집인 모양이지. 지금에 와서는 두 사람의 잘못을 가리려야 가릴 수 없다. 다만, 어떤 두 남녀가 서로의 몸을 알았달 뿐 아니라, 서로가 좋아서 그렇게 했다면, 모든 허물은 덮어지고도 남는 것이 아니냐고 달래보는 길밖에 없다.

더구나 이미 더 이어질 길이 막혀버린 지난 일이고 보면, 피고가 유리한 쪽으로 풀이하는 것이 어느 편을 위해서나 좋을 일이다. 그녀와 만나고 헤어지면 으레껏 사로잡히게 되던, 죄지었다는 느낌. 어찌 보면 그것은 커다란 오만이 아니었을까. 어떤 사람에게 미안한 일을 했다는 생각은, 이긴 사람의 느낌이다. 과연 사람이 다른 사람을 얼마만큼이나 해칠 수 있을까. 남의 앞길을 끝판으로 망쳐놓았다는 생각이 죄악감이라면, 그는 하느님의 자리를 도둑질하는 것이 된다. 사람은 사람의 팔자를 망치지 못한다. 다만 자기의 앞길을 망칠 뿐이다. 어떤 뜻에서건 나와의 사귐은, 윤애에게 한 가지 겪음이었을 거다. 그 겪음을 두고 이러쿵저러쿵한다면, 그것이야말로 그녀를 얕보는 일이다.

사랑하려고 했는데, 저쪽을 더럽히고 할퀴고 말지 않았을까, 하고 돌이켜보아야 하는 일은 괴로운 노릇이다. 남한 시절의 그에게는 철학이 모든 것이었다. 부모도 없고 돈도 없고 명예도 없는 청년에게, 철학이란 모든 것을 갚고도 남을 꿈을 보여주는 단 하나의 것이었으리라. 또는 양반과 종놀음으로 헤아릴 수 없는 세월 살아온 고장에서, 꿈을 이룰 엄두조차 내지 못할 사회에서, 철학이란, 양심의 마지막 숨을 곳이었으리라. 아니면 그 신분이 임금이건 종이건 사람이 산다는 일에 놀라움을 느끼고, 그 뜻을 캐보지 않고는 견디지 못하는 마음 탓이었는지도 모른다. 그 어느 것이든 좋고, 철학이란 그 모든 것을 다 뜻한다. 어쨌든 그는 철학의 탑 속에서 사람을 풍경처럼 바라보았다. 그때 윤애가 나타난다.

그녀는, 뜻밖에도 다가와서, 그의 창문을 두드린다. 그는 창틀을 뛰어넘어서 그녀의 손을 잡는다. 그녀는, 금박이 입혀진 두툼한 책이, 즐비하게 꽂힌 책장이 놓인 방 안에, 오히려 끌리는 듯했지만, 그녀의 손을 이끌어 푸른 들판으로 이끈다. 저 방 안에 들어가보았자 아무 재미도 없어, 정말이야, 내가 장담해. 그런 생각에서. 그 아름다운 얼굴에 생각으로 인한 흉한 주름을 잡히게 하고 싶지 않다는 아낌에서였다. 그 아낌이 모욕이었다?

천천히 일어나 앉는다. 갑자기 선뜻해지면서 몸서리친다. 일어서서 한번 기지개를 켜고 한참이나 하늘을 올려다본다. 별똥이 길게 흐른다.

하룻밤에 별똥을 세 개 보면 좋다지. 또 한 번 별이 흐르기를 기다린다. 있다.

아까하고는 훨씬 떨어진 쪽으로 쓱, 흐른다. 한 개만 더. 그 한 개는 아무리 기다려도 채워지지 않는다. 담배를 꺼내서 피워 문다. 담배 한 개비를 다 태우도록 별똥은 더 흐르지 않는다. 웃으면서 돌아선다. 몇 발자국 떼어놓다가 우뚝 멈춘다. 갑판을 내려다본 채 중얼거린다. 어쨌든 나는 사랑했어. 다시 발걸음을 떼놓아, 이번엔 멈추는 일 없이 곧장 뱃간으로 돌아온다.

박은 어디로 갔는지 보이지 않는다. 윗다락으로 올라가서 담요를 끌어당기는데, 박이 돌아온다.

"어디 갔었나?"

박은 이상스럽게 우물쭈물한다.

"응, 저……"

어물대면서, 자기 자리로 기어든다. 뭐가 있었구나 싶어서 몹시 언짢다. 한참 만에 부스럭거리면서 박은 말한다.

"내일 홍콩에 닿지 않아? 그래서 어떻게 상륙하는 길이 없을까, 그런 얘기가 나와서, 동지들끼리 이야기를 나눠본 걸세. 자넬 찾았는데 보이지 않아서……"

또 그 얘긴가. 벌컥 모로 돌아눕는다. 아래쪽에서도 이내 더 말이 없다.

타고르호가 홍콩에 들어서기는, 저녁 8시가 가까운 무렵인데, 남쪽 나라의 긴 하루해는 들어찬 크고 작은 배들의 뚜렷한 테두리를 드러낼 만큼 넉넉히 남아 있다.

석방자들은 갑판 한구석에 몰려서서, 홍콩 거리를 바라본다. 구경거리로 친다면, 항구를 메운 갖가지 크기와 모양을 한 배들과, 그 위에서 움직이는 뱃사람들의 움직임이 더 똑똑히 알아볼 수 있는 모습이었지만, 그런 것에 눈길을 돌리려는 사람은 아무도 없었다. 그들의 눈은 배들을 넘어 거리로 향하고 있었다.

불야성不夜城.

언덕진 땅 생김 때문에, 더욱 그 말이 들어맞을 홍콩의 밤경치다. 아직도 해가 남았는데 한결같이 불을 밝힌 모양은, 낮도 아니고 밤도 아닌, 어둠과 빛이 망설이면서 손길을 허위 더듬고 있는 야릇한 낌새다. 그 낌새는 석방자 모두를 위해서 해로운 어떤 것이었다. 결코 힘을 북돋는 따위가 못 된다. 보름. 닻 올리기를 기다리며 지낸 보름 만에, 지루하도록 보아온 항구를 떠난 이래 처음 보는 거리다. 그들의 마음을 한결같이 지금 사로잡고 있는 사무치는 생각이 있다. 뭍에 오르고 싶다는 것. 단 한 시간이라도 좋다. 하다못해 30분이라도 좋았다. 보름 동안 땅을 밟지 못하고 있다. 사람이란 다른 아무 할 일이 없으면 하찮은 일에 미치도록 매달리는 모양이다. 그저 잠시라도 좋다. 저 불빛이 환한 거리를 걸어봤으면. 사지 못하더라도 좋다. 눈부신 가게 앞을 기웃거리면서 걸어봤으면. 여러 사람이 한 가지 생각을 똑같이 지니고 있을 때, 그들을 둘러싼, 보이지 않는 소용돌이가 생긴다. 한 사람 한 사람을 따지지 않는, 그 광장에서, 움직임은 낱이 아니라, 더미로 이루어진다. 이명준도 그 광장에 있다. 그러면서 거기서 벗어나려고 애쓴다. 살기마저 띤 이 소용돌이가 걱정스러웠기 때문이다. 오르고 싶은 마음에는 그도 다를 것이 없다. 만일 석방자들이 끝내 일을 밀고 나가기로 든다면, 그 일은 자기에게 돌아올 것이기에 두려웠다. 떠나서 닿기까지 석방자는 배를 떠나지 못하게 되어 있다. 석방자들이 그 사정을 뻔히 알면서 지금 철없는 바람에 가슴을 태우고 있다는 일과, 아마 무슨 일이 일어나고야 말 것 같아 화가 난다.

"이 동지."

명준은 거의 소스라치게 놀라면서 부르는 쪽으로 고개를 돌린다. 끝내 올 것이 왔구나, 그런 생각이 퍼뜩 스친다. 명준의 곁에 서 있는 사람은, 한 방 건너 26호실에 있는 셋 중의 한 사람, 김이다. 명준은 이 사나이가 싫었다. 처음부터 그랬다. 추근추근하고 부랑자처럼 치떠보는 눈매가 싫다. 명준은 말없이 김을 마주 보면서, 그의 다음 말을 기다린다. 어느새 그들을 가운데 두고 석방자들이 빙 둘러서 있다. 명준은 낯이 확 단다.

"이 동지. 이거 어떻게 좀 해봅시다."

"뭘 말이오?"

번연히 알면서 그런 대꾸를 했다.

"상륙 말이오."

"그건 이미 안 되기루 돼 있지 않소?"

"누가 그걸 모르나? 안 되는 걸 되게 만들자는 것이지."

명준은 잠자코 있다. 둘러선 사람들 가운데서 나무라듯, 쳇 하고 혀를 차는 소리가 난다. 그러자 엉뚱하게도, 상륙 못 하는 게 자기 탓이기나 한 것 같은, 미안한 생각이 든다. 명준은 손을 들어 이마를 짚는다. 관자놀이가 툭툭 친다.

사람들 가운데서 소리가 났다.

"여기 서서 이럴 게 아니라, 방으로 가지."

그 소리를 따라 뱃간으로 옮긴다. 31명이 들어서니 방 안은 빼곡하다. 안쪽으로 명준과 김이 벽에 기대서고, 바로 앞 두어 줄은 마루에 앉고, 나머지는 문 가까이까지 밀려서 둘러선다. 앉은 사람과 선 사람들의 눈알들이, 명준을 똑바로 쳐다보고 있다. 빌붙는 눈초리가 아니라, 도리어 짜증스럽게 무엇인가를 윽박지르고 있었다. 어처구니없다는 생각에 앞서서 숨이 막힌다.

김이 입을 연다.

"어쨌든, 모두 상륙하고 싶다는 의견이니, 이 동지 한번 힘써보시우."

"내가 힘을 쓰고 안 쓰는 데 문제가 있는 게 아니란 말이오. 애당초, 도중 상륙은 못 하기로 된 건데, 무라지도 어쩔 수 없는 일이 아니오?"

"글쎄, 그러니까 이 동지가 힘써주셔야겠단 말이오. 상륙 안 시킨다는 건 한마디로, 사고를 낼까 싶어설 텐데, 자, 사고라니 어떤 사고가 있겠소? 가장 큰일이 도망친다는 걸 텐데. 우리가 어디로 도망치겠소? 홍콩이면 중공하고 코를 맞댄 곳인데, 아 그래 우리가 여기서 도망칠 수 있단 말이오? 이 점을 잘 설득시켜서 일을 꾸려봅시다."

명준은 둘러본다. 말을 해서 알아들을 얼굴들이 아니다. 그는 언젠가 한번 이런 얼굴들이 자기를 쏘아보고 있던 것을 떠올린다. 그렇지. 노동신문사 편집실에 있던 무렵, 그 '꼴호즈 기사' 때문에 자아비판을 한 날 저녁, 그를 지켜보던 편집장을 비롯 세 사람의 동료들이 꼭 이런 눈이었었지. 그때 그는 슬픈 '눈치'를 깨달으면서 무릎을 꿇었다. 지금 이들도 나한테 무릎꿇기를 들이대고 있다. 아마 그들 스스로도, 상륙시켜달라는 소리가 영 말이 안 된다는 걸 잘 알고 있으리라. 그러면서 나에게 그 일을 내민다. 그는 입을 연다.

"동지들. 같은 말이 됩니다만, 문제는 교섭을 잘하느냐 못하느냐에 있는 게 아니라, 도시 교섭의 여지가 없다는 것입니다. 현재 이 배에 있는 사람으로서는, 우리를 상륙시킬 수 있는 사람이 아무도 없습니다. 가령 무라지가 호의를 가진다 하더라도, 그로서는 어찌할 수 없다는 말입니다. 여러분이 상륙하고 싶어 하는 심정을, 제가 왜 모르겠습니까? 저 역시 마찬가집니다. 다만 우리가 생각해야 할 것은, 작은 일을 가지고 실수를 하지 말자는 겁니다. 앞으로 우리가 더 큰 괴로움을 당했을 때, 그들의 호의가 꼭 필요할 때가 올 겁니다. 여러분, 이 사정을 알아들어주십시오."

아무도 대꾸하는 사람이 없다. 명준은 죽 훑어본다. 어떤 눈은, 그의 눈길과 마주치자 잠시 아래로 숙여지는 것이었으나 그의 눈길이 지나면 대뜸 비웃듯 치켜진다.

명준은 점점 불안해진다. 탓이 자기한테 있다는 우스꽝스러운 마음이 피둥피둥 커지면서, 그것은 그의 관자놀이에서 따끔따끔한 아픔으로 나타났다. 왜 내 탓이냔 말이야. 왜 내 탓이냔 말이야.

그는 같은 말을 느릿느릿 자꾸만 새김질한다. 내가 돌고 있는 건가. 이 사람들. 이 친구들이 내 동진가. 하긴 같은 배를 탔다는 것뿐, 처음부터 우리에겐 뚜렷한, 함께 설 광장이 없었던 게 아니냐. 저마다 저대로의 까닭으로 이 배를 탔다. 원수도 한집안에서 사는 수가 있다는데 한배를 탔다고 그들을 무작정 내 동지로 생각해야 하는가.

끝내 아무도 말하는 사람이 없다. 뚜우, 타고르호의 뱃고동이 은은히 뱃간의 벽을 울린다. 더 참을 수 없다.

"좋습니다. 되든 안 되든 한번 얘기해보지요."

말을 마치기도 전에 앞에 둘러앉은 사람들을 헤치며, 문 쪽으로 걸음을 떼어놓는다. 그가 사라진 후에도 잠시 말이 없었다가 이내 한 입 두 입 투정이 터져나온다.

"대체 이 동지는 우리 자리에 서서 보는 게 아니고, 감독자처럼 군단 말이야."

그렇게 허두를 뗀 건 김이다. 그 말에 대뜸 여럿이 어울린다.

"누가 아니래. 저를 누가 지휘자로 골랐나? 통역관이지."

"일마다 설교조로 나오지 않아. 아니꼽게시리."

"말하자면 일이 그렇더라도 한번 부딪쳐보는 게 우리 심정을 헤아리는 처사지, 처음부터 아니라고 잡아뗄 게 뭐냔 말이야."

"정치보위부원이었다지."

"이 사람, 그런 소린 할 얘기가 아니야. 전신이 뭐였든지 무슨 상관이야."

한바탕 와글거린 후 처음보다 더 무겁게 말문이 닫힌다. 다시는 아무도 입을 열지 않는다. 천장에 매달린 샹들리에 전등에서 비치는 불빛이, 연기가 자욱한 방 안을 어슴푸레 밝힌다. 발전기의 힘이 고르지 못한 탓으로, 불빛은 시간에 따라 밝기가 한결같지 못하다. 김은 옆에 앉은 사람과 아까부터 열심히 속닥거리고 있다. 이따금 눈이 번뜩 빛날 때, 모습이 험상궂게 일그러진다. 그는 일부러 소리를 돋우어 방 안에 있는 사람에게 다 들리도록 불쑥 말한다.

"여자 맛 못 본 게 벌써 몇 년인가 말일세. 홍콩을 그저 지나다니, 아유."

뒤끝은, 사뭇 비비 트는 몸짓을 섞은, 외마디다. 가라앉은 웃음이 자리를 흘러간다.

막 방 안으로 들어서려던 명준은, 김의 마지막 말과, 여러 사람의 훈김이 물큰한 웃음소리를 듣는다. 그는 우뚝 서서 잠시 망설인다. 메슥메슥한 덩어리가 가슴에서 푸들거린다. 그 사람들을 탓하는 마음에서만은 아니다. 그저 메스껍다. 이 느낌 같아서는, 자기, 이명준이란 물건을 울컥 토해버리고 싶다. 발소리를 죽이며, 다시 갑판으로 나선다. 마침 상륙하는 뱃사람들이 지나가면서 어깨를 친다. 고개를 끄덕여 보이면서. 보트에 옮겨 탄 그들이 손을 흔들며 배 옆구리를 떠나는 것을 보고 되돌아선다.

방 안에 들어서자, 사람들 얼굴에서 흐늘거리던 웃음의 빛이 싹

걷히면서, 살기 띤 눈들이 그를 맞는다. 문간에서 더 움직이지 않고 머물러 서면서, 되도록 차분하려고 애쓴다.

"여러분이 짐작하시는 대로…… 도저히……"

말을 맺지 못하고 입을 다문다. 아무도 되받지 않는다. 퍽 오래, 그런대로, 아무도 입을 열지 않는다. 기척을 깨닫고 머리를 들었을 때, 저편에 서 있던 김이 바로 앞에 와 있다.

"정 안 된다는 거요?"

눈으로, 그렇다고 한다.

"하긴 이 동지야 처음부터 반대니까, 얘기했던들 얼마나 했겠소?"

명준은, 고개를 번쩍 들면서, 상대방을 노려본다.

"무슨 소릴 그렇게 하시오!"

"무슨 소리가 아니라, 사실이 안 그렇소?"

느글느글 이죽거린다.

"만일 이 동지가 정말 우리 심정을 안다면, 한 번만 더 수고해주시우. 내 그동안에 생각했는데, 한꺼번에 말고, 두 패로 갈라서, 열다섯 명씩 상륙시켜달라고 합시다. 만일 선발대에서 무슨 일이 나면, 나머지는 상륙이 보류되는 건 물론이고, 뱃사람들도 상륙할 테니, 우리 한 사람에 뱃사람 한 사람씩 따르기로 하면 어떻소?"

"뱃사람들은 이미 상륙했어."

앉았던 축이 우르르 일어선다. 김은 입을 비죽거리더니,

"흥 그럴 줄 알았어. 이 동지 한 사람쯤이야 선장하구 통하는 사이니까, 쓱싹 되는 수도 있겠지. 박 형 감시나 잘하슈. 같은 방에

있는 덕을 볼는지 누가 알겠소.”

명준의 옆에 선 박을 쳐다본다.

명준은 김의 팔을 잡으면서 악을 썼다.

“한 번 더 말해봐!”

김은, 팔을 잡힌 채 뒤를 돌아다보면서,

“허 이 양반 보시우. 사람을 칠 모양이군”

하더니, 다시 명준을 똑바로 들여다보면서,

“감투가 좋다는 게, 그리 두고 하는 말이 아니오? 우리 몫까지
재미 보슈.”

말이 끝나기 전에, 명준의 주먹이 김의 아랫배를 힘껏 쥐어박았
다. 빈정거리면서, 그런 벼락을 꿈에도 짐작하지 못했던 김은, 어
쿠 하면서 허리를 꺾는다. 숙이는 얼굴을 후려갈긴다. 그는, 어처
구니없을 만큼, 이번에는 뒤로 쓰러질 듯 두어 걸음 비칠대다가,
겨우 몸을 추스른다. 입술이 터져서 이빨에 피가 번진다.

“이 자식 봐. 아, 이게……”

김은 더 말하지 않고 대뜸, 발길로 무찔러온다. 명준은 간신히
비키면서, 헛나가는 저쪽을 힘껏 갈겼다. 이번에도 얼굴을 맞혔다.
김은 이제 아주 독이 올라 있다. 처음모양 얕잡는 투를 버리고, 허
리를 낮추어 두 주먹을 가누면서 다가왔다. 옆에서 구경하는 사람
들은, 그들에게 넉넉한 자리를 만들어주기나 하려는 것처럼, 바싹
벽에 붙어선다. 두번째 들어오는 김의 발길을 피하면서, 또 한 번
내지른 팔목을 그만 저쪽에 잡히고 말았다. 두 몸뚱이가 마룻바닥
을 굴렀다. 명준은 김의 목을 잡고 있다. 확 젖히면 목줄기가 빠질

것처럼 손톱이 박히게 단단히 거머쥔 목을, 내처 죄어갔다. 캑캑거리면서 김은 명준의 손을 뿌리치느라고 허우적거린다.

조금만 더 죄면 끝장이 날 것 같았다. 그때 명준의 시야에 퍼뜩 들어온 것이 있다. 그 인물이 보고 있다. 저쪽, 둘러선 사람들의 머리 너머, 브리지 쪽으로 난 문간에, 휙 모습이 나타났다가 사라지는 것이었다. 왜 그런지, 순간 그의 팔에서 맥이 풀리며, 자기의 몸이 돌면서 배 위에 다른 몸의 무게를 느낀다. 김은 명준의 배를 타고 앉아서, 두 손으로 목을 죄어온다. 명준은, 차츰 흐릿해지는 눈길을 간신히 굴려 둘레를 돌아본다. 둘러선 사람들의 다리가 수풀처럼 숱하다. 그 나무들 꼭대기마다 부엉이들이 앉아서 그를 지켜보고 있다. 눈앞은 점점 흐려온다. 안개 낀 수풀. 그 속에 빛나는 부엉이의 눈알들. 치사한 부엉이들아, 나는 너희들을 경멸한다. 경멸한다, 경멸한다.

눈이 떠진다. 천장이, 누르듯 내려온다. 김과 싸운 일이 꿈속처럼 떠오른다. 고개를 돌려 방 안을 살핀다. 아무도 없다. 방문은 휑하니 열려 있다. 그는 귀를 기울였다. 잇닿은 방에서도 아무 기척이 없었다. 다만, 온 배에서 일어나는 갖가지 소리가 하나로 녹아, 아득한 웅성임처럼 들렸다. 아마 방문을 여닫는 소리, 다락을 오르내리는 발소리, 밧줄이 갑판에 끌리는 소리, 짧은 구령, 키친에서 그릇을 달그락거리는 소리…… 그런 것들이 한데 얽힌 소릴 테지만, 정작 한데 얼려서 웅웅대는 그 소리는, 무엇이라고 이름붙일 수 있는 어떤 소리는 아니었다. 이름 없는 울림이었다. 이어 그 소리에 귀를 기울였다. 오래 듣고 있자니, 그 울림은 자꾸 부풀어갔다. 구르는 눈덩이처럼, 가까운 소리를 제 몸에 붙이면서 커간다. 그 커다란 덩어리에 자기 자신을 얹으려 해보았다. 그러나 야릇한 일이었다. 여느 것은 다 거둬 모으면서, 홀로 이명준이란 알맹이만은 자꾸 튕겨버리는 것이었다. 기를 쓰면서 매달렸다. 마찬가지였다. 자리에 벌떡 일어나 앉았다. 자기 혼자라는 생각에 소름이 끼쳤다. 여태까지는 늘 누군가와 함께였다. 어떤 때는 여자와, 어떤 때는 꿈과, 또는 타고르호와 같이 있었다. 살아 있음을 다짐해볼 수 있는 누구든지, 아니면 어떤 것이 늘 있었다. 여름 햇볕에 숨숨히 익어가는 들판의 조약돌인 적도 있었다. 끈질기다느니 차라리 치사할 만큼 거듭 안아보고 쓸어본, 사람의 따뜻한 몸이기도 했다. 또 마지막으로 이 배였다. 동지들이었다. 지금은 아무것도 없다. 그는 호주머니를 들추어 담뱃갑을 찾아서 한 개비를 뽑았다. 담배는 가운데가 뚝 꺾여 있었다. 또 한 대를 꺼냈다. 그것도 마찬가지였다. 아까 씨름하는 바람에 부러진 모양이었다. 부러진 담배를 입에 물고 성냥을 그어댔다. 오랜만에 피우는 담배가 잠시 그를 아찔하게 만들었다. 재떨이에 꽁초를 던지고 드러누웠다. 앞뒤를 다시 더듬어보았다. 상륙하겠다는 생각. 안다. 지루한 포로살이 끝에 처음 바깥에 나선 것이었다. 방에 들어서려던 참에 들려오던 김의 말.

"여자 구경 못 한 게 얼마야."

정말이다. 포로 수용소에 있을 때, 여자들이 드나든다는 소문은 들었으나, 어떤 사람들이 차지하는 건지 명준은 본 적이 없다. 스산한 수용소살이에서 명준은 섹스를 거의 잊어버리고 있었다.

포로살이를 하면서 명준은, 섹스의 벗은 모습을 똑똑히 보았다. 그것은 살이 아니었다. 빛이 아니었다. 모양이 아니었다. 따뜻함이 아니었다. 매끄러움과 뿌듯함도 아니었다. 가파른 몸부림은 더구나 아니었다. 그런 것을 가지고 붙잡으려고 하면 새고 빠져나가는 어떤 것이었다. 그러면서 그것들이 아니면 짐작할 수도 없는 어떤 것이었다. 수용소에서 가장 즐기는 얘깃거리도 섹스에 관한 것이었다. 그런 데가 아니면 못 들을 끔찍한 얘기도 많았다. 서부전선에서 싸운 어떤 포로의 이야기. 여름이었다 한다. 그 병사는 산허리를 타고 넘다가, 풀숲에 넘어진 주검을 보았다. 여자였다. 전투원 비전투원 할 것 없이 싸움터에서 주검을 본 것이야 얘기도 안 되지만, 얘기는 그 주검의 모양이었다. 그녀의 사타구니에 생나뭇가지가 꽂혔더라고 한다. 그 얘기를 한 병사는 미군이 한 짓이 분명하다고 했다. 얼마 전에 거기를 미군부대가 지난 후였으니 틀림없다고 했다. 어느 편 누구의 짓인지 그건 알 수 없다. 다만 참말이기는 그 짓을 한 어떤 손이 있었다는 것뿐이었다.

덜 더함은 있을망정, 더럽혀지지 않은 손은 없을 터였다. 어머니와 누나와 애인의 맑은 눈길을 의젓이 견딜 수 있을 만큼 깨끗한 손이 있거든, 어디 좀 보자. 그리고 그 어머니 누나 애인 들의 눈길은, 싸움터에서 돌아온 자기 아들과 동생과 애인의 두 손을 옛날같이만 보게 아직도 깨끗할는지. 슬프고 더러운 상상. 아무리 더럽고 슬퍼도 그것은 정말일 게다. 명준은 그 병사의 얘기를 들으면서 돌이켜보았었다. 자기는 무엇이던가. 고문자. 강간자. 그러나 난 자발적인 미수자라? 닥쳐라. 너는 그쪽이 나은 걸 짐작하구 한 짓이 아니냐. 아니다. 결코 아니다. 앞뒤를 잴 겨를이 없었다. 나의 악한 북받침이 정말이었던 것처럼, 그녀를 놓아준 것도 정말이었다. 그렇다면 어느 여름날 산허리 수풀 속에서, 사타구니에 나뭇가지를 자라나게 해야 했던 여자는, 어디서 갚음을 받아야 하는가? 이런 모든 일을 셈에 넣더라도 섹스에 대한 그의 짐작에는 변함이 없었다.

사람과 짐승이 섞이는 광장. 그러나 거기서도 사람은 짐승일 수는 없다. 그 여름 수풀의 풍류객은, 다시는 그의 베티를 또는 순희를 그전처럼 깨끗한 손으로 보듬을 수는 없다. 어쩌면 죽을 때까지 그를 괴롭힐 거다. 그렇다면 그는 짐승이 아니다. 그것이 그의 죄를 덜지도 더하지도 않지만. 거제도 바닷가를 때리는 파도 소리가 들리는 곳에 수용소는 있었다. 그 소리를 들으며 목까지 들이밀고 편히 눈을 뜬 슬리핑 백 속에 되살아오는 우상도 역시 이브의 모습이다. 그러면서도 드나든다는 갈보들 얘기는 다른 세상일 같았다. 사람 모양을 한 살을 안았대서 어떻게 될 외로움이 아니다. 스스로 몸을 얽어오던 그리운 사람들의 사무치는 마음이 그리웠다. 마음이 몸이었다. 그는 꿈속의 윤애에게 말하는 것이었다. 윤애, 난 사랑했어. 방법이야 아무리 서툴렀을망정. 난 사랑했기 때문에 윤앨 버리고 도망한 거야. 나는 너를 능욕하려 했을망정, 어느 병사처럼 길가의 여자에게 꽂꽂이 익힘을 한 적은 없어. 알지도 못하는 여자를 덮치는 자식들만이 짐승이야. 그들은 아무 핑계도 댈 수 없으니까.

김의 마지막 말을 귓가에 담았을 때 명준을 메스껍게 한 것은 그 짐승이다. 서른 마리의 짐승이 풍기는 울컥한 냄새다. 그래서 그는 주먹을 휘둘렀다. 김의 목을 죄었다.

그제야 명준은 저쪽을 녹초를 만들려던 참에 나타난 그 헛것 생각이 났다. 왜 그 환각이 그런 다급한 참에 보였을까. 뻔히 환각인 줄 알면서도 막을 길이 없다. 그 환각은 밖에서 자기 힘으로 살아 움직이고, 그것이 나타날 때는 이명준의 속에는 그 환각을 틀림없는 진짜로 믿는 또 하나의 마음이 맞받아 움직인다. 그러면서 그것이 환각인 줄을 뻔히 안다는 것을 그 마음도 알고 있다. 이런 묘한 움직임이, 그 헛것이 보일 때마다 마음속에서 헛갈린다.

쑤시는 듯한 두통을 느끼며 하마터면 소리를 지를 뻔했다. 벌떡 일어났다.

무엇을 할 것인가?

그는 흠칫 놀랐다. 그것은 그를 뒤따르고 있는 그 알 수 없는 그림자의 목소리라는 환각이 드는 것이다. 무엇을 할 것인가라구? 마주 서야 할 일을 이 참까지 이리저리 비켜오다가, 더 물러설 수 없는 막다른 골목으로 몰린 느낌이다. 그 느낌은 아주 가까웠다. 그런 탓으로 풀이할 틈이 없다. 두통도 그 증세였다. 눈에 보이지 않는 그림자가, 여전히 숨은 채, 이번에는 목소리만 들려온 것이다. 어디선가 들어본 목소리 같기도 하다. 그제서야 비로소 전기가 나간 캄캄한 속에 있는 것을 깨닫는다. 발끝으로 더듬어 문 쪽으로 걸어간다. 복도가 끝나고, 갑판으로 나가는 문 앞에 이르니, 무장한 뱃사람이 지키고 서 있다.

"누구냐!"

물음에 답하는 대신 그는 내처 걸음을 옮겨 뱃사람 앞에서 멈춘다.

"오, 미스터 리."

낯익은 뱃사람이었다.

"웬일이오?"

"참 미스터 리는, 뻗은 다음이니까 모르겠군. 친구들이 선장실로 몰려가서 소동을 일으켰단 말이오. 상륙시키라구. 우리는 포로가 아니다,라구. 덕분에 늙은 놈이 이 모양으로 창피한 꼴 아니오?"

그는 어깨를 추스르며, 세운 총대로 갑판을 쿵 찧었다. 그래서 아무도 보이지 않는구나. 그는 앞뒤를 알았다.

"그래 지금 다들 어디 있소?"

"식당에 임시 감금입죠. 선장은 폭동 행위라고 노발대발이오."

"선장은?"

"거기 있죠."

명준은 갑판으로 나서려던 걸음을 도로 복도 안으로 돌렸다. 석방자들이 쓰는 식당은 복도 끝에 있었다. 명준은 걸어가면서 뒤에 대고 한마디했다.

"아무튼 미안하오."

"뭘입쇼. 계속 근무하겠음."

받들어총을 하는 것이리라. 철컥 쿵 하고 총을 들었다 놓는 소리가 난다.

선장은 굽히지 않았다. 마카오로 닻을 올릴 때까지 식당 밖 나들이를 못 한다는 명령을 끝내 되물리지 않는다. 무라지도 시가만 연방 씹을 뿐 말이 없다. 석방자들은 선장과 무라지, 그리고 명준을 노려보면서 한쪽에 몰려 있다. 내일 오후에 떠난다니까, 약 스무 시간. 할 수 없는 일이다. 배에서는 누구에게든 그래야 되겠다고 보면, 선장은 경찰권을 쓸 수 있다. 게다가 더 무어라고 빌붙고 싶은 마음도 안 난다. 보람 없는 일을 해서 뭣 하랴도 싶고, 무엇보다 고단했다. 그래서 제대로 하면 의당 남았어야 할 일이었으나, 선장과 무라지가 식당을 나설 때 따라나왔다.

그러는 편이 어울렸다. 선장은 아무 말 않는다. 들어서 앞뒤를 알고 있겠지. 간판에 나서서 선장실에 이를 때까지, 세 사람 사이에 말은 없었다. 선장의 넓은 어깨를 뒤에서 바라보며 그는 두 사람을 따라간다. 명준은 선장실에 들어서다 말고,

"캡틴, 나중에 뵙겠습니다."

그러면서 돌아서려고 했다. 자기 테이블 쪽으로 걸어가던 선장은, 돌아보면서 끄덕인다. 명준은 층계를 밟았다. 거의 갑판에 내려설 즈음해서다.

"미스터 리."

무라지가 한 손에 시가를 빼들고 따라온다.

명준은 남은 계단을 마저 밟고 내려, 갑판을 디디고 돌아선다. 계단을 내려오는 무라지를 올려다보며 말했다.

"미안합니다."

무라지는 멈춰서면서 고개를 저었다.

"미스터 리, 상륙하고 싶은가?"

명준은 잠시 어리둥절한다. 곧 말뜻을 안다.

그는 무라지의 손을 꼭 쥐었다 놓으면서 웃는다.

"미안합니다만, 정말 전 상륙하고 싶지 않습니다. 캘커타에서 한잔 사십시오. 그땐."

돌아서서 뒷갑판으로 걸어간다. 난간에 기대어 홍콩을 건너다본다. 이젠 아주 밤이다. 불, 불, 불, 불…… 눈길이 닿는 데까지 찬란한 불빛이다. 하늘의 별빛보다 더 곱다. 사람 동네의 불빛은 더 간드러진다. 석방자들이 한때 앞뒤를 잊어버린 것도 그럴 만하다. 상륙하고 싶으냐구? 아니. 정말인가 이명준? 정말이다. 동료들의 의리, 그런 것 때문이 아니다. 그 사람들은 이제 아무래도 좋다. 지금 다른 생각을 하고 있다. 아니 생각하고 있다는 말은 틀리다. 한걸음 한걸음 다가서는 누군가의 기척에 온 신경을 기울이고 있다. 아까 어둠 속에서 그 인물은 말까지 했었다. 명준이 타고르호를 탔을 때, 그 인물도 같이 탔음이 분명했다. 그 인물이 누군지 알고 싶다.

쓸데없는 환각에서 도망치듯 다시 시가지 쪽으로 눈을 돌린다. 큰 터를 꽉 메운, 수없이 많은 불빛으로 이글거리는 항구 도시의 밤 경치는, 어쨌든 그만한 힘을 보는 듯하다. 이와 닮은 광경을 떠올린다. 여기서 훨씬 북으로 간 곳. 이 항구가 달린 땅덩어리의 북쪽 변두리. 월북한 후에 찾아가게 된 만주의 어느 벌판에서 겪은 저녁노을.

창에 불이 붙었다.

만주 특유의 저녁노을은 갑자기 온 누리가 우람한 불바다에 잠겼는가 싶게 숨 막혔다. 명준은 내일 아침 사로 보낼 글을 쓰고 앉았다가, 저도 모르게 소리를 지르면서 만년필을 놓고, 창으로 다가섰다. 하늘 땅이 불바다였다. 서쪽에 몰려 있는 구름은 크낙한 금누렁 유리 덩어리였다. 조선인 꼴호즈 사무실에 이르는 길가에 늘어선 포플러는, 거꾸로 꽂아놓은, 훨훨 타는 빗자루였다. 그것들은 정말 훨훨 타고 있는 듯이 보였다. 금방 불티가 사방으로 튈 듯이 보였다. 길바닥에서 번쩍이는 것은 돌멩이일 거다. 눈이 닿는 데까지 허허하게 펼쳐진 옥수수밭도 불바다였다. 공기마저 타고 있었다. 불의 잔치. 가슴을 내려다보았다. 불 곁에 선 때처럼 붉은 그림자가 어려 있었다.

붉은 울렁임 속에 모두 취하고 있는 듯했다.

타지 않기는 명준의 심장뿐이었다. 그 심장은 두근거림을 잃어버린 지 오래다. 남녘에 있던 시절, 어느 들판 창창한 햇볕 아래서 당한 그 신내림도, 벌써 그의 묾이기를 그친 지 오래다. 그의 심장은 시들어빠진 배추 잎사귀처럼 금방 바서질 듯 메마르고, 푸름을 잃어버린 잿빛 누더기였다. 심장이 들어앉아야 할 자리에, 그는, 잿빛 누더기를 담아 안고 살아가는 사람이 돼 있었다. 그 누더기는 회색 말고는 어떤 빛도 내지 않았다. 한 해. 두근거리며 보낸 끝에 한숨을 쉬며 주저앉은 한 해.

그날 인천 부두에서, 이북으로 다니는 밀수선을 터주던 선술집 주인을, 그는 수태고지의 천사로 알았다. 이북으로 간다. 그 생각은 난데없는 빛이었다. 윤애는? 윤애더러 같이 가잘 수는 없었다. 윤애는 알 수 없는 사람이었다. 그녀는, 욕정한 자리에서 그 일을 깨끗이 잊어버리는 버릇을 가지고 있었다. 그 분지. 아직도 낮 동안에 받아들인 열기가 후끈한 모래밭에서 그녀는 4월달 들판의 뱀처럼 꿈틀거리며 명준의 팔을 깨물었다. 그녀의 가는 팔은 끈질기게 그의 목에서 풀릴 줄 몰랐다. 자리에서 일어설 때면, 명준과 그녀의 머리는 모래에 버무려져서, 수세미같이 되게 마련이었다. 호주머니를 뒤집으면 부스스 모래가 떨어졌다. 구두를 벗어 거꾸로 흔들면, 거기서도 모래가 흘렀다. 그런가 하면 이튿날, 그녀는 죽어라고 버티는 것이었다. 처음에 그의 입술을 물리쳤을 때처럼, 그녀는 한사코 명준의 가슴을 밀어냈다. 두 허벅다리를 굳세게 꼬고, 그 위를 두 팔로 감싸 안은 그녀에게서 명준은 흠칫 물러서면서, 윤애라는 사람 대신에 뜻이 통하지 않는 억센 한 마리 짐승을 보는 것이었다. 그녀의 일그러진 입술과, 그의 팔에 박혀오는 손톱의 아픔을 떠올리며, 사람 하나를 차지했다는 믿음 속에 취한 하룻밤을 지낸 다음, 그 마찬가지 자리에서 그녀가 보여주는 뚜렷한 버팀은, 그를 구렁 속으로 거꾸로 처넣었다. 그 전날 밤, 그는 내기를 하기로 했다. 내일 그녀가 밀어내지 않으면 북에 같이 가자고 빌어보리라고. 이튿날, 그녀는 또 그의 밖에 있었다. 50킬로 남짓한 그녀 자신의 뼈와 살로 이루어진, 한 마리 이름 모를 짐승이었다. 그것은 여자란 이름의 사람이 아니었다. 무어라 이름 붙일 수 없는 짐승이었다.

"윤애, 윤앤 그럼 사랑하지 않는 거야? 다 거짓말이야? 사람이,

다른 한 마리의 사람을 사랑하는 데 무슨 체면이 필요해? 그게 저 많은 사람들이 걸려서 넘어진 돌부리였어. 그 어리석고 치사한 자존심 때문에 행복을 죽여버린 거야. 이러지 말아줘. 난 윤애가 불탈 때만 행복할 수 있어. 윤애 가슴에 있는 그 벽을 허물어버려, 그 터부의 벽을. 그 벽을 뛰어넘는 남녀만이 참다운 인간의 뜰을 거닐 수 있어. 남자나 여자나 마찬가지야. 여자는 파산했을 때를 예비해서 잔돈푼을 몰래 저금하는 거야. 그따위 부스럭지 돈이 미래를 보장할 것 같애? 버려, 버리고 알몸으로 날 믿어줘. 윤애가 날 믿으면 나는 변신할 수 있어. 무슨 일이든 하겠어. 날 구해줘."

"제가 뭔데요?"

제가 뭔데요? 분명히 그녀와 나란히 서 있다고 생각한 광장에서, 어느덧 그는 외톨박이였다. 발끝에 닿은 그림자는 더욱 초라했다. 그녀의 저항은 무엇 때문인지 알 수 없었다. 다음 날이면 그녀의 허벅다리는 그의 허리를 죄며 떨었으니깐. 그의 말이 미치지 못하는 어두운 골짜기에 그녀는 뿌리를 가진 듯했다. 한번 명준의 밝은 말의 햇빛 밑에서 빛나는 웃음을 지었는가 하면 벌써 손댈 수 없는 그녀의 밀실로 도망치고 마는 것이었다. 명준이 말한 것처럼, 그것은 터부의 벽이었을까. 그런 일반적인 성질이라면 또 좋았다.

"싫어요!"

그녀는 내뱉듯 이러는 것이었다. 거짓말이다. 거짓말이다. 그녀는 제가 누군지 모른다. 그녀는 제 이름을 모르는 짐승이다. 그러면서 명준이 편에서 가르쳐줄라치면 아니라는 것이다. 자기 이름은 그게 아니라는 거다. 무슨 힘으로도 꺾을 수 없는 단단한 미신. 몇만 년 내려 쌓여온 그녀의 세포 속, 터부의 비곗살. 그걸 들어내면 그녀는 지금의 윤애가 아닐 테고, 그대로 지니고 보면, 그녀는 인간이 아니었다. 원시 수풀에서 퍼붓던 소나기 속에서 아담의 가슴으로 기어들던 스스럼없는 몸짓에서부터 샹들리에 아래 거짓말투성이 재담에 이르는 오랜 세월에 걸쳐서 그녀들 자신의 몸에 깔린 거짓의 비곗살. 가을벌레처럼 짧은 한철밖에 못 사는 개인이, 속의 그 육중한 땅 두께를 파헤치고, 삶이 알아보기 쉽던 때 사람의 화석을 찾아내기는, 제 몫만 해도 벅찬 일이었다. 사람은 저마다, 혼자, 이 일을 해내야 한다. 그 화석을 보면 그녀는 믿을까? 아니다. 그건 자기 선조가 아니었다고 우길 테지. 그럴 즈음 선술집 주인의 귀띔이 있었다. 잡은 고기를 넣어두는 자리였던 모양으로, 비린내가 메스꺼운 갑판 밑 어두운 뱃간에서, 그는 때 묻지 않은 새로운 광장으로 가는 것이라고 들떴다. 그런 서슬에도 잠은 어쩔 수 없었다. 그는 꿈을 꾸었다. 광장에는 맑은 분수가 무지개를 그리고 있었다. 꽃밭에는 싱싱한 꽃이 꿀벌들 잉잉거리는 속에서 웃고 있었다. 페이브먼트는 깨끗하고 단단했다. 여기저기 동상이 서 있었다. 사람들이 벤치에 앉아 있었다. 아름다운 처녀가 분수를 보고 있었다. 그는 그녀의 등 뒤로 다가섰다. 돌아보는 얼굴을 보니 그녀는 그의 애인이었다. 그녀의 이름을 잊은 걸 깨닫고 당황해할 때 그녀는 웃으며 그의 손을 잡았다.

"이름 같은 게 대순가요?"

참 이름이 무슨 쓸데람. 확실한 건, 그녀가 내 애인이라는 것뿐.

그녀는 물었다.

"왜 이렇게 늦으셨어요?"

그는 창피한 생각이 들었다. 그러나 얼른 둘러댈 말이 떠오르지
않았다.

"그래도 이렇게 왔으면 되잖아요?"

"그야 그렇죠. 마음 상하셨어요? 이런 말 물어서?"

그는 아니라고 고개를 저으면서 그녀를 끌어안았다.

명준이 북녘에서 만난 것은 잿빛 공화국이었다. 이 만주의 저녁
노을처럼 핏빛으로 타면서, 나라의 팔자를 고치는 들뜸 속에 살고
있는 공화국이 아니었다. 더욱 그를 놀라게 한 것은, 코뮤니스트
들이 들뜨거나 격하기를 바라지 않는다는 일이었다. 그가 처음 이
고장 됨됨이를 똑똑히 느끼기는, 넘어와서 바로 북조선 굵직한 도
시를, 당이 시켜서 강연 걸음을 했을 때였다. 학교, 공장, 시민회
관, 그 자리를 채운 맥 빠진 얼굴들. 그저 앉아 있었다. 그들의 얼
굴에는 아무 울림도 없었다. 혁명의 공화국에 사는 열기 띤 시민
의 얼굴이 아니었다. 가락 높은 말을 쓰고 있는 자신이 점점 쑥스
러워지는 것이었다. 강연 원고만 해도 그랬다. 몇 번이나 당 선전
부의 뜻을 받아 고쳤다. 마지막으로 결재가 났을 때, 그 원고는,
코뮤니스트들의 늘 하는 되풀이를 이어 붙인 죽은 글이었다. 명준
이 말하고 싶어한 줄거리는, 고스란히 김이 빠져버리고, 굳이 명
준의 입을 빌려야 할 아무 까닭도 없는 말로 둔갑해 있었다.

"이명준 동무는 남조선에 있을 때 무얼 보고 들었소? 이 원고에
는, 태백산맥에서 이승만 괴뢰 정권과 피비린내 나는 투쟁을 지금

도 계속하고 있는 우리 영용한 빨치산 이야기도 없고, 지주놈들에게 수탈당하는 농민의 참상도 전연 없군. 자 보시오. 놈들이 내는 신문에도 이렇게 뚜렷하지 않소."

당 선전부장은 책상 위에 접어놓았던 한 장의 신문을 명준의 눈앞에 펼쳐보였다. 서울에서 나오는 한국신문 이즈음 치렀다. 3면 상단에, 지리산 작전에 전과 다대, 크게 뽑고, 생포 20, 무기 탄약 다수 노획, 늘 보던 기사였다. 그러면서도 흘려보던 기사였다. 명준은 얼굴이 달아오르는 것을 어쩔 수 없었다.

명준은 자기가 여태까지 얼마나 좁은 테두리에서 안간힘했던가를 알았다.

노동신문 본사 편집부 근무를 명령받았을 때 새로운 삶을 다짐했다. 일이 끝나고도 사의 도서실에서 늦게까지 공부했다. 『볼셰비키 당사黨史』를 일주일 걸려 읽어냈다. 당원들이 '당사'라는 말을 입에 올릴 때는, 떠받드는 울림을 그 말에 주도록 저도 모르게 애쓰는 것을 보았기 때문이었다. 어느 모임에서나 당사가 외워졌다.

"일찍이 위대한 레닌 동무는 제×차 당대회에서 말하기를……" 눈앞에 일어나는 일의 본을 또박또박 '당사' 속에서 찾아내고, 그에 대한 처방 역시 그 속에서 찾아내는 것. 목사가 성경책을 펴들며 "그러면 하나님 말씀 들읍시다. 사도행전……" 그런 식이었다. 그것이 코뮤니스트들이 부르는 교양이었다. 언제나, 어떤 일에 어울리는 '당사'의 대목을, 대뜸, 바르게, 입에 올릴 수 있는 힘. 그것을, 코뮤니스트들은 교양이라 불렀다. 명준이 써오던 말들의 뜻이, 모조리 고쳐져야 했다. 새 말을 만들어내는 사람들. 하지만 정작 그것이 탈인 건 아니었다. 다다이스트나 오토마티스트의 무리가 새로운 말을 만들려고 꾸미던 일이 그럴 만한 노력이었다면, 새로운 바탕에서 사람을 이끌자는 사람들이, 그에 어울리는 새 말을 만든대서, 굳이 탓하고 싶지는 않았다. 탈인즉 만들어진 말의 됨됨이다. 다다이스트들이 그르친 것처럼, 코뮤니스트들도 그르친 것이었다. 다다이스트가 넋두리 같은 혼잣말을 만드는 데 겨냥이 있었다면, 코뮤니스트들은 속속들이 무리말을 만들려고 했다. 그들의 말에는 색깔의 바뀜도 없고 냄새도 없었다.

어느 모임에서나, 판에 박은 말과 앞뒤가 있을 뿐이었다. 신명이 아니고 신명난 흉내였다. 혁명이 아니고 혁명의 흉내였다. 흥이 아니고 흥이 난 흉내였다. 믿음이 아니고 믿음의 소문뿐이었다. 월북한 지 반 년이 지난 이듬해 봄, 명준은 호랑이굴에 스스로 걸어들어온 저를 저주하면서, 이제 나는 무얼 해야 하나? 무쇠 티끌이 섞인 것보다 더 숨 막히는 공기 속에서, 이마에 진땀을 흘리며, 하숙집 천장을 노려보고 있었다.

아버지는 새 장가를 들고 있었다. '민주주의민족통일전선' 중앙 선전 책임자인 그의 부친은, 모란봉 극장에 가까운 적산집에, 새 아내와 살고 있었다. 평안도 사투리가 그대로 구수한 '조선의 딸'이었다. 예 그대로인 조선 여자의 본보기, 그저 여자였다. 머릿수건을 쓰고 아버지가 벗어놓은 양말을 헹구고 있는 그녀를 보았을 때, 명준은 끔찍한 꼴을 본 듯 얼굴을 돌렸다. 꽃나무가 가꾸어진 뜰 안. 30촉 전등 아래 신문지로 덮어놓은 밥상을 지키고 앉은 명준이 나이 또래의 의붓어머니. 그것은 지옥이었다. 명준이 그 속에서 도망해나온, 평범이란 이름의 진구렁. 그 풍경은 맥 빠진 월급쟁이 집안의 저녁 한때일망정, 반일투사이며, 이름 있는 코뮤니스트였던 아버지의 터전일 수는 없었다. 부친의 재혼을 마다하는 것은 아니었다. 아버지처럼, 믿음을 위해서 젊음을 어두운 골목과 낯선 땅 벌판에서 보낸, 어느 여류 코뮤니스트와 맺어졌다면, 그런 의붓어머니에게 어리광까지도 피웠을 거다.

그러나 이 여자. 그를 도련님 받들 듯하는 이 조선의 딸. 도대체 어디에 혁명이 있단 말인가. 일류 코뮤니스트의 집에서, 중류 부르주아의 그것 같은 차분함이 도사리고 있는 바에야, 혁명의 싱싱한 서슬이 어디 있단 말일까. 부친은 아들을 비키듯 했다. 난봉꾼 아들을 피하는 마음 약한 아버지. 구역질이 나는 부르주아 집안의 나날이었다. 밖에 나가서 아버지라는 이름에 어울리지 않는 죄를 저지르고 있는 사나이가, 자기 아내와 철든 아이들에게 보이는 너그러움. 그러면 아버지는 무슨 죄를 밖에서 지었다는 건가. 혁명을 판다는 죄, 이상과 현실을 바꾸면서 짐짓 살아가는 죄, 그걸 스스로 모를 리 없는 아버지가 계면쩍어하는 몸가짐일 것이다. 신문사 일도 손에 잡혀가고, 자기가 그 속에 살고 있는 공기의 이름새로 바닥이 드러나게쯤 된 이른 봄 어느 날 월북한 이래로 그들 부자는 처음 부딪쳤다. 명준은 터지는 마음을 그대로 쏟았다.

"이게 무슨 인민의 공화국입니까? 이게 무슨 인민의 소비에트입니까? 이게 무슨 인민의 나랍니까? 제가 남조선을 탈출한 건, 이런 사회로 오려던 게 아닙니다. 솔직히 말씀드리면 아버지가 못

견디게 그리웠던 것도 아닙니다. 무지한 형사의 고문이 두려워서도 아닙니다. 제 나이에 아버지 없어서 못 살 건 아니잖아요? 또 제가 아무리 미워도 아버지가 여기서 활약하신다고 그들이 저를 죽이기야 했겠습니까? 저는 살고 싶었던 겁니다. 보람 있게 청춘을 불태우고 싶었습니다. 정말 삶다운 삶을 살고 싶었습니다. 남녘에 있을 땐, 아무리 둘러보아도, 제가 보람을 느끼면서 살 수 있는 광장은 아무 데도 없었어요. 아니, 있긴 해도 그건 너무나 더럽고 처참한 광장이었습니다. 아버지, 아버지가 거기서 탈출하신 건 옳았습니다. 거기까지는 옳았습니다. 제가 월북해서 본 건 대체 뭡니까? 이 무거운 공기. 어디서 이 공기가 이토록 무겁게 짓눌려 나옵니까? 인민이라구요? 인민이 어디 있습니까? 자기 정권을 세운 기쁨으로 넘치는 웃음을 얼굴에 지닌 그런 인민이 어디 있습니까? 바스티유를 부수던 날의 프랑스 인민처럼 셔츠를 찢어서 공화국 만세를 부르던 인민이 어디 있습니까? 저는 프랑스혁명 해설 기사를 썼다가, 편집장에게 욕을 먹고, 직장 세포에서 자아비판을 했습니다. 프랑스혁명은 부르주아 혁명이라구, 인민의 혁명이 아니라구요. 저도 압니다. 그러나 제가 말하고 싶었던 건 그게 아니었습니다. 그때 프랑스 인민들의 가슴에서 끓던 피, 그 붉은 심장의 얘기를 하고 싶었던 겁니다. 시라구요? 오, 아닙니다. 아버지, 아닙니다. 그 붉은 심장의 설레임 그것이야말로, 모든 것입니다. 그것이야말로 우리와 자본주의자들을 가르는 단 하나의 것입니다. 퍼센티지가 문제인 게 아닙니다. 생산지수가 문제인 게 아닙니다. 인민 경제 계획의 초과 달성이 문젠 게 아닙니다. 우리 가슴속에서 불타야 할 자랑스러운 정열, 그것만이 문젭니다. 이남에는 그런 정열이 없었습니다. 있는 것은, 비루한 욕망과, 탈을 쓴 권세욕과, 그리고 섹스뿐이었습니다. 서양에 가서 소위 민주주의를 배웠다는 놈들이 돌아와서는, 자기 몇 대조가 무슨 판서 무슨 참판을 지냈다는 자랑을 늘어놓으면서, 인민의 등에 올라앉아 외국에서 맞춘 아른거리는 구둣발로 그들의 배를 걷어차고 있었습니다. 도시 어떻게 된 영문인지, 일본놈들 밑에서 벼슬을 지내고 아버지 같은 애국자를 잡아 죽이던 놈들이 무슨 국장, 무슨 처장, 무슨 청장 자리에 앉아서 인민들을 호령하고 있습니다. 남조선 사회는 백귀야행하는 도시 알 수 없는 난장판이었습니다. 청년들은, 섹스와 재즈와 그림 속의 미국 여배우의 젖가슴에서 허덕이지 않으면, 재빨리 외국인을 친지로 삼아서 외국으로 내빼고 있었습니다. 유학이라는 이름으로 그들은 그 험한 사회의 혼탁에서 잠시 몸을 빼고, 아름다운 아내와 쪼들리지 않을 만큼 한 살림을 꾸릴 수 있는 간판과 기술을 얻기 위해서, 외국으로 간 것입니다. 부르주아 사회의 가장 실팍한 뼈대를 이루는, 약삭빠른 수재들 말입니다. 이도 저도 못 하는 우리 같은 것은, 철학이니 예술이니 하는, 19세기 유럽의 찬란한 옛날 얘기책을 뒤적이면서, 자기 자신을 속이려고 했습니다. 지금도 그러고 있는 사람이 남조선에는 얼마든지 있습니다. 그들이야말로 가장 아름다운 심장의 소유자들입니다. 젊은 사람치고, 이상주의적인 사회 개량의 정열이 없는 사람이 어디 있겠습니까? 다만 그들은, 남조선이라는 이상한, 참으로 이상한 풍토 속에서는 움직일 자리를 가지지 못했다는 것뿐입니다. 저는 그런 풍토

속에서 성격적인 약점이 점점 커지더군요. 저는 새로운 풍토로 탈출하기로 결정했습니다. 월북했습니다. 어리광을 피우려는 저의 손길을, 위대한 인민공화국은 매정스레 뿌리치더군요. 편집장은 저한테 이런 말을 했습니다. "이명준 동무는, 혼자서 공화국을 생각하는 것처럼 말하는군. 당이 명령하는 대로 하면 그것이 곧 공화국을 위한 거요. 개인주의적인 정신을 버리시오"라구요. 아하, 당은 저더러는 생활하지 말라는 겁니다. 일이면 일마다 저는 느꼈습니다. 제가 주인공이 아니고 '당'이 주인공이란 걸. '당'만이 흥분하고 도취합니다. 우리는 복창만 하라는 겁니다. '당'이 생각하고 판단하고 느끼고 한숨지을 테니, 너희들은 복창만 하라는 겁니다. 우리는 기껏해야 "일찍이 위대한 레닌 동무는 말하기를……" "일찍이 위대한 스탈린 동무는 말하기를……" 그렇습니다. 모든 것은, 위대한 동무들에 의하여, 일찍이 말해져버린 것입니다. 이제는 아무 말도 할 말이 없습니다. 우리는 인제 아무도 위대해질 수 없습니다. 아 이 무슨 짓입니까? 도대체 어쩌다 이 꼴이 된 겁니까? 마르크스주의는, 역사적 현실의 모든 경우에 한결같이 적용되는 단 한 가지의 처방을 내린 것으로 해석되어서는 안 됩니다. 마르크스의 이론이란, 정확하게는, 그가 자기 시대를 분석한 그의 저술 속에서 쓴, 방법론을 가리켜야 합니다. 이론 속에 엉켜 있는 방법과 정책이 분리되어야 합니다. 이것은 어떤 이론이든 마찬가집니다. 정책에 대해서는 방법론의 창시자조차도 반드시는 정확하달 수 없습니다. 하물며 계승자인 경우에는, 어느 누구도 해석권을 독점해서는 안 됩니다. 아무리 위대한 동무들도 모든 것을 다 말할 수 있었을 리가 없고 그렇게 믿어서는 안 됩니다. 그들은 어떤 결정된 진리만을 믿은 게 아니고 진리는 더 고치는 것이 용서 안 될 만큼까지 최종적으로 결정돼서는 안 된다는 태도까지 믿은 것입니다. 수많은 고결한 심장의 소유자들이, 이런 공화국을 만들려고, 중세기의 순교자들보다 더 거룩한 죽음을 한 건 아니잖습니까? 그들의 피에 대한 배반입니다. 그 누군가가 위대한 선구자들의 피를 착취하고 있습니다. 저는 월북한 이래 일반 소시민이나 노동자 농민들까지도 어떤 생활 감정을 가지고 살고 있는지 알았습니다. 그들은 무관심할 뿐입니다. 그들은 굿만 보고 있습니다. 그들은 끌려다닙니다. 그들은 앵무새처럼 구호를 외칠 뿐입니다. 그렇습니다. 인민이란 그들에겐 양떼들입니다. 그들은 인민의 그러한 부분만을 써먹습니다. 인민을 타락시킨 것은 그들입니다. 그리고 북조선의 공산당원들은, 치사하고 비굴하고 게으른 개들입니다. 양들과 개들을 데리고 위대한 김일성 동무는 인민공화국의 수상이라? 하하하……"

그는, 배를 끌어안고, 목을 젖히며 웃었다. 그의 부친은 한마디도 말이 없었다. 명준은 말하면서도 부친의 눈치를 살피면서, 맞받아주기를 기다렸지만, 끝내 묵묵히 듣고만 앉아 있을 뿐이었다. 웃음에 지친 그는, 방바닥에 엎드려 소리를 죽여 울었다. 아버지가 미웠다. 아무 말도 않는 아버지가.

그날 밤늦게, 부친이 소리 없이 문을 열고 자기 방에 들어서는 기척에, 숨을 죽였다. 불을 끈 다음이었다. 부친은 그대로 그의 머리맡에 서 있다가 쭈그려 앉더니, 그의 어깨 언저리 이불깃을 꼭 꼭 여며주는 게 아닌가. 명준은 입술을 깨물었다. 슬펐다. 아버지는 이런 사랑밖에는 내게 줄 수 없단 말인가. 이튿날, 그는 하숙을 정하고 집을 나왔다. 아버지와 자기는 이제 남이 된 것이라고 생각하고. 월북해서도 신문사 같은 데 있었다는 일이 좋지 못했던 것이 아닌가 생각했다.

몸의 움직임만이 있는 곳에 가서 한번 다짐하고 싶었다. 신문 활자를 세고 앉은 사무실에서 안간힘을 한 게 잘못이 아니었던가 생각했다. 일선에서 일하는 사람들은 그렇지도 않은 게 실정이 아닌가 하는 마음에서였다. 마침 야외극장 짓는 일에 각 직장 기관에서 의용 봉사원이 번갈아 나가고 있었다. 그는 거기를 자원해서 날마다 나갔다.

어느 날 그는, 놀이터 지붕 한 모서리를 쌓아올리는 발판 위에 있었다. 아래를 내려다보니 까마득했다. 아직도 날씨는 쌀쌀한 이른 봄이었다. 먼 데 가까운 데, 산과 들에도, 봄소식이라고 할 만한 것은 눈에 띄지 않았으나, 구름이 둥둥 뜬 하늘은 별수 없이 철을 말하고 있었다. 뚜우 하고 한낮을 알리는 고동이 울렸다. 어디서 오는 열찬지, 줄줄이 꼬리를 물고 벌판을 기어드는 모습에도 아늑한 맛이 풍기는 듯했다. 아마, 활짝 갠 하늘에 가득한 햇빛 때문이었으리라. 북녘에서 처음으로 맞은 평양의 봄이었다. 좋은 철이 곧 올 터이었다. 좋은 철. 오래 잊었던 일이 번개같이 스치고 지나갔다. 그는 아뜩하는 참에 발을 헛디디면서 아래로 떨어지고 있었다.

병원 침대에서 보내는 시간은 참기 어렵게 지루했다. 팔다리가 부러지지 않은 것은 다행이었으나, 오른쪽 허벅뼈에 금이 갔다. 한 달은 누워서 지내야 할 판이었다. 부친이 사흘에 한 번씩은 찾아왔다. 가끔 계모가 음식을 가지고 올 때면, 그녀가 돌아갈 때까지 꼭 벌을 서고 있는 느낌이었다. 거의 모든 시간을, 눈을 번히 뜨고 공상하는 것밖에, 할 일이라곤 없었다. 어찌 생각하면 다 귀찮은 터에, 좋은 피난처일지도 몰랐다. 윤애. 오래 잊었던 그녀의 생각을 무시로 하는 요즘이었다. 그러고 보니 월북하고 나서 그녀의 일이 떠오르기는 처음이었다. 이제는 멀리 있는 사람이었다. 보고 싶었다. 모로 돌아누우면서 베개에 얼굴을 묻었다. 문이 열리며 한 무리의 사람들이 방 안에 들어서는 기척에, 고개를 들어 그쪽을 바라보았다. 자기의 눈을 의심했다. 윤애가 아닌가 했던 것이다. 윤애가 아니었다. 얼핏 봄에 그렇게 비친 것이었다. 볼수록 닮은 데가 없었다. 모두 다섯. 여자뿐인 그들은 손에 꽃다발을 들고 있었다. 따라온 간호부장이 그들을 알렸다.

"국립극장에 계시는 여성 동무들이 위문을 나오셨습니다."

그러고 보면 그들의 옷이며 머리 모양이 화려한 데가 있었다. 배우들인가? 음악가? 명준은 동그스름한 바탕에 눈이 기름한 얼굴을 줄곧 바라보고 있었다. 이 병실은 남향인 탓으로, 병원 정문을 바로 눈 아래로 볼 수 있었다. 그녀들도 그리로 들어왔을 텐데, 그는 보지 못했던 것이다. 간호부장은, 야외극장에 자진 동원되었다가 다친 환자라고 명준을 알렸다.

"참 동무들, 이 환자한테는 특별한 위문이 있어야겠는데요. 극장이 서면 동무들이 나올 곳이니깐요. 그걸 짓다 다치셨단 말입니다.”

맨 앞에 선 그녀는 명준의 머리맡에 서 있다.

그녀는 한패를 돌아다보면서 고개를 갸웃했다.

“자 특별한 위문이 어떤 게 있을까?”

또랑또랑한 목소리였다.

“꽃을 다른 병실보다 두 갑절 나눠드리면……”

다른 여자가 이렇게 받았다.

명준은 천천히 입을 떼었다.

“그런 위문으로는 안 되겠습니다.”

그녀들은 서로 휘둥그런 눈을 마주 쳐다보더니, 캬들캬들 웃기 시작했다. 그 중에서도 그녀는 침대살을 붙잡고, 한참 실랑이하듯 웃음을 참느라고 애를 쓰다가, 명준의 눈을 똑바로 들여다보면서 물었다.

“그럼 어떻게 하는 게 좋겠어요? 환자 동무의 소원을 들어줘야 지요.”

“기념 촬영을 하고 싶습니다.”

그녀들 사이에서 탄성 비슷한 소용돌이가 일었다. 돌아서서 저희들끼리 소곤소곤 의논을 하더니, 그녀가 혼자 이리로 와서 아까처럼 침대살을 한 손으로 붙들고, 말했다.

“지금 일어나실 수 있어요?”

간호부장이 먼저 대꾸했다.

“니예뜨(아니). 아직 일주일은 움직일 수 없습니다.”

“그럼 이렇게 합시다. 일주일 후에 저희들이 찍을 마련을 해가지고 이리 오기루."

명준은 웃으며 고개를 끄덕였다. 그녀는 아직도 웃음을 억지로 참는 듯, 입을 묘하게 다물고, 안고 있던 꽃 묶음 속에서 몇 줄기 뽑아, 침대 머리에 놓인 책상 꽃병에 꽂았다.

방문이 닫히자, 복도에서 그녀들이 마음 놓고 웃는 소리가 들렸다. 명준도 웃었다. 흐뭇하다. 꽃병 쪽으로 고개를 돌렸다. 방울꽃이었다. 푸른 줄기에 조롱조롱 매달린 흰 꽃송이는 놀랍게도 싱싱했다. 후우 한숨을 쉬었다. 가슴이 뛰는 듯한 게 계면쩍었다. 바로 누우면서 스르르 눈을 감았다. 둥근 얼굴. 기름한 눈매가 똑똑히 보였다. 배우? 가수? 혹은. 사무치는 무엇이 싸 가슴을 죄었다. 고독하니깐, 고독하니깐 나는 발판에서 떨어지고, 여기 누워 있고, 생뚱한 사람더러 사진을 찍자고 한 거야. 영미의 오빠 태식이와 주고받던 농담이 지금 떠오르는 것이었다. 바짝 메마른 마음에 지금 생각하면 철없이 지껄이던 때 간지럽도록 먹혀들던 그 우스개가, 버들가지 움트듯 부드러운 느낌을 살며시 풍겨주었다. 모르겠다. 될 대로 돼라. 제기랄, 이렇게 꼬치꼬치 마르면서 살아야 할 법도 없잖아? 그는 심술궂은 핀잔을 칼 던지듯 하던 편집장을 잊으려 했다. 자기를 돌리는 듯한 편집실의 낌새를 잊으려 했다. 모를 일이었다. 그보다 더 게으르고 얼렁뚱땅하는 다른 사원은, 그 까다로운 편집장 동무와 제법 사이좋게 지내고 있었다. 자기 경우는 사상적인 일뿐만 아니라, 성격에서 오는 손해도 보는 것이리라 싶었다. 이런 사회에도 그 놀음은 피할 수 없는 일이던가. 대인 관계에서 순전히 공적인 관계가 없는 성격 같은 것이 아직도 그 사람의 사회적 생활을 쉽게도 만들고 어렵게도 만드는 것이라면, 거기도 또한 북조선 사회의 반혁명성이 있었다. 혁명과 인민의 탈을 쓴 여전한 부르주아 사회. 스노브들의 활보. 자기 머리로 생각하려 들지 않는 당원들. 부르주아 사회의 월급쟁이 마음보와 다를 데 없었다. 다르다면 허울뿐.

문이 삐걱 열리더니 안경을 낀 간호부장이 얼굴만 기웃한다.

"이명준 동무 수지맞았어……"

흘겨보듯이 한 다음, 문을 탕 닫았다. 여럿이 깔깔거리며 지나가는 발소리가 멀어져갔다.

그렇게 알게 된 그녀 은혜恩惠는, 국립극장 소속 발레리나였다. 평양에서 가장 큰 무용 단체는 최승희가 거느리는 연구소고, 은혜가 있는 발레단은 국립극장 전속으로, 고전에서 출발한 최와 달리, 소련에서 돌아온 발레 전공의 안나 김이란 여자가 단장이었다. 단원들은 그녀를 김 동무라고도 부르고 그저 안나라고도 불렀다. 그녀는 퍽 은혜를 귀여워하는 듯하여, 우리 마샤라고 부르면서, 극장으로 찾아가도 곧 만나게 해주곤 했다.

명준은 창에서 떨어져 자리로 돌아와 가방을 들추었다. 작은 수첩 사이에서 사진 한 장을 꺼내 들여다보았다. 그때 찍은 사진이었다. 붉은 저녁노을 속에서 사진은 그림엽서의 화려함을 지니는 것이었다. 사진을 도로 수첩 갈피에 넣은 다음, 다시 펜을 들었으나 얼른 내키지 않았다.

남만주 R현에 자리 잡은 '조선인 꼴호즈'는, 중국 측이 쌀 증산을 위해서 만주에 흩어진 조선인들을 좋은 조건으로 모아들인 집단 농장이었다. 꼴호즈라고는 하나, 잡곡 짓기에 기계력을 실험적으로 쓴다는 것뿐, 쌀농사는 집집마다 나누어받은 땅에서 내려오는 식대로 짓고, 농민조합을 꾸려감으로써 한울타리 살림을 이루고 있는 형편이었다. 물론 농작물을 제 마음대로 팔지는 못한다. 그는, 이 꼴호즈의 나날을 알기 위해서, 일주일 동안 보내진 것이었다.

먼저 돈 안 드는 걸음을 할 수 있는 게 좋았다. 남만철도를 타고 내려오면서, 그는 거푸 어린애처럼 소리를 질렀다. 연길에 살던 어릴 적에, 봉천까지 가는 동안에 끝없이 펼쳐지는 벌판에 떨어지던 해를 어렴풋이 떠올릴 수 있었으나, 다시 보는 눈에도 기막혔다. 가도가도 벌판이었다. 이 엄청난 땅덩어리가 옛날에는 동양척식회사의 차지였다고 한다. 이 땅이 주인에게 돌아간 건 좋은 일이었다. 그가 알아본 바에 따르면, 북조선 농민들의 경우, 토지 개혁을 좋아하는 층은 열에 다섯쯤이었다. 그는 처음에 놀랐다. 땅을 그저 얻은 사람들이 기뻐하지 않는다니? 그 까닭을 곧 알았다. 농토는 팔고 살 수 없게 돼 있었다. 농토는 나라 땅이었다. 그들은 지주 영감의 소작인에서 나라의 소작인으로 옮겨간 것뿐이었다. 그가 보기에 소시민의 경우도 마찬가지였다. 그들 소시민은 아무리 벌어야 이제 '부자'가 될 가망은 없었다. 나라가 그것을 못 하게 하기 때문이었다. 시장에는 아직도 일본 때 옷이며 그릇가지가 없지 못할 상품이었다. 소비조합에 나도는 살림은, 모자라기도 하거니와 허술한 물건뿐이었다. 노동자들은 보수보다도 보수의 약속에 지쳤고, 인민 경제 계획의 초과 달성이라는 이름으로, 공짜일을 마지못해 하고 있었다. 인민공화국이 잘되고 있다는 소문은 요란했으나, 정작 자기 둘레를 돌아보면 아무것도 없었다.

개인적인 '욕망'이 터부로 되어 있는 고장. 북조선 사회에 무겁게 덮인 공기는 바로 이 터부의 구름이 시키는 노릇이었다. 인민이 주인이라고 멍에를 씌우고, 주인이 제 일하는 데 몸을 아끼느냐고 채찍질하면, 팔자가 기박하다 못해 주인까지 돼버린 소들은, 영문을 알 수 없는 걸음을 떼어놓는다. '일등을 해도 상품은 없다'는 데야 누가 뛰려고 할까? 당이 뛰라고 하니까 뛰긴 해도 그저 그만하게 뛰는 체하는 것뿐이었다. 사람이 살다가 으뜸 그럴듯하게 그려낸 꿈이, 어쩌다 이런 도깨비놀음이 됐는지 아직도, 아무도 갈피를 잡지 못해서, 행여 내일 아침이면 이 멍에가 도깨비 방망이로 둔갑할까 기다리면서. 광장에는 꼭두각시뿐 사람은 없었다. 사람인 줄 알고 말을 건네려고 가까이 가면, 깎아놓은 장승이었다. 그는 사람을 만나야 했다. 그러다 운이 좋아 은혜를 만났다. 명준이 스스로 사람임을 믿을 수 있는 것은 그녀를 안을 때뿐이었다.

그는 만년필을 손에 낀 채, 두 팔을 벌려서 책상 위에 둥글게 원을 만들어, 손끝을 맞잡아봤다. 두 팔이 만든 둥근 공간. 사람 하나가 들어가면 메워질 그 공간이, 마침내 그가 이른 마지막 광장인 듯했다. 진리의 뜰은 이렇게 좁은 것인가? 명준은 팔로 테두리진 그 공간 속에서 떨던 은혜의 몸을 그려봤다. 허전한 두 팔이 만들어낸 공간이 뿌듯이 부피를 가져오는 듯했다. 그녀의 살이 그 공간을 채워오는 것이었다. 가슴, 허리, 무릎. 그녀의 몸은, 책상을 아랫도리로 뚫고, 윗도리는 책상 위로 솟아, 거기 그녀의 얼굴이 명준의 눈앞에 있었다. 그는 불러낸 젖가슴에 얼굴을 파묻었다. 그러나 그의 이마는 기댈 데 없이 미끄러지며, 그 자신의 맞잡은 손길 위에 힘없이 떨어졌다.

만주에 갔다가 돌아온 지 일주일 되는 토요일, 뉘엿뉘엿 해 떨어질 무렵, 이명준은 구겨진 바바리 코트를 걸치고 고개를 떨어뜨린 채 사의 정문을 나섰다. 집에서 기다리기로 한 그녀가 지쳐서 돌아가지나 않았을까 걱정이 됐다. 그는 시계를 봤다. 한 시간 이미 늦어 있었다. 집까지 또 30분. 아무 탈 없이 지낸 하루였다.

모두 돌아갈 채비를 하는데 편집장이 말했다.

"오늘 자아비판회가 있으니 당원 동무들과 이명준 동무는 남으시오."

명준은 자기가 과녁인 줄 알아차렸다. 그는 후보 당원이었으나, 중요한 직장 세포 모임에는 자리가 주어져 있지 않았다. 자기를 남으랄 때는 자기가 이도령임에 틀림없었다. 편집실 근무 사원 중 당원은 편집장까지 세 사람이었다. 그러나 모임이 시작됐을 때, 사람은 넷이었다. 새로 편집실에 온 젊은 사람이 당원이란 걸 그는 모르고 있었다.

사원들이 돌아가고 난 널찍한 편집실에는, 명준까지 쳐서 다섯 사람이 남아 있었다. 편집장은 그대로 앉고, 다른 사람들은 좌우로 두 사람씩, 편집장 책상 바로 앞 책상으로 다가앉았다. 편집장이 일어서서 말을 꺼냈다.

"자아비판을 할, 이명준 동무에 대한 보고를 하겠습니다. 이명준 동무는, 평소에 개인주의적이며 소부르주아적인 잔재를 청산하지 못하고, 당과 정부가 요구하는 바 과업 달성에 있어서 과오를 범했습니다. 동북 중국에 있는 '조선인 꼴호즈'의 생활을 현지 보도함에 있어서 이명준 동무는, 그 소부르주아적인 판단의 낙후성으로 말미암아, 현지 동포들의 영웅적인 증산 투쟁의 모습을 여실히 파악하는 데 실패했으며, 주관적 판단을 기초로 한 그릇된 보고를 보내왔습니다. 일찍이 위대한 레닌 동무는 말하기를 '사회 제도는 일조일석에 변할지라도 인간의 이데올로기는 일조일석에 변하지 않는다'고 한 것처럼, 이명준 동무는, 그가 남조선 괴뢰 정부 밑에서 썩어빠진 부르주아 철학을 공부하던 시절의 반동적인 생활 감정에서 자신을 청산하지 못하고 있습니다. 뿐만 아니라, 이명준 동무가 그와 같은 반동적 사고방식을 마치 정당한 것이기나 한 것처럼 반성하려 하지 않는 것은, 후보 당원으로서 당과 정부에 대한 충성심의 결여를 의미하는 것이며, 나아가서는 전체 인민에 대한 중대한 반역을 의미하는 것이라 아니할 수 없습니다. 그러므로, 당과 정부 및 전체 인민의 이름으로, 냉정한 자아비판을 요구합니다. 다음에 이명준 동무의 기사 내용 가운데서, 과오를 범한 부분을 읽어드리겠습니다. 그는 현지 꼴호즈의 생활을 보고하는 가운데 '……그들의 어떤 사람이 입고 있는 의류를 보았을 때 기자는 문득 놀랐다. 그것은 일제 군대의 군복에서 견장만 뗀 것이었다' 운운 '신발은 지까다비가 제일 많았다' 운운 '……느껴지는 것은 그들의 생활이 물질적인 향상을 가져오려면 더 많은 땀과 시간이 필요하다는……' 운운 하는 대목이 있는 것입니다.

이는 실로 중대한 과오입니다. 다음에 이명준 동무의 자아비판이
있겠습니다."

명준은 일어서서 편집장이 비워준 단 위에 올라섰다. 여덟 개의
눈이 그를 차갑게 지켜보고 있었다.

"편집장 동무의 보고에 대하여 저는 동의할 수 없습니다."

자리가 술렁거렸다. 편집장이 물었다.

"왜 동의할 수 없습니까?"

"저는 본 대로 옮긴 것뿐입니다."

"그들 가운데 일제 군복을 고쳐서 입은 동무가 있었단 말입니
까?"

"그렇습니다. 일제가 달아날 때 병영에서 주운 것이라고 했습니
다."

"지까다비는 인민공화국에서도 비슷한 제품을 만들고 있습니다.
혹시 잘못 본 게 아닙니까?"

"아닙니다. 앞이 두 쪽으로 갈라진 왜놈들의 것이었습니다."

"그러면 좋습니다. 그렇다면 설사 그것이 사실이라고 하더라도,
그 사실을 보도한 것이 잘못이라고 생각하지 않습니까?"

"리얼리즘은 사실을 사실대로 옮기는 것이라고 믿습니다."

"그것이 동무의 위험한 반동적 사상입니다. 사회주의 리얼리즘
은, 인민의 적개심과 근로의 의욕을 앙양시키고 고무시키는 방향
으로 취사선택이 가해져야 합니다. 무책임한 사실의 나열을 일삼
는 자본주의 신문의 생리와 다른 것입니다."

"그러나 이 경우에 왜 그것이 버려져야 할 것인지 알 수 없습니

다.”

“인민을 모욕하는 것이기 때문입니다.”

“일제의 군복을 과도기에 입고 있다는 사실을 옮기면, 왜 인민을 모욕하는 것입니까?”

“동무. 작년도에, 위대한 중국 인민은, 인민 경제 계획을 초과 완수했습니다. 의류나 일상 생활 필수품은, 전 중국 인민이 입고도 남을 만큼 생산했다는 말입니다. 아마 그들은, 노동을 하는 데 입기 위해서, 일본 제국주의 군대가 버리고 간 물건을 한두 사람이 가지고 있었는지 모릅니다. 그러나, 그 한 가지 사실을 가지고, 이미 인민이 쟁취한, 풍족한 물질 생산 수준에 대해서 회의적인 보도를 하는 것은, 동무 자신의 가슴과 머리 깊이 박혀 있는 소부르주아적인 인텔리 근성에 지나지 않습니다. 전체 인민이 새로운 역사를 창조하며, 빛나는 미래를 향하여 전진하고 있는 이 역사적인 마당에, 이명준 동무는 전혀 자신의 주관적 상상에 기인하는 판단으로 트집을 잡으려고 한 것입니다. 금년 봄 중국 공산당 연차 대회에서, 모택동 동무가 보고한 경제 계획 보고 요지가 당원을 위한 교양 자료로서 배포되었으므로, 만일 이명준 동무가 그 팸플릿에 명확히 기재된 퍼센티지로 나타난 통계를 연구했다면, 그런 과오는 범하지 않았을 것입니다.”

명준은, 대들려고 고개를 들었다가, 숨을 죽였다. 그를 향하고 있는 네 개의 얼굴. 그것은 네 개의 증오였다. 잘잘못 간에 한번 윗사람이 말을 냈으면, 무릎 꿇고 머리 숙이기를 윽박지르고 있는 사람들의, 짜증 끝에 성낸, 미움에 일그러진 사디스트의 얼굴이었다. 명준은 문득 제가 가져야 할 몸가짐을 알았다. 빌자, 덮어놓고 잘못을 저질렀다고 하자. 그의 생각은 옳았다. 모임은 거기서 10분 만에 끝났다. 명준은 사무친 낯빛을 하고, 장황한 인용을 해가며, 허물을 썻고 당과 정부가 바라는 일꾼이 될 것을 다짐했다. 지친 안도감과 승리의 빛으로 바뀌어가는 네 사람 선배 당원의 낯빛이 나타내는 움직임을 지켜보면서 명준은, 어떤 그럴 수 없이 값진 '요령'을 깨달은 것을 알았다. 슬픈 깨달음이었다. 알고 싶지 않았던 슬기였다. 그는 가슴에서 울리는 무너지는 소리를 들었다. 그 옛날 그는 S서 뒷동산에서 퉁퉁 부어오른 입언저리를 혓바닥으로 핥으면서 이 소리를 들었다. 그의 마음의 방문이 부서지는 소리였다. 이번 것은 더 큰 울림이었다. 그러나 먼 소리였다. 무디게 울리는 소리. 광장에서 동상이 넘어지는 소리 같았다. 할 수만 있다면 그 자리에 엎드려서 울고 싶었으나, 울기 위해서는 그는 네 개의 벽이 아직도 성한 그의 방으로 가야 했다. 아니 그의 마음의 방이 아니다. 마음의 방은 벌써 무너진 지 오랬으므로. 그의 둥글게 안으로 굽힌 두 팔 넓이의 광장으로 달려가야 했다. 혼자서 운다는 일은 강한 사람만이 할 수 있는 의젓한 몸가짐이었다. 눈에 보이건 안 보이건 사람은 우상 앞에서만 운다. 멍석 없이는 못 하는 지랄도 있던 것이다. 이제 명준에게 남은 우상은, 부드러운 가슴과 젖은 입술을 가진 인간의 마지막 우상이었다. 오늘 일로 하여 그는 절박한 것을 느끼고 있었다.

이제부터는 전혀 다른 짐작으로 살지 않으면 안 되었다. 그 짐작에서 차지할 그녀의 자리는 높은 곳 한가운데 있었다. 집이 가까운 골목에 이르렀을 때는, 이명준은 거의 뛰다시피 걷고 있었다.

문을 열자 그녀의 얼굴이 후딱 들렸다.

"갈까 하던 참이었어요. 인제 열 셀 동안 오시잖으면 가려고."

명준은, 바바리 주머니에 양손을 집어넣은 채, 우두커니 서서 그녀를 쳐다보았다. 그녀는 손에 책을 들고 있었다. 심심한 걸 메우느라고 명준의 책상에 얹힌 걸 뒤적이고 있었던 모양이었다. 『로자 룩셈부르크 전』. 명준은 그녀의 손에서 책을 받았다. 등을 잡고 타르르 책갈피를 넘겼다.

헌책가게에 있는 것을 보고 사 오는 날로 끝까지 읽어버린 책이다.

"재미있어?"

"그닥……"

"앉지."

그제야 명준은 바바리코트를 벗어서 벽에 걸고, 자기가 먼저 털썩 주저앉았다. 그녀는, 명준의 낌새가 심상치 않은 것을 눈치챘는지, 아무 소리도 없이 따라 앉았다. 그는 눈을 감았다. 가슴이 비었다. 뱃속도 비었다. 시장기가 심할 때, 가슴과 배가 쓰리고 허할 때 같았다. 그러면서 먹을 마음은 조금도 없었다.

당장에는 단 한 술을 뜰 것 같지 않았다. 그러면서, 가슴에서 배쪽으로 뻗치는 빈 기운이 있었다. 몸속에 있던 내장들이 깡그리비어버리고, 그처럼 휑뎅그런 몸뚱어리 속을 바람이 불고 지난다. 감았던 눈을 번쩍 떴을 때, 수그린 이마 바로 앞에, 그녀의 비스듬히 옆으로 뻗친 두 다리가 있었다. 아직도 해가 있어서 불을 켜지 않은 방 안에는, 땅거미 질 무렵의 은근한 붉은 기운이 알릴락 말락 녹아 있었다. 양말을 신지 않은, 맵시 있게 살이 붙은 두 다리는, 문득 생생했다. 명준은 가슴이 꽉 막혔다. 보고 있으면 볼수록, 그 기름한 살빛 물체는 나서 처음 보는 듯이 새로웠다. 곤색 스커트 무르팍에서부터 내민 다리는, 뚝 끊어져서 조용히 놓인 토르소였다. 사랑하리라. 사랑하리라. 명준은 속으로 그렇게 중얼거렸다. 깊은 데서 우러나오는 이 잔잔한 느낌만은 아무도 빼앗을 수 없다. 이 다리를 위해서라면, 유럽과 아시아에 걸쳐 모든 소비에트를 팔기라도 하리라. 팔 수만 있다면. 세상에 태어나서 지금 이 자리에서 처음으로 진리의 벽을 더듬은 듯이 느꼈다. 그는 손을 뻗쳐 다리를 만져보았다. 이것이야말로 확실한 진리다. 이 매끄러운 닿음새. 따뜻함. 사랑스러운 튕김. 이것을 아니랄 수 있나. 모든 광장이 빈 터로 돌아가도 이 벽만은 남는다. 이 벽에 기대어 사람은, 새로운 해가 솟는 아침까지 풋잠을 잘 수 있다. 이 살아 있는 두 개의 기둥.

몸의 길은 몸이 안다. 그녀는 예사로운 애무로 아는 모양인지 하는 대로 보고만 있다.

"은혜."

"네."

고즈넉이 네 하는 이 짐승이 사랑스러웠다. 나는, 밖에서 졌기 때문에, 은혜에게 이처럼 매달리는 걸까. 이긴 시간에도 남자가 이토록 사무치는 마음을 가질 수 있을까. 아마 없을 테지. 졌을 때만 돌아와서 기대는 곳. 기대서 우는 곳. 철학을 믿었을 때, 그녀들에게 등한했었다. 사회 개조의 역사 속에 새로운 삶의 보람을 걸어보려던 월북 직후의 나날, 윤애도 떠오르지 않았다. 지금 나한테 무엇이 남았나? 나에게 남은 진리는 은혜의 몸뚱어리뿐. 길은 가까운 데 있다?

명준은 거칠게 그녀를 껴안았다. 그의 품속에서 그녀는 눈을 감았다. 늘 그랬다. 이 여자가, 인민을 위한 '예술 일꾼'이며, 인류의 역사를 뜯어고치는 거창한 대열에 발맞춰나가는 '여성 투사'라? 좋다. 그러면서도 그녀는 은혜다. 내 거다. 그 밖에 그녀가 되고 싶어 하는 여러 것일 수 있다. 그는 그녀의 뺨에 자기의 그것을 비볐다. 도톰한 입술을 깨물어 열고 부드러운 혀를 씹었다. 어느새 해가 지고 방 안은 어두웠다. 그는 한 팔로 그녀를 받쳐안고, 다른 손으로 그녀의 턱을 만져본다. 목을 더듬었다. 가슴과 허리를 짚어 내려갔다. 벅찬 깨달음을 준 다리를 쓸었다. 몸의 마디마디 그 자리를 틀림없이 알고 싶었다. 움직일 수 없이 자기에게 기대는 따뜻한 벽을 손으로 어루만져, 벽돌 하나하나를 다짐해보고 싶었다. 손이 떨어지면 그것들은 자기한테서 떠날 것만 같았다. 순례자가 일생에 몇 번이고 성지를 찾아 의심을 죽이고 믿음을 다짐하듯이, 손에 닿고 만져지는 참에만 진리는 미더웠다. 남자가 정말 믿을 수 있는 진리는, 한 여자의 몸뚱어리가 차지하는 부피쯤에 있는 것인가. 모든 우상은 보이지 않는 걸 믿지 못하는 사람의 약함 때문에 태어난 것. 보이지 않는 것은 나도 믿지 못해.

"은혜 나를 믿어?"

"믿어요."

"내가 반동 분자라두?"

"할 수 없어요."

"당과 인민을 파는 공화국의 적이라두?"

"그럼 어떡해요?"

"은혜의 그런 용기는 어디서 나와?"

"모르겠어요."

사랑의 말에서는, 남자가 얼간이고 여자가 재치 있게 마련이었다. 남자가 고지식하고 여자가 교활하다는 말일까. 남자는 따지고 여자는 믿는다는 까닭에서일까. 명준은 윤애를 자기 가슴에 안고 있으면서도, 문득문득 남을 느꼈었다. 은혜는 윤애가 보여주던 순결 콤플렉스는 없었다. 순순히 저를 비우고 명준을 끌어들여 고스란히 탈 줄 알았다. 그런 시간이 끝나면 그녀는 명준의 머리카락을 애무했다. 가슴과 머리카락을 더듬어오는 손길에서 그는 어머니를 보았다. 어머니와 아들, 아득한 옛적부터의 사람끼리의 몸짓. 그녀는 생각난 듯이 말했다.

"참, 저, 모스크바로 가게 될는지 모르겠어요."

"모스크바?"

명준은 어리벙벙했다.

"네. 지금 당장이 아니구 명년 봄쯤."

"좀 자세히 얘기해."

"모스크바에서 예술제가 있어요. 소비에트의 각 공화국과 동유럽과 중화인민공화국, 그리구 우리. 모두 나오는 거예요. 무용 쪽에서는 최승희연구소에서 많이 나갈 거라는 얘길 들었지만, 나라

를 통틀어 대표하게시리 파견단을 만들 테니깐, 국립극장 쪽에서
도 얼마쯤 나갈 건 확실해요. 게다가 안나 동무는 소련 출신 아니
에요? 길잡이 삼아 꼭 낄 테구, 그리 되면 우리두 한몫 낄 수밖에
없잖아요? 안나 동무는 그 일로, 오늘도 소련 대사관으로 갔는데,
제가 나올 때까지도 돌아오지 않았어요."

명준은 번듯이 드러누웠다. 모스크바. 은혜가 모스크바로 가?
안 된다. 그녀가 모스크바로 가면 다시는 그의 품으로 돌아올 수
없을 것 같았다. 아무 까닭도 없이, 그런 느낌이 불쑥 떠올랐다.

"얼마나 걸릴까?"

"뭐가요? 떠나기까지가?"

"아니. 거기서 머무는 사이가 말야."

"한 서너 너덧 달?"

명준은 벌떡 일어났다.

"아니, 뭐가 그리 오래 걸려?"

"예술제가 그렇게 걸리는 게 아니구요, 끝난 다음에, 인민민주
주의 국가를 한 바퀴 돌 모양이던데요. 앞서도 그랬어요. 아무튼
잘은 아무도 모르고 그럴 거라는 제 짐작이에요."

"예술제는 확실하지."

"확실해요. 문화선전성에 통첩이 왔다니까요."

명준은 또 잠잠했다. 은혜는 조금 들뜬 말투로 이었다.

"기쁘지 않아요?"

"아니."

"어느 쪽이에요? 아니라면 알 수 있어요?"

"기쁘지 않다는 쪽이야."

"어머나!"

그녀는 놀라서 명준을 쳐다보았다.

"은혜, 가지 말아줄 수 없어?"

대답이 없었다. 그의 얼굴에서 까닭을 찾아낼 모양인지, 깜박거리지도 않고 이쪽의 눈을 빤히 쳐다봤다.

한참 만에 그녀는 입을 열었다.

"왜요?"

"석 달이나 은혜를 떨어져 살 수 없어."

그녀는 활짝 웃었다.

"어린애 같으셔."

"난 어린애야. 당원도 아니고 인민의 일꾼도 아니야. 은혜에게 어린애 노릇하는 바보, 그게 나야."

"왜 자꾸 당과 인민을 끌어대세요? 당이 사랑하지 말라는가요?"

"그런 게 아니구, 당보다두 나한텐 은혜가 중하다는 거야."

"어머나, 그건 정말 부르주아적인 사상이신데?"

"그럼 은혜는, 내가 당을 위해서는 은혜를 버리는 그런 사람이 되길 바라나?"

"굳이 한쪽을 버릴 건 없잖아요?"

"버린다면?"

"생각해본 적 없어요."

"지금 생각해."

"네?"

그녀는 아직도, 명준의 말에서 어느 만큼한 정말과 사랑의 농담을 갈라내야 할지, 모르는 모양이었다.

"다시 한 번 말하겠어. 은혜, 모스크바엔 가지 말어."

"글쎄 왜 그러세요? 덮어놓고 가지 말라면…… 그리고 제 맘대로 가구 안 가구 할 수도 없어요."

"맘만 그렇게 잡으면야, 무슨 핑계로든 안 갈 수 있지 않아?"

그녀는 내놓고 언짢아 보인다.

"난 내 맘을 어떻게 옮겼으면 좋을지 모르겠어. 허지만, 은혜가 모스크바로 가면, 우린 다시는 만날 수 없을 것같이만 생각돼. 억지 얘긴 줄 알아. 한 번만 억지를 받아줘."

그래도 그녀는 말이 없었다.

"은혜가 가서는 안 된다는 다른 까닭이 있는 게 아냐. 석 달이나 넉 달 갈라져 있는 게 그리 대단한 것도 아닐 테지. 허지만, 지금 내 심정으로선, 단 한 달도 갈라져 살 수 없어. 또, 아까 얘기한 대루, 이번에 은혜가 가면, 다시는 내 품에 올 수 없을 것 같아. 왜 올 수 없는지는 모르겠어. 그렇게만 될 것 같은 예감이 있어. 제발."

명준은 오랜 옛날 이런 식으로 빌붙던 걸 생각했다. 그렇지. 인천 변두리, 갈매기가 날고 있는 바다로 트인 분지에서, 윤애의 알수 없는 변덕을 버려달라고 빌던 자기 말투. 알몸으로 자기를 믿어달라고 빌던 말투였다. 윤애는 끝내 그녀의 벽을 허물지 않았다. 못 한 것인지도 모른다. 어쨌든, 명준이 월북을 해낸 데는, 그녀가 안겨준 노여움과 서운함이 그 대목에서 미치고 있었던 것만은 가릴 수 없다.

여자들이란, 곧잘 미신을 섬기면서, 정작 미신일 수밖에 없는 일 앞에서는, 오히려 망설이는 것은 어찌 된 노릇일까. 은혜를 모스크바로 보내면 자기는 그만이라 싶었다. 이렇게 되고 보면 더욱 그랬다. 입 밖에 내지 않았으면 아무렇지 않았을 일도, 한번 말이 되어 나와버리면 허물어버릴 수 없는 담을 쌓고 만다. 지금이 그랬다.

"은혜, 아무 말도 묻지 말고 내 말대루 해줘. 사랑을 위해서, 중요한 일을 농담 삼아 깔아버리는 그런 식으로 핑계를 대도 좋아. 나를 사랑한다는 걸 보여줘."

"네, 가지 않을 테예요."

흑, 하면서 그녀는 두 손으로 낯을 가렸다.

손가락 사이로 눈물이 흘러내렸다. 보고 있자니, 마냥 흘러내린다. 명준은, 그녀 앞으로 다가가 앉아서, 낯을 가린 손목을 치웠다. 손목을 잡힌 채 그녀는 울음을 그치지 않았다.

흑, 하고 느끼는 그녀를 가슴에 끌어당겼다. 되지도 않는 헛소리를 받아줄 사람이, 그녀 말고는 누가 있을까 싶은 생각이, 그를 목메게 했다.

그녀가 돌아간 후, 무릎을 세우고 앉아 오랫동안 우두커니 창밖을 내다보았다. 마른 나뭇잎이 창 유리에 부딪히는 소리가 들린다. 메마른 삶. 이제, 오래지 않아, 그 소리도 들리지 않을 테지. 혼자 사는 살림에는 겨우살이래야 걱정할 것은 없었다. 다만, 길어지는 밤을 생각으로 새워야 할 일이 괴로웠다. 월북하고부터 그의 시간은 달음박질하듯 지나온 느낌이었다. 서울 살 때는 그리도 느리던 시간의 걸음이. 아니 그때는 시간이 없었다. 있지 않았다. 적어도 나한테는. 생활하지 않는 사람에게는 시간이 없다. 적어도 그는 지금 밥과 옷을 제 손으로 번다. 그런데 밥과 옷을 제 손으로 번다는 게 생활이란 말의 뜻일까? 갖은 화려한 공상과 괴로운 생활의 골짜기를 거쳐 이른다는 데가 밥과 옷인가. 그런 모양이다. 그러나 그걸 어떻게 버느냐를 가지고 다투어오는 게 아닌가? 편집장 말이 생각난다. "동무는 오해하고 있는 듯해. 공화국을 동무가 도맡아 보살펴야 한다는 그런 생각, 그건 잘못입니다. 동무는 맡은 바 자리에서 당이 요구하는 과업을 치르면 그만입니다. 영웅주의적인 감정을 당은 바라지 않습니다. 강철과 같이 철저한 실천자가 아쉬운 겁니다." 자본주의 사회의 저 뒤얽힌 산업 질서의 개미굴 속에서, 나날이 사람스러운 부드러움을 잃어가는 사람들과 꼭같이 되라는 소리였다.

여기도 기를 꽂을 빈 터는 없었다. 위대한 것들은 깡그리 일찍이 말해진 후였다. 자기 머리로 생각지 않아도 된다는 말인가 보다. 어김없이 움직이기만 하라는 것이었다. 왜 이렇게 됐을까. 북조선에는 혁명이 없었던 탓일 것 같았다. 인민 정권은, 인민의 망치와 낫이 피로 물들여지며 세워진 것이 아니었다. '전 세계 약소민족의 해방자이며 영원한 벗'인 붉은 군대가 가져다준 '선물'이었다. 바스티유의 노여움과 기쁨도 없고, 동궁冬宮 습격의 아슬아슬함도 없다. 기요틴에서 흐르던 피를 본 조선 인민은 없으며, 동상과 조각을 망치로 부수며, 대리석 계단으로 몰려 올라가서, 황제의 안방에 불을 지르던 횃불을 들어본 조선 인민은 없다. 그들은 혁명의 풍문만 들었을 뿐이다. 30년 전에 흥분이 있었다는 풍문을 듣고 흥분할 수 있다면 그는 감정의 천재다. 1789년에 있었던 흥분의 얘기를 듣고 흥분할 수 있다면 그는 천재다. 하물며 남의 나라의. 세계는 하나라? 그건 그 흥분이 있었던 다음부터의 얘기다. 북조선 인민에게는 주체적인 혁명 체험이 없었다는 데 비극이 있었다. 공문으로 명령된 혁명, 위에서 아래로, 그건 혁명이 아니다. 그 공문을 보낸 사람이 '전 세계 약소 민족의 해방자이며 영원한 벗'이라도 그렇다는 일은, 이 사상에 발을 들여놓은 사람들에게는 좀체로 받아들이기 어려운 무서운 일이었다. 그것은 그리스도교인이 성경을 두고, 비록 그것이 신이 보낸 말이라도 '남'이 보낸 말이고 보면 자기를 건질 수 없다고 생각하는 것이 죽음보다 두려운 것이나 마찬가지였다. 그러나 지금껏 지내온 바를 가지고 생각한다면, 하느님은 어쨌건, '전 세계 약소 민족의 해방자이며 영원한 벗'도 '남'이라고 볼 수밖에 없었다. 목숨을 대신 살 수 없는 것처럼, 혁명도 공문으로 대신할 수는 없는 것이 틀림없었다. 그렇다면? 공문 혁명이 주어진 조건이었다면, 그런 조건에 어울리는 행동의 방식을 찾아내는 것이, 우리한테 맡겨진 혁명일 것이다. 북조선의 공산주의자의 혁명가로서의 품위는 이 일을 어떻게 해내느냐에 달려 있다.

공문 혁명의 테두리에 눌러앉은 벼슬아치가 돼서, 제 머리로 생각해보고 싶어 하는 사람들에게 눈을 부라리고, 진리에 대한 해석의 권리를 혼자 차지하려는 사람들만 설치는 고장. 이런 사회에서 혁명의 흥분을 꾸미는 자는 위선자다. 혹은 쟁이다. 혁명쟁이다. 혁명을 팔고 월급을 타는 사람들. 아버지도 그런 쟁이가 돼 있었다. 아버지는 일자리를 얻기 위하여 월북한 것일까. 하하하, 정말 혁명을 느낀 건 로베스피에르와 당통과 마라와 레닌과 스탈린뿐이다. 인류는 슬프다. 역사가 뒤집어씌우는 핸디캡. 굵직한 사람들은 인민을 들러리로 잠깐 세워주고는 달콤하고 씩씩한 주역을 차지한 계면쩍음을 감추려 한다. 대중은 오래 흥분하지 못한다. 그의 감격은 그때뿐이다. 평생 가는 감정의 지속은 한 사람 몫의 심장에서만 이루어진다. 광장에는 플래카드와 구호가 있을 뿐, 피 묻은 셔츠와 울부짖는 외침은 없다. 그건 혁명의 광장이 아니었다. 따분한 매스 게임에 파묻힌 운동장. 이런 조건에서 만들어내야 할 행동의 방식이란 어떤 것인가. 괴로운 일은 아무한테도 이런 말을 할 수 없다는 사정이었다. 혼자 앓아야 했다. 꾸준히 공부를 했다. 그런데 이번에는 '남'에게 탓을 돌릴 수 없는 진짜 절망이 찾아왔다. 신문사와 중앙도서실의 책을 가지고 마르크시즘의 밀림 속을 헤매면서 이명준은 처음 지적 절망을 느꼈다. 참으로 그것은 밀림이었다. 그럴듯한 오솔길을 발견했다 싶어 따라가면 어느새 그야말로 '일찍이' 다져진 밀림 속의 광장에 이르는가 하면, 지금 자기가 가진 연장과 차림을 가지고는, 타고 내리기가 어림없는 낭떠러지가 나서는 것이었다. '전 세계 약소 민족의 해방자이며 영원한 벗'들도, 이 밀림의 어디선가에서 길을 잘못 든 것이 틀림없었다. 그렇다면 이 밀림에는 다져진 길도, 따라서 지도도 없으며, 다

제 손으로 할 수밖에 없다는 말이 된다. 목숨에 대한 사랑과, 오랜 시간이 있어야 할 모양이었다.

명준은 은혜마저 없는 평양을 견딜 것 같지 않았다. 은혜는, 많은 여자가 그런 것처럼, 꼭 어느 사회가 아니면 못 산다는 여자가 아니었다. 로자 룩셈부르크가 될 수 없는 여자였다. 이 독일 여자처럼, 몸과 마음의 괴로움을 경제학으로 풀이할 만한 배움도 없었고, 나름도 그렇지 않았다. 그녀가 사상을 아랑곳않는 데에 명준은 가다가 놀랄 때가 많았다. 명준에게는 그것이 좋았다. 무지한 여자한테서 쉴 데를 얻자는 저 좋을 마련만은 아니었다. 될 수만 있으면 그녀와 바꾸고 싶었다. 자기 영혼과 아무 탯줄이 닿지 않는, 시대의 꿈에서 떨어져 있을 수 있는 그녀에게서 명준은 은총을 보았다. 신은 그가 사랑하는 자에게 생각의 버릇을 주지 않는 듯싶었다. 그녀에 대한 이런 생각에는 나중에 따져보면 거짓이 섞였을지도 몰랐다. 그러나, 어떤 사람이 어떤 때 스스로 참이라고 느끼는 일을, 거짓이라고 잘라 말할 수 있는 사람은 누굴까. 은혜가 모스크바로 가겠다고 우겼다면 명준은 어떻게 됐을까. 그 생각은 그를 떨게 했다. 그녀가 울면서 그의 청을 받아들였을 때, 명준은 분에 넘쳐 기뻤다. 그녀가 사랑스러웠다. 자리를 바꾸면 자기는 웬걸 그럴 수 있을 것 같지 않았다. 볼쇼이 테아트르에서 호화스러운 공연에 끼고, 유럽을 돌아다니는 것은 화려한 기쁨일 것이었다. 더구나 예술가라면. 그녀는 가끔 이데올로기로 갈라진 세계 지도를 잊어버린 사람처럼 망발하는 때가 잦았다. "파리에서 그림 공부를 했으면 도움이 되겠는데." 발레라면 파리라야 할 까닭이 없었다. 제정 때 세워진 발레 학교가 그대로 자라왔고, 가장 아껴주는 예술 가닥의 하나라는 것은, 명준도 들어서 알고 있었다. 이런 참에 따라가면 어떤 좋은 일이 그녀를 기다리고 있을지도 모를 일이었다. 그런데도 명준의 억지를 받아준 그녀를 생각하면, 사랑을 위해서 증거를 보이겠다는 마음이 고마웠다.

이부자리를 내려서 깔고 그 속으로 기어들었다. 은혜가 놓고 간 대로 『로자 룩셈부르크 전』이 책상 밑에 떨어져 있다. 책을 손에 들고 뒤적이다가 코끝에 가져갔다.

생각 탓인지 그녀 몸 냄새가 나는 듯했다. 책을 떼고, 그녀의 냄새를 따로 떠올려본 다음, 다시 책을 코끝에 댔다. 없었다. 처음 방에 들어와 앉았을 때 보았던 그녀의 다리 생각이 났다. 그렇지. 그녀의 다리가 내게 준 놀라움을 은혜는 모를 거다. 언젠가, 그녀에게 지지 않을 만큼 깊으면 되지 않나. 깊겠다. 깊을 수 있다. 불을 껐다. 바람이 많이 부는 듯 나뭇가지를 흔들며 지나가는 소리가, 큰물진 여울처럼 도도했다.

방 안의 훈훈한 기운으로 유리에 닿은 물기가 빗물처럼 무늬져 흐르는 창가에 서서 명준은 멀리 바다를 내다보았다. 명사십리가 한 줄 굵은 띠마냥 수평선 위에 떠 있다. 이곳 원산 해수욕장에 자리 잡은 노동자 휴양소에 한 주일째 묵고 있다. 취재하러 온 게 아니고, 진짜 휴양이다. 전국의 일터에서 모범 일꾼들만 오는 곳에, 어쩌다 명준을 보내준 건지, 처음엔 짐작이 가지 않았으나, 부친이 마련한 줄을 나중에야 알았다. 부친의 그런 방식에 명준은 더 맞서지는 않았다. 전번 자아비판회 때 알아차린 요령을 저도 모르는 새에 생활에 옮기고 있는 요즈음의 그였다. 오랜 세월 소리 없이 일해야 할 앞날이었다. 그러자면, 작은 일을 가지고 속물들과 부딪쳐서는 안 된다. 바다를 건너려는 사람이 웅덩이에 빠져 죽어서는 안 된다.

이 휴양소 건물은, 원래 개인 소유의 별장이었던 걸 나라 차지로 만들어버린 것이었다. 여름이 제철이지만, 겨울은 또 겨울대로, 솔밭 사이에 드문드문 자리 잡은 아담한 별장 속 한 칸을 차지하고, 바다 소리를 들으며 잠이 들고, 바다 소리에 잠이 깨는 나날도 나쁠 건 없었다. 이런 데까지도, 독보회니 교양 사업이니 하는 것이 있었으나, 딴은 여느 일터의 그것에 대면 훨씬 누그러진 것임에는 틀림없었다. 월북한 다음, 사회에서 쓰는 낯선 말에 익숙해지기까지, 한동안 괴로운 말의 헛갈림을 겪었지만, 이 교양 사업이라는 것도 그 한 가지였다. 그때까지 명준의 말버릇에서는, 교양이란 낱말은, 퍽 개인적인 겪음에 치우친 낱말로 돼 있었다. 그 교양이란 말에 이어붙인 사업이란 낱말은, 글라디올러스 화분에 붙잡아 맨 전기 모터처럼, 영 어색하게만 보였다. 그러나 같은 말을 여러 사람이 되풀이할 때, 거기 새 짜임새가 나오는 것이었다. 동무라는 부르기만 해도 그랬다. 누구에게나 들어맞을 부름말이 없었던 탓도 있었으리라. 변증법을 빌린다면, 양적인 발전이 질적인 변화를 일으키는 현상이라고나 할까. 아무튼 이 휴양소에도 그 교양 사업이라는 게 여전히 있었으나, 심한 것은 아니었다. 하긴, 모처럼 마음과 몸을 쉬려는 곳에까지, 곧이곧대로 정치 교육을 한다는 건 어리석은 일이다. 그런 탓으로 이 휴양소에 사는 사람들은, 한동안이나마 마음의 시집살이에서 벗어나는 셈이다. 스팀 난방이 된 방 안에서 잠자리에 들 적마다, 명준은 가끔 헛갈린다. 나는 부르주아의 외아들인가? 중앙 정부의 높은 벼슬아치를 아버지로 가진 젊은 탕치객? 왜 그렇게 생각하는가. 윗사람은 허술하게 입고 먹어야 한다는 건, 한번도 지켜진 적이 없는, 동양의 거짓말이다. 꺼림하다면, 이만한 호강이 아직도 당 지도층이라든가, '모범 일꾼'들쯤이나 누릴 수 있는, 본보기에 머물러 있는 일일 게다. 그만두자. 이러니 나란 놈이 살찌긴 다 틀렸지. 아, 왜 자리가 높은 아버지가 전화를 걸어서, 그 아들이 며칠 호강을 하기로서니, 인민공화국이 결딴날까. 이명준. 시시한 소리 마라. 역사는 흔히 개가죽을 쓰고 호랑이 춤을 추지 않더냐. 때가 되면 개가죽은 헌 개가죽처럼 동댕이쳐질 텐데 왜 어리궂게 앙앙거리느냐. 국으로 굿이나 보고 떡이나 먹어라. 큰 새의 뜻을 누가 알리오. 바둥대봤자, 아버지랑 그 또래가 이 사회를 한동안은 움직이게 돼 있지 않느냐. 죽은 사람들로 하여금 죽은 사람들을 묻게 하라.

맑은 겨울 날씨였다. 비쳐 보이는 하늘의 푸름에 대면, 바다는, 그보다는 짙은, 풀빛으로 그늘져 보였다. 오른편으로 멀리 두 마리 세 마리 갈매기들이 너울거린다. 이런 하늘 밑에서 사람이 즐겁지 말란 법이 있을까. 내 나라의 하늘은 일류 풍류객이야. 결코 찌푸리지 않거든. 울부짖지 않거든. 멋쟁이야.

문이 열리는 소리에 돌아다보았다. 식당에서 일하는 소녀가 간단한 아침끼니와 신문을 가져왔다. 소녀의 뺨이 쟁반에 담아온 사과처럼 빨갰다. 명준은 그 뺨을 손가락으로 꼭 찌르면서 시시덕거렸다.

"김 동무, 오늘 아침엔 정말 이쁜데."

"거짓말."

열네 살짜리 소녀는 애교도 없이 짧게 대답하고는 문간에서 혀를 낼름해 보인 후, 문을 닫았다. 콩콩콩 발소리가 멀어져간다. 명준은 흥겨워졌다. 한 손으로 사과를 집으며 신문을 펼쳐들었을 때 그는 소리를 질러버렸다. 다시 기사를 들여다보았다. 지방 소식에

── 무용 예술 일꾼들 이곳에

크게 나 있다.

그 글자 뒤에서 은혜의 환히 웃는 얼굴이 기웃거리는 것 같았다. 그녀의 일행은 전국을 돌며 공연하고 있었다. 일행에는 모스크바로 가게 된 멤버들이 많았으나, 은혜는 프로그램을 메우기 위해 같이 간다고 하면서 평양을 떠난 지가 열흘 전이었다. 지금쯤은 함경도 쪽을 돌고 있으려니 짐작하고 있던 그녀를 여기서 만날 생각을 하니, 몸이 떨리도록 기뻤다. 공연은 1시부터였다. 그러고 보니 오늘은 일요일이었다. 트렁크 속에서 면도칼을 찾아들고 세면소로 달려갔다.

공연이 끝나자마자, 그녀는 뒷문으로 빠져나왔다.

"아니 이렇게 대뜸 나와도 되나?"

"안 되긴. 그보다도 어떻게 된 거예요?"

"음. 원산까지 왔다기에 불현듯 보고 싶어서 왔지."

그녀는 노려보았다. 명준은 그냥 웃었다.

"쪽지를 받았을 때, 마침 제 차례여서, 대충 읽어보고 신발 속에 끼고 무대로 나갔지 뭐예요. 아무리 관람석을 훑어봐도 없지 않아요? 그래 끝나고 들어와서 신발 속을 찾으니 원, 간데온데없단 말이에요. 그래 혹시 무슨 잘못이나 아닌가 했지요."

극장 뒷문으로 발레리나를 모시고 나오는 제가, 쑥스러웠다. 그녀는 자본가들의 노리개가 아니란 말이다. 떳떳한 예술 일꾼이야. 예술가는 애인도 가져서는 안 되는가.

난 패트런이 아니다. 그녀의 패트런은 인민이다. 이건 부르주아 사회의 무대 뒷풍경이 아니야. 그런 구질구질한 꼴은, 이 사회에서는 싹틀 수 없어. 그런 것은 좋다. 그렇게 생각하니, 홀가분했다. 국영 식당에서 끼니를 마치고, 송도원까지, 그들은 걸어왔다.

물놀이터로 넘어서는 고갯마루에 올라섰을 때는, 겨울 해가 벌써 다 기울었다. 솔바람이 파도 소리보다도 요란했다. 송도원이란 이름은, 소나무와 파도란 뜻이 아니고, 소나무가 일으키는 파도 소리란 말이 아닐까. 그런 생각을 하면서 명준은 옆에 걸어오는 은혜에게 말해봤다.

"글쎄요."

그녀는 건성으로 치워버렸다. 그녀는 시무룩해 보였다. 방 안에 들어서면서 명준은 그녀의 낯빛부터 살폈는데 그렇지도 않았다.

전등불 밑에서 보는 그녀는 훨씬 밝아 보였다. 그녀는 먼저 머릿수건을 풀고 장갑을 벗고, 다음에 외투를 벗어 벽에 걸었다. 명준은 가만히 서서 바라보았다. 그는 흐뭇했다. 많은 사람들이 모인 놀이마당에 서 있던 여자를, 자기 잠자리에 데리고 들어온 남자가 느끼는 으쓱함이었다. 명준은, 그런, 시시한 느낌에 맞설 수 있는, 무언가 세찬 말을 하고 싶은 북받침에 사로잡혔다.

그녀는 창에 마주 서서 어두운 바깥을 내다보고 있었다. 여자가 남자를 부르는 몸매였다. 그녀의 뒤로 다가섰다. 그녀는 바깥을 내다본 채 움직이지 않았다. 창 유리에는 축축이 물이 흐르고 있다. 뒤에서 본 목덜미가 유난히 하얗다. 명준은 여자의 어깨에 손을 얹었다.

그다음에 그들이 만난 것은, 3월 중순, 국립극장 무대 뒤에서였다. 순회 공연에서 돌아온 은혜는 고단해 보였다. 그는 은혜를 한편 구석으로 데리고 가서 이렇게 말했다.

"우리 예술단이 모스크바로 가는 게 어느 달이었지?"

그녀의 낯빛이 금세 어두워졌다.

"왜 또 그런 말을 하세요?"

"미안해. 요사이 내가 좀 이상해. 은혜가 이러구 있다가 그때 가서 훌쩍 떠나버릴 것만 같단 말야."

"어머나!"

그녀는 두 손바닥으로 낯을 가려버렸다.

"잘못했어. 저것 봐. 사람들이 이쪽을 본대두."

그녀는 그래도 손을 떼지 않았다.

"잘못했어. 날 봐. 날 보라니깐."

그제야 그녀는 손을 뗐다. 그녀는 빤히 명준을 쳐다보았다.

"절 못 믿으시는군요. 그럼 그렇게 할까요?"

"맘대루 해."

그는 휙 돌아서 나왔다. 은혜는 따라오면서 속삭였다.

"이따 저녁에 가겠어요."

그날 밤 그녀는 오지 않았다.

이튿날 저녁 신문에서 명준은, 은혜 일행이 그날 아침 모스크바로 떠난 줄을 알았다.

낙동강 싸움터 어두운 밤에 비가 내린다. 이명준은 귀를 기울여 발소리를 들으려고 했으나, 어둠을 적시는 빗소리뿐, 다른 소리를 가려낼 수는 없었다.

눈을 크게 뜨고, 제가 앉아 있는 이 동굴에 이르는 좁은 오르막길에서 그럴싸한 모습을 어림해보자고 애써도, 헛일이었다. 빗소리와 어둠만이 가득 차 있었다. 사람이란 부질없어서, 아무것도 보이지 않는 이 함빡 어둠 속에서도, 이명준은 눈을 뜨고 있었다. 비록 어둠 속일망정, 기다림의 몸짓은 그런 모양이다. 몸에 밴 버릇은 그런 때 우스꽝스러웠다. 들리는 소리도 없는데 귀를 쫑긋해야 어울리고, 보이는 그림자도 없이 눈을 사려뜨는 게, 삶에 길들여진 오관의 버릇인 모양이다.

철 늦은 비에 덜덜 떨면서, 보이지 않는 어둠 속을 지켜보며, 거기서 나타날 그림자를 기다리고 있는 모습이, 삶에 진 이명준이 이 싸움터에서 지닐 수 있는 단 하나 남은 몸짓이었다. 비옷을 두르고 있는 데다 지금 그가 앉아 있는 동굴은, 입구에서부터 3미터쯤 한 지름을 가진 반달 모양의, 모래기가 승한 자연굴이었기 때문에, 밖에서 내리는 비는 거기까지는 뿌리지 않았다. 그는 동굴의 안쪽이 아니고 입구 가까이에 자리 잡고 있었다.

그녀가 나타날 길에 되도록이면 가까이 있자는 생각에서였다. 그는 은혜를 기다리고 있었다.

그는 끝내, 윤애의 몸에서 똑똑한 응답을 받아보지 못했었다. 깡그리 그녀를 차지했다고 믿기가 무섭게 그녀가 보이곤 하던, 알 수 없는 버팀은, 유리를 사이에 두고 물건을 만지려고 할 때처럼, 밑창 없는 안타까운 허망 깊이 그를 차 넣었었다. 사람의 사귐이 몸의 그것조차도 얼마나 믿지 못할 길인가를 말해주었다.

지지는 햇볕 아래 멀리 울리는 포 소리를 들으며 참호에 서 있으면, 이 거창한 죽임의 마당이, 문득 자기와는 동떨어진 먼 이야기인 것만 같은 때도 있었다.

사단 사령부에서 은혜를 먼빛으로 보았을 때, 처음에는 잘못 본 것이거니 여기고 그대로 지나쳤다. 깊이 생각지도 않았고, 언뜻 지나가는 환상으로 돌렸다. 등 뒤로 발소리가 가까워오며, 그의 이름을 불렀을 때, 그는 발을 멈춘 채 얼른 뒤를 돌아보지 못했다. 그녀는 간호병이었다.

어제저녁 여기서 만났을 때, 그녀는 아무 변명도 하지 않았다. 무슨 말을 하든 안 하든 마찬가지였다. 다시 만날 수 있는 것만으로 너무 고마웠다. 그녀를 탓하는 마음은 아주 없었다. 누가 잘하고 잘못하고를 가릴 만한 힘이 남아 있지 않았다. 사상과 애인과 육친을 깡그리 잃어버리고, 손에 잡히지 않는 죽음과 서로 멍하니

바라보고 앉아 있던 그의 앞에 또다시 나타난 은혜는 어쨌든 조용
했던 그의 마음을 헝클어놓은 데서 얼핏 짜증스러우면서도, 외치
고 싶은 기쁨을 주었다.

소리를 들은 듯하여, 굴 밖으로 몸을 내밀싸하면서 어둠을 내다
보았으나, 이내 기척이 없다. 오지 못할 일이 생긴 게 아닌가? 2시
쯤 됐겠지. 낮에 올 수 있다고 했으니 그동안 일이 생기지만 않으
면, 꼭 올 터이었다. 점점 조바심이 생겼다. 혹시 길을 잃어버리지
나 않았는지. 그는 이 굴을 사령부로 가는 길에 지름길을 찾아보
느라 일부러 산을 타고 넘어가다가 찾아냈다. 그런 다음부터는 어
쩌다 틈이 생기면 와서 드러누웠다가 가는, 그만이 아는 곳이었다.
웬만해서는 눈에 띄지 않게 자리 잡은 이 동굴에 누워 있는 시간에
는, 홀가분하게 쉴 수 있었다. 누구 한 사람, 더 데리고 올까 하다
가 그만둔 적이 있었다. 다른 사람이 알면, 이 바위 굴이 주는 포
근한 힘이 그만큼 적어지리라 싶어서였다.

가까이서 분명히 기척이 났다.

명준은 어둠 속에서 몸을 도사렸다. 그의 이름을 부르는 은혜의
목소리를 듣고서야, 그는 굴 밖으로 나서며, 손으로 더듬어 그녀
를 안으로 이끌었다. 그녀의 비옷을 벗겨서 입구에 가까운 안쪽에
놓았다. 걸어온 탓인지 그녀의 몸은 따뜻했다. 굵은 모래로 된 바
닥에서 오르는 찬 기운을 막기 위하여 땅에 자기 비옷을 깔았다.
등으로 팔을 돌려 그녀를 안았다. 그의 저고리 앞자락을 잡은 그
녀의 손에 힘이 더해졌다.

"용서해주세요."

하구말구. 용서하구말구. 무얼 용서하라는지. 용서고 뭐고 할 만한 일인지는 몰라도 은혜, 네가 용서하라니 용서하구말구. 난 이제 다른 일에는 아무 자신이 없어도 용서하는 재주만은 자신 있어. 예수 그리스도는 아마 전생에 퍽 죄를 많이 지은 사람일 거다. 그러니 그토록 용서하라고 외쳤지. 너희들 가운데 죄 없는 자 있 거든 이 여자를 돌로 치라 했을 때, 분명히 저도 넣어서 한 말이 야. 예수처럼 훌륭하진 못해도 너 하나는 용서하겠어. 그는 팔에 힘을 주어, 그녀를 추슬러올리며, 그녀의 귀에 입을 댔다.

"사랑해."

"모스크바에서도 아무 재미없었어요. 잘못했어요. 전쟁으로 귀 국한 후 모집이 있었을 때, 전 간호병으로 제일 먼저 지원했어요. 꼭 뵙고 용설 빌고 싶었어요. 이젠 죽어도 좋아요. 잘못했어요. 제 가 미우시더라도 용서해주세요."

"사랑해."

"용서한다고 말해주세요."

"사랑한다는 말은, 용서한다는 말을 열 번 거듭한 거나 같지 않 아?"

그녀는 소리를 내어 울기 시작했다. 은혜는, 전쟁 전 평양 그의 하숙에서, 모스크바로 가지 않겠다고 다짐하던 때도, 이렇게 울었 었다. 그러고는 지금, 그 다짐을 깨뜨린 것을 용서하라면서도 울 고 있다. 따지고 보면, 윤애는 한 번도 명준을 어긴 적이 없다. 어 겼다면 명준이 쪽에서 그렇게 한 것이었다. 그때 앞뒤가 어찌 됐 든, 알리지도 않고 월북한 일은, 사랑하는 사람들 사이에는, 배반이라고 부를밖에 다른 말은 없다. 그러나 별난 일이다. 조리가 바르고, 야무지면서, 그를 어긴 일도 없는 윤애는, 속까지 다 알지는 못했다는 느낌으로 남아 있는데, 뚜렷이 어긴 은혜를, 한 치 틈새도 없이 믿고 있는 자기를 보는 것이었다. 그녀가 맹세했을 때, 그녀는 참을 나타낸 것이리라. 또 지금 용서를 비는 그녀의 마음에도 거짓은 없으리라. 그는 그녀를 울게 내버려두었다. 비 오는 소리는, 동굴 안에서 들으면, 땅과 하늘이 웅얼웅얼대는 우람스런 중얼거림처럼, 크지만 부드러웠다. 그녀의 울음소리도 빗소리처럼 부드러워서, 언제까지나 들어도 좋을 것 같았다.

그들은 거의 날마다 만났다. 밤일 때도 있고 낮일 때도 있었다. 약속하지 않은 때도 명준은 불현듯 그녀가 동굴에서 기다리고 있을 것 같은 생각이 들면, 사람 눈을 피하여 산을 넘어가면 대개 틀림없이 동굴 안쪽 벽에 우두커니 앉아 있는 그녀를 보기가 일쑤였다. 격식이라든가, 미묘한 예절의 번거로움 같은 것이, 짜증스럽고 뜻 없어 보이는, 싸움터였다. 모습 없는 죽음의 그림자와 맞서서 지내야 하는 나날, 그들은 서로의 몸뚱어리에서, 불안과 안타까움을 지워줄 힘을 더듬었다.

굴속에 앉아서 내다보면, 훨씬 오른편으로, 위쪽 절반이 뚝 부러져나간, 고압선 탑이 바라보였다. 그 위로 흰구름이, 뭉실하니 걸려 있다. 소학교 다닐 때, 보고 그리기 시간에 10센티 평방의 그물을 만들어가지고, 그 네모진 틀 속에 들어오는 풍경을 그린 적이 있다.

그 틀을 쓰면, 헤 넓기만 해서 어디서부터 그려야 할지 모를 풍경을, 마음 내키는 대로 도려낼 수 있었다. 이 동굴의 입구는, 그 틀처럼 모서리가 반듯하지는 않았다. 모서리가 부서진 네모꼴처럼 엉성한 데다가, 가장자리에 길쭉길쭉한 잡초가 무성하게 뻗어 있다. 그런대로, 그렇게 열린 공간이 뚜렷했고, 내리 맑은 날씨로 아물거리는 아지랑이 속에 펼쳐진 풍경은 아름다웠다. 이 굴에서 풍경을 보기 비롯하면서, 세상에 있는 모든 풍경은 다 아름답다는 것을 알았다. 왼쪽으로도 막히고, 오른쪽으로도 막히고, 아래위도 가려진 엉성한 구멍을 통하여, 명준은 딴 세계를 내다보고 있었다. 굴속, 손바닥만 한 자리에 짐승처럼 웅크리고 앉아서, 전차와 대포와 사단과 공화국이 피를 흘리고 있는 저 바깥세상을 구경꾼처럼 보고 앉은 자기의 몸가짐을 나무라기에는, 이명준은 너무나 지쳐 있었다. 훈훈한 땅김이 자기 체온처럼 느껴지는 동굴 속에서, 이명준은 땅굴 파고 살던 사람들의 자유를 부러워했다. 땅굴을 파고 그 속에 엎드려 암수의 냄새를 더듬던 때를 그리워했다. 이렇게 내다보는 풍경은 아름다웠다. 원시인의 눈에는, 모든 게 아름다웠을 게다. 저 푸짐한 햇빛들의 잔치. 이 친근한 땅의 열기. 왜 우리는 자유스럽게 이 풍경을 아름답다고 보지 못하는가. 바스락 소리가 났다. 은혜였다. 그녀는 몸을 구부리고 입구를 빠져들어와, 명준의 곁에 길게 드러누웠다. 약품 냄새가 풍긴다. 그녀는 모자를 벗어서 뒷머리에 괴었다. 그러다가, 불쑥 말했다.

"왜 이런 전쟁을 시작했을까요?"

"고독해서 그랬겠지."

"누가?"

"김일성 동무지."

그녀는 다시 눈을 감았다. 한참 만에, 이쪽으로 돌아누우면서, 명준의 가슴을 만지작거렸다.

"자기가 외롭다고 남을 이렇게 할 권리가 있나요?"

"권리? 권리가 있어서만 움직인다면 벌써 천당이 왔을 거야."

"김일성 동무는 애인이 없었던가 보지요?"

"있어도 신통치 않았겠지."

"이 동무가 수상이라면 어떡하시겠어요?"

"나? 나 같으면 이따위 바보짓은 안 해. 전쟁 따윈 안 해. 나라면 이런 내각 명령을 내겠어. 무릇 조선민주주의인민공화국의 공민은 삶을 사랑하는 의무를 진다. 사랑하지 않는 자는 인민의 적이며, 자본가의 개이며, 제국주의자들의 스파이다. 누구를 묻지 않고, 사랑하지 않는 자는 인민의 이름으로 사형에 처한다. 이렇게 말이야."

"하하하."

그녀는 남자처럼 웃었다. 그러면서 두 손으로 잡고 있는 명준의 목을 마구 흔들어댔다.

"그런 시인을 수상으로 가진 인민들만 봉변이군요."

"시인? 아 그럼 그 과학적인 친구들이 앉아서 한다는 게 요꼴인가? 아니야."

자기 목에 걸린 은혜의 팔목을 잡아서 끌어당겼다. 여자의 눈빛이 흐려지면서, 몸이 빳빳해졌다. 그는 여자를 끌어안고, 눈을 감았다. 가슴. 배. 다리. 그녀의 몸이 그의 몸과 꼭 붙어서 떨고 있다. 전쟁이 일어나기 전, 그녀와 같이 지내던 일을 떠올린다. 처음 모스크바행을 얘기하던 날 저녁의 일. 원산 해수욕장의 하룻밤. 그리고 배신. 사랑스럽고 믿던 여자가 다 한 여자였다. 지금 품에 안고 있는 이 몸이었다. 이 몸이 모스크바로 옮겨가면 배신이 되고, 낙동강으로 옮겨오면 뉘우침이 된다? 오른손으로, 은혜의 군복 앞 단추를 끌렀다. 다음에는, 가죽띠를 끌렀다. 마디가 굵은 버클이 무디게 절그럭거린다. 이 고운 몸에, 이 무슨 흉한 쇠붙이란 말인가. 이 몸을 볼쇼이 테아트르의 대리석 기둥이 받치는 놀이마당에서, 전차가 피를 토하는 이 스산한 마당까지 불러온 자는 누군가. 이 예술가의 가냘픈 몸의 도움까지 받아가면서 해내야 할 사람 잡이에 내몰기 위해서? 안 된다. 너희들이 만일 인민의 이름을 팔면서 우리를 속이려 든다면, 우리도 걸맞은 분풀이를 해줄 테다. 사람을 얕잡아보지 마라.

너희가 한푼을 속이면, 어김없이 한푼을 속히우리라. 전차와 대포를 지키라고 너희들이 데려다놓은 자리에서, 우리는 원시의 광장을 찾아가고 있다. 이렇게.

단추와 가죽 허리띠를 끌러낸 풀빛 루바시카 윗저고리를 벗긴다. 그녀의 드러난 가슴에 얼굴을 묻는다. 그 가슴속에서 만 가지 소리가 들린다. 악을 쓰는 기관총 소리가 들려온다. 발작처럼 터지는 포 소리. 땅바닥을 씹는 전차의 바퀴 소리. 악의가 응어리진 강철 덩어리를 떨어뜨리는 폭격기의 엔진 소리. 그들 소리보다 한 바퀴 더 아득히 들리는 소리. 솔밭을 지나는 바람 소리. 둑을 때리고 부서지는 물결, 먼 바다 소리.

눈을 뜨고 은혜를 들여다본다. 그녀도 눈을 뜨고 남자의 눈길을 맞는다. 서로, 부모미생이전 먼 옛날에 잃어버렸던 자기의 반쪽이라는 걸 분명히 몸으로 안다. 자기 몸이 아니고서야 이렇게 사랑스러울 리 없다. 그는 팔을 둘러 그녀의 허리를 죄었다. 뉘우치지 않는다. 내가 잘나지 못한 줄은 벌써 배웠다. 그런 어마어마한 이름일랑 비켜가겠다.

이 여자를 죽도록 사랑하는 수컷이면 그만이다. 이 햇빛. 저 여름 풀. 뜨거운 땅. 네 개의 다리와 네 개의 팔이 굳세게 꼬인, 원시의 작은 광장에, 여름 한낮의 햇빛이 숨 가쁘게 헐떡이고 있었다. 바람은 없다.

어느 날 굴에서 만났을 때, 그녀는 한 손에 가위를 든 채였고, 명준은 전초선에서 들어온 적정 보고를 쥐고 있었다. 그녀는 아마 환자용 천막에서 일하다가 그대로 온 모양이었고, 명준의 손에 든 보고서는, 늦지 말고 알려야 할 성질이었다. 주머니에 넣지도 않고 한 손에 거머쥔 흰 쇠붙이를, 명준은 부신 듯 바라보았다. 쇠붙이가 되비쳐 보내는 여름 햇빛 때문이 아니었다. 그들은 손에 하나씩, 죄의 증거를 들고 있었다. 은혜의 손에 들린 가위가 이런 시간에 이런 자리에 와 있는 탓으로, 몇 사람의 병사가 혹시 살았을 목숨을 잃었을는지도 모르며, 적어도 끊지 않아도 될 다리를 끊어야 할는지도 몰랐다. 그녀는 나이팅게일의 몹쓸 후배였다. 명준이 들고 있는 보고서에는, 우군의 한 사단을 죽음으로 몰아넣을 어떤 움직임의 낌새가 적혔는지도 몰랐다. 그저 말이 아니라, 그것은 있을 법한 일이었다. 지금 이 시간에 그들이 이 자리에 서 있다는 것은 반역자로서만 가능했다. 그는 동굴 어귀에 우두커니 서 있는 것을 깨닫고, 황급히 그녀를 안으로 끌어들였다.

전세는 나날이 못해지고 있었다. 항공기의 도움을 받지 못한 공산군은 조그만 곳을 지켜내기 위해서도 된값을 치렀다. 의료 시설은 거의 없다시피 했다. 그러고 보니 군의관과 간호부의 가림도 뜻없는 일이 됐다. 응급 처치에도 모자랄 거리를 가지고는, 군의관이라고 별 재주가 있을 턱이 없었다. 은혜는 환자들을 돌보느라 하루에 서너 시간 잠을 잘까 말까였다. 낮 동안 동굴에서 만날 때도 그녀는, 먼저 와서 졸고 있을 적이 많았다. 명준의 가슴에서 떨다가도, 불시에, 환자들이 기다린다고, 쉽사리 가라앉아주지 않는 숨결 사이로 앓는 소리 하듯 띄엄띄엄 말하면서, 그를 밀치고 일어섰다. 잘 알고도 남는 그런 몸가짐마저도 당장에는 서운한, 몸의 길이 이럴 때는 슬펐다.

누워서 보면, 일부러 가리기나 한 듯, 동굴 아가리를 덮고 있는 여름풀이, 푸른 하늘을 바탕 삼아 바다풀처럼 너울너울 떠 있다. 접은 지름 3미터의 반달꼴 광장. 이명준과 은혜가 서로 가슴과 다리를 더듬고 얽으면서, 살아 있음을 다짐하는 마지막 광장.

그 무렵, 공산군이 가진 화기의 모두가, 전선으로 모아지고 있었다. 산허리에 판 대피호에서 꿈쩍을 못 하던, 나머지 전차들이, 앞쪽의 더 나은 쏠 자리로, 밤을 타서 옮겨갔다.

있는 대로의 예비대가, 모조리 앞쪽으로 놓였다. 명준은 사령부에서 떠도는 소문을 들었다. 총공격이 가깝게 있으리라는 것이었다. 그 말을 알렸을 때, 은혜는, 방긋 웃었다.

"죽기 전에 부지런히 만나요. 네?"

그날 밤 명준은 두 시간 가까이 기다렸으나, 끝내, 그녀는 나타나지 않았다.

이튿날, 공산군의 모든 화기는, 마지막 총공격의 불문을, 한꺼번에 열었다. 그러나, 움직임이 새어나갔다고 볼 수밖에 없었다. 거의 때를 같이하여, 기다리기나 한 것처럼, 까맣게 하늘을 덮고 나타난 유엔 공군의 폭격기는, 고맙게도 모여준 공산군 화기와 병력을 갈겨댔다. 낙동강에 물이 아니라 피가 흘렀다는 싸움은 이날의 그것이었다. 은혜는 부지런히 만나자던 다짐을 아주 어기고 말았다. 전사한 것이다.

수용소에서 무서운 꿈을 꾼다. 인민군이 점령한 서울. 원래 S서 자리 지하실이라 한다. 명준은 책상 하나를 사이에 두고 영미 오빠 태식과 마주 앉아 있다. 여기는 정치보위부가 되어 있고 자기는 보위부원이라 한다. 태식이 시내에서 잡혔을 때 그는 소형 사진기를 가지고 있었고 필름에는 인민군 시설이 찍혀 있었다 한다. 태식은 윤애와 결혼한 사이라 한다. 그녀는 2층 다른 방에서 면회를 기다리고 있다 한다. 고문 때문에 태식의 얼굴은 허물어져 있다. "자네가 이런 일을 하다니 뜻밖이야.""속에 있는 대로 대답해도 괜찮겠나?""물론이지 맘대로 대답하게. 옛날처럼.""그럼 말하지. 자네가 그 자리에 앉아 있는 것도 내게는 뜻밖일세.""알겠어. 그러나 나 같은 인간은 이렇게 될 가능성을 가지고 있던 자

야. 허나 자네는.”“깔보지 말게. 모든 인간은 다 그런 가능성이
있네.”“자네가 이처럼 고생할 만한 값이 남조선에 있었던가?”
“자네가 그 자리에 앉아 있을 만한 값이 북조선에 있었던가 묻고
싶어.”“음, 되묻지 말고 먼저 내 물음을 받아주게.”“값이 있어서
만 사람이 행동하는 건 아닐세.”“그럼?”“값을 만들어내기 위해
서도 행동할 수 있어.”“자네 같은 애국자를 왜 남조선이 알아주
지 못했을까. 나는 여기 잡혀오는 자들을 정말 미워해. 이렇게 애
국자가 수두룩한데 왜 남조선이 요 꼴이 됐지?”“말해도 좋은
가?”“그러래도.”“자네 같은 사람이 넘어갔기 때문이야.”“고맙
네. 허지만 자넨 남지 않았나?”“아니야, 내가 남은 건 6월 25일
에서 오늘까지뿐이야.”“늦었군. 그래, 늦었어. 나한테 부탁이 없
나?”“고문을 견딜 수 없어. 빨리 총살해주게.”“자네의 죽음을
아무도 몰라도 좋은가?”“자네 북으로 가더니 속물이 됐군. 난 괴
로우니깐 빨리 쉬고 싶을 뿐이야.”“지금 난 자네한테 우정이 없
네. 자네가 괴로워할 때 나는 웃어야 하도록 돼 있다는 걸 지금 똑
똑히 알겠군.”“자넨 그토록 악당이었나?”“나를 구속할 죄를 내
손으로 만들겠어. 자네 부인이 2층 내 방에서 나를 기다리고 있어.
그녀도 나의 새 탄생을 도와야 해.” 태식이 의자에서 일어난다.
“안 돼! 자네의 양심을 믿어. 다른 방법으로도 얼마든지 자신을
살릴 수 있잖아?”“다른 방법? 하긴 영미라도 있다면.” 침이 날아
왔다. “됐어. 더 흥분해주게. 새 내가 더 쉽게 태어나게.” 그의 주
먹이 태식의 얼굴을 갈긴다. 수갑이 차인 손으로 얼굴을 가리며
쓰러지는 태식을 발길로 걷어찬다. 태식의 얼굴이 금방 피투성이

가 된다. 그 핏빛은 몇 해 전 바로 이 건물에서 형사의 주먹에 맞아서 흘렸던 피를 떠올린다. 그때 형사가 하던 것처럼 태식의 멱살을 잡아 일으키며 또 얼굴을 갈긴다. 제 몸에 그 형사가 옮겨 앉는 환각. 사람이 사람의 몸을 짓이기는 버릇은 이처럼 몸에서 옮는구나. 몸의 길. 마루에 엎어진 태식의 아랫배를 차지른다. 꼭 제 몸이 허수아비 놀 듯 자기와 몸 사이에 짜증스런 곁듦이 있다. 이번에는 윤애와 만나고 있다 한다. "얘기도 없이 사라져서 미안했어." "……" "허지만 이렇게 오지 않았어? 윤앨 보기 위해 왔지." 윤애 어깨에 손을 얹는다. "이러지 마세요. 사정을 아시면서." "사정? 옛날 애인이지만 지금은 남의 부인이라는? 알아 아니깐 이러는 거야." "안 돼요. 이러면 안 돼요." "윤애, 난 지금도 윤앨 사랑해." 윤애를 벽에 밀어붙인다. 한 손으로 그녀의 팔을 붙잡아 벽에다 붙박아 움직이지 못하게 한다. 저고리 동정에 손가락을 걸어 아래로 잡아 찢는다. 앞죽지가 떨어져나간다. 그때 어디선가 새 우는 소리가 들리고 거기서 꿈을 깬다. 그것이 꿈인 것을 안 순간의 다행스러움. 행복. 이런 일은 없었다는 확실함에서 오는 행복. 이런 일은 없었다니 얼마나 좋은가. 꿈속의 피멍이 든 태식의 얼굴. 겁에 질린 윤애의 하얀 얼굴. 숨을 몰아쉬는 하얀 가슴. 그런 일은 없었다. 아무리 생생해도 그것은 꿈이었다. 친구를 한 사람만 대라면 그는 태식이었다. 윤애에게 큰 빚을 졌으면 졌지 그렇게 대하리라고 꿈 밖에도 생각해본 적은 없다. 내 마음 안에서 나와 상의 없이 일어난 현실, 그건 내가 아니다. 평양을 출발해서 낙동강 전선으로 오면서 들른 서울에 도착하는 길로 옛집을 찾았을 때 집은 비어 있었고 빈집을 관리하고 있던 동회 직원의 말에 태식이 군사시설을 촬영하다가 잡혀갔다고 했었다. 놀랄 만한 일이었으나 그 당장 꿈에서처럼 생각해보지는 않았다. 온 도시가 뒤집힌 듯한 분위기는 무슨 일이든 일어나지 못할 일이란 없을 그런 소용돌이였기 때문이었으리라. 남녘의 바다 쇠가시 울타리를 이불 덮고 관 속에 누워 있네 바다여 내가 갇혔느냐 네가 갇혔느냐. 꿈이라고 밝혀지고 나서는 꿈 안에서 일어난 일이 현실이 아닌 것은 틀림없이 알고 있다 해도 그 꿈에 대한 기억까지 지워지지는 않는다. 그럴 때 꿈과 꿈에 대한 회상은 얼마나 다른가? 내일이면 전선으로 떠나야 할 도시에서 전선사령부와 시인민위원회를 몇 번씩 오간다. 평양을 떠날 때 아버지가 필요한 일이 있을 때 찾아가라고 일러준 인물을 찾아가지만 그는 자리에 없었다. 이런 분위기에서 과연 그런 부탁이 받아들여질지 의심스러웠지만 알아보기는 해야 한다는 생각에서였다. 포로수용소의 잠자리에서 없었던 일이 벌어지는 악몽을 회상하는 것과 결국 헛일이었던 있었던 일을 회상하는 것은 별로 다르지 않게 자기 처지의 황망함을 되새겨준다. 세상이 뒤집힌 도시를 헤매던 그날의 자기. 자기가 있던 자리가 그렇게 서먹서먹할 수가 없었다. 2층 가는 계단을 오르면서 그 전에 정 선생 댁에서 미라 관을 열던 생각이 떠올랐었다. 자기가 있던 방에 자기가 없는 방으로 올라가면서 거기서 자기가 미처 빠져나가지 못하고 자기와 부딪친다면, 그런 생각이 문득 떠오른다. 방은 비어 있었다. 옛날 미라 관 뚜껑을 열었을 때 그 비어 있음이 거기에 있었다. 예전대로 보존된 방에 오래 머물지도 못하고 다음으로 찾은 곳이 정 선생 댁이었다. 거기도 비어 있었다. 낯익은 가정부는 굳은 낯으로 처음 보는 사람 대하듯 했다. 서울에 왔으나 명준에게 서울은 비어 있었다. 찾는 사람마다 모두 없다. 인천에까지 갈 시간을 마련할 수는 없었다. 윤애에게는 그렇게 빚만 남았다. 아마 찾아가도 없었을지 모른다. 찾아가지 못했다는 일도 있었더라면 좋을 일이 없었다는 빈자리로 남았다. 은혜가 모스크바로 간 때부터 그의 밀실은 모두 비어 있다. 그 빈방의 뿌리가 모두 정 선생네 미라 상자에서 나온 곁가지 같았다. 마치 몸통 안에 몸통이 있는 러시아 마트료시카 인형처럼. 국토의 끝 남해 바다에 떠 있는 이 섬 거제도도 꼭 관 같았다. 포로라는 이름의 죽은 병사들. 그 커다란 관 속에 비웃 두름처럼 무력하게 드러누워 잠드는 광장이 그 관이었다. 한 줄에 꿰인 드럼 속의 한 마리인 자기라는 한 몸. 그 몸속에 관이 있고 그 또 관 속에 관이 있고 그것들의 가장 안쪽에 선생 댁 그 미라 관이 있고. 미라 관의 그 비어 있음의 안쪽에 또 다른 관이 있을 것 같다. 가장 깊은 관. 가장 안쪽의 관. 그 비어 있음의 주인공은 바로 나였구나. 이렇게 스산한 마지막 관에 도달하려고 나는 살아왔는가. 이 관에 누워 있는 나는 악몽이 아니다. 이것은 꿈이 아니다. 이것은 깰 수 없는 꿈이다. 이 꿈에서는 깨지 못한다. 이것은 현실이니깐. 그러나 꿈을 회상하는 자기와 꿈을 꾸는 자기는 어떻게 다를 수 있는가? 꿈을 회상하자면 꿈속에 있어야 할 게 아닌가? 꿈속에 있자면 꿈을 꾸고 있다는 말이 아닌가? 남쪽 바다에 떠 있는 가시 울타리를 덮은 관 속에 누워서 이명준은 서울 거리를 없는 사람들을 찾아 헤매던 자기를 그때마다 다시 산다. 회상 속에서 만나는 사람들이 하는 말은 정말 그때 거기서 그들이 한 말인지 지금 회상하는 자기 기억이 만들어낸 말인지 이미 갈라볼 수 없다. 기억이 그렇게 기억하고 싶어서 그렇게 회상하고 있을 뿐인 기억의 꿈인지도 모르는 그런 회상을 붙들고 이명준은 남녘의 바다를 바라본다. 매일 수송선이 푸른 기름 같은 바다를 밀어내면서 들어선다. 보급 창고가 있는 바닷가에 멈춰 선다. 내일이면 전선으로 떠나야 할 도시에서 전선사령부와 시인민위원회를 몇 번씩 오간다. 평양을 떠날 때 찾아가라고 일러준 인물을 찾아가지만 그는 자리에 없었다. 이런 분위기에서 과연 그런 부탁이 받아들여질지 의심스러웠지만 알아보기는 해야 한다는 생각에서였다. 포로수용소의 잠자리에서, 없었던 일이 벌어지는 악몽을 되풀이해 꾸는 것과 결국 헛일이었던, 있었던 일을 회상하는 것은 별로 다르지 않게 자기 처지의 허망함을 되새겨준다. 세상이 뒤집힌 도시를 헤매던 그날의 자기. 꿈속의 장면이 정말 있기나 하고 그 일에 책임지기 위해 누군가를 찾아 헤매는 자기를 회상하던 자기. 꿈인 줄 알면서도 그 장면을 떠올리기를 되풀이하던 수용소에서의 자기. 그것은 마치 낙동강 전선 사령부에서 은혜를 처음 만나던 순간 같았다. 있을 수 없는 일이 일어나버리는 그 순간의 마치 꿈에서 깨는 순간 같은 짜증스러운 허무함. 다시는 볼 수 없으리라고 여긴 삶이 나타나니 그것은 꿈에서 깰 때처럼 어리둥절한 일이었다. S서에서 태식과 윤애를 만나는 꿈이 꿈인 줄 알고 나서도 그것이 꿈이었다는 것을 알던 순간을 되풀이해 떠올리고 그 순간은 그때마다 처음처럼 어처구니없고 그 일이 그때마다 신기하고 그것이 꿈이라는 것을 다행스러워하는 일은 그때마다 생생하게 다행스러웠다. 알고서 떠올리는 없던 일은 영락없이 있던 일이었다. 그 느낌은 남쪽 바다의 이 섬에 그러고 있는 자기의 지금 처지의 난데없음과 잘 어울리는 어지럼증이었다. 꿈인 줄 아는 꿈에서 깨어나는 순간에서 헤어나지 못하는 자기.

테이블에 펼쳐진 해도 위에 컴퍼스가 던져져 있고, 선장은 보이지 않았다.

마카오가 가까워오자, 석방자들은 또다시 선장에게 상륙시켜주도록 말해보라고 그를 졸라대기 시작했으나, 명준은 끝내 깔아버리고 말았다. 그들 얼굴에 새겨진 불만과 적의를 보고도, 마음이 흔들리지 않았다. 오래 쌓인 고달픔이 한꺼번에 덮쳐드는지 어깨가 무겁고, 남하고 말 붙이기가 귀찮았다.

송환 등록이 시작됐을 무렵 갈팡질팡하던 일이 떠올랐다. 제3국에 갈 수 있다는 말을 들었을 때, 바로 자기를 위해 마련된 길이라고 그는 생각했었다.

싸움이 멎었다는 소식을 들었을 때, 명준은 깊은 구렁에 빠졌다. 북으로 돌아갈 생각은 아예 없었다. 아버지가 전쟁 중에 어떻게 되었는지 소식을 알 수는 없었으나, 설령 살아 있다 하더라도 그 한 가지만으로 북을 택하기에는 너무 약했다. 아버지는 아버지대로 살 테지. 효도 같은 걸 하기엔, 현실이 너무나 무거웠다. 그리고 북녘 같은 데서 살붙이란 무엇이던가. 그러고 보면, 이제 그가 북으로 가야 할 아무 까닭도 없었다. 거기엔 아무도 없었다. 은혜도 없었다. 어떤 사람이 어떤 사회에 들어 있다는 것은 풀어서 말하면, 그 사회 속의 어떤 사람과 맺어져 있다는 말이라면, 맺어질 아무도 없는 사회의, 어디다 뿌리를 박을 것인가. 더구나 그 사회 자체에 대한 믿음조차 잃어버린 지금에. 믿음 없이 절하는 것이 괴롭듯이, 믿음 없이 정치의 광장에 서는 것도 두렵다. 코뮤니스트란, 월북할 때 그러려니 그려본, 그런 인종들이 아니었다. 한때 그들의 존재를, 믿음이 없어진 현대에서, 한 가지 기적으로 생각했다. 이상주의의 마지막 지킴꾼들. 그는 스탈리니즘과 기독교, 특히 가톨릭을 한 가지 정신의 소산으로 보는 아날로지를 배급받은 수첩에 적어보았다.

그리스도교

1. 에덴 시대

2. 타락

3. 원죄 가운데 있는 인류

4. 구약 시대 여러 민족의 역사

5. 예수 그리스도의 나타남

6. 십자가

7. 고해성사

8. 법왕

9. 바티칸 궁

10. 천년왕국

스탈리니즘

1. 원시 공산사회
2. 사유제도의 발생
3. 계급사회 속의 인류
4. 노예·봉건·자본주의 사회의 역사
5. 카를 마르크스의 나타남
6. 낫과 망치
7. 자아비판 제도
8. 스탈린
9. 크렘린 궁
10. 문명 공산사회

　에덴 동산에서의 잘못에서 법왕제에 이르는 기독교의 걸음걸이
는, 그대로 코뮤니즘의 낳음과 자람의 걸음에 신기스럽게 들어맞
는 것이었다. 그들은, 쌍둥이 그림이었다.
　철학을 배운 그는, 이 곡절을 흘려보지는 못했다. 곡절은, 마르
크스가 헤겔의 제자였다는 데 있었다. 헤겔은, 바이블에서, 먼저,
역사적 옷을 벗기고, 다음에 고장 색깔을 지워버린 후, 그 순수 도
식만을 뽑아낸 것이다. 말하자면, 헤겔의 철학은, 바이블의 에스
페란토 옮김이었다. 도식이란, 그것이 뛰어날수록 본뜨기 쉽다.
마르크스는 선생이 애써 이루어놓은 알몸에다, 다시 한 번 옷을

184

입혔다. 경제학과 이상주의의 옷을.

초대 교회의 고지식한 정열과 알뜰한 믿음을, 현대 교회에서 찾아볼 수 없는 듯이, 비록 코뮤니즘이 겉으로는 넓은 땅을 거느리기에 이르렀지만, 그 창시자들의 바르게 생각하고 착하게 살려던, 고지식한 마음은 없어진 지 오래다. 유럽 사람들의 믿음에서, 헤겔의 철학이 달콤한 아편이요 씻어낼 수 없는 독소가 된 것처럼, 이명준에게 있어서, 스탈리니즘 사회에서 살아보았다는 겪음은 지울 수 없는 것이었다. 그 굿마당에서 그들은, 헛것을 섬김을 똑똑히 보았기 때문이다. 제 머리로 참을 헤아림이 아니라 푸닥거리에 기대는 곳이었다.

제가 낸 신명이 아니라, 무쇠 같은 멍에가 다스리는 곳이었다. 사랑과 용서가 아니라, 미움과 앙갚음이었다. 그것은, 러시아 정교회 성경 대신 마르크스를 택한, 차르 나라였다.

스탈리니즘에 있어서의 마르틴 루터는, 아직 없다. 크렘린의 서슬에 맞선 사람은, 이단 신문소에서 화형이 되었다. 권위는 아직도 튼튼하다. 하느님이 다시 온다는 말이 2,000년 동안 미루어져 온 것처럼, 공산 낙원의 재현은 30년 동안 미루어져왔다. 여기까지가 그가 알아볼 수 있었던 벼랑 끝이었다. 벼랑을 뛰어넘거나 타고 내리지도 못했을뿐더러, 이 무서운 밀림에 과연 얼마나 한 자리를 낼 수 있을지, 자기 힘에 대한, 지적 체력에 대한 믿음이 자꾸 줄어들었다. 그렇다고 해서 북조선 사회에서는 이런 물음을 누군가와 힘을 모아 풀어나간다는 삶은 불가능했다. 그러나 이 모든 것은 벌써 전쟁이 나기 전에 알고 있던 일이었다. 오랜 세월을 참을 차비가 되어 있었다. 역사의 속셈을 푸는 마술 주문을 단박 찾아내지 못한다고 삶을 그만둘 수는 없었다. 참고, 조금씩, 그러나 제 머리로 한 치씩이라도 길을 내볼 생각이었다. 그런데 전쟁이 터지고, 그는 포로로 잡히고 말았다. 북조선 같은 데서, 적에게 잡혔다가 돌아온 사람의 처지가 어떠하리라는 것을 생각하고, 이명준은 자기한테 돌아온 운명을 한탄했다. 적어도 남만큼한 충성심을 인정받으면서, 자기가 믿는 바대로 남은 세월을 조용히, 그러나 자기 힘이 미치는 너비에서 옳게 써나간다는 삶조차도 꾸리지 못하게 될 것이 뻔했다. 제국주의자들의 균을 묻혀가지고 온 자로서, 일이 있을 적마다 끌려나와 참회해야 할 것이었다. 마치 동네 안에 살면서도 사람은 아닌 문둥이처럼. 그런 처지에서 무슨 일을 해볼 수 있겠는가.

이것이 돌아갈 수 없는 정말 까닭이었다. 그렇다면? 남녘을 택할 것인가? 명준의 눈에는, 남한이란, 키르케고르 선생식으로 말하면, 실존하지 않는 사람들의 광장 아닌 광장이었다.

미친 믿음이 무섭다면, 숫제 믿음조차 없는 것은 허망하다. 다만 좋은 데가 있다면, 그곳에는, 타락할 수 있는 자유와, 게으를 수 있는 자유가 있었다. 정말 그곳은 자유 마을이었다. 오늘날 코뮤니즘이 인기 없는 것은, 눈에 보이는, 한마디로 가리킬 수 있는 투쟁의 상대 — 적을 인민에게 가리켜줄 수 없게 된 탓이다. 마르크스가 살던 때에는 그렇게 뚜렷하던 인민의 적이 오늘날에는, 원자 탐지기의 바늘도 갈팡질팡할 만큼 아리송하기만 하다. 가난과 악의 왕초들을 찾기 위하여, 나뉘고 얽히고설킨 사회 조직의 미궁 속을 헤매다가, 불쌍한 인민은, 그만 팽개쳐버리고, 예대로의 팔 자풀이집, 동양철학관으로 달려가서, 한 해 토정비결을 사고 만 다. 일류 학자의 분석력과 직관을 가지고서도, 현대사회의, 탈을 쓴 부패 조직의 모습을 알아보기 힘드는 판에, 김 서방 이 주사를 나무라는 건, 아무래도 너무하다. 그래서 자유가 있다. 북녘에는, 이 자유가 없었다. 게으를 수 있는 자유까지도 없었다. 그건 제 멋 짓밟기다. 남한의 정치가들은 천재적이었다. 들어찬 술집마다 들 어차서, 울랴고 내가 왔던가 웃으랴고 왔던가를 가슴 쥐어뜯으며 괴로워하는 대중을 위하여, 더 많은 양조장 차릴 허가를 내준다. 갈보장사를 못 하게 하는 법률을 만들라는 여성 단체의 부르짖음 은 그날치 신문 기삿거리를 만들어주는 게 고작이다. 그들의 정치 철학은 의뭉스럽기 이를 데 없다. 그런 데로 풀리는 힘을 막으면, 물줄기가 어디로 터져나올지를 다 알고 있다. 그러면서 그들은, 자신들의 자녀에겐, 진심으로, 교회에 나가기를 권유하고, 외국에 보내서 좋은 가르침을 받게 하고 싶어 한다.

이런 사회. 그런 사회로 가기도 싫다. 남북의 잔인한 포로 정책. 그러나 둘 중에서 하나를 골라야만 한다. 박헌영 동지가 체포되었 다 하오. 전해듣게 된 그 흉한 소식. 아버지. 그는 막다른 골목에 몰린 짐승이었다. 그때, 중립국에 보내기가 서로 사이에 말이 맞 았다. 막다른 골목에서 얼이 빠져 주저앉을 참에 난데없이 밧줄이 내려온 것이었다. 그때의 기쁨을 그는 아직도 간직한다. 판문점. 설득자들 앞에서처럼 시원하던 일이란, 그의 지난날에서 두 번도 없다.

방 안 생김새는, 통로보다 조금 높게 설득자들이 앉아 있고, 포로는 왼편에서 들어와서 바른편으로 빠지게 돼 있다. 네 사람의 공산군 장교와, 인민복을 입은 중공 대표가 한 사람, 합쳐서 다섯 명. 그들 앞에 가서, 걸음을 멈춘다. 앞에 앉은 장교가, 부드럽게 웃으면서 말한다.

　　"동무, 앉으시오."

　　명준은 움직이지 않았다.

　　"동무는 어느 쪽으로 가겠소?"

　　"중립국."

　　그들은 서로 쳐다본다. 앉으라고 하던 장교가, 윗몸을 테이블 위로 바싹 내밀면서, 말한다.

　　"동무, 중립국도, 마찬가지 자본주의 나라요. 굶주림과 범죄가 우글대는 낯선 곳에 가서 어쩌자는 거요?"

　　"중립국."

　　"다시 한 번 생각하시오. 돌이킬 수 없는 중대한 결정이란 말요. 자랑스러운 권리를 왜 포기하는 거요?"

　　"중립국."

　　이번에는, 그 옆에 앉은 장교가 나앉는다.

　　"동무, 지금 인민공화국에서는, 참전 용사들을 위한 연금 법령을 냈소. 동무는 누구보다도 먼저 일터를 가지게 될 것이며, 인민의 영웅으로 존경받을 것이오. 전체 인민은 동무가 돌아오기를 기다리고 있소. 고향의 초목도 동무의 개선을 반길 거요."

　　"중립국."

그들은 머리를 모으고 소곤소곤 상의를 한다.

처음에 말하던 장교가, 다시 입을 연다.

"동무의 심정도 잘 알겠소. 오랜 포로 생활에서, 제국주의자들
의 간사한 꾀임수에 유혹을 받지 않을 수 없었다는 것도 용서할 수
있소. 그런 염려는 하지 마시오. 공화국은 동무의 하찮은 잘못을
탓하기보다도, 동무가 조국과 인민에게 바친 충성을 더 높이 평가
하오. 일체의 보복 행위는 없을 것을 약속하오. 동무는……"

"중립국."

중공 대표가, 날카롭게 무어라 외쳤다. 설득하던 장교는, 증오
에 찬 눈초리로 명준을 노려보면서, 내뱉었다.

"좋아."

눈길을, 방금 도어를 열고 들어서는 다음 포로에게 옮겨버렸다.

아까부터 그는 설득자들에게 간단한 한마디만을 되풀이 대꾸하
면서, 지금 다른 천막에서 동시에 진행되고 있을 광경을 그려보고
있었다. 그리고 그 자리에도 자기를 세워보고 있었다.

"자넨 어디 출신인가?"

"……"

"음, 서울이군."

설득자는, 앞에 놓인 서류를 뒤적이면서,

"중립국이라지만 막연한 얘기요. 제 나라보다 나은 데가 어디
있겠어요. 외국에 가본 사람들이 한결같이 하는 얘기지만, 밖에
나가봐야 조국이 소중하다는 걸 안다구 하잖아요? 당신이 지금 가
슴에 품은 울분은 나도 압니다. 대한민국이 과도기적인 여러 가지

모순을 가지고 있는 걸 누가 부인합니까? 그러나 대한민국엔 자유가 있습니다. 인간은 무엇보다도 자유가 소중한 것입니다. 당신은 북한 생활과 포로 생활을 통해서 이중으로 그걸 느꼈을 겁니다. 인간은……"

"중립국."

"허허허, 강요하는 것이 아닙니다. 다만 내 나라 내 민족의 한 사람이, 타향 만리 이국 땅에 가겠다고 나서니, 동족으로서 어찌 한마디 참고되는 이야길 안 할 수 있겠습니까? 우리는 이곳에 남한 2천만 동포의 부탁을 받고 온 것입니다. 한 사람이라도 더 건져서, 조국의 품으로 데려오라는……"

"중립국."

"당신은 고등 교육까지 받은 지식인입니다. 조국은 지금 당신을 요구하고 있습니다. 당신은 위기에 처한 조국을 버리고 떠나버리렵니까?"

"중립국."

"지식인일수록 불만이 많은 법입니다. 그러나, 그렇다고 제 몸을 없애버리겠습니까? 종기가 났다고 말이지요. 당신 한 사람을 잃는 건, 무식한 사람 열을 잃는 것보다 더 큰 민족의 손실입니다. 당신은 아직 젊습니다. 우리 사회에는 할 일이 태산 같습니다. 나는 당신보다 나이를 약간 더 먹었다는 의미에서, 친구로서 충고하고 싶습니다. 조국의 품으로 돌아와서, 조국을 재건하는 일꾼이 돼주십시오. 낯선 땅에 가서 고생하느니, 그쪽이 당신 개인으로서도 행복이라는 걸 믿어 의심치 않습니다. 나는 당신을 처음 보았을 때, 대단히 인상이 마음에 들었습니다. 뭐 어떻게 생각지 마십시오. 나는 동생처럼 여겨졌다는 말입니다. 만일 남한에 오는 경우에, 개인적인 조력을 제공할 용의가 있습니다. 어떻습니까?"

명준은 고개를 쳐들고, 반듯하게 된 천막 천장을 올려다본다. 한층 가락을 낮춘 목소리로 혼잣말 외듯 나직이 말할 것이다.

"중립국."

설득자는, 손에 들었던 연필 꼭지로, 테이블을 툭 치면서, 곁에 앉은 미군을 돌아볼 것이다. 미군은, 어깨를 추스르며, 눈을 찡긋하고 웃겠지.

나오는 문 앞에서, 서기의 책상 위에 놓인 명부에 이름을 적고 천막을 나서자, 그는 마치 재채기를 참았던 사람처럼 몸을 벌떡 뒤로 젖히면서, 마음껏 웃음을 터뜨렸다. 눈물이 찔끔찔끔 번지고, 침이 걸려서 캑캑거리면서도 그의 웃음은 멎지 않았다.

준다고 바다를 마실 수는 없는 일. 사람이 마시기는 한 사발의 물. 준다는 것도 허황하고 가지거니 함도 철없는 일. 바다와 한 잔의 물. 그 사이에 놓인 골짜기와 눈물과 땀과 피. 그것을 셈할 줄 모르는 데 잘못이 있었다. 세상에서 뒤진 가난한 땅에 자란 지식 노동자의 슬픈 환장. 과학을 믿은 게 아니라 마술을 믿었던 게지. 바다를 한 잔의 영생수로 바꿔준다는 마술사의 말을. 그들은 뻔히 알면서 권력이라는 약을 팔려고 말로 속인 꾀임을. 어리석게 신비한 술잔을 찾아나섰다가, 낌새를 차리고 항구를 돌아보자, 그들은 항구를 차지하고 움직이지 않고 있었다. 참을 알고 돌아온 바다의 난파자들을 그들은 감옥에 가둘 것이다. 못된 균을 옮기지 않기 위해서. 역사는 소걸음으로 움직인다. 사람의 커다란 모순과 업業에 비기면, 아무 자국도 못 낸 것이나 마찬가지다. 당대까지 사람이 만들어낸 물질 생산의 수확을 고르게 나누는 것만이 모든 시대에 두루 맞는 가능한 일이다. 마찬가지 아닌가. 벌써 아득한 옛날부터 사람 동네가 알아낸 슬기. 사람이라는 조건에서 비롯하는 슬픔과 기쁨을 고루 나누는 것. 그래 봐야, 사람의 조건이 아직도 풀어나가야 할 어려움의 크기에 대면, 아무것도 아니다. 사람이 이루어놓은 것에 눈을 돌리지 않고, 이루어야 할 것에만 눈을 돌리면, 그 자리에서 그는 삶의 힘을 잃는다. 사람이 풀어야 할 일을 한눈에 보여주는 것 — 그것이 '죽음'이다. 은혜의 죽음을 당했을 때, 이명준 배에서는 마지막 돛대가 부러진 셈이다. 이제 이루어놓은 것에 눈을 돌리면서 살 수 있는 힘이 남아 있지 않다. 팔자소관으로 빨리 늙는 사람도 있는 법이었다. 사람마다 다르게 마련된 몸의 길, 마음의 길, 무리의 길. 대일 언덕 없는 난파꾼은 항구를 잊어버리기로 하고 물결 따라 나선다. 환상의 술에 취해보지 못한 섬에 닿기를 바라며. 그리고 그 섬에서 환상 없는 삶을 살기 위해서. 무서운 것을 너무 빨리 본 탓으로 지쳐빠진 몸이, 자연의 수명을 다하기를 기다리면서 쉬기 위해서. 그렇게 해서 결정한, 중립국행이었다.

중립국. 아무도 나를 아는 사람이 없는 땅. 하루 종일 거리를 싸다닌대도 어깨 한번 치는 사람이 없는 거리. 내가 어떤 사람이었던지도 모를뿐더러 알려고 하는 사람도 없다.

병원 문지기라든지, 소방서 감시원이라든지, 극장의 매표원, 그런 될 수 있는 대로 마음을 쓰는 일이 적고, 그 대신 똑같은 움직임을 하루 종일 되풀이만 하면 되는 일을 할 테다. 수위실 속에서 나는 몸의 병을 고치러 오는 사람들을 바라본다. 나는 문간을 깨끗이 치우고 아침저녁으로 꽃밭에 물을 준다. 원장 선생이 나올 때와 돌아갈 때는 일어서서 경례를 한다. 간호부들이 시키는 잔심부름을 기꺼이 해줘야지. 신문을 사달라느니 모퉁이 과자집에서 초콜릿 한 개만 사다 달라느니 따위 귀여운 부탁을 성심껏 해준다. 그녀들은 봉급날이면 잔돈푼을 모아서 싸구려 모자나 양말 같은 조촐한 선물을 할 게다. 나는 고마워라 허리를 굽히며 받는다. 그리고 빙긋 웃는다. 그녀들 중에 새로 온 애송이가 이렇게 물어본다.

"리 아저씬 중국 분이시죠?"

그러면 고참 언니의 한 사람은, 가벼운 경멸을 섞으면서 신입생의 무지를 고친다.

"얘두, 코리안이란다."

나는 내내 웃음을 띤 채 말이 없다. 잠도 숙질실에서 잔다. 밤중에 돌아보다가 숙직 간호원이 끄기를 잊어버린 가스 화덕을 발견하여, 그 큰 병원을 불에서 구하게 된다. 나는 표창을 받고 사무실로 올려주겠다고 한다. 나는 모자를 집어들고 의자에서 일어서면서 말한다.

"인제 가봐야겠습니다, 원장 선생님. 자리를 너무 비우면 안 됩니다."

마당을 가로질러 수위실로 걸어간다. 창문에 붙어서서 존경 어린 눈초리로 바라보고 있는 원장 선생의 눈길을 등에 느끼면서.

나는 신문을 가끔 본다. 그것도 '해외 토픽'쯤이다.

몇 년에 한 번쯤, 코리아 얘기가 서너댓 줄 날 때가 있을 것이다.

'코리아관광협회에서는, 코리아에 오는 외국 여행자들이 해마다 늘기 때문에, 어린애들이 그들을 따라다니느라고 공부를 게을리한다는, 현지 주민의 불평을 정부 당국에 강력히 드러낸 탓으로 내각이 넘어졌다.'

이 글을 보면서 나는 빙긋 웃는다. 기웃해 들여다보던 간호부가 한마디 한다.

"이런 나라는 얼마나 살기 좋을까?"

결혼? 안 한다. 결혼하지 못해서 색시 고르러 온 게 아니므로. 또는 도시가 한눈에 바라보이는 망루에서 하루 종일 보내는 소방서 불지기는 어떤가. 높은 곳에서 바라보는 도회 경치는 삶의 터이자 노래일 거다. 그 노래가 곧 삶이 된다. 딱정벌레처럼 발발 기어다니는 자동차들. 성냥갑모양 반듯한 공장과 굴뚝. 장난감 같은 도시의 지붕이 늘 발밑에 있다. 나는 그 지붕 밑에 벌어지는 삶을 떠올려본다. 사내가 색시 앞에 꿇어앉아서 사랑한다고 한다. 내 사랑을 어떻게 알렸으면 좋겠느냐고 도리어 졸라보는 체한다. 여자는 고개를 살래살래 흔들면서 웃기만 한다.

"아가씨, 믿어드리시우. 그 양반 하는 말이 정말입네다."

나는 자기 자리도 잊어버리고 들리지도 않을 소리를 거든다. 안 들려도 그만이다. 좋은 말을 듣고 싶으면 더 훌륭한 사람이 얼마든지 있을 게다. 결국 조언이란 쓸데없는 것, 사람에게 조언할 자격이 있는 사람은 없다. 하느님만이 조언할 수 있지만 그도 지금은 지쳤다. 옛날처럼 상냥하지 못하다. 사람이 나쁘달 수도 없다. 어떻게 되다 보니 일이 그렇게 된 것뿐이다. 사람과 하느님, 어차피 남남끼린데 잘된 일이다. 불이 보인다. 어? 시장네집 언저리다. 요란한 나팔 소리. 길을 막는구나. 달린다. 옳지 벌써 호스에서 물이 뿜어지누나. 엣헴 더 볼 것 있나. 제때에 알아보면 꺼버린 거나 다름없지. 사람 일도 그렇다? 몰라몰라. 귀찮은 말씀은 이제는 그만. 불 끄는 놈이 객담은 무슨 객담.

또 극장 매표원은 어떻구. 돈을 디미는 손을 보고, 일자리며 나이며 틀림없이 알아맞히기에 이골이 날 즈음, 표팔이를 자동식으로 하자는 소리가 나온다. 나는 전국 표팔이 일꾼들의 앞장에서 플래카드를 들고 대통령 관저 앞에서 들었다 놓는다.

"극장 매표구에서 겪는 즐거운 붐빔을 죽이지 말라."

지나가던 대학생이 플래카드의 문구를 보고 친구보고 말한다.

"옛날 모더니스트들의 시 구절 같잖아?"

낮굿이 있을 땐 밤에는 쉰다. 수수한 나들이옷으로 갈아입고 단골 술집으로 간다. 가벼운 것만 마시고 팁을 톡톡히 놓고 가는 손님이래서 그들은 늘 상냥하다. 여급이 사랑 비슷한 걸 하자는 눈치를 보인다. 나는 손가락으로 '못써 그런 소리' 해 보인다. 그녀는 숫처녀처럼 빨개지면서 그러나 눈썹을 쓱 치켜 보이고는 선선히 돌아서버린다. 나는 아파트에서 산다. 나가는 시간과 돌아오는 시간이 그대로 어김없는 탓으로, 정말은 그보다 방세가 꼬박꼬박인 탓으로 마담은 안팎 일 같은 걸, 가까운 살붙이한테 털어놓듯이 건네오는 때가 많다. 그러면 나는 숫제 농으로 돌려버린다. 8호실 젊은 친구는 술만 마신 날이면 가스 시설이 나쁘다는 투정이니 어쩌면 좋아요, 꼴에 방세는 몇 달씩 밀리면서. 할라치면 내 대답, 아 가스 회사 사람을 한 분 7호실에 들이시구려. 마담은 웃고 만다. 마담도, 겪고 난 사람이다.

이런 모든 것이 알지 못하는 나라에서는 이루어지리라고 믿었다. 그래서 중립국을 골랐다.

그는 벽장 문에 달린 거울에 얼굴을 비춰봤다. 핏발 선 눈. 꺼진 볼. 흐트러진 머리. 5월달 새잎처럼 싱싱한 새 삶의 길에 내가 왜 이 꼴인가?

그는 다시 층계를 밟아 내려왔다. 어제저녁에 보초를 서던 늙은 뱃사람이 나무 궤짝을 메고 지나가다가 그를 보자, 말을 걸었다.

"미스터 리, 캘커타에 가면 내가 한잔 사겠소."

전날 밤 일이 배 안에 퍼진 게 틀림없었다. 철없는 석방자들이 야료를 부린 가운데서 알 만하게 굴었대서, 믿음이 더해진 눈치다. 꼬집어 그럴 만한 일은 없어도, 어느 편인가 하면 건성으로 쌀쌀하기만 하고, 가끔 건방지기조차 하던 무라지의 어제저녁에 보여준 마음씨도, 분명히 그런 데서 오는 것이었다. 명준은 그런 배 안의 눈치를 채자 말할 수 없이 울적해졌다. 남들이 멋대로 자기를 영웅으로 만들어버린 게 짜증스러웠다. 그래서 한 일이 아니었다. 따지고 들면, 그때 김이 왜 그토록 미웠는지 알 수 없다. 그때 내 가슴을 메스껍게 하던 덩어리를 본인도 풀이하지 못하는데, 이 사람들은 용케 척척 알아서 값을 매긴다. 뱃사람이 메고 있던 궤짝은 가벼운 물건이었던 모양으로, 그는 한 손으로 궤짝을 꼬나 갑판에 놓으면서, 명준에게 담배를 청했다.

"캘커타에 닿는 대로 상륙시킬 모양이니깐."

"그때 술을 사신단 말씀이죠?"

"암."

"왜 저한테 술을 삽니까?"

"응? 왜라니? 허."

이 늙은 바다의 노동자는, 명준의 물음에 적이 당황한 모양이었다. 그의 단순한 머리로, 딴은, 제가 명준에게 느끼는 호감을 풀이하기는 어려운 일임에 틀림없었다. 명준은 우스워졌다. 그는 짓궂게 다그쳤다.

"글쎄 왜 저한테 술을 사신답니까?"

뱃사람은 내려놓았던 짐을 도로 어깨에 얹었다.

"좌우간 사고 싶으니까."

그는 말을 마치고는, 더 어물거리다가는 봉변이나 할 것처럼, 일부러 아랫도리를 묘하게 휘청거리며, 게다가 짐을 붙잡지 않은 한쪽 팔을 내저어 크게 활개를 치면서, 뱃머리 쪽으로 내빼버렸다. 명준은 멍하니 그 모습을 쳐다보았다. 바다의 말은 남자답다. 좌우간 사고 싶으니까. 그는 자기 방으로 돌아가려고 하다가, 생각을 고쳐, 뒤쪽 난간으로 찾아갔다. 어쩌다 보니 그 자리에 단골이 돼 있었다. 혼자 있고 싶을 때는, 발길이 알아서 이리로 옮겼고, 무슨 궁리를 하더라도 여기 오면 마무리가 되었다. 게다가 이 모퉁이는 발길도 드물다. 모퉁이를 돌아서면 아무 꾸밈도 없는 민숭한 갑판이, 하얗게 햇빛이 눈부신 작은 놀이터 같았다. 이렇게 벽을 기대고 서서 갑판을 우두커니 내려다보노라면, 소학교 때, 교사 담벼락에 기대어 햇볕을 쬐던 일이 생각난다. 그토록 호젓했다. 여러 사람이 북적거리는 데를 비켜 늘 이런 자리를 찾아오는 마음. 남하고 돌아선, 아무리 초라해도 좋으니까 저 혼자만이 쓰는, 그런 광장 없이는 숨을 돌리지 못하는 버릇은 무엇일까. 그것은 아무래도 약한 자가 숨는 데였다. 낙동강 싸움터에서 찾아낸 굴도 그렇다. 그는 거기에 아무도 데리고 가지 않았다. 데리고 가면 그 동굴이 주는 거룩한 호젓함을 잃어버릴 것 같아서였다. 은혜가 나타났을 때, 그녀도 굴을 쓰게 해주었다. 한 마리 가장 가까운 암컷에게만은 숨는 굴을 가르쳐주었다. 사람이란 그런 것, 아니 나란 그런 놈. 그 스산한 마당에서, 일 미터 평방의 자리에 잠시 단 혼자서만 앉아본다는 건 무엇이었을까. 애당초 여자를 끌어들일 셈이 아니었던 바에야, 자기 혼자의 때와 자리를 몰래 만들어놓자는 생각 말고 다른 것이 아니었다. 아니면 어떤 영감으로 은혜가 오리라 미리 알고, 그녀와 둘이서 뒹굴 굴을 만들고 기다리고 있었던 것일까. 웃기지 말자, 누군가를 웃기지 말자. 남이 들으면 창피하다. 우리 목숨을 주무르는 사람의 눈으로 보면, 모든 사람이 장삼이사, 그놈이 그놈이다. 자기만 별난 줄 알면 못난이 사촌이다. 광장에서 졌을 때 사람은 동굴로 물러가는 것. 그러나 과연 지지 않는 사람이라는 게 이 세상에 있을까. 사람은 한 번은 진다. 다만 얼마나 천하게 지느냐, 얼마나 갸륵하게 지느냐가 갈림길이다. 갸륵하게 져? 아무튼 잘난 멋을 가진 사람들 몫으로 그런 짜리도 셈에 넣는다 치더라도 누구든 지는 것만은 떼어놨다. 나는 영웅이 싫다. 나는 평범한 사람이 좋다. 내 이름도 물리고 싶다. 수억 마리 사람 중의 이름 없는 한 마리면 된다. 다만, 나에게 한 뼘의 광장과 한 마리의 벗을 달라. 그리고, 이 한 뼘의 광장에 들어설 땐, 어느 누구도 나에게 그만한 알은체를 하고, 허락을 받고 나서 움직이도록 하라. 내 허락도 없이 그 한 마리의 공서자를 끌어가지 말라는 것이었지. 그런데 그 일이 그토록 어려웠구나.

갑판을 눈여겨 내려다보면, 그 위에 비치는 햇빛의 밝기는 넓이 구석구석마다가 고르지는 않았다.

퍽이나 미미하지만 어룽어룽한 다름이 있다. 갑판의 나뭇결 빛깔이 얼마쯤씩 다른 탓인가 하고 살펴보는데, 잘 모르겠고, 그것은 아무튼 그 위에서 되비치는 빛의 꺾임은 고르지 못하다. 쭈그리고 앉아서 갑판에 손바닥을 댔다. 따뜻했다. 손을 움직여 쓸어보았다. 꺼끌꺼끌한 겉은 그 따뜻한 기운만큼은 정답지 못했으나, 손바닥을 맞아들이는 부피에는 닿음새만이 지니는 믿음성이 있었다. 자꾸 쓸어보았다. 지난날, 은혜의 몸을 이렇게 쓸어보았다. 이 햇빛에 익은 나무처럼 따뜻하고, 그보다는 견줄 수 없이 미끄러운 물질이었다. 자기 손을 보았다. 그것은 무엇인가를 더듬고, 무엇인가를 잡고 있지 않고는 배기지 못하는 외로운 놈이었다.

희망의 뱃길, 새 삶의 길이 아닌가. 왜 이렇게 허전한가. 게다가 무라지와 늙은 뱃사람은 캘커타에서 술까지 살 것이다. 왜 이런가. 일어서서 난간을 잡고 아래를 내려다보았다. 배 꼬리에서 바닷물이 커다란 소용돌이를 만들어서는 뒤로 길다란 물이랑을 파간다. 거대한 새끼가 꼬이듯 틀어대는 물살은 잘 자란 힘살의 용솟음을 떠올렸다. 그때, 그 물거품 속에서 흰 덩어리가 쏜살같이 튀어나오면서, 그의 얼굴을 향해 뻗어왔다. 기겁하면서 비키려 했으나, 그보다 빨리, 물체는 그의 머리 위를 지나서, 뒤로 빠져버렸다. 돌아다봤다. 갈매기였다. 배 꼬리 쪽에서 내리꽂히기와 치솟기를 부려본 것이리라. 그들이었다. 배를 탄 이후 그를 괴롭히는 그림자는. 그들의 빠른 움직임 때문에, 어떤 인물이 자기를 엿보고 있다가, 뒤돌아보면 싹 숨고 마는 환각을 주어왔던 것이다. 그는 붙잡고 있는 난간에 이마를 기댔다. 머릿속이 환히 트이는 듯, 심한 현기증으로 한참을 움직이지 못했다. 그러자 울컥 메스꺼웠다. 난간 밖으로 목을 내밀기가 바쁘게 희멀건 것이 저 아래 물이랑 속으로 떨어져갔다. 바다에 닿기도 전에 사라졌다. 그 배설물의 낙하는 큰 바다에 침을 뱉은 것처럼 몹시 작은 느낌을 주는 광경이었다. 씁쓸한 군침이 입 안에 가득 괴었을 때, 한꺼번에 뱉어버리고 돌아섰다. 여태까지 뱃멀미는 없었다. 배가 크고 날씨가 맑아서 여태까지 편한 바닷길이었다. 아직도 가시지 않는 아찔한 어질머리를 참으면서 갑판을 걸어갔다. 뱃사람이 보초를 섰던 자리쯤에서 다시 한 번 침을 뱉고 복도로 들어섰다. 뱃간의 문은 활짝 열려 있었으나, 밖으로 향한 창의 블라인드를 내리고 있어서, 문간은 한결같이 컴컴했다.

자기 방에 들어섰을 때였다. 자기를 따라오던 그림자가 문간에 멈춰 섰다는 환각이 또 스쳤다.

박의 침대 머리맡에 놓인 양주병이 언뜻 보였다. 그는 팔을 뻗쳐 병을 잡으면서 돌아섰다. 흰 그림자가 쏜살같이 저만치 날아가

는 것이 보인다. 따라가면서 힘껏 병을 던졌다. 그림자는 멀리 사
라지고 병은 문지방에 부딪혀서 박살이 되어, 깨어진 조각이 사방
으로 튀었다. 더 따라가지 않고 우두커니 서서 움직이지 않았다.
어쩔 줄 모르고 선 박을 남겨놓고, 자리에 기어 올라가서 번듯 누
웠다. 가슴이 활랑거린다. 손을 가슴에 얹었다. 풀무처럼 헐떡거
린다. 망막에서는 포알처럼 튀어들던 바닷새의 흰 부피가, 페인트
를 쏟아부은 듯, 아직도 끈적거렸다. 벌떡 일어났다. 도로 누웠다.
다시 일어났다. 아무리 해도 편치 않았다. 누워서 쉬려던 생각을
버리고 방바닥에 내려섰다. 아직도 거기 서 있는 박을 흘끗 쳐다
보았다. 무슨 말을 할 듯이 다가섰으나 못 본 체해버리고 방을 나
섰다. 좌우 문간에서 서성거리던 얼굴들이 한결같이 쑥 들어갔다.
곧장 선장실로 올라왔다. 선장은 아직도 보이지 않았다. 벽장 거
울에 비치는 자기 모양이 보기 싫어서 저쪽을 보고 돌아앉았다.
무엇을 할 것인가. 어제저녁 그를 덮친 당돌한 물음이 언뜻 살아
났다. 뒤를 이어 배 꼬리 쪽에서 쏜살같이 날아오던 흰 새의 모습
이 또 떠올랐다. 그들이라? 그는 주먹을 들어 이마에 댔다. 머릿
속은 오히려 말짱했다.

　또 속이 올라왔다. 이를 악물고 쓴 침을 삼켰다. 갈갈. 갈매기
우는 소리가 났다. 날 듯이 창가로 달려가, 윗몸을 밖으로 내밀며
고개를 치켰다.

　그들은 잠시 쉬려는 듯, 마스트에 매달려 있었다. 저것들 때문
이지. 어처구니없는 일이 아닌가. 갈갈, 께룩, 께룩. 울음소리는
비웃는 듯 떨어져온다. 그는 목이 아파서 고개를 돌렸다. 섬뜩한

짓을 한 이 불길한 새들. 허공을 한참 쳐다보던 눈이 찬장에 달린 거울에 멎었다. 눈에 살기가 있다. 찬장 문을 연다. 오른편에 사냥총이 세워져 있다. 약실을 살펴봤다. 총알이 없다. 총알은 서랍 속에 있었다. 총알을 잰 다음, 잠글쇠를 풀었다. 사냥할 때에 지척에 있는 짐승에게 다가가는 포수처럼, 살금살금 걸어서 창에 이르렀다. 갈매기들은 아직 거기 있었다. 창틀에 등을 대고, 몸을 밖으로 젖히고, 총을 들어 어깨에 댔다. 하늘에 구름은 없었다. 창대처럼 꼿꼿한 마스트에 앉은 흰 새들은 움직이지 않았다. 두 마리 가운데 아래쪽, 가까운 데에 앉은 갈매기가 총구멍에 사뿐히 얹혀졌다. 이제 방아쇠만 당기면 그 흰 바닷새는 진짜 총구 쪽을 향하여 떨어져 올 것이다. 그때 이상한 일이 눈에 띄었다. 그의 총구멍에 똑바로 겨눠져 얹혀진 새는 다른 한 마리의 반쯤한 작은 새였다.

마지막으로 만났을 때 은혜가 한 말. 총공격이 다가선 줄 알면서도 두 사람은 다 여느 때하고 다르지 않았다. 사랑의 일이 끝나고, 그들은 나란히 누워 있었다. "저—" 깊은 우물 속에 내려가서 부르는 사람의 목소리처럼, 누구의 목소리 같지도 않은 깊은 울림이 있는 소리로 그녀가 불렀다. "응?" "저—" 명준은 그 목소리의 깊이에 몸이 굳어졌다. "뭔데, 응?" "저—" 그녀는 돌아누우면서 남자의 목을 끌어당겨 그 목소리처럼 깊숙이 남자의 입을 맞췄다. 그러고는, 남자의 귀에 대고 그 말을 속삭였다. "정말?" "아마." 명준은 일어나 앉아 여자의 배를 내려다봤다. 깊이 팬 배꼽 가득 땀이 괴어 있었다. 입술을 가져간다. 짭사한 바닷물 맛이다. "나 딸을 낳아요." 은혜는 징그럽게 기름진 배를 가진 여자였다. 날씬하고 탄탄하게 죄어진 무대 위의 모습을 보는 눈에는, 그녀의 벗은 몸은 늘 숨이 막혔다. 그 기름진 두께 밑에 이 짭사한 물의 바다가 있고, 거기서, 그들의 딸이라고 불릴 물고기 한 마리가 뿌리를 내렸다고 한다. 여자는, 남자의 어깨를 붙들어 자기 가슴으로 넘어뜨리면서, 남자의 뿌리를 잡아 자기의 하얀 기름진 기둥 사이의 배게 우거진 수풀 밑에 숨겨진, 깊은, 바다로 통하는 굴속으로 밀어넣었다. "딸을 낳을 거예요. 어머니가 나는 딸이 첫 애기래요." 총구멍에 똑바로 겨눠져 얹혀진 새가 다른 한 마리의 반쯤한 작은 새인 것을 알아보자 이명준은 그 새가 누구라는 것을 알아보았다. 그러자 작은 새하고 눈이 마주쳤다. 새는 빤히 내려다보고 있었다. 이 눈이었다. 뱃길 내내 숨바꼭질해온 그 얼굴 없던 눈은. 그때 어미 새의 목소리가 날아왔다. 우리 애를 쏘지 마세요! 뺨에 댄 총몸이 부르르 떨렸다. 총구에는 솜구름처럼 뭉실한 덩어리가 얹혔을 뿐. 마스트 언저리에 구름이 옮겨왔다.

망가진 기계가 헐떡이듯, 밖으로 나갔던 몸을 간신히 창 안으로 끌어들이면서, 총을 내린다. 거울 속에 비친 얼굴에는 굵다란 진땀이 이마에 솟고, 볼때기가 민망스럽게 푸들푸들 떨린다.

사람이 올라오는 기척에, 재빠르게 탄알을 뽑으면서 돌아서서, 벽장문을 열고, 먼저 있던 자리에 총을 놓았다. 벽장문을 닫고 돌아선 것과 거의 같이, 선장이 들어섰다.

가까운 사이에 흔히 그렇듯이, 선장은, 명준을 새삼 거들떠보는 일도 없이, 테이블 앞으로 걸어가서, 해도 위에 몸을 굽혔다. 명준은, 낯빛을 감추려고 창문에 붙어선 채, 선장에게 등을 돌렸다. 해도 위에 컴퍼스 스치는 소리만 바스락댄다.

"미스터 리."

"네."

"인도에 가면 내 근사한 미인을 소개함세."

"미인을요."

"음. 내 조카야. 먼저 우리 집으로 가서 가족들을 만나고."

그는 구부렸던 몸을 일으켜, 멍한 눈으로, 명준이 막아선 창문과 반대 창문으로 멀리 내다보았다. 곧 만나게 될, 가족 생각을 하는 모양이었다. 선장은 끝내 테이블에서 떨어져, 벽장 앞으로 가더니, 문을 열고, 사냥총을 꺼내들었다. 명준은 굳어졌다. 선장은 엽총을 이리저리 만져보다가, 먼젓번처럼, 명준에게 넘겼다. 명준은 총을 받아, 제대로 꼿꼿한 몸짓으로 어깨에 댔다. 그는 총대와 몸을 함께 핑그르 움직여, 바다를 겨냥했다. 총 끝이 가리키는 곳 멀리, 바다와 하늘이 아물락 말락 닿고 있다. 바다를 쏠 것인가.

총몸을 받친 왼팔이 가늘게 떨리기 시작한다. 그는 겨눔을 풀고, 총을 선장에게 돌려주고, 방을 나온다. 뱃간으로 간다. 방 안에 박의 모습은 보이지 않고, 문간에는, 부서진 유리병 조각이 그대로 흩어져 있다. 마루에 널린 유리 조각을 밟는다. 유리는 구두 밑에서 짝짝, 소리를 낸다. 얼마를 그러니까, 더는 소리가 나지 않는다. 방 안을 휘돌아본 후에, 또 갑판으로 나온다. 도무지 앉아야할지 서야 할지, 허둥거려진다. 그는 선장실을 올려다본다. 또 그곳으로 갈 수도 없다. 캘커타에서 술을 산다던 늙은 뱃사람을 찾아볼까? 한참 걸어서 기관실로 간다. 거기에 그는 없다. 식당에

가본다. 그곳에도 없다. 안타까워진다. 침실로 간다. 그의 자리는
비어 있고 몸이 불편한 모양인지, 젊은 뱃사람 하나가, 이마에 손
을 얹고 누워 있다. 다시 갑판으로 돌아온다. 그 늙은이를 만나서
는 어쩌자는 것인가. 그를 찾아 헤매는 일은 그만두기로 한다. 발
길은 절로 뒷갑판, 그의 자리로 옮겨간다. 그곳은, 여전히 언저리
를 얼씬하는 사람의 기척도 없이 햇살만 창창하다. 손잡이틀을 잡
고, 아래를 내려다본다. 스크루가 파헤치는 물이랑을 본다. 아무
리 보아도 지루하지 않다. 한참 보고 있으면, 물살의 움직임이 이
쪽의 마음을 끌어당겨 그의 마음도 바다가 되어, 거기 물거품을 일
으키면서, 물이랑을 파헤친다. 착각이 아니라, 확실한 평행 현상
이 일어난다. 물결과 마음의 사이는, 차츰 가까워진다. 끝내 그의
몸과 물결은 하나가 된다. 그의 몸은 꿈틀거리는 물이랑을 따라,
곤두박질한다. 꼬이고 풀리는 물결 속에 그의 몸뚱어리가 풀려나
간다. 그의 몸은 친친 막아놓은 밧줄처럼, 배에 얹힌 대로지만,
스크루의 물거품처럼, 술술 풀려나가서는, 말간 바닷물이 된다.
몸의 세포가 낱낱이 흩어져, 세포 알알이 물방울과 어울려 튄다.
  자꾸 뒤로 뽑아내는 물이랑은, 이윽고, 크낙한 바다의 무게 속
에, 가라앉아버린다. 자취도 없이, 사라진다. 바다의 아물심은 견
줄 데 없이 세다. 그는 상처를 줄 수 없는 불가사리다. 그 속에 파
묻힌다. 자꾸 몸이 풀린다.
  꼬꾸라질 듯 앞으로 숙인 몸을, 황망히 끌어들인다. 손잡이에서
떨어져, 갑판에 주저앉는다. 눈에서는 아직도, 소용돌이쳐 뻗어나
는 물결의 그림자가 아물거린다. 그것마저 사라져버렸을 때 막막

한 그림자가 등에 업혀온다. 또 일어서서, 손잡이를 잡는다. 물결을 바라보고 있으면 마음 놓을 수 있었기 때문이다. 지금 그의 머릿속에는 아무것도 없다. 무엇이든지 바라보면서, 자기 안에 있는 빈 데를 메우지 않으면, 금방 쓰러져버릴 것 같다. 얼마를 그러고 있다가 또 뱃간으로 돌아온다. 방은 아까처럼 비어 있다.

자기 자리로 올라간다. 자려고 해서가 아니다. 그저 찾는 것도 없이, 머리맡을 어물어물 더듬는다. 손에 딱딱한 물건이 잡힌다. 부채다. 문간에서 기척이 난다.

얼른 돌아다보았으나, 아무도 나타나지는 않는다. 되도록 천천히 다락에서 내려와, 마루에 내려선다. 무슨 할 일이 없는가 찾는 사람처럼, 두리번거린다. 방 안에 새삼스레 그의 주의를 끌 만한 것은 없다. 발끝으로 살살 밀어서 유리 조각을 한곳에 모으고, 꽉 밟는다. 소리가 나지 않는다. 더 힘있게 밟는다. 그만한 힘으로 발바닥을 올려 밀 뿐, 유리는 바스러질 대로 바스러진 모양인지, 꿈쩍도 않는다. 복도로 나선다. 복도에도 인기척은 없다. 선장실로 올라간다. 선장은 없다. 벽장문을 연다. 총이 제자리에 세워져 있다. 벽장문을 닫는다. 서랍을 열고, 아까 선장이 들어오는 바람에 미처 돌려놓지 못한 총알을 제자리에 놓는다. 몹시 중요한 일을 마친 사람처럼, 홀가분해진다. 테이블로 가서 해도를 들여다본다. 이 배가 밟아온 자국이 연필로 그려져 있다. 선장이 하는 것처럼 컴퍼스를 손가락으로 꼬나잡고, 해도 위를 재보는 시늉을 한다. 한참 장난을 하다가 컴퍼스를 던져버린다. 그때 여태까지 한 손에 부채를 들고 있었다는 사실을 처음 안다.

아까, 침대에서 손에 잡힌 대로, 들고 온 것이다. 의자에 걸터앉아서 부채를 쭉 편다. 바다가 있고, 갈매기가 있는 그림이 그려져 있다. 부채를 접었다 폈다 하다가, 스르르 눈을 감는다. 머릿속으로 허허한 벌판이 끝없이 열리며, 희미한 모습이 해돋이처럼 차츰 떠올라온다.

……펼쳐진 부채가 있다. 부채의 끝 넓은 테두리 쪽을, 철학과 학생 이명준이 걸어간다. 가을이다. 겨드랑이에 낀 대학 신문을 꺼내 들여다본다. 약간 자랑스러운 듯이. 여자를 깔보지는 않아도, 알 수 없는 동물이라고 여기고 있다.

책을 모으고, 미라를 구경하러 다닌다.

정치는 경멸하고 있다. 그 경멸이 실은 강한 관심과 아버지 일 때문에 그런 모양으로 나타난 것인 줄은 알고 있다. 다음에, 부채의 안쪽 좀더 좁은 너비에, 바다가 보이는 분지가 있다. 거기서 보면 갈매기가 날고 있다. 윤애에게 말하고 있다. 윤애 날 믿어줘. 알몸으로 날 믿어줘. 고기 썩는 냄새가 역한 배 안에서 물결에 흔들리다가 깜빡 잠든 사이에, 유토피아의 꿈을 꾸고 있는 그 자신이 있다. 조선인 꼴호즈 숙소의 창에서 불타는 저녁놀의 힘을 부러운 듯이 바라보고 있는 그도 있다. 구겨진 바바리코트 속에 시래기처럼 바랜 심장을 안고 은혜가 기다리는 하숙으로 돌아가고 있는 9월의 어느 저녁이 있다. 도어에 뒤통수를 부딪치면서 악마도 되지 못한 자기를 언제까지나 웃고 있는 그가 있다. 그의 삶의 터는 부채꼴, 넓은 데서 점점 안으로 오므라들고 있었다. 마지막으로 은혜와 둘이 안고 뒹굴던 동굴이 그 부채꼴 위에 있다. 사람이 안고 뒹구는 목숨의 꿈이 다르지 않느니. 어디선가 그런 소리도 들렸다. 그는 지금, 부채의 사북자리에 서 있다. 삶의 광장은 좁아지다 못해 끝내 그의 두 발바닥이 차지하는 넓이가 되고 말았다. 자 이제는? 모르는 나라, 아무도 자기를 알 리 없는 먼 나라로 가서, 전혀 새사람이 되기 위해 이 배를 탔다. 사람은, 모르는 사람들 사이에서는, 자기 성격까지도 마음대로 골라잡을 수도 있다고 믿는다. 성격을 골라잡다니! 모든 일이 잘될 터이었다. 다만 한 가지만 없었다면. 그는 두 마리 새들을 방금까지 알아보지 못한 것이었다. 무덤 속에서 몸을 푼 한 여자의 용기를, 방금 태어난 아기를 한 팔로 보듬고 다른 팔로 무덤을 깨뜨리고 하늘 높이 치솟는 여자를, 그리고 마침내 그를 찾아내고야 만 그들의 사랑을.

돌아서서 마스트를 올려다본다. 그들은 보이지 않는다. 바다를 본다. 큰 새와 꼬마 새는 바다를 향하여 미끄러지듯 내려오고 있다. 바다. 그녀들이 마음껏 날아다니는 광장을 명준은 처음 알아본다. 부채꼴 사북까지 뒷걸음질 친 그는 지금 핑그르 뒤로 돌아선다. 제정신이 든 눈에 비친 푸른 광장이 거기 있다.

자기가 무엇에 홀려 있음을 깨닫는다. 그 넉넉한 뱃길에 여태껏 알아보지 못하고, 숨바꼭질을 하고, 피하려 하고 총으로 쏘려고까지 한 일을 생각하면, 무엇에 씌웠던 게 틀림없다. 큰일 날 뻔했다. 큰 새 작은 새는 좋아서 미칠 듯이, 물속에 가라앉을 듯, 탁 스치고 지나가는가 하면, 되돌아오면서, 그렇다고 한다. 무덤을 이기고 온, 못 잊을 고운 각시들이, 손짓해 부른다. 내 딸아. 비로소 마음이 놓인다. 옛날, 어느 벌판에서 겪은 신내림이, 문득 떠오른다. 그러자, 언젠가 전에, 이렇게 이 배를 타고 가다가, 그 벌판을 지금처럼 떠올린 일이, 그리고 딸을 부르던 일이, 이렇게 마음이 놓이던 일이 떠올랐다. 거울 속에 비친 남자는 활짝 웃고 있다.

밤중.
선장은 문을 두드리는 소리에 잠자리에서 몸을 일으켰다. 얼른 손목에 찬 야광시계를 보았다. 마카오에 닿자면 아직 일렀다.
"무슨 일이야?"
"석방자가 한 사람 행방불명이 됐습니다."
"응?"
"지금 같은 방에 있는 사람이 신고해와서, 인원을 파악해봤습니다만, 배 안에는 보이지 않습니다."
선장은 계단을 내려가면서 물었다.
"누구야, 없다는 게?"
"미스터 리 말입니다."

이튿날.
타고르호는, 흰 페인트로 말쑥하게 칠한 3,000톤의 몸을 떨면서, 한 사람의 손님을 잃어버린 채 물체처럼 빼곡히 들어찬 남중국 바다의 훈김을 헤치며 미끄러져간다.
흰 바닷새들의 그림자는 보이지 않는다. 마스트에도, 그 언저리 바다에도.
아마, 마카오에서, 다른 데로 가버린 모양이다.

구운몽

관棺 속에 누워 있다. 미라. 관 속은 태胎집보다 어둡다. 그리고 춥다. 그는 하릴없이 뻔히 눈을 뜨고 누군가를 기다리고 있다. 몸을 비틀어 돌아눕는다. 벌써 얼마를 소리 없이 기다려도 아무도 찾아오지 않는다. 몇 해가 되는지 혹은 몇 시간인지 벌써 가리지 못한다. 혹은 몇 분밖에 안 된 것인지도 모른다. 똑똑. 누군가 관 뚜껑을 두드리고 있다. 누구요? 저예요. 누구? 제 목소릴 잊으셨나요. 부드럽고 따뜻한 목소리. 많이 귀에 익은 목소리. 빨리 나오세요. 그 좁은 곳이 그렇게 좋으세요? 그리고 춥지요? 빨리 나오세요. 따뜻한 데로 가요. 저하고 같이. 그는 두 손바닥으로 관 뚜껑을 밀어올리고 몸을 일으켰다. 어둡다. 아무것도 보이지 않는다. 게 누구요? 대답이 없다. 그는 몸을 일으켜 관에서 걸어나왔다. 캄캄하다. 두 팔을 한껏 앞으로 뻗치고 한 발씩 걸음을 떼놓는다. 한참 걸으니 동굴 어귀처럼 희미한 곳으로 나선다. 계단이 있

다. 두리번거리면서 한 계단 밟아 올라간다. 캄캄한 겨울 밤 독고
민은 아파트 계단을 올라간다. 지난밤 꿈을 골똘히 생각하면서.
그는 잠시 망설인다. 꼭 한 잔만 했으면. 후끈하게 몸이 녹을 것
같다. 그렇지만 그는 술을 즐기는 편은 아니다. 어쩐지 오늘따라
춥고 허전함이 사무친다. 지붕 양철이 날카롭게 운다. 양력 정월
그믐께 한창 고비로 설치는 모진 바람에 싸구려로 지은 나무집이
늙은 쥐덫에 낀 소리를 낸다. 그는 목을 움츠리면서 부르르 떨었
다. 다시 현관으로 나가 길 건너 골목을 빠져…… 바람이 에듯 휘
몰아치는 거리를 지나 술집까지 나갈 맘이 싹 가시면서 민은 불 없
는 캄캄한 계단을 간신히 기어올라 2층 자기 방문 앞에 다다랐다.
    장갑을 벗고 호주머니에서 열쇠를 꺼내 문을 열었다. 뒷손으로
문을 닫으면서 한 손으로는 문 옆 선반을 손어림하여 성냥을 찾았
다. 넓지도 않은 선반에 얹었을 성냥갑은 얼른 찾아지지 않았다.
다른 손도 마저 선반에 올려 두 손바닥으로 그 위를 쓸었다. 그의
왼손이 성냥에 부딪히면서 그것을 마룻바닥에 떨어뜨렸다. 아차.
민은 엉거주춤하고 엉덩이를 붙이지 않은 채로 구부리고 앉아서
어둠 속에서 마루를 쓸어갔다. 워낙 칼칼한 성미가 아니었으나 이
때만은 울컥 짜증스런 맘이 들었다. 간신히 성냥이 잡혔다. 마치
참새 새끼라도 잡은 듯한 손으로 성냥갑을 잔뜩 움켜잡고 개비를
뽑아 득 그어댔다. 화약 냄새에 툭 쏘인 코 밑에서 입김이 시뿌옇
게 퍼진다. 초가 놓인 책상까지 이르기 전에 성냥불은 슥 꺼져버
렸다. 그는 또 한 개비를 그어 촛불을 켰다.
    전기도 들어오지 않는 아파트. 한 자루 촛불이 밝혀낸 방 안 꼴

은 한마디로 을씨년스러움 그것이다. 오른쪽 벽에 붙여서 군용 나무침대가 놓였다. 맞은쪽 벽에 벽면 반을 위로 차지한 찬장. 촛불이 얹힌 테이블과 거죽이 터진 사이로 속이 비죽이 내민 의자가 그 앞에. 한길로 난 창문에는 커튼 대용의 담요. 이뿐이다.

참 또 하나 양철난로가 있는데 이 겨울 들어 그 속에 불이 타본 일은 한 손으로 세고 좀 모자랐다. 돈도 돈이지만 방을 비운 사이 불을 봐줄 사람이 없다. 늘 하는 대로 점퍼를 벗고 윗도리를 벗고 바지를 벗어던지고 침대 속으로 뛰어들려 했다. 탕 문소리가 나면서 촛불이 너풀한다. 그는 잔뜩 웅크리고 문께로 가서 잘 물리지 않는 문을 이럭저럭 문틀에 맞추려고 했다.

그때다.

마룻바닥에 떨어진 한 통의 편지를 보았다. 아파트 주인 할머니가 문틈으로 집어넣은 모양이다. 하도 신기한 생각에 가슴이 훌쩍 뛰었다. 편지라니. 그는 편지를 집어서 우선 앞을 보았다. 혹시 잘못 넣어진 것이 아닌가 해서다. 독고민獨孤民. 틀림없는 그의 이름. 다음엔 뒤집었다. 그는 찬찬히 들여다보느라고 편지를 바싹 촛불 앞으로 들이댄다. 그러자 그는 갑자기 얼어붙은 사람처럼 빳빳해졌다. 아니 이게……? 원 이런. 후들후들 떨면서 편지봉을 찢고 속을 집어냈다. 그리고 읽는다. 편지를 읽는 동안 황송스럽고 황홀한 낯빛이었다. 다 읽고도 멍하니 서 있는다. 한데나 다름없는 방 안에서 잔뜩 오그렸던 몸이 지금은 허리를 꼿꼿이 펴고 의젓하리만큼 똑바로 섰다. 방 안이 갑자기 더워진 것도 아닌 만큼 그가 이렇게 갑자기 변한 것은 분명히 그 편지 때문이란 것을 알 수 있다. 얼마나 그렇게 서 있었을까. 문득 꿈에서 깬 사람처럼 손에 든 편지를 내려다본다. 머리를 설레설레 흔들면서 또다시 편지를 불빛에 대고 읽는다. 괴로운 빛이 그의 얼굴을 덮는다. 다시 읽고 또 읽는다. 횟수를 거듭함에 따라 그의 낯빛은 점점 밝아진다. 이윽고 편지를 꼭 쥐고 돌아섰을 때 그의 낯빛은 이를테면 기쁨에 찬 얼굴이라고 부를 수 있는 그런 것이었다. 편지 속은 이렇다.

민.
얼마나 오랜만에 불러보는 이름입니까? 저를 너무 꾸짖지 마세요. 지금의 저는 민을 보고 싶은 마음뿐입니다. 돌아오는 일요일 아세아극장 앞 '미궁'다방에서 기다리겠어요. 1시에서 1시 30분까지. 모든 얘기 만나서 드리기로 하고 이만. 민, 꼭 오셔야 해요.

그는 또 한 번 편지를 들여다보았다. 그 편지는 보낸 사람 이름이 없었으나 독고민은 그녀의 장난꾸러기 같은 얼굴을 대뜸 머리에 떠올릴 수 있었다. 왼쪽 뺨에 있던 까만 점. 그녀는 이를테면 그의 첫사랑의 여자였다.

첫사랑이나마나 독고민의 스물일곱 해 생애에 같이 자본 것은 그녀 한 사람뿐이라면 말 다한 셈이다.

독고민은 황해도 태생으로 전쟁통에 내려왔다. 자신은 반드시 그렇게 해야겠다는 생각은 아니었고 도리어 부모 곁에 머무르고 싶었으나 부친의 뜻은 그렇지 않았다. 그를 남으로 떠나보내는 날 저녁에 부친은 사랑방에 그를 불러 앉히고 말했다. "우리야 다 늙고 죽기만 기다리는 몸. 아무 염려 말고 어서 떠나라. 네 한 몸만 무사히 자유스런 곳에서 살면 그만이다. 어서." 독고민은 외아들이었다. 삼대는 아니었으나 외아들이었다. 부친은 그 귀한 아들이 공산군에 잡혀가는 것을 참을 수 없었던 것이다. 그는 부친의 뜻을 따르는 수밖에 없었다. 그 고을에서는 밥숟가락이나 먹는다는 포목전을 내고 있던 부친의 덕으로 이렇다 할 고생도 해본 일 없이 그 나이까지 살았었다. 학교에서 독고민은 결코 머리 좋은 아이는 아니었다. 하기는 묘한 일이 한 가지 있었는데 독고민이 국민학교 1학년 때 그는 급장이었다. 다시 말하면 공부를 썩 잘한 것이다. 그런데 2학년에 가서 그는 급장을 내놓았을 뿐 아니라 성적도 가운데쯤으로 뚝 떨어졌다. 3학년 때 그는 예순 명 가운데 마흔다섯 번째였다. 4학년에서는 쉰번째였다. 5학년과 6학년에서는 55등에서 57등 사이를 학기마다 오르락내리락하며 지냈다. 중학교에서 고등학교까지 그는 죽 공부 못하는 학생이었다. 월남 후에 바로 입대해서 2년 복무한 다음 다리에 부상을 입고 제대가 되었다. 그가 제대한 것은 아직 싸움이 한창때고 서울이 부산으로 돼 있을 무렵이었다. 그 무렵 세상 살기가 얼마나 어렵고 얼마나 참 기막힌 때였던가는 말하면 잔소리겠으나 독고민도 빠질 순 없었다. 도떼기시장에서 넥타이 장수로 내디딘 그의 직업 편력은 다채로운 바 있었다. 군복 장수. 고구마 장수. 깡통 주이. 무연탄 장수. 물론 군복 도매상이 아니고 왼팔에 사지 즈봉 한 벌 오른팔에 점퍼 한 벌을 걸치고 평안도 에미네들이 군복 사시라우요 네, 군복 헐하게 사시라우요 하면서 노점 사이를 왔다 갔다 하는 그런 것 말이다.

고구마 장수도 그렇다. 온 배에 산더미 같은 고구마를 배떼기로 척척 사고 팔았다는 말이 아니고 드럼통 위에서 구워내는 저 그것 말이다. 그 밖에 모두 그런 어름이다. 줄여 말하면 좀 고생했다. 하긴 사람에게는 황금시대란 게 있다. 사람들이 말하는 "옛날엔 나두……" 할 때의 옛날이 그에게도 있다. 옛날이래야 몇 해 전이지만 어쨌든 옛날은 옛날이다. 미군부대에 들어가게 된 것이다. 물론 그는 영어라곤 한마디도 못 했다. 이북에서는 학교에서 러시아말을 가르쳤기 때문이다. 그렇다고 독고민이 러시아말은 잘한다는 게 아니라 하물며 영어 못 한 것은 그의 탓이 아니라는 것뿐이다. 여기서 그는 타고난 제자리를 찾아냈고 그것은 그가 영어 못하는 것이 조금도 흠일 것이 없는 일이었다. 학교 시절 때 얘기에서 빠뜨렸는데 민은 다른 학과는 모조리 젬병이었으나 그림만은 빼어났었다. 그림 시간이면 독고민은 즐거웠다. 미술 선생은 그의 머리를 호되게 두드리면서 말한 것이다. "민은 장차 위대한 미술가가 될 거야." 민은 오랫동안 그 말씀을 잊지 못했다. 그 솜씨가 미군부대에서 끝내 빛을 나타낸 것이다. 그가 어느 날 쉬는 참에 장난삼아 감독 하사관의 얼굴을 그려주었더니 나도 나도, 이렇게 하여 민은 궁정화가宮廷畵家가 되어버린 것이다. 하기는 초상화뿐이 아니라 미국 군대란 괜히 페인트와 간판을 사랑하는 것이었다. 그런 일은 모두 그의 몫이었다. 그뿐이 아니었다. 정승 좋다는 게 가마 타는 재미뿐이겠느냐 말마따나 절로 여러 가지 중매 거간 노릇을 하게 되어 커미션만 받아도 돈을 주체할 수 없었다. 숙을 만난 것은 그때였다. 그녀는 양부인이었다. 미군부대 종업원과 양부인이란 환관宦官과 궁녀 비슷한 것으로 그 이상 가까울 수 없는 사람들이었다. 그녀는 얼굴이 동그스름하고 살진 엉덩이를 가지고 있었다. 하기야 애초에는 물질적인 주고받음이 다리를 놓아주었다. 신세 지는 것은 그녀 쪽이고 입히는 것은 민이었다. 그녀는 지는 것만으로는 미안하다는 마음으로 민에게도 입혀준다는 형식으로 비롯된 사이였으나 그런 게 어떨 것은 없었다. 그녀는 민더러 증류수처럼 순수한 사내라고 했다. 그녀는 대학을 중퇴했노라고 했다. 그런 점으로도 고등학교 중퇴한 초라한 학력밖에 못 가진 민에게는 과분한 상대라고 아니 할 수 없었다. 같이 살지는 않았다. "서로 불편해진다"는 숙의 말을 좇아 방은 따로 가지고 '마음만 늘 같이'하기로 돼 있었다. 독고민이 쉬는 날이면 그들은 영화를 보고 밥을 같이 먹고 차를 마시고 가끔 음악도 들었다. 민은 음악에는 귀머거리나 진배없었으나 그는 사랑하는 이의 취미를 아낀다는 맘에서 아무 소리 없이 따라다녔다. 그럴 때 어느 모로 보아도 그녀는 양부인 같지 않았다. "남들이 보면 우릴 점잖은 애인들끼리라 할 테죠. 호호호." 옳은 말이었다. 그 무렵 사람들의 돌아가는 말로는 민은 좀 모자란다는 소문이 있었으나 숙의 말을 빌리면 '참 좋은 분'이며 '증류수처럼 순수한 분'이었다. 그는 숙이 같은 예쁜 여자가 자기를 사랑해준다는 일이 무진장 고마웠다. 그는 실지로 그녀에게 묻기까지 했다. "저어 내 한 가지 묻겠는데……숙인 정말 날 사랑해?" 그녀는 빤히 쳐다보더니 깔깔 웃기 시작했다. 그녀는 그 펑퍼짐한 엉덩이를 옮겨 민의 무릎에 올라앉으면서 그의 목을 끌어당겼다. "당신은 정말 좋은 분예요. 어떡허다 당신

같은 분이 나한테 걸렸을까?" 그녀의 목소리는 그때만은 조금 떨렸다.

그런 나날이 반 년 남짓 나가다가 그녀는 훌쩍 자취를 감췄던 것이다. 말할 것도 없이 당시로서도 적지 않은 금액의 신용대부(애인 사이에 신용대부도 우습지만) 형식으로 맡고 있던 민의 현금과 함께였다. 말 못 할 무슨 사정이 반드시 있을 것으로 짐작했다. 돈을 잃었다는 생각보다도 그렇게 하지 않을 수 없었던 그녀의 사정이 더 안타깝고 걱정스러웠다. 참다운 애인일 때 이것은 말할 것도 없는 일이었다. 그래서 민도 그랬다.

그렇게 사라진 그녀가 지금 이렇게 편지를 보내오다니. 그는 가슴이 훈훈해지고 눈시울이 뜨거워졌다. 자식 진작 편지할 일이지. 아무렴 내가 빚 재촉할까 봐. 그는 자꾸 자식을 뇌었다. 그는 이불 속으로 기어들어가 손만 내놓고 편지를 읽는다. 꼭 오셔야 해요. 체, 안 가구 어째. 독고민은 지금 조그만 간판 가게에서 일을 본다. 물론 자기가 하는 가게는 아니다. 직공이다. 수입이야 그녀와 지내던 때하고 견줄 바 못 된다. 그럴 수밖에 없는 것이 황금시대가 마냥 그냥이라면 애초에 그런 말부터 생기지 않았을 테니까. 그는 반이나 얇을해진 해묵은 구제품 홈스판 오버를 걸치고 늘 감기 기운으로 코멘소리를 가지고 다녔다. 그의 일은 극장에서 프로가 바뀔 때마다 붙이는 간판을 그리는 것인데 서부 사나이들의 털북숭이 가슴과 서부 여편네들의 사라브레드처럼 살진 궁둥이를 다듬느라고 그의 붓은 거칠 대로 거칠어 있었다. 그렇다고 온전한 화가가 되지 못한 것을 한탄할 만큼 민은 예술가도 아니었다. 불교에선 업業이란다지만 사람도 나름이어서 독고민은 한 가지 일에 매달려서 낭떠러지 끝까지 내처 달리는 그런 축이 아니다. 그런대로 그녀를 떠올릴 때마다 늘 생각나는 일이 한 가지 있다. 그것은 그의 생애에서 마치 처녀의 초조初潮처럼 부끄럽고 당황한 사건이었다. 어떤 날 그는 부대에서 끝내지 못한 일거리를 든 채로 그녀를 찾아갔다. 숙은 파자마 바람으로 침대에 누워서 한 손에는 담배를 붙여 든 채 그 초상화를 한참이나 들여다보더니 "당신은 정말 좋은 소질을 가지셨어. 양놈 코빼기나 다듬기엔 아까워요." 그리고 잠깐 무엇인가 생각하더니 "어때요. 국전에나 한번 내보내면, 사람 일 알아요." 이러는 것이었다. 민은 왜 그랬던지 가슴이 철렁했다. 그다음에 아득한 옛날을 퍼뜩 떠올렸다. "민인 장차 위대한 미술가가 될 거야." 마치 잘못한 학생에게 한 대 먹이는 식으로 호되게 그의 머리를 꽁 내리찧으시던 미술 선생님의 주먹을 떠올렸다. 그날 그녀와 갈라진 다음에 그는 곰곰 생각했다. 그녀가 그의 재질을 알아주고 부추겨준 일이 먼저 고마웠다. 그것은 서로 보다 나아지려는 연인이 아니고는 있을 수 없는 보살핌이었다. 그는 결심했다. 다음날부터 출품 작품에 달라붙었다. 그녀에게 값하는 사람이 되고 싶은 한 마음에서였다.

　가시쇠줄 울타리가 있었다. 미군 보초가 서 있었다. 양부인이 마주 서서 손을 벌리고 웃고 있었다. 조금 떨어져서 담배 파는 할머니가 올망졸망 늘어놓은 목판 뒤에 앉아 있었다. 할머니 옆에 거지 계집애가 깡통을 안고 쭈그려 앉아 있었다. 그리고 밤이었다. 이런 그림이었다.

받는 곳에 들고 갔을 때 마치 물건 버리러 온 사람처럼 팽개치듯 하고 물러나왔다. 혹시 무슨 말을 물을까 겁이 나서. 국전이 열리기까지의 사이 그렇게 안타까운 나날이 그의 생애에 일찍이 없었다. 어느 가을날 국전은 열리고 그의 작품은 물론 낙방이었다. 숙이한테는 감쪽같이 한 일이었으나 그는 마치 죄나 지은 듯이 볼 낯이 없었다. 애인 몰래 딴 여자와 사귀다가 퇴짜를 맞고 되돌아왔을 때 양심 있는 인사라면 가질 만한 느낌이었으나 독고민은 그런 못된 겪음이 없기 때문에 그저 죄송스러웠다. 숙이 자취를 감춘 것은 그로부터 얼마 후였다.

아픈 마음속에서도 무엇인가 그럴 만한 일처럼 느껴지기도 했다. 잘됐지 뭐야. 어차피 자기 같은 사람에겐 과분한 여자였고 모처럼 잘되자고 북돋는 애인에게도 갚을 만한 재질이 없는 자신을 꾸지람하는 맘에서였으리라. 그런 그녀가 편지를 보내온 것이다. 그는 자꾸 좋았다. 그녀와 갈라진 이후 그의 생활은 조금도 재미없었다. 나쁜 일만 생겼달 것까지는 없어도 좋은 일은 하나도 없었다. 물론 애인도 생기지 않았다. 독고민 주제에 그 찬란한 분홍빛 지난날이 있었다고는 아무도 믿지 않을 것이다. 사람이 옹졸한 터라 누구에게 그런 옛날을 술주정으로나마 쏟지 못하는 사람이고 보니 그야말로 독고민의 세 치 가슴속에 고이 간직된 몹쓸 꿈이라고 할 수밖에 없다. 말하자면 숙과의 지난날은 그의 삶의 보람이며 누더기옷에 꿰맨 보석이었다. 이 추운 겨울날 지난날 그런 눈부신 때를 가졌다는 달콤한 추억이 없다면 그는 진작 얼어 죽었을 것이다. 어느 시인이 말하기를 얼어 죽는 사람은 추억이 없었던 사람이라고 했다지만 그것은 바로 독고민을 두고 한 말일시 분명하다. 마음이 추우면 죽는다. 늙은이 뼈마디처럼 덜거덕거리는 이 낡아빠진 바라크 아파트에서 불도 없는 찬 방 침대에 자면서도 독고민이 아직껏 죽지 않은 것은 사실 이 때문이었으나 본인은 모르고 있었다. 그러나 공기의 화학 방정식을 모른다고 해서 그 사람은 공기를 마시지 않고 있다고 우긴다거나 교리 문답을 한 번도 읽을 기회가 없어서 하나님의 성함을 모른다고 해서 천주는 없다고 주장하는 것이 터무니없는 잘못이듯이 민이 그런 사실을 스스로 깨닫지 못한대서 진리는 흔들리는 것이 아니다.

벌써 3시가 뎅뎅 울린다.

아래층 주인 할머니 방 기둥시계다. 민은 하나 둘 셋 그 소리를 센다. 그러면서도 잠들 눈치는 전혀 보이지 않는다. 그는 또 편지를 쳐든다. 오늘밤 그는 몇 번째 되읽는지 모른다. 마치 놓아두면 그 편지 내용이 종이를 떠나 훌훌 날아갈 것을 걱정하듯. 마치 자기 눈길로 글자 하나하나를 꼭 얽어매놓으려는 듯. 독고민은 자꾸 읽는다.

사흘 뒤 일요일. 민은 극장을 건너다보면서 서 있다. 매표구에는 사람들이 뱀모양 구불구불 줄을 지어 밀려들고 있다.

사람들은 다 잘 차리고 있다. 스무 살대의 남녀가 으뜸 많고 서른 줄 마흔 줄 그런 순서인 것 같다. 사람들은 대개 쌍이었다. 줄을 같이 서서 앞뒤로 즐거운 듯 말을 주고받는 사람. 한쪽은 줄에 들고 다른 쪽은 줄 밖에서 줄이 움직이는 대로 짝을 따라 움직이는 사람. 그것은 다정스러워 보였다. 그는 호주머니를 뒤져보았다. 돈은 넉넉했다. 그는 표 사는 줄에 끼어들었다. 어느새 그의 뒤를 따르는 줄이 생기고 그는 매표구 앞까지 밀려왔다. 그의 가슴은 무거웠다.

그의 옆자리에는 웬 늙은 남자가 호콩을 씹으면서, 지그시 눈을 감고 있다. 눈을 감은 채 연방 입으로 호콩을 나르는 손은 멈추지 않는다. 오른편은 젊은 여자였다. 어디선가 많이 본 여자 같았다. 그러나 생각나지 않았다. 아직 불을 끄지 않은 자리는 영사가 시작되기 전의 부산한 즐거움에 싸여 사람들은 웅성거리며 가볍게 들떠 있었다.

독고민의 옆자리에 앉은 여자는 자기 옆에 앉은 남자가 퍽 미남자라고 생각했다. 그녀에게는 아무리 교양 있는 남자라도 거기 어울리는 풍모가 아니면 꼭 만화를 보듯이 재미스럽게밖에는 보이지 않았다. 그녀는 그가 자리에 들어설 때 흘긋 쳐다본 것뿐이었으나 썩 좋은 얼굴이라고 생각하였다. 그리고 조금 굳어졌다. 그녀는 손을 들어 매니큐어한 손톱을 만지작거렸다. 엷은 분홍을 칠한 손톱. 요담엔 그냥 비치게 해야겠어. 매니큐어를 그만두는 것도 좋지만 뭐 괜찮아. 이 남자는 어느 편을 좋아할까. 그녀는 깜짝 놀랐다. 그 한마디는 전혀 장난처럼 불쑥 튀어나온 것이었다. 그녀의 밖에서 떠돌아다니다가 먼지가 쑥 내려앉는 모양으로 그녀의 마음에 내려앉은 것이다. 그녀는 몹시 재미있었다.

사람이란 참 이상해. 그러면서 손끝으로 옷깃을 약간 잡아당기는 시늉을 했다. 따르릉. 민은 옆자리 여자가 웃는 듯이 느꼈으나 벨소리에 부지중 스크린으로 후딱 머리를 돌렸다. 밤낮 보아온 서부의 포장마차와 불가사리 같은 사나이. 인디언. 위기일발. 달려오는 구원대. 민은 화면을 보면서도 사실은 보고 있지 않았다. 왜 안 왔을까. 숙은 오지 않았던 것이다. '미궁'에서 네 시간이나 기다렸지만 그녀는 끝내 나타나지 않았다. 무슨 일이 생긴 것일까. 거짓말할 여자가 아니다.

극장 문을 나선 민은 그저 건성 집이 있는 쪽으로 걸음을 옮겼다. 짧은 겨울 해는 이미 넘어갔다. 전차가 털렁거리면서 지나간다. 여자가 저편에서 걸어온다. 지내놓고 보니 어디선가 본 듯싶은 여자였다. 그는 문득 생각했다. 극장에서 옆자리에 앉은 여자 같아서. 그러나 확실치는 않았다. 그녀는 총총히 사라져가고 있다. 민은 우뚝 서서 그 뒷모습을 바라보았다. 그녀는 정말 옆자리에 앉았던 여잘까. 그는 조바심이 난다. 알 수 있는 길은 한 가지밖에 없었다. 쫓아가서 한 번 더 보는 것. 돌연한 용기로 가슴을 울렁거리며 여자가 사라진 쪽으로 달려갔다. 그녀는 보이지 않았다. 골목이 나섰다. 그는 거침없이 그 골목으로 접어들었다. 그러나 막다른 골목이었다. 그는 되잡아 큰길로 나서서 내처 길을 따라 뛰어갔다. 앞이 확 트이면서 광장이 나타났다. 광장에는 얼어붙은 분수가 환한 가로등 불빛 아래 동상을 옮겨낸 밑판처럼 서 있을 뿐 오가는 그림자 하나 없이 텅 비어 있었다. 우뚝 섰다.

하늘을 쳐다보았다. 부시도록 아름다운 별하늘이다. 유리처럼 단단하고 짙푸른 하늘 바탕에 찬란한 보석들이 쏟아질 듯이 부시다. 하늘의 그것들은 그에게 말하는 것 같았다. 알고 있어. 네 심

정은 다 알고말고. 괜찮아. 잘될 거야. 사실 별들이 그렇게 말했을
리는 만무지만 민은 꼭 그런 소리를 들은 것만 같았다. 숙은 왜 오
지 않았을까. 민은 오던 길을 되돌아 걸어온다. 등불이 드문드문
비치는 집들 앞에서 그는 잠깐씩 머물러 선다. 불빛은 노랗고 따
뜻해 보였다. 푸르게 빛나는 창은 형광등인 모양이었다. 그 속에
서 사는 사람들은 다 행복한 사람일까. 아까 그 여자는 어느 창 안
에 있을까. 그는 그 여자를 꼭 만났어야 했다고 이제는 생각하는
것이다. 그녀를 만났더면 꼭 무슨 좋은 일이 있었을 것이 분명하
다. 그러나 이제는 다 쓸데없는 일이었다. 집으로 빨리 돌아가고
싶은 생각은 없었다.

　때는 아직 이를 텐데 지나는 사람이 통 없다. 하긴 몹시 추운 밤
이다. 장갑 낀 채로 따끈거리는 귀를 세게 비빈다. 귀는 나무 손잡
이처럼 삐걱거리는 소리라도 날 듯이 뻣뻣할 뿐 시리기는 매한가
지다. 절로 걸음이 빨라진다. 길가 가게도 문을 닫은 집이 태반이
다. 꼭 이슥한 밤중 같은 거리의 모습이다. 걸어가는 그의 머리 위
에서 양철 간판이 삐그덕거렸다. 전깃줄이 운다. 어깨와 등판이
맨살처럼 싸하다. 그는 더 빨리 걷는다. 걸으면서 몸을 녹이고 갈
그럴싸한 집을 찾는다. 어떤 찻집 앞에서 걸음을 멈추고 문을 민
다. 문은 열리지 않는다. 홀에는 분명히 불이 켜 있다. 그는 세게
밀어본다. 역시 열리지 않는다. 한길 쪽으로 난 창으로 속을 들여
다본다. 커튼이 꼭 당겨지지 않은 사이로 속이 보인다. 자리는 텅
비어 있다. 그래도 카운터에는 젊은 여자가 한 사람 턱을 괴고 멍
하니 앉아 있다. 창유리를 똑똑 두드린다. 그녀는 알아차리지 못

한다. 더 크게 똑똑 두드린다. 그래도 그녀는 여전히 빈 홀 맞은편 벽을 쳐다본 채 움직이지 않는다. 두드리던 손을 내리고 그녀를 바라본다. 홀에는 파란 불이고 그녀 앞에 놓인 스탠드는 분홍빛 갓을 썼다. 콧날이 서고 뺨이 미끈한 얼굴은 아름다운 편이다. 그 런데 먼발치서 보는 터라 단정할 수는 없으나 사팔뜨기인 듯싶었 다. 그녀는 한 팔을 올려 머리핀을 뽑아 그것으로 머리를 긁는다. 민은 세번째 똑똑 두드렸다. 여자는 머리핀을 꽂고 도로 턱을 괸 다.

그만두기로 하고 창에서 떨어져 걸어간다. 길 아래위를 둘러본 다. 강아지 한 마리 얼씬하지 않는다. 아이 춰. 추위에 동동 발을 구르고 싶어지면서 큰길을 버리고 골목으로 잡아든다. 몇 걸음 옮 기지 않으니 왼편에 찻집이 나선다. 어깨로 문을 밀면서 걸어 들 어간다. 들어서보니 사람들은 스토브를 빙 둘러싸고 서 있다. 의 자는 스토브를 둘러싼 그들 뒤에서 또 한 바퀴 원을 만들었다. 아 무도 앉은 사람은 없다. 민은 그들 뒤로 다가서면서 먼저 사람들 허리 사이로 장갑 벗은 손을 디밀어 불을 쬔다. 그들은 큰 소리로 싸우고 있었다. 그 중 한 사람이 종이를 쳐들고 그것을 읽고 있다.

"우리의 시단詩壇을 살펴봅시다. 미친 여름 다음에는 차분한 가 을이 옵니다. 저 반동의 철이. 사람들은 자기들의 지난날을 돌아 다보고 혹시 무슨 실수나 없었던가 괴로워합니다. 댄서들은 손님 들의 값싼 환호에 취해서 너무 드러내지 않았던가 괴로워하기 시 작합니다. 옛날식으로 처녀의 허벅다리를 본 사람은 다 애인으로 친다면 그녀는 얼마나 많은 애인을 가진 것이 됩니까? 날카롭던 전위 시인과 전위 비평가들은 눈에 띄지 않게 발을 뺄 수 있는 전향 성명서를 짓느라고 밤을 새웁니다. 사람들은 오래 기억 못 합니다. 민중처럼 잘 잊어버리는 사람들도 없지요. 어제의 매국노가 오늘의 애국자래도 곧이듣습니다. 어제의 쉬르레알리스트가 구렁이 담 넘듯 온건한 레알리스트로 바뀌어도 그들은 알아보지 못합니다. 신문이 그렇게 말하면 그만입니다. 오스카 와일드는, 독자란 예술가가 그렇다고 하면 그런 줄 안다고 했다지만 지금은 예술가 대신에 신문기자의 시댑니다. 귀중한 목숨. 사람의 팔다리가 데굴데굴 구른다는 얘기도 한두 번이지 세월이 가면 물립니다. 어머니들은 외아들의 전사를 잊어버리고 자선사업과 양로구락부에 재미를 붙이기 시작합니다. 아직도 우리는 그 시대를 기억합니다. 참 그 기막히던 시절. 죽음과 굶주림이 우리와 같이 살던 계절. 우리는 그 시절을 잊지 못합니다. 그래도 소용없습니다. 지금은 여자들이 잃어버린 정조를 못내 한탄하는 복고復古의 계절. 목숨처럼 어찌할 수 없었던 반역을 마치 낭비한 슈미즈처럼 뉘우칩니다. 늙은이들은 젊은 사람들에게 지나친 추파를 보낸 일로 말미암아 가슴을 앓습니다. 낡은 빛 우수수한 산수화와 괴기한 벼룻돌을 슬그머니 끌어당기며 그들의 믿음은 사실은 부동不動이었노라고 뇌까리기 시작합니다. 어리석은 사람들. 그들은 어느 누구고 다 옳았던 것입니다. 그때 그들이 그렇게 한 것은 옳았던 것입니다. 우리는 미친 듯이 춤을 춘 그녀들의 다리를 알 만합니다. 그녀들의 파트너는 바로 우리였으므로. 우리는 그녀들이 슈미즈를 낭비했다고 나무라지 않습니다. 그 슈미즈를 찢은 것은 우리였으므로. 우리는

저 빛나던 전위 비평가의 경솔함을 사랑합니다. 그들은 우리들의
나팔이었으므로. 우리는 저 늙은이들을 깔보지 않습니다. 그들은
우리들을 사랑한 것이므로. 그 어두운 시절에 우리는 많은 것을
배웠습니다. 싸움에서 돌아온 아이들은 찢어진 배낭 속에 무거운
수확을 가지고 왔지요. 선승禪僧의 눈초리보다도 빛나는 그 무엇
을. 그 많은 막달라 마리아들. 우리의 누이들과 애인들도 많은 것
을 배웠습니다. 그녀들의 잠자리와 밤은 헛되지 않았습니다. 늙은
이들은 더 많이 배웠습니다. 그들이야말로 최고의 수확자. 그들은
검은 시절을 겪고 짊어졌던 것입니다. 그것은 위대한 시대였습니
다. 우리 앞에 간 비굴과 노예의 시대도, 우리 뒤에 올 평화와 번
영의 시대도 결코 알지 못할 우리들의 몫. 우리의 머리와 우리의
심장과 우리의 생식기만이 알고 있는 착란과 고뇌와 욕망의 계절
이었습니다. 우리는 피 맛을 본 맹수. 다시는 길들여지지 않을 것
입니다. 그런데 사람들은 이 시대를 서푼짜리로 팔아넘기려 합니
다. 늘 소독물에 손을 씻고 먼지만 일어도 입을 막던 위생가들만
이 아닙니다. 옛날의 우리 전우들이 이제는 슬금슬금 꽁무니를 뺍
니다. 그들은 우리와 어울리기를 꺼려 합니다. 한밑천 잡고 들어
앉은 장사꾼처럼. 우리의 연인들은 춘향전을 읽기 시작하고 국악
은 어딘지 그윽한 데가 있다고 넌지시 비치기 시작합니다. 그들은
결국 아무것도 알아보지 못한 것입니다. 몸서리치는 값을 치르고
도 그들은 끝내 아무것도 배우지 못한 것입니다. 겉멋으로 포즈를
잡았을 뿐, 유행으로밖에 이해 못 한 것입니다. 참새가슴보다 얇
은 끈기. 할 수 없는 카멜레온들. 칠면조들. 곰팡내 나는 벼룻돌과

이끼 낀 산수화山水畵와 표지 떨어진 성경책들과 전도 부인들이 대승정大僧正들과 외국 장군들의 힘을 빌려 교활하고 음흉한 역습을 준비하고 있습니다. 이것은 해결이 아닙니다. 이것은 새로운 순결의 시대를 가져오는 대신에 보다 나쁜 소돔의 시대, 거짓의 시대를 가져올 것입니다. 그들은 우리에게 반역자의 누명을 씌우고 역사책에 이렇게 기록하려고 음모하고 있습니다. 우리들을 가리켜 경솔하고 주책없고 음란하고 어른들 말 듣지 않고 그러면서 실력없고 무모하고 함부로 까불고 철딱서니 없고 지조 없고 겁쟁이고 자존망대하고 예술을 망쳤으며 결국 형편없는 개새끼들이란 올가미를 씌워서 묻어버리려 합니다. 여름날 태양 아래 기름에 번들거리면서 콩밭을 갈고 있는 트랙터를 보고 적의敵意를 품은 사람은 아무도 없습니다. 이 트랙터가 돌연 장미꽃밭으로 방향을 돌렸을 때는 문제가 다릅니다. 가이사의 것은 가이사에게. 향단이의 것은 향단이에게. 트랙터가 장미꽃밭에 들어서서 어쩌자는 것입니까. 이것은 변입니다. 우리의 연인들은 트랙터가 가꾼 장미꽃을 달기를 거부할 것입니다. 그리고 그것을 묵인한 주변머리 없는 우리들을 경멸할 것입니다. 당연히 우리는 실연의 쓴잔을 들고 소크라테스의 흉내를 내느라고 내가 아무개한테서 병아리 한 마리를 꾸었는데 어쩌고 하면서 운명의 시간을 연장하려고 애쓰는 비극을 초래하고야 말 것입니다. 시인이란 별것이 아닌 것. 트랙터가 꽃밭에 접근하면 위험 신호를 발하고 필요하면 풍차風車를 향해 돌진한 위대한 선배처럼 원예용 스코프를 높이 비껴들고 트랙터 상대로 한바탕 하다가 급기야 기진맥진한 몸을 산초 판자 아닌 그리운 아가씨의 품에 안겨 대장부의 미소를 방긋 웃고는 지체 없이 기절 상태에 돌입하는 화려한 직업. 며칠 전 내 친구 한 사람을 만났더니 풍차를 향해서 돌격해도 소용없으니 무모한 짓을 그만두라고 하기에 나는 그 자리에서 절교를 선언했습니다. 존경하던 친구지만 진리와는 바꾸지 못했던 것입니다. 제군, 이 트랙터의 침입에 대비하자. 우리들의 피어린 투자를 동결시키고 허리를 졸라가며 모은 재산을 몰수하려는 시단詩壇의 국유화주의자들에게 항거하자."

그러자 마구 욕설이 튀어나왔다. 그들은 외친다. 그게 무슨 비도덕적인 소린가. 난 차마 그런 줄은 몰랐어. 반성하란 말이야. 가만있게. 왜들 이래, 닥쳐. 무슨 우라질 놈의 왜들 이래야. 반성하란 말야. 참 좀 냉정히 생각해주십시오. 제군 진정하십시오. 닥쳐라. 사과를 요구한다. 제군 다음 구절을 더 읽은 다음에 비판해주십시오. 그는 소리 높이 읽는다.

바다 풀 사이사이를 지나
그 무쇠배들조차 숨막혀 죽은 수압水壓

왜 무쇠배인가, 나무배이다. 창피한 줄 알게. 그때에 무쇠배가 있었다? 사람 죽이지 마. 그들은 저마다 손에 든 종이를 내저으며 발을 구르고 고함을 질렀다. 그는 카운터 쪽을 보았다. 마담은 빙긋 웃으며 까딱해 보였다. 곱게 늙은 유화스런 눈매가 부드러운 여자다. 갑자기 마담이 소리쳤다. 그를 손가락질하면서.

"그러지들 마시구 선생님께 물으세요."

사람들은 마담이 가리키는 곳을 따라 한꺼번에 고개를 돌려 그를 알아보자 우 몰려들면서 저마다,

"선생님!"

"어디 가셨더랬어요?"

"선생님께서 자리를 빈 사이에 이 소동이 됐답니다."

"조용히 조용히. 자 그러면 자네 선생님 듣는 데서 다시 한 번 읽게. 조용히!"

아까 그 청년이 밭은기침을 한 다음 종이를 눈높이로 올려든다. 민은 그 앞에 멍청하니 섰다.

해 전

잠수함이 가라앉으면서

붕어들은 태어난 것이다.

바다풀 사이사이를 지나

그 무쇠배들조차 숨 막혀 죽은 수압

해구海溝를 헤엄쳐

어항 속으로 찾아온 것이다

바다는 그리워서 흔들리는 새파란 가슴

너를 용서하지. 묶여 있는 너를

한 줄기 소낙비를 기폭처럼 날리며

도시를 폭격하는 너를

달려오렴

달려오렴

그렇지

금붕어는

도시에 보낸 너의 잠수함 ─

그 힘찬 원양 항로

그 장대한 뱃길에서

과연 단 한 번도 사랑이 없었다고

할 수 있겠는가

수병들은 그리웠던 것이다

태양도 얼굴을 찌푸렸다

산호가지를 날리고

진주를 바순

폭뢰爆雷

금붕어는

오지 않고는 배기지 못했다

원무곡이 파도치는 찻집

어항 속의 금붕어는

눈알까지 발그스레하다

들어라 큰바다의 울부짖음을
보라 거포의 발작을

산기産氣를 느낀 암고래들이
크낙한 산실을 찾아 헤맸다

잠수함이 침몰했을 때
이등 수병은
어머니의 사진에 입을 맞췄다
그 입술에서는 장수연 냄새가 났다
자식은 열아홉 살이나 먹었는데
애인이 없었다
게다가 담배질도 배우기 전

한때 그 수역水域은
물이랑을 파헤치면서 저 숫고래들이
암컷을 따라가던 곳

기관이 부서지고
산소 탱크가 터져
바다 밑에 내려앉은 잠수함은
가재미 늦새끼만도 못한 것

이제

만 톤급 순양함 바다의 이리는

파이프를 닦아넣는

끽연 클럽의 신사처럼

산뜻이 포신을 거두면서

기지로 돌아가는 것이다

어머니 사진이 물 밑에 깔렸다 해서

바다는 장수연을 피웠다고

할 수 있겠는가

싱그런 미역풀이

함기艦旗만 못하다는 건 아니지만

81명의 수병을

그 물 밑에 영주시켰다고 해서

우리는 위대한 이민移民 국가라고

할 수 있겠는가

하늘에 치뿜는 물기둥이

쏟아져 밀린 해일

다만 금붕어는 온 것이다

철함을 질식시킨

해구의 수압을 뚫고

그리고 내 사람이여
산호보다 고운 이여
나 그대를 사랑하노라

낭독이 끝나자 기침 소리 하나 없이 조용해졌다. 사람들은 그를 뚫어져라 지켜본다. 민은 얼굴이 시뻘게서 두 손을 마주 비비며 서 있을 뿐.

"자 선생님!"

민은 그를 보고 애원하듯 모기 소리를 냈다.

"여러분 선생님, 무슨 잘못 아신 모양인데요…… 저는 독고민이라고, 간판삽니다."

떠나갈 듯한 폭소가 일어났다. 어떤 사람은 너무 우스워서 발을 동동 굴렀다.

"우리 선생님 멋쟁이셔!"

"최고!"

"선생님 만세!"

"그렇다. 조용히! 그러나 선생님 한 말씀만 해주세요. 네? 유치하시더라도, 네?"

민은 사람들을 둘러보았다. 모두들 싱글벙글 즐거운 얼굴. 그러면서 민에 대한 존경과 사랑에 넘친 얼굴 얼굴. 어떤 사람은 그의 눈길을 맞자 눈을 찔끔해 보였다. 그는 불에 손가락을 댔을 때처럼 얼른 눈길을 떨구었다. 그의 눈은 빨갛게 단 난로에 머물렀다.

난로를 가운데 두고 둥글게 원을 친 사람들의 맨 앞줄에 그는 서 있는 것이다. 어쩌다 보니 손을 벌려 난롯불을 쬐는 자세를 짓고 있다. 곁에서 보기에는 퍽 자연스럽고 차분한 모습이었다. 그러나 그의 머릿속은 말이 아니었다. 아무것도 생각할 수 없었다. 사람들의 눈길과 눈길이 마치 쇠줄처럼 샅샅이 그의 몸뚱이를 둘러싼 가운데 그는 초롱 속의 새였다. 그는 자꾸 손을 비볐다. 찬 데서 들어온 몸이 뜨거운 불 곁에서 풀리면서 자릿하도록 즐거웠다. 그는 어쩐지 목이 메는 것이었다. 그는 이 사람들과 친구가 되고 싶었다. 아무 말참견도 말고 한 귀퉁이에 서 있게만 해준다면 얼마나 따뜻하게 불을 쬘 수 있을까.

"선생님?"

그는 후딱 머리를 들었다. 안경을 끼고 빨간 넥타이를 맨 그 젊은이는 재촉하듯 머리를 숙였다.

"여러분 용서하십시오. 저는……"

이렇게 말을 떼는데 마담이 쟁반에 얹은 커피잔을 그에게 디민다. 그는 얼결에 기다리기나 했던 것처럼 얼른 잔을 받아들었다. 사람들의 머리 위로만 헤매던 그의 눈길이 문득 한곳에 머물렀다. 그가 들어온 입구. 다방 문이 열려진 채 탕탕 바람을 안고 소리를 낸다. 민은 앞에 선 빨간 넥타이를 바라보았다. 그는 종이를 만지작거리며 발부리를 내려다보고 있다. 이때다. 그는 껑충 뛰었다. 빨간 넥타이가 공중으로 나가떨어진다. 문까지 한달음에 이른 민은 그냥 문밖으로 뛰어나왔다. 무리돼지를 한꺼번에 멱따는 소리가 일어나면서 사람들이 쫓아나온다. 그는 주먹을 부르쥐고 마구 달린다.

"선생님."

"너무하십니다."

"선생님을 붙잡아라."

그런 소리를 지르면서 사람들은 뜻밖에 가깝게 다그쳐 쫓아온다. 그는 공포로 헉헉 느끼면서 휑한 거리를 자꾸 달린다. 어느 모퉁이를 돌아가면서 그는 뒤를 돌아다보았다. 그들은 저만치서 이쪽을 손가락질하면서 달려온다. 그는 두번째 모퉁이를 돌았다. 민은 약간 속력을 늦췄으나 여전히 뛴다.

아파트 계단을 올라가면서 독고민은 잠깐 망설인다. 꼭 한 잔만 했으면 온몸이 후끈하게 녹을 것만 같았다. 그러면서 그는 술을 좋아하는 편은 아니었다. 좋아하는 편이 아니라느니보다 싫어하는 편이었다. 정월 그믐 한창 고비로 설치는 모진 바람이 싸구려로 지은 나무집을 드르르 흔들었다. 지붕 양철이 날카롭게 운다. 민은 오싹 떨었다. 저 바람이 휘몰아치는 거리로 다시 나갈 생각이 싹 가시면서 민은 계단을 한 번에 두 단씩 건너뛰어 2층 자기 방문 앞에 섰다. 그는 장갑을 벗고 호주머니를 들쳐 열쇠를 꺼내 문을 열었다. 그는 뒷손으로 문을 닫으면서 나머지 손으로 문 옆 선반을 손어림하여 성냥을 찾았다. 넓지도 않은 선반에 얹혔을 성냥갑은 얼른 찾아지지 않았다. 그는 다른 손을 마저 선반에 올려 손바닥으로 그 위를 쓸었다. 왼손이 성냥에 부딪히면서 그것을 마룻바닥에 떨어뜨렸다. 아차. 이번에는 구부리고 앉아 어둠 속에서 마루를 더듬는다. 간신히 성냥이 잡혔다. 그때 그는 쭈뼛해졌다. 요 먼저 그 편지가 와 있던 날 지금과 꼭 같은 실수를 한 것을 퍼뜩 생각해낸 것이다. 악 소리를 지르면서 그는 어둠 속에서 얼굴을 감쌌다. 얼마나 그러고 있었을까. 그는 조심조심 손을 놀려서 성 냥을 그어댔다. 이 불이 꺼지면 안 된다. 그렇게 되면 요전날 밤과 꼭 같아진다. 그는 하들하들 떨면서 불붙는 성냥을 쥐고 초가 놓 인 책상 앞으로 다가섰다.

불은 꺼지지 않았다.

그는 온몸에 쭉 밴 식은땀을 느꼈다. 눈이 움푹 패고 몇 살 더 늙어 보였다. 그는 우두커니 서 있다가 다시 조심스레 문을 열고 방을 나섰다. 주인 할머니 방은 아래층이다. 그는 할머니를 불러 서 장작을 한 아름 얻어가지고 방에 돌아와서 난로에 불을 지폈다. 얄팍한 양철난로는 금세 빨갛게 달아오르면서 방 안이 훈훈해졌 다. 그는 의자를 당겨 난로를 끼고 앉아서 이 며칠 새 그의 생활에 일어난 엄청난 일을 생각해보았다. 그의 머리는 원래 무슨 일을 토막토막 잘라서 갈라놓고 무게를 달아보고 그것을 또 한데 모아 보고 하는 그런 생김새로 돼 있지 않았다. 그저 어 하면서 스물일 곱 해를 살아온 사람이다. 오랜만에 방에 불을 지펴놓고 자기 생 활을 뜯어보려고 하자마자 독고민은 몹시 난처해졌다. 도대체 그 녀는 왜 편지했을까. 나오지도 않을 자리에 그를 불러낸 속셈은 무엇이었을까. 그리고 그 찻집에서 민이더러 선생님이라 부르면서 자꾸 무엇인가 말해달라던 그 사람들은 대체 왜 그랬을까. 그 모 든 일이 숙의 편지와 줄이 닿아 있는 성싶었다. 혹시 그 사람들은 그녀와 잘 아는 사일지도 모른다. 바람이 몹시 부는 날이다. 지붕 양철이 유난히 삐그덕거린다. 늙은이 뼈마디처럼 건물 마디마디가 찌그덕거린다. 민은 또 편지를 집어들었다. 그때 그는 이상한 것을 찾아냈다. 그는 허둥지둥 봉투를 바짝 불빛에 들이대면서 들여다본다. 우표를 물고 찍힌 소인消印의 날짜. 1·25. 다음에 본문에 적힌 날짜를 다시 봤다. 1·15. 그의 머리는 벌집을 쑤셔놓은 모양으로 어지럽다. 1월 15일에 쓴 편지를 25일에 부쳤구나. 그렇다면 편지에 '돌아오는 일요일'이란 그 일요일은 어떻게 된단 말인가? 오늘이 28일. 그러니깐…… 그는 수첩을 꺼내서 15일에서 제일 가까운 일요일을 찾았다.

21일. 21일이었다.

모든 수수께끼는 풀렸다.

편지는 약속 날짜가 지나서 닿은 것이다. 그는 자리에서 벌떡 일어났다. 그는 문을 열고 복도에 나섰다. 삐걱거리는 계단을 밟고 내려가서 주인 할머니 방문을 두드렸다.

"누구요?"

"저올시다. 7호실 독고민입니다."

"들어오구려."

들어선 곳은 신 벗는 데고 방은 또 하나 장지 저편이다. 주인 할머니는 그 장지문을 열고 안경 너머로 그를 내다보았다. 움푹 팬 눈두덩 속에 바짝 마른 카바이드 알맹이 같은 눈알. 그 뒤로 손녀딸이 기웃하고 민을 바라본다. 사팔뜨기 소녀다.

"웬일이오?"

"저, 다름 아니라 좀 여쭐 말씀이 있어서요."

"무슨 얘긴데?"

"저, 다름 아니라 편지 말입니다."

"편지?"

"네. 며칠 전에 제 방에 넣으신 편지 있잖아요?"

"에…… 옳아, 있었지. 그래 그 편지가 어쨌단 말요?"

"네 그 편지 말입니다. 그 편지 언제 온 겁니까?"

"언제라니, 그날 온 편지지."

"혹시 그전에 온 걸 할머니가 잊으시고……"

"원 천만에. 손님들 편지를 내가 그럴 리 있소?"

할머니는 딱 잡아뗐다. 카바이드 같은 눈알이 디룩 한다. 민은 할 말이 없었다. 그는 우두커니 서 있다.

"그뿐이우?"

인사 삼아 한마디 덧붙이고 할머니는 문을 닫아버렸다. 손녀딸이 쿡 웃는 기척이 난다. 병신이…… 그답지 않게 악담이 불쑥 솟는다. 민은 방으로 돌아왔다.

그렇다면 그녀는 뭣 때문에 열흘씩이나 지난 편지를 그대로 부쳤을까. 혹시 딴사람에게 부치기를 부탁한 것이 아닐까. 그리고 그녀는 편지에 쓴 대로 다음 일요일까지, 즉 21일에 그 자리로 나온 것이 아닐까. 그랬음이 틀림없다. 죽일 놈, 이런 긴한 부탁을 이 꼴로 만들다니. 그녀는 얼마나 나를 원망했을까. "꼭 오셔야 해요." 그는 맥이 탁 풀렸다. 내가 나타나지 않은 것을 보고 아마 맘이 변한 것으로 알았겠지. 왼쪽 뺨에 까만 점이 귀엽던 얼굴. 그녀와 자기만 아는 옛일들이 한 가지씩 떠올랐다. 가끔 가다 불쑥 "전 나쁜 년이에요." 알 수 없는 말을 하면서 그에게 매달려 울던 일. 그리고 그녀의 허벅다리 안쪽에 한 치가량 가로 파인 움푹한 홈집을 만져보게 하던 일. 어쩌면 나는 그렇게 무심했을까. 참을 수 없다. 그녀를 찾아야 한다. 그는 일어서서 방 안을 왔다 갔다 한다. 따따따. 양철지붕은 깃발 날리는 소리를 낸다. 그런데 어떻게 찾느냐? 그는 우뚝 선다. 어떻게 찾느냐? 그는 봉투를 수없이 뒤집어보고 바로 보고 한 끝에 암담해졌다. 편지에는 보낸 사람의 주소가 없었다. 그러면? 그러면? 그는 또 걷기 시작한다. 벽에 부딪히자 그는 군대식으로 똑바르게 뒤로 돌았다. 맞은편 벽 앞에서 또 돈다. 이런 식으로 그는 두 벽 사이를 수없이 오락가락한다. 바람은 여전하고 그때마다 집은 늙은 쥐덫에 낀 소리를 낸다. 독고민의 불쌍한 사고력도 덫에 낀 채 바둥거린다. 열흘 열흘. 그러자 그는 거의 괴성에 가까운 소리를 질렀다. 광고, 신문광고를 내자. 그는 책상 서랍을 뒤져서 헌 신문지를 집어냈다. 피아노 야마하 중고품 염가 양도. 이런 것도 있다. 애라 어머니 돌아오시오. 모든 일이 잘되었으니 아무 염려 말고 돌아오시오. 이거다. 민은 웬일인지 눈물이 핑 솟았다. '아무 염려 말고' 하는 대목이 좋았다. 이거야. 그는 의자를 당겨 책상에 마주 앉았다. 연필을 혀끝으로 빨면서 써나간다.

숙이 돌아오시오. 모든 일이 잘되었으니 아무 염려 말고 돌아오시오.

민은 만족해서 소리 높이 두 번 읽어본다. 아니 좀 이상한걸. 돌아오시오라니. 한참 생각하고 이렇게 고쳤다. 숙이 다시 한 번 나오시오. 그렇지. 다시 한 번 나오래야지. 시간을 써야지. 2월 15일 오후 1시 그 다방으로 나오시오. 인제 됐다. 모든 일이 잘되었으니 아무 염려 말고 돌아오시오. 이 대목도 틀렸다. 마치 그녀가 무슨 잘못하기나 한 것처럼 '아무 염려 말고'는 다 뭐야. 연필로 죽 그어버린다. 그 대신 '숙이 꼭 나와야 합니다'라고 넣었다. 다 됐다. '2월 15일 오후 1시 그 다방에 다시 나오시오. 숙이 꼭 나와야 합니다.' 그는 이제 안심이 되었다. 문을 잠그고 침대로 기어들어갔다. 바로 얼굴 앞이 난로다. 벌겋게 단 난로의 열을 받고 민의 얼굴은 환했다. 그는 누운 채로 손을 내밀어 불을 쬐었다. 어느덧 민은 잠들고 있었다.

바다처럼 망망한 강. 빨리 건너야 한다. 그는 힘차게 헤엄쳐나간다. 이른 봄 얼음 풀린 물처럼 차다. 한참 헤엄쳤는데도 댈 언덕은 아득하기만 하다. 그러자 민은 보는 것이다. 그이 왼팔이 어깻죽지에서 훌렁 빠져나가는 것을. 저런. 그 팔 끝에 달린 다섯 손가락. 고물고물 물살을 휘젓는 다섯 손가락. 마치 다섯 발짜리 문어처럼 그것은 저 혼자 헤엄쳐나간다. 오른편 어깨도 허전하다. 어깨를 보았다. 이런. 그 팔도 떨어져 혼자 헤엄을 한다. 다음은 오른다리. 그의 목이 훌렁 떨어져 물 위에 둥실 뜬다. 그의 가운데 토막은 팔다리와 목을 잃은 채 통나무 흐르듯 기우뚱 앞으로 나아간다. 그뿐이 아니다. 떨어진 왼팔이 순대를 길이로 자르듯 두 조각으로 갈라지더니 곧 살이 올라서 똑같은 두 개의 왼팔이 되어 가물가물 헤엄쳐간다. 오른팔 오른다리. 가운데 토막. 모조리 쪼개진다. 쪼개진 조각들이 또 갈라지고 삽시간에 강은 수없이 많은 몸의 조각들로 덮여버렸다. 어느덧 조각이 하나둘 가라앉기 시작한다. 독고민의 눈이 보는 앞에서 반나마 가라앉았다. 나머지는 탈 없이 건너편 언덕에 올랐다. 독고민의 목도 밀려서 거의 언덕까지 왔다가 그만 쑥 가라앉고 말았다. 물은 깊었으나 유리처럼 비친다. 강바닥 여기저기 숱하게 널린 자기 팔다리를 보았다. 물고기들이, 주둥이 끝으로 톡톡 건드려보다가는 슬쩍 달아난다. 어떤 다리는 혼자 서서 걸어다니고 있다. 한편 강 언덕에 탈 없이 오른 팔다리들은, 맥없이 나동그라져 있다. 마치 바닷가에 밀려온 표류물漂流物처럼. 언덕에 한 떼의 도깨비가 나타난다. 옷은 잘 차렸으나, 모두 병신이었다. 팔 없는 사람. 외다리. 목만 데굴데굴 굴러오는 괴물. 그들은 앞을 다투어 표류물을 주워 들고는, 모자라는 곳에 맞추기 시작한다. 그들은 일을 하면서 중얼중얼댄다. 그 표류물들을 달래기나 하는 것처럼. 일은 결코 쉽지는 않았다. 어떤 팔은 주운 이의 손을 뿌리치고, 꼿꼿이 일어서서 다섯 손가락을 재게 놀려 달아난다. 어떤 다리는, 상대편의 허리를 걸어차버리고, 껑충껑충 곤두박질치며 달아난다. 쫓는 불구자. 쫓기는 조각들. 아수라의 터가 벌어진다. 쫓기고 몰린 조각들은 강물에 뛰어든다. 한바탕 싸움이 끝난 후, 정작 그들 괴물의 손에 잡힌 것은 얼마 없고, 거의 다 강물에 빠졌다. 사람들은 우두커니 서 있다가, 서로 무슨 의논을 하더니, 맞은편 숲속으로 달려갔다. 그들은 금방 다시 나타났다. 손에손에 하나씩 낚싯대를 들었다. 그들은, 무릎까지 물에 잠기면서 조각들을 낚아올린다. 이 일은 바로 맞춘 일이었다. 조각들은 별수 없이 휘젓는 바늘 끝에 걸려 올라왔다. 그들은 기쁜 듯이 낄낄거린다. 그 도깨비들 가운데 외따로 떨어져서, 아까부터 무엇인가 두리번두리번 찾고 있는 괴물이 있다. 벌거벗은 여자였다. 그녀는 몸통과 팔다리는 멀쩡했으나, 머리가 없다. 무엇을 봤는지 그녀는 무릎을 탁 치더니, 기운차게 낚시를 던진다. 덤벙. 추가 떨어지며 낚싯바늘이 물 밑으로 내려온다. 그때야 그 바늘의 과녁이 무엇인지를 알았다. 바늘은 그의 입술을 향해 가까워오고 있는 것이다. 그는 황급히 팔을 들어 막으려 했다. 팔이 없다.

악. 그는 소스라쳐 일어났다. 캄캄한 속. 지붕 양철의 날카로운 울음소리. 늙은이 뼈마디처럼 삐그덕거리는 집채. 온몸에 밴 식은 땀이 금세 선뜩하니 시려온다. 살았다. 꿈이어서 얼마나 잘됐는가. 그는 기뻤다. 춥다. 민은 이불을 꼭대기까지 푹 뒤집어쓰고 쓰러지듯 몸을 눕혔다. 추운 밤이다.

큰길에 나섰을 때, 아직 시간은 이를 텐데, 지나는 사람이 통 없었다. 하긴 몹시 추운 밤이다. 부시도록 아름다운 별밤이다. 유리처럼 단단하고 짙푸른 하늘 바탕에, 찬란한 보석들이 쏟아질 듯이 부시다. 그는 귀가 몹시 따끈거려서 장갑 낀 손으로 세게 비볐다. 귀는 나무 손잡이처럼 삐걱거리는 소리라도 날 듯이 뻣뻣할 뿐, 시리기는 일반이었다. 길가 가게들도 문을 닫은 집이 태반. 꼭 이슥한 한밤중 거리 같다. 양철 간판들이 삐그덕거린다. 전깃줄이

우는 소리마저 들린다. 어깨와 등판이 맨살처럼 시리다. 절로 걸음이 빨라진다. 걸으면서 몸을 녹이고 갈 만한 집을 두리번거린다. 어떤 찻집 앞에서 걸음을 멈춘다. 문은 열리지 않았다. 홀에는 분명 불이 켜졌는데. 그는 세게 밀어본다. 열리지 않는다. 그는 창문으로 안을 들여다본다. 창에 친 커튼 틈으로 속이 보인다. 자리는 텅 비었다. 그래도 카운터에는 젊은 여자가 한 사람 턱을 괴고 멍하니 앉아 있다. 어디선가 본 듯싶은 얼굴. 그는 창유리를 똑똑, 두드렸다. 여자는 알아차리지 못한다. 좀 크게 똑똑, 두드린다. 그래도 그녀는 빈 홀 맞은편을 멍하니 쳐다본 채다. 그는 두드리던 손을 내리고 그 여자를 바라보았다. 홀은 파란 불이고, 그녀 앞에 놓인 스탠드만 분홍빛이다. 콧날이 서고 뺨에 살이 많은 그 얼굴은 꽤 미인이다. 그런데 먼발치에서 보는 터라, 꼭이랄 순 없으나 사팔뜨기인 성싶었다. 그녀는 한 손을 들어 머리핀을 뽑더니 머리를 긁는다. 민은 세번째 똑똑 두드렸다. 여자는 머리핀을 꽂고 도로 턱을 괸다.

그는 그만두고 돌아서다가, 머리카락이 곤두서듯 오싹했다. 요 먼저, 숙을 만나러 나왔다가 허탕을 치고 거리를 헤매던 날 밤도 꼭 이랬던 것이다. 그는 사방을 둘러보았다. 낯익은 거리였다. 그날 밤 그 언저리임이 분명했다. 좀더 가서 골목을 잡아들면 찻집이 나타날 것이다. 그리고 스토브를 가운데 끼고 둘러선 이상한 사람들. 고함. 그리고…… 그날의 기억. 지금 그가 걸어가는 길에 하나하나 펼쳐질, 지난밤의 일이, 똑똑하게 머리에 떠오른다. 게다가 숙은 오늘도 나타나지 않은 것이다. 광고를 볼 짬이 보름이

나 있었는데. 그날 밤과 모든 게 꼭 같다. 민은 숨이 가빠온다. 그는 사방을 살핀다. 그 거리다. 핀으로 머리를 긁던 여자. 꼭 같다. 그는 튕기듯 뛰기 시작한다. 전번에 들어선 골목을 지나치고 될수록 낯선 쪽으로 골라서 달린다. 그런데 어떻게 된 일일까? 마치 궤도에 올라앉은 기관차처럼, 벗어나서 달리려고 기를 쓰면 쓸수록, 민은 점점 낯익은 길로 자꾸 빠져든다. 분명히 전에 헤매던 그 거리를 그날 순서대로 달리고 있는 저를 본다. 그때,

"아니야 그쪽은 막혔어, 이쪽이야 이쪽."

금방 그가 빠져나온 골목 안에서 이런 소리가 들리기가 무섭게, 사람들이 모퉁이를 돌아 쏟아져나왔다. 그는 반대편으로 달렸다.

"선생님."

"너무하세요."

"선생님을 붙잡아라."

그런 소리를 지르면서 사람들은 뜻밖에 가깝게 바싹 쫓아온다. 무서워서 헉헉 느끼면서, 휑한 거리를 민은 자꾸 달렸다. 어느 모퉁이를 돌아가면서 그는 뒤를 돌아다본다. 그들은 저만치서 이쪽을 손가락질하면서 달려오고 있다. 그는 몇 번이나 모퉁이를 돌았다. 더는 달릴 수 없이 지친 민은 쓰러질 듯이 길가 벽돌담에 가기댄다. 가슴이 풀무처럼 부풀었다 꺼졌다 한다. 입으로 숨을 쉬면서 귀를 기울인다. 아무 소리도 들리지 않는다. 그는 눈을 지그시 감았다. 차가운 벽돌담이 얼음처럼 선뜩 볼에 닿는다. 그는 눈을 뜬다. 하늘을 올려다본다. 웬일일까. 별빛이 찬란한 하늘에 수없이 많은 탐조등探照燈 빛줄기가 오락가락 헤매고 있다.

그때, 얼어붙은 공기를 찢으며, 스피커의 쩡쩡한 쇳소리가 쏟아져나왔다. 그 소리는 마치 도시의 하늘 한복판에 둥실 뜬 애드벌룬에서 보내는 것처럼, 공중에서 들렸다. 스피커는 말한다.

여기는 혁명군 방송입니다. 시민 여러분 무기를 잡으십시오. 싸울 수 있는 모든 시민은, 무장하고 거리로 나오십시오. 폭정은 거꾸러졌습니다. 자유는 되살아났습니다. 전쟁은 우리 곁을 떠나기 싫어, 짝사랑하는 남자처럼 문간에서 망을 보고, 연인들은 소제부처럼 헐벗고, 늙은이들은 권위權威의 지팡이도 없이 늘그막에 창피를 당하고, 우리의 아이들은 장난감도 없이 검은 비를 맞으며 잔뼈가 굵어도, 압제자들은, 외국 은행의 예금 잔고만 사랑했습니다. 우리. 자유란 낱말을 사랑만큼이나 애틋이 불러봐야 하는 시대를 살아야 했던 우리. 공화국이란 낱말을 사랑이란 낱말만큼이나 애틋하게 소리내야 하는 시대를 살아야 했던 우리. 배들은 가라앉았습니다. 굴뚝은 꺾어졌습니다. 꽃은 짓밟혔습니다. 공원은 더럽혀졌습니다. 연인들은 강간당했습니다. 우리는 일어섰습니다. 상어보다 날카로운 배를 다시 짓기 위하여. 포신砲身보다 튼튼한 집을 세우기 위하여. 극락의 연못보다 고운 공원을 꾸미기 위하여. 오, 그리고 연인들을 뺏어내기 위하여. 압제자들에게 죽음을 안겨주기 위하여 시민 여러분 무기를 잡으십시오. 싸울 수 있는 모든 시민은, 무장하고 거리로 나오십시오. 압제자들은, 마지막 몸부림을 치고 있습니다. 압제자들은 외국의 간섭을 요청하고 우리 도시에 대한 폭격을 요청했습니다. 공화국이 부릅니다. 자유가 부릅니다. 대답하십시오. 대답하는 것이 당신들의 의무입니다. 미래의 아이들이 부릅니다. 사랑이 부릅니다. 쥐꼬리보다 못한 자존심 때문에 애인의 부름에 선뜻 응하지 못한 죄로 아까운 사랑을 영영 놓치고 만 벗들이 얼마나 많습니까. 대답이란 불렸을 때 하는 것. 지금 못 하면, 영원히 못 할 것입니다. 시민들이여, 우리는 그대들에게 구애합니다. 대답하십시오. 대답하는 것이 당신들의 의무입니다. 싸울 수 있는 모든 시민은, 무장하고 거리로 나오십시오. 흰색 팔띠에 장미꽃 무늬를 놓은 혁명군 장교와 병사들의 지휘를 받으십시오.

민은 하늘을 보았다. 더 많은 탐조등 빛이 도시의 하늘에서 갈팡질팡 엇갈리고 있다. 폭격. 혁명. 누가 혁명을 일으킨 것일까. 스피커의 부름에도 불구하고, 거리로 나오는 사람은 하나도 없다. 개 한 마리 얼씬 않는 거리는 사방이 괴괴할 뿐, 총소리 한 방 들리지 않는다. 그는 벽에서 떨어져 걸어갔다. 그는 우뚝 선다. 막힌 골목. 돌아서려는데.

"이쪽이다."

바로 지척에서 달려오는 발자취 소리. 더 비킬 짬이 없게 가까운 소리였다. 그는 등으로 문을 밀면서 어느 집 안에 미끄러져 들어갔다.

그가 문 안에 들어서는 것과 거의 함께

"틀림없어!"

"이 골목이야!"

"똑바로 가!"

사람들은 왁자지껄 문 앞을 지나갔다.

"사장님 뭘 하고 계십니까?"

민은 소스라치듯 돌아보았다.

기다란 복도 끝에, 안경 쓴 늙은 신사가, 한 손에 두툼한 장부를 들고 서 있다.

"네 잠깐……"

신사는 현관에 내려서면서, 민의 겨드랑을 낀다. 그는 놀라 팔을 뿌리치려 했으나, 노인은 억세게 붙들고 놓지 않았다.

"사장님. 이러신다고 문제가 해결됩니까?"

안경 쓴 노인은, 어린애 타이르듯 하면서, 그를 안쪽으로 끌었다.

"아닙니다. 아닙니다. 사실은……"

"다 알고 있습니다. 다 알고 있습니다."

노인은, 민의 말문을 막으면서, 복도 저편에 대고 소리친다.

"여보게들, 여기 계시네."

그러자, 복도 저편 끝에서 문이 열리며, 복도의 그것보다 더 밝은 방 불빛이 복도로 흘러나온다. 그 불빛 속에 여러 사람이 고개를 내밀더니, 사람을 알아보았는지, 이쪽으로 걸어온다. 그러는데, 밖에서는, 멀어졌던 발걸음 소리와 더불어 왁자지껄하는 소리가 들린다.

"막힌 골목이야!"

"잘못 본 게 아냐?"

"천만에, 분명히 이 골목이야!"

"거 참 이상하다."

"귀신 곡할 노릇인데……"

저마다 지껄이면서 바로 문밖에서 오락가락하는 것이다. 부지중 안쪽으로 한 발 물러섰다.

"암요. 들어가셔야죠."

안경 쓴 노인과 방에서 나온 사람들은, 점잖게 그를 둘러싸고, 그러나 등을 밀다시피 민을 방 안으로 데리고 들어갔다. 방은 회의실 삼아 응접실인 모양이다. 융단이 깔리고 양편으로 소파가 놓였다. 가운데는 긴 테이블. 돌아가면서 카스테라가 얹혀 있다. 그 윗머리에 안락의자가 하나. 그들은 민을 그 자리에 앉혔다. 민이 앉는 것을 보고, 그들도 소파에 앉았다. 모두 쉰 살을 훨씬 넘은 사람들이다. 그 가운데서 아까 현관에서 민을 붙잡은 늙은이가 제일 나이 많아 보인다. 민은 그저 안락의자 끝에 엉덩이를 걸친 둥 만 둥하고 연방 손을 비볐다. 한쪽에 여덟 사람씩 갈라 앉은 노인들은, 아무 말도 없이 마룻바닥만 내려다보고 있다. 아까 그 노인이 민 곁에 와서 두툼한 장부를 펼쳐 보였다. 가는 줄이 가로세로 간 위에, 깨알만 한 숫자가 빼곡히 적혀 있다. 노인은 장부를 손가락으로 가리켰다.

"아무리 해도 안 됩니다. 아까도 토의했지만 중역들로선 최선을 다했다고 봅니다. 우선 동양무역에 꾸어준 36,594,850원만 해도 그렇습니다. 그뿐입니까? 오성화학에서 그 조로 가져간 73,869,875원을 여기 지난달 현재로 말입니다. 아까도 말씀드렸습니다.

물론 협동산업의 23,753,464원은 당좌에서……"

민은 멀미와 무서움으로 아뜩해졌다.

소파에서 한 사람이 벌떡 일어난다. 조끼를 입고 머리가 희끗하다.

"사장님, 지금 감사역께서 말씀하신 협동산업의 23,753,464원은 성질이 다릅니다."

감사역은 손을 저으며 핀잔을 준다.

"그건 또 무슨 소리요. 그만큼 얘기해도……"

"압니다. 그렇더라도, 지금 형편으로는, 문제는 협동산업에 대한 우리의 신용을 지키느냐 못 지키느냐가 중요한 것은 아니라는 말이외다."

"아니 여보 그럼 마치 내가……"

"감사역. 감사역의 취지는 잘 안다고 말씀드리고 있지 않습니까? 요는 협동산업의 23,753,464원은 현 단계로서는 희생하는 수밖에 없다는 것입니다."

감사역은 더 거스르지 않고 민을 바라보았다.

"사장님께서 결정하실 문젭니다."

민은 자리에서 일어서면서, 허리를 굽혀 좌중에 인사하고, 말했다.

"여러분 저를 용서해주십시오."

여기저기서 한꺼번에, 깊은 앓는 소리가 일어났다. 어떤 노인은 고개를 푹 숙이고, 어떤 늙은이는 손수건을 꺼내 눈시울을 닦는다. 노인들답게 조용하지만 깊은 비통의 모습들이었다. 그 낌새는 무겁게 그를 덮쳐눌렀다. 오래전부터 같은 운명 속에 살아온 사람끼리만 나누는 느낌이, 민의 가슴에 꽉 찬다. 감사역은 떨리는 소리로 말한다.

"사장님. 모두 저희들의 보좌가 미흡했던 탓입니다."

또다시 오래 말이 없다. 숨이 막힐 듯했다. 어디선가 기둥시계가 뎅뎅 친다. 그 소리는 아파트 주인 할머니 방 기둥시계를 퍼뜩 떠올린다. 그 아파트, 스산한 자기 방이, 이 순간 애타게 그리웠다. 감사역은 또 말한다.

"결심하십시오. 결심하시는 것이 사장님의 의무입니다. 해볼 수 있는 모든 길을 써보아야 합니다. 아까 김 전무 얘기대로. 지금으로선 최선의 노력으로 최소의 희생을 내는 방향으로 일을 마물러야 합니다. 협동산업 건은 제 말을 물리겠습니다. 저로선 생각이 있어서 한 얘깁니다만 아까 김 전무 얘기를 어떻게 생각하는 건 아닙니다만, 역시 삼자로 볼 적에는 그런 판단도 있을 수 있는 것이니만큼…… 자 결심하십시오!"

노인들은 쿨럭쿨럭 기침을 하여 민에게 재촉의 뜻을 나타내 보였다. 이 방은 무얼로 덥히고 있는 건가? 이 바쁜 때, 민의 머리에 그런 의문이 얼핏 떠오른다. 하긴 눈에 보이는 데는 난로도 없고 스팀 틀도 보이지 않는다. 그러나 방 안은 훈훈하고, 민은 손바닥에 배는 땀을 느꼈다. 또다시 쿨럭쿨럭 기침 소리. 민은 자리에서 일어서면서 빌었다.

"여러분. 저는 어떻게 하면 좋겠습니까?"

대답이 없다. 민은 말을 이었다.

"저를 돌아가게 해주십시오."

그는 문 쪽으로 움직였다. 노인들이 우르르 일어선다.

"사장님."

"고정하십시오."

"진정하셔야 합니다."

"이러실 때가 아닙니다."

"불쌍한 늙은 것들을 보시더라도……"

"사장님……"

그들은 민을 빙 둘러싸고, 제각기 민의 팔목, 앞죽지, 뒷자락을, 부여잡았다. 그와 마주선 감사역은 안경 너머로 울고 있다. 갑자기, 라디오가 숨 가쁘게 부르짖기 시작한다. 라디오는 보이지 않는다.

여기는 정부군 방송입니다. 도대체 어떻게 된 것인가. 질서를 되찾아라. 시민들은 무기를 버리고 시민들의 집으로 돌아가라. 평화적인 사태 수습을 도우라. 반란 지도자는 곧 근위사단 사령부에 나타나라. 그대의 요구를 들어주겠다. 그대들과 더불어 명예스런 휴전을 맺을 뜻이 있다. 그대는 무엇인가를 잘못 알고 있다. 만나서 얘기하면 알 것이다. 지금 그대가 걷고 있는 길은 가장 섭섭한 길이다. 우리는 그대와 그대의 친구를 존경한다. 근위군 사령부는, 사령관 각하의 다음과 같은 양보 조건을 내놓는다. 모든 통제는 크게 늦춰질 것이다. 결혼 등록 제도의 폐지를 다짐한다. 집회와 결사의 자유를 다짐한다. 국가 전복을 논의하는 모임이라 할지라도 가까운 파출소에 미리 알리기만 하면 허가될 것이다. 모든 차량은 될 수 있는 최고 속력으로 내달려도 괜찮다. 함대는, 밀수 배들의 안전과 물길 향도 및 안내를 위하여 24시간 해상 근무케 할 것이며, 밀수 배들이 들어올 때는 그 톤(8) 수와 실은 짐에 따라 규정된 예포로서 환영할 것이다. 신분이 높은 사람들에게 가해졌던 모든 구속을 없이 한다. 모든 착한 시민은 모든 무례한 언사를 하는 시민에 대하여, 자유로이 폭력을 가할 수 있는 권리를 가진다. 선거권과 피선거권의 향유 범위를 크게 늘려, 만 10세 이상의 아동은 선거권을 가지게 될 것이다. 15세 이상의 남녀는 입후보할 수 있게 될 것이다. 밤중에 남의 집 안을 헤매고 물건을 옮기는 취미를 가진 시민을 위하여, 시청에 안내계를 마련하겠다. 정부 재산을 훔쳐 파는 업자들에게서 직접 이를 구입함으로써, 중간 상인을 몰아내, 국고의 충실화를 도모하기 위하여 쓸 돈을 새해에 마련하겠다. 모든 의사들은, 예술적 및 종교적 기분에 따라서, 환자에 대한 치료를 거부할 수 있는 권리가 보장된다. 남편을 가진 부인으로서, 다른 남성과 마음으로 및 몸으로 사귀기를 바라는 분들을 위한 구락부를 세울 것이며 이 구락부에서 일하게 될 직원들을 위한 신분보장법을 만들겠다. 근위사단 사령부는, 사령관 각하의 직접 사회하에, 이와 같은 휴전 제의를 만들어 이를 내놓는다. 이보다 더한 양보에 대한 신축성을 가지고 휴전을 제의한다. 반란군 지도자는 즉시 근위사단 사령부에 출두하라. 우리는 그대를 존경한다. 우리는 기다리고 있다. 즉시 출두하라.

독고민은 사람들 낯빛을 살핀다. 아무렇지도 않은 얼굴들이다. 그는 용기를 내서 말했다.

"혁명이 난 모양이지요?"

감사역은 잘못 들었는지 의아한 낯으로 그를 말뚱말뚱 쳐다본다.

"지금 방송 말입니다……"

감사역은 그제야 알아들었다.

"아 네, 증권 시세 소개 말입니까? 그거 어디, 맞아야 말이죠? 일기예보나 마찬가지죠. 흥신소도 믿지 못합니다. 사업을 하자면, 신용 조사를 위한 사설 기관을 가져야죠. 이 분야에 혁명이 일어나자면 아직도 아득합니다."

독고민은 부끄러웠다. 자기는 무엇인가 잘못 알고 있다는 것을 차츰 깨달았다. 그는 다시 빌었다.

"여러분 저를 더 괴롭히지 말아주십시오."

"사장님 무슨 말씀을……"

"괴롭히다니 그게……"

"이 일을 어쩌나……"

"자, 다들 자리에 돌아가주십시오. 사장님도……"

민은, 또 한 번 의자에 주저앉았다. 그의 머리는 점점 걷잡을 수 없이 헝클어져왔다. 머릿속에 가는 줄이 거미줄처럼 얽히고, 그 줄마다, 1234567890 숫자들이 까맣게 매달렸다. 그 숫자들은 제자리에 가만있지 않고, 빙글빙글 자리를 옮긴다. 그는 머리를 짚으며 앓는 소리를 냈다. 그의 신음 소리는, 노인들의 얼굴에 똑같이 깊은 괴로움의 빛을 자아냈다. 앓는 소리가 여기저기서 들린다. 감사역이, 가래를 떼면서 더듬더듬, 또 얘기를 시작한다.

"사장님. 사장님을 괴롭히다니, 그게 무슨, 섭섭한 말씀입니까? 오늘날 이 나이까지, 은행을 위해서는 고생을 아끼지 않았습니다. 돌아가신 분을 모시던 그 정성 그대로, 젊은 사장님을 받들어온 저희들입니다. 공로를 알아달라고 하는 것은 아닙니다. 어디요. 공로고 뭐고 그런 스스러운 심정으로 일하지는 않았습니다. 애오라지 은행 번창만 바라면서, 이 나이까지……"

노인은, 말을 맺지 못하고, 안경을 벗어들고 바른손으로 손수건을 꺼내 눈물을 닦는다. 소파에서 또 한 사람이 일어선다. 바짝 마른 몸집에 금테안경을 썼다.

"감사역. 그 얘기는 지금 새삼스레 이런 자리에 꺼낼 얘기도 아니고 하니…… 그보다 빨리 결정을 보아야지. 큰 집이 넘어져도 의젓이 기울어져야지. 그리고 사장님 생각 여하에 따라서는, 또 마지막 길이 없는 것도 아니잖소?"

아까, 감사역과 맞서던 사람이, 불쑥 뛰어들었다.

"마지막 길이라니?"

금테안경은 상대편을 흘겨보았다.

"그걸 몰라서 물으시오?"

"허 어째 말씀을 그리 하슈? 그럼 알고야 묻는 법이 어디 있겠소?"

"에끼 그만하시오. 이 자리에까지그래……"

감사역이, 뜯어말리듯, 사이에 나선다.

"왜들 이러십니까, 왜들? 이게 사장님 생각해드리는 거요? 제발 우리 자신의 일은 논의치 말기로 합시다."

그러자, 자리가 한꺼번에 웅성거리기 시작한다.

"여보 감사역, 자신의 일이라니?"

"그 참 괴이한 소리를 하시는군."

"그러니 역시 협동산업과 동양화학에 맡길 일이지."

"허 참."

감사역은 자리를 한 바퀴 노려보고 말했다.

"형장들이 이러시면 난 이 자리를 물러나겠소. 나야, 이 판국에 무슨 체면이며, 책략인들 있겠소만, 이러고서야 어디, 보람인들 있는 일이오? 자 나는 물러나오."

그는 장부를 책상에 동댕이치고, 소파에 가서 털썩 주저앉았다. 또 말이 멎는다. 민의 머릿속에서는 숫자들이 구더기처럼 바글바글 끓는다. 고물고물한 몸을 재게 움직이면서, 머리카락보다 가느다란 가로세로 줄을 따라, 까맣게 바글거린다. 그는 머리를 움켜잡는다. 금테안경은 그런 민에게 흘긋 눈길을 주면서, 감사역에게 머리를 숙여 보였다.

"내가 잘못했소. 자!"

그 소리를 기다린 듯이, 좌우 양편의 노인들도, 감사역을 향해 눈짓과 고갯짓으로 권한다. 감사역은 천장을 쳐다보고 한숨을 한 번 쉬더니, 다시 일어서서 장부를 집어들었다. 그때 문이 열리면서, 노란 스웨터를 입은 젊은 여자가 방에 들어선다. 기척에 사람들은 모두 그쪽을 보았다. 조끼까지 한결같이 걸친 노인들만 있던 방 안에서, 그녀는 꽃처럼 싱싱했다. 왼쪽 뺨에 까만 점이 눈을 끈다. 노인들은 난처한 시늉들이다. 감사역은 민의 낯빛을 살피면서 여자에게 손짓으로 방에서 나가도록 일렀다. 젊은 여자는 순순히 밖으로 나갔다. 민은 그녀가 사라진 문간을 멍하니 바라보았다. 어디선가 본 듯싶은 얼굴이다. 어디였을까. 가물가물 잡힐 듯 잡힐 듯 생각나지 않는다. 그는 갑자기 시장기를 느꼈다. 무엇인가 허전하고 쓰렸다. 그는 책상에 놓인 카스테라를 훔쳐봤다. 먹음직스러웠다. 그리로 손을 뻗치고 싶은 북받침이 불쑥 일었다. 그러나 손은 내밀어지지 않았다. 그렇게 하면, 정말 이 자리에서 헤어나지 못할 것 같았다.

"사장님. 다시 한 번 말씀드립니다. 전번에 주주총회 때도 말씀드린 바 있습니다만, 이것은 전혀 불가피한 일이었습니다. 연전에 해외 투자에 충당한 2,287,693,546원만 하더라도 거의 완전한 안전율을 예상한 터였습니다. 그것이 한 달도 못 가서 그렇게 될 줄이야 누가 알았겠습니까? 일부에서는 젊은 사장의 역량이 어떻고 합니다만, 다 말하기 좋아하는 세상 사람들이 하는 수작들이고, 누구보다 여기 모인 우리가 잘 알고 있습니다. 그러니만큼, 어디까지나 저희들을 믿어주십시오. 지금 저희들이 내놓은 안은, 현재 조건에서 가능한 최선의 안입니다. 여기서 다만 문제되는 것은……"

민은 귀를 기울여 바깥 동정을 살피고 있었다. 밖에서는 아무 소리도 들리지 않았다. 그를 쫓아온 사람들이 멀리 떠나간 것이 틀림없었다. 이 자리에 앉아 있으면서, 그는 아까부터, 바깥이 조용해질 때까지는 이곳을 빠져나가는 것이 위험하다고 느꼈다. 이제 밖은 조용했다. 그는 자리에서 일어나면서, 도어를 박차고 복도를 달렸다. 현관에서 돌아보았을 때 노인들은 복도로 쏟아져나오고 있었다. 그는 현관문을 밀었다. 문은 열리지 않는다.

"사장님!"

"왜 이러십니까?"

"제발……"

노인들은 현관을 향해 몰려온다. 온몸의 피가 머리를 향해 치솟는다. 그는 어깨로 힘껏 문을 받았다. 휑하니 문이 열리면서 민은 한길에 나뒹굴었다. 노인들은 현관을 나서고 있다. 그는 구르듯 일어서면서 달아났다. 그 뒤를 따라 노인들은, 장부를 가슴에 안은 감사역을 앞세우고 쫓아왔다. 민은 막히던 골목과 반대쪽으로 달려갔다. 귓부리를 스치는 바람이 에듯했으나, 그런 게 문제가 아니다. 그는 노인들보다 훨씬 빨리 달릴 수 있었다. 얼마 지나지 않아 쫓는 사람들의 발자취는 멀어졌다. 그는 털썩 주저앉았다. 그곳은 뒷골목인데도 꽤 넓은 길이었다. 거리로 향한 창은 불빛이 환하다. 어느 집에서 치는 피아노 소리가 둥당거린다. 추운 겨울 밤, 에는 듯한 공기 속에서 그 소리는, 단단한 얼음조각처럼 차갑게 굴러간다. 그때 또다시 스피커가 부르짖기 시작했다.

여기는 혁명군 방송입니다. 여러분은 그들의 방송을 들었을 것입니다. 압제와 굶주림에 못 이겨 빵과 자유를 달라며 일어선 사람들에게 그들은 농담과 음담패설로 맞받았습니다. 농담이란 악마의 것.

그들은 우리를 놀려주고 있는 것입니다. 시민 여러분 무기를 잡으십시오. 전투 가능한 모든 시민은 무장하고 거리로 나오십시오. 압제자들은 악을 쓰고 있습니다. 압제자들은 짓부서질 것입니다. 여러분의 힘을 빌려주십시오. 여러분의 앞날을 만들어내십시오. 여러분의 애인들에게서 경멸을 받지 않겠거든, 이 줄에 끼십시오. 지난날에 매달리지 마십시오. 우리의 과거는 아편과 마취제의 잠자리였습니다. 압제자들은 우리들의 여인을 빼앗고 썩은 주검을 대신 안겨주었습니다. 우리들의 침실은, 썩은 몸뚱어리의 냄새로 울렁거리고, 우리의 피는 문둥이처럼 검게 흐렸습니다. 사슬을 끊으십시오. 교활한 휴전休戰 제의를 물리치십시오. 그들은 빵과 자유를 위하여 일어선 사람들에게, 농담과 음담패설로 맞받았습니다. 여러분은 그들의 방송을 들었을 것입니다. 농담은 악마의 것. 그것들은 우리를 놀려주고 있는 것입니다.

그들은 시간을 바랄 뿐입니다. 반동과 학살의 준비를 원할 뿐입니다. 우리들의 찬란한 옛날을 떠올리십시오. 우리들의 황금시대를 떠올리십시오. 사슬이 손발을 묶기 전, 자랑스러웠던 태양의 철을 떠올리십시오. 6월의 푸른 하늘을 찌르던 전승비를 떠올리십시오. 1만 명의 이순신보다 강하던 개선의 군단을 떠올리십시오. 여인들을 미치도록 즐겁게 하여주던 우리들의 저 많은 예술가들을 떠올리십시오. 바다 끝 항구로 우리들의 상품을 싣고 나가던 오, 우리들의 배 떼를 떠올리십시오. 여러분은 잊어버렸습니다. 여러분의 가슴속 잊음의 바다 속 깊이 가라앉은, 그 불멸의 선단을 끌어올리십시오. 오욕의 쓰레기더미를 걷어내고, 기념비를 드러내십시오. 여러분의 팔뚝에서, 여러분의 핏줄 속에서, 잠에 빠진 군단을 불러일으키십시오. 여러분의 가슴속에서 녹슨 거문고를 끌어내십시오. 여러분의 힘을 빌려주십시오. 여러분의 과거를 되살리는 걸음에 끼십시오. 압제자들은 필사적인 발악을 계속하고 있습니다. 도시의 도랑에 피가 흐릅니다. 악당들의 피와 자유의 전사들의 고귀한 피가 뒤섞여 흐릅니다. 도시의 하수도가 콸콸 넘칩니다. 더러운 피가 깨끗한 피와 함께 흐르는 것을 막으십시오. 여러분의 부모형제의 피를 멎게 하십시오. 사태는 긴박합니다. 총을 잡으십시오. 전투 가능한 모든 시민은 무장하고 거리로 나오십시오. 적의 말을 믿지 마십시오. 폭격은 없을 것입니다. 흰 팔띠에 장미꽃 무늬를 놓은 혁명군 장교와 병사들의 지휘를 받으십시오.

민은 하늘을 보았다. 여전히 수없이 많은 탐조등 불줄기가, 안타깝게 도시의 하늘을 헤매고 있었다. 폭격은 없다고. 혁명. 누가 혁명을 일으킨 것일까. 스피커의 부름에도 불구하고, 거리로 나오는 사람은 하나도 없다. 인적이 끊인 채 거리는 괴괴하고, 총소리 한 방 들리지 않는다.

"이쪽이오. 이 골목이라니까."

독고민은 소리 나는 쪽을 보았다. 장부를 가슴에 안은 노인을 앞세우고 그들은 골목을 들어서고 있다. 그는 일어나면서 달린다. 모퉁이를 돌아선 그는 우뚝 서버렸다. 또 한 패의 사람들이, 저만치서 이쪽으로 달려오고 있지 않은가. 그는 옆으로 빠져 달렸다. 그들은 다방에서 만난 사람들이었다. 그는 작은 골목을 골라서 달

렸다. 그때 앞에서 사람들이 달려오는 그림자가 달빛에 어슴푸레
보였다. 사이는 꽤 있었다. 그는 오던 길을 되잡았다. 그러나 몇
걸음 뛰지도 못하고 그쪽에서 달려오는 한 패를 보았다. 이 패는
걸어오고 있다. 그 노인들이 분명하다. 민은 옆으로 눈을 돌렸다.
골목은 없다. 그는 몰린 짐승처럼 낑낑거리면서 둘레를 살폈다.
양쪽에서는 사람들이 점점 다가온다. 그는 어느 집 담벼락에 바싹
등을 대고 붙어 섰다. 그러자 독고민은 훌렁 뒤로 자빠졌다. 공교
롭게도 그가 등을 기댄 곳은 담 중간에 낸 작은 드나들 문이었다.
질겁하면서 일어나려는 그의 얼굴에 센 불빛이 쏟아졌다. 어리둥
절한 민은, 몹시 부드럽고 튐심 있는 육체들에 둘러싸여 집 안으
로 끌려갔다. 넓은 홀이었다. 그는 언뜻 극장인가 했다. 아니었다.
어수선한 무대 뒤 풍경을 닮긴 했으나, 거기는 극장이 아니었다.
그를 붙잡아온 사람들은 민을 홀의 한복판에 세워놓고 한바탕 웃
었다. 그녀들은 까만 슈트에 춤버선을 신고 있었다. 모두 여자뿐
인 그들은 팔짱을 끼고 민을 둘러싼 채 두번째 웃음을 터뜨렸다.
노래처럼 아름다운 웃음소리다. 그들은 겨우 웃음을 거두고는, 한
꺼번에 지껄여댔다.

"선생님, 도망해도 소용없어요."

"저희들 연습해본걸요."

"한데 미라 언닌 어디 있죠?"

그 소리에 세번째 함박웃음이 쏟아졌다. 민도 얼떨결에 웃었다.

"선생님을 놀리면 못 써요오!"

"선생님, 우리 한번 해볼 테니까 봐주세요."

"근데 미라 언니가 없으니 어떡헌담."

"아 저기 오네!"

문간으로 쏠려오는 눈길들을 상냥스레 맞받으면서, 그중 어여쁜 발레리나가 걸어들어온다. 왼뺨에 까만 점이, 눈을 끈다. 민은 그녀를 언젠가 본 듯싶었다. 물론 독고민에겐 발레리나 친구란 있지 않았다. 그는 불안스러우면서도 어쩐지 즐거웠다. 어질어질한 멀미가 나기는 마찬가지여도, 그것은 어딘지 달콤했다. 미라는 민을 보고 말한다.

"그럼 이렇게 하겠어요. 신데렐라가 자기 의붓형제를 도와서 춤잔치 차비를 하는 대목은, 더 나중까지 끌어가도록 하고…… 얘너 이리 좀 나와. 그리구 너…… "

둘러선 무용수들 속에서 두 사람을 불러내가지고 미라는 다시 민을 향했다. 민은 싱긋 웃었다. 마치 잘 아는 일을 장단 맞추는 때처럼 그는 웃으면서, 왜 그런지 켕겼다. 미라는 웃으며 말했다.

"전 애하구 하면 어떨까 하는데요…… "

민은 또 싱긋 웃었다.

"그럼 제 추천대로 해주시는 거죠? 사실은 그럴 줄 알고, 벌써부터 조금씩 연습은 해뒀는데요. 그럼 한번 해보겠어요. 네 좋지요?"

민은 벽 한 옆에 놓인 긴 의자에 가서 앉았다. 줄곧 뛰어다닌 탓인지, 그의 몸은 흠뻑 땀에 젖었다. 널찍한 연습장. 민이 앉은 의자 옆에, 기름 난로가 벌겋게 달았다. 그는 오싹 떨었다. 추워서 그런 것은 아니었다. 조금 미열을 느끼고, 오히려 답답하리만큼

방 안이 무덥다고 생각한다. 그녀들은, 미라의 지휘를 받으면서 연습하고 있다. 그녀는, 레코드 옆에서 후배들을 바라보면서, 손으로 지휘한다. 가끔 춤을 멈추게 하고, 고친다. 그녀는 휙 돌아서면서, 민에게 말을 걸었다.

"선생님 여기가 아무래도 이상하지요?"

"네?"

"아이 싫어요, 놀리심."

"아닙니다."

그녀는 전축을 끄고 돌아선다.

"전번에 말씀하신 것 잊으셨나요?"

"아 아닙니다."

"그럼 왜 그러세요? 전 말씀하신 대로만 하면 성공은 틀림없을 것 같아요. 그런데 선생님은……"

도망하자. 지금 일어나서 저 문을 박차고. 그러면 그들은 따라오고. 그래도 달아나야 해. 말없이 서서 두 사람의 이야기를 듣고 있는, 스무 명 가까운 여자들을 바라보았다. 그들은 한결같은 몸매로 서 있다. 왼다리로 꼿꼿이 몸을 받치고, 오른다리를 꺾어서 왼다리에 걸었다. 한 팔로 턱을 받치고, 남은 손은 그 팔꿈치를 받쳤다. 스무 명 가까운 젊은 여자들이, 새까만 슈트에 몸을 싸고, 밝은 불빛 아래 그러고 서 있는 모습은, 무언가 섬뜩한 광경이다. 도망해야지. 저 문을 박차고 거리로 뛰어나가면. 그러면서 그는 움직이지 못한다. 그녀들의 눈길이 민을 의자에 묶어놓았다. 그는 손가락 하나 움직이기도 힘겹다. 나를 용서해주었으면. 나를 놓아주었으면. 미라는 독고민을 바라볼 뿐, 말이 없다. 날 어떻게 하자는 셈일까. 그는 마룻바닥을 헤매던 눈길을 들어 미라를 쳐다보았다. 환한 불빛 아래 그녀는 무섭도록 이뻐 보였다. 까만 슈트에 담긴 그 몸은 그를 쭈뼛하게 만들었다. 여자의 몸이 이렇게 고운 줄을 그는 몰랐다. 그는 문득 숙의 허벅다리 상처를 떠올렸다. 가슴 아프도록 그리웠다. 어디 있을까.

"선생님, 결국 이 장면에서는 드라마로 첫 대목이니까, 앞으로 나올 장면을 비치는 것도 중요하잖아요? 그러니까 여기를 이렇게 바꿔보았으면 좋겠어요. 애들아!"

그녀는 모두에게 대고 손짓했다. 늘어선 댄서들은, 그녀의 손길에 따라서 두 겹으로 반원을 그렸다.

"이렇게 고치면 어떨까요? 무대가 넓으니까 마음껏 이용하는 것이 좋아요. 그리고 그것도 그거지만, 어쩐지 묵직해 보이잖아요. 너무 날려버리면 저번 꼴이 되기 쉽거든요. 자, 그럼 여기서부터 해봐요."

그녀는 다시 전축을 걸었다. 음악이 흘러나왔다. 물론 무슨 곡인지 독고민은 알지 못했으나 그의 가슴은 무겁게 눌리면서 까닭 없이 슬펐다. 그러면서 행복했다. 슬프면서 행복한 것을 그는 여태껏 본 적도 없고 들은 적도 없었다. 그래도 지금 민이 듣고 있는 음악은, 그를 무거운 슬픔으로 누르면서, 그와 함께 박하보다 더 싸한 행복 속에 잠기게 한다. 그는 손바닥을 비볐다. 그리고, 스무 마리의 인어들이 움직이는 모양을 바라보았다.

그것은 이쁘고 조용한 광경이었다.

이 사람들이 아무 말도 걸지 않고 저렇게 춤만 춰줬으면. 그리고 나한테는 아무 말도 걸지 말아주었으면. 그리고 여기서 불을 쬐면서 앉아 있게만 해준다면, 그는 도망가지 않으리라 생각했다. 이제 독고민은 춥지 않았다. 땀도 걷혔다. 따뜻하고 행복했다. 그녀들은 마치 독고민을 잊어버린 듯 부지런히 추고 있었다.

미라는 그를 거들떠보지도 않는다. 그는 행복했다. 이 사람들이 그에게 말만 걸지 않는다면 그는 이 여자들과 친구가 되고 싶었다. 그녀들은, 이쁘고 날랜 짐승 같았다. 그는 숙을 생각했다. 숙이도 저렇게 출 줄 알까. 이 여자들이 그의 친구가 된다면 얼마나 좋을까. 이 여자들이 모두 누이동생들이라면! 그는 뺨이 후끈하도록 기뻤다. 불 곁에서 따뜻해진 무릎을 손바닥으로 어루만지면서, 독고민은 고개를 끄덕끄덕했다.

여자들은 부지런히 추고 있다.

그녀들이 굉장히 아름다운 음악에 맞춰 몸을 움직이는 광경은 그를 사로잡았다. 스무 명 가까운 여자들이, 넓은 홀에서, 똑같은 움직임으로 재빠르고 부드럽게 움직이는 것을 보면서, 독고민은 자꾸 행복해진다. 음악이 탁 그쳤다. 독고민은 후딱 미라를 건너다봤다. 그녀는 민의 앞으로 걸어온다. 민은 놀라서 일어서지도 못한 채, 꼼짝 못하고 그녀를 기다렸다. 어쩌다 이런 곳엘 들어왔을까. 그녀는 또 무슨 말을 할까. 그는 떨었다.

미라는 그의 앞에 섰다. 앉은키 눈높이에 그녀의 배가 있다. 그녀는 두 손을 맞잡아 앞에 모았다. 그녀의 손가락은 희고 기름하다.

"어때요?"

"아무 일도 없습니다."

"네?"

그녀는 민을 빤히 쳐다본다. 독고민은 무언가 미안했다. 괴로웠다. 그녀가 묻는 말에 바른 대답을 해주지 못하는 것이 부끄러웠다. 그녀는 생긋 웃는다.

"선생님, 생각나세요?"

"네?"

"그것 생각나세요?"

민은 혼란한 가운데도 부산히 머리를 써서 기억을 더듬어보았다. 문득 편지 생각이 났다. 미라는 그 편지 얘기를 하는 게 아닐까? 그럴 것만 같았다. 그 얘기구나. 그 얘기만 하면 우린 통한다.

그는 말했다.

"모르겠어요. 암만해도 이상합니다."

"뭐가요?"

"편지 말입니다."

"편지?"

"그날 저녁에 제가 받은 편지 말입니다."

"어느 날 저녁에요?"

"네!"

아차, 그것이 아니었구나. 민은 무안했다. 자기는 무엇인가 잘못 알고 있는 것을 차츰 깨닫는다. 그녀는 모른다. 아무것도 모른다. 내가 누군지 모릅니까? 접니다. 독고민입니다. 숙이 애인입니다. 댄서 가운데서 한 여자가 빠져나오면서 미라 곁에 와 선다. 미라보다 키가 작고 나이도 어려 보인다. 미라는 기가 막히다는 듯이 그녀를 쳐다본다. 그래도 꼬마는 까딱 않고 미라에게 말한다.

"언니. 이젠 선생님한테 여쭐 건 없잖아요?"

"왜?"

"그래도 우린 다 그렇게 생각하는걸."

"우리라니? 누구 말이냐?"

"아이 언니두, 우리 말예요."

"얘는 자꾸 우리라고만 하면 어떻게 아니? 그렇죠 선생님? 선생님은 아시겠어요?"

"네, 저……"

"것 봐. 선생님도 모르시잖아?"

"그래도 언니, 그게 무슨 큰 문젠가?"

"그야 그렇지만. 그래도 안 그렇다."

"그건 알아요. 기분이니깐요."

"그럴까?"

"그럼요."

"너 참 그 일 생각나니?"

"그럼요. 전 잊지 않아요."

"어쩌믄. 잊었으면 하는 일이 참 많아."

"그렇게 사는 거예요."

멀찍이서 두 사람을 바라보고 섰던 댄서들은 어느새 다가와서 난로를 끼고 둘러섰다. 민은 웬일인지 뭉클했다. 그녀들은 얼굴을 쳐들고 미라와 꼬마를 번갈아본다. 미라는 팔을 들어 모두에게 앉으라고 일렀다. 그리고 자기도 쪼그리고 앉는다. 꼬마는 이렇게 말한다.

"언닌 겨울이 좋수?"

"나? 글쎄…… 난 겨울이 좋아."

"제일?"

"제일."

"아이 좋아. 나도."

"난 겨울이 좋아. 이렇게 불을 둘러앉아서 얘기도 하구. 바람 부는 것 봐!"

미라는 귀를 기울여 소리를 듣는지, 눈을 가느스름하게 떴다. 민도 귀를 기울였다. 마냥 바람이 센 모양이다. 싸악 바람은 꼬리를 끌며 지나간다. 아득히 사라졌는가 하면 뒤이어 윙 몰아쳐온다. 싸늘하고 날카로운 울음소리가 짐승 울음 같다. 독고민은 저 속에서 그 사람들은 자기를 찾아다닐까 생각해본다. 그 시인들, 그 노인들. 장부를 가슴에 안고 걸으면서 자기를 쫓아온 노인들. 손에 종이를 들고 그를 쫓아온 시인들. 그들은, 저 매서운 바람이 휘몰아치는 거리에서, 아직도 민을 찾아 헤매고 있을까? 말할 수 없이 두렵고 안타까워진다.

"언니, 언닌 어떻게 살면 가장 아름답게 사는 거라고 생각해?"

"글쎄, 그걸 알면 다 살았게?"

"어머, 그래도 안 생각할 수 있나 뭐?"

"꼭 생각해야 하니?"

"그걸 생각 않곤 살지 못하는 사람이 있는걸요."

"생각한다고 더 나을까?"

"왜요? 생각하는 것만도 벌써 다른걸!"

"난 몰라."

"나도 사실은 몰라요."

"선생님?"

민은 자기 무릎을 뚫어져라 쳐다본다.

"언니, 선생님은 우리하곤 달라요."

"그야 물론이지만!"

"어떡하면 아름답게 살 수 있을까?"

"연애하면 어떨까?"

"연애? 거 어떻게 하는 거야?"

"얘는. 그건 제가 알아내야지."

"그런 무책임한 소리가 어딨수. 그러다 다치면 어떡해? 알고 해
야지."

그녀는 깡충 일어났다. 뭣을 봤는지, 에그머니 외마디 소리를
지르면서 뒤로 물러선다. 사람들은 모두 그쪽으로 고개를 돌렸다.
민이 본 것은 늙은 댄서였다. 나이는 환갑도 넘어 보였다. 그녀의
까만 슈트 위로 어룽어룽 갈비뼈가 비친다. 앙상한 팔다리에 척
붙은 옷은, 그녀의 뼈를 감싼 가죽처럼 쭈글쭈글하다. 그녀는 미
라를 향해 퉁명스레 입을 연다.

"잠시 비우면 이 꼴이란 말야. 그래 난롯가에 모여앉아 입담이
나 늘이면서 지내면 아가리에 밥이 들어갈 줄 알아? 홍 부잣집 아

가씨들 같구먼. 되지 못한 것들이. 썩 일어들 나지 못해!"

고양이 앞에 쥐처럼 꼼짝없이 서 있던 댄서들은, 쫓기듯 제자리
로 돌아갔다. 미라는 전축을 걸고 연습을 시작한다. 그녀의 얼굴
은 쓸쓸해 보였다. 왼쪽 뺨의 까만 점이 몹시 애처로웠다. 늙은 댄
서는 민의 옆에 앉으면서 그의 손을 잡았다. 딱딱한 북어의 우둘
우둘한 살갗. 오싹하도록 징그러웠다.

"여보. 저년들을 조심해요. 무서운 년들이에요. 당신 어디 불편
하우?"

징그럽도록 아양을 떤 목소리는 그러나 녹슨 양철처럼 목쉰 소
리다. 민은 잡힌 손을 빼려고 옴지락거렸다. 그녀는 민의 손을 끌
어다 자기 무릎 위에서 쓰다듬으면서 서 있다.

"안색이 좋지 않아요. 당신 아무래도 어디 안 좋은 모양이군
요."

그녀는 쓰다듬던 민의 손을 끌어다 자기 볼에 댔다. 광대뼈. 그
녀는 민의 손에다 제 뺨을 비비면서 그이 눈을 들여다본다. 그녀
의 눈은 짐승처럼 음탕했다. 퀭한 눈두덩 속에서 말라붙은 눈알이
카바이드처럼 지글지글 타는 것 같다. 민은 새파랗게 질리면서 몸
을 떨었다.

"어머나. 당신 떨고 계시네. 이리 와요."

그녀는 민의 곁에 바싹 붙어앉으면서 그를 꼭 끌어안았다.

"내 녹여드릴게요, 몸으로."

쇠꼬챙이처럼 단단한 팔을 둘러 민을 끌어안으면서, 앙상한 가
슴을 그의 가슴에 갖다붙였다. 그녀의 가슴은 펑퍼짐한 널빤지였

다. 다만 그 널빤지 위에, 바람 나간 고무풍선처럼 미끄덕미끄덕 따로 노는 것이 있다. 민은 숨도 못 쉬고 떨기만 한다. 녹슨 양철이 바람에 찌그덕거리는 소리로 그녀는 속삭인다.

"사랑해요. 당신은 나의 보람이야."

그녀는 한참 만에 그를 놓아주면서 의자에서 내려, 아까 미라가 앉았던 자리에 쭈그리고 앉는다. 민은 조금 물러앉았다.

"여보 저년들을 믿지 말아요. 우린 인제 성공했어요. 저년들을 마음껏 부리면 멀지 않아 당신이나 나나, 더는 늘그막에 고생하지 않을 만큼은 벌 수 있어요. 그때부터 삶을 시작해요. 우리의 삶을. 그때부터 삶이 시작되는 거예요. 참 우리는 얼마나 오래 기다렸어요? 이러다 아주 살아보지 못하고 죽는 게 아닌가 손을 놓은 적도 있었답니다. 당신에 대한 믿음이 모자란 탓은 아니었어요. 당신에게 향한 사랑이 약했던 것도 아니었어요. 인생이 두려웠던 거예요. 인생에는 얼마나 무서운 전설이 얽혀 있었던가! 사람들은, 인생은 슬프고 무섭다고 했지요. 위대한 사랑도 배반을 당하고 위대한 예술도 우스갯소리가 되고. 그리고 인생은 헛되다고. 제가 당신의 사랑을 믿지 못한 탓이 아니지요. 저의 사랑이 약해서가 아닙니다. 사람들이 내게 들려준 인생의 전설이 너무나 어두웠던 탓이랍니다. 그러나 우리는 이겼어요. 당신과 나는, 행복을 한 계단 한 계단 쌓아올렸지요. 인제 우리 앞에는 아무도 앗을 수 없는 행복의 뜰이 기다리고 있잖아요? 당신의 사랑이 이긴 것입니다."

그녀는 민의 무릎에 얼굴을 묻고 울었다. 그녀의 눈물이 무릎을 적신다. 주검에서 흐른 물처럼 차가웠다. 음악 소리가 높아졌다.

댄서들은 춤추고 있었다. 음악은 한층 높아지면서 그녀들의 춤도 달아올랐다. 그녀들은 춤에 취해 있었다. 미라도 전축 옆을 떠나 댄서들 가운데 있었다. 그녀들의 눈은 빛나고, 아무도 지휘하지 않는 채, 눈에 보이지 않는 사슬에 얽힌 짐승들처럼 공간을 파헤치면서 움직이고 있다. 늙은 댄서도 일어서서 이 광경을 본다. 그녀는 민의 팔을 끼면서 말한다.

"여보. 이런 땐 나는 저것들이 귀여워진다우. 저 귀여운 돈주머니들을 좀 보세요. 저것들은 기쁜 모양이지요? 딴에는 순수한 예술에 산다고 생각하는 모양이죠? 주님의 섭리는 참 오묘하지 않아요? 주님께서도 우리의 사랑을 도우시는 거예요. 글쎄 여보. 저것들을 억지로 저 지랄을 시키자면 될 노릇이겠수?"

민은 한마디도 알아듣지 못할 소리였다. 다만, 그녀가 그렇게 말하면서 이 가는 소리를 들었다. 뽀득뽀득 이를 갈면서, 그녀는 그렇게 말했다. 소름이 끼치는 소리. 달아나야 한다. 빨리 여기를 벗어나야 한다. 이 무서운 늙은 여자한테서 벗어나야 한다. 그녀는 민의 팔을 놓고 전축 앞으로 걸어갔다. 음악이 탁 그쳤다. 댄서들의 자세가 와르르 무너지면서, 늙은 댄서를 향해 돌아선다. 늙은 댄서는 앞으로 나섰다.

"너희들은 푼수를 알아야 해. 너희들은 공주님들이 아냐. 부잣집 아가씨들이 아니야. 너희들은 쇼걸이야. 몸뚱어릴 팔아먹고 사는 계집들이야. 오늘 연습을 망치면 내일 당장 목구멍에 밥이 안 넘어간다는 걸 알아야 해. 그리고 미라!"

미라는 한 걸음 나서며, 기어들어가는 소리로 대답했다.

"네."

"네 책임은 무엇이지."

"어머니 안 계실 때, 대리 보는 거예요."

"그래 아까 어떡했지?"

"······"

"왜 대답을 못해!"

"잘못했어요."

그때 꼬마가 나섰다.

"저희들은 예술가예요!"

"무엇이, 아니 요런 방자한 년, 아니······"

미라는 달달 떨면서 늙은 댄서에게 매달렸다.

"어머니 잘못했어요. 얘는 아무것도 몰라요."

"언니, 언닌 가만있어요!"

"얘 제발 내 말을 들어다오, 응? 응? 알지?"

꼬마는 머리를 푹 숙이더니, 뒷걸음으로 자리에 들어갔다.

"어머니 제가 나중에 벌을 주겠어요. 내일 아침밥 굶기겠어요. 그럼 되죠? 네? 그리고 내일 공연인데 지금 이러고 있을 때가 아니잖아요?"

미라의 마지막 한마디가 그녀를 움직인 모양으로 늙은 댄서는 꼬마를 무섭게 흘기면서,

"넌 내일 아침밥은 없어. 특별히 오늘은 용서한다. 요년 같으니라구!"

미라를 향하면서,

"네가 그렇게까지 말하니 널 봐서 용서하는 거다. 알겠니?"

"고마워요 어머니."

그렇게 말하면서 고개를 돌린 그녀의 눈길이 민의 그것과 마주쳤다. 그 눈. 민의 가슴속에서 알 수 없는 소용돌이가 세차게 번지고 눕고 했다. 미라는 얼른 고개를 돌려버렸다. 다시 연습을 볼 모양이다. 그러나 미라와 늙은 댄서가 주고받고 있는 사이에 댄서들은 일을 꾸미고 있었다. 미라와 늙은 댄서가 돌아섰을 때, 그들 앞에는 꼬마가, 무리 앞에 한 발 나서서 딱 버티고 있었다. 그녀는 턱을 당기고 째리듯 늙은 댄서와 맞섰다.

"아니 요년이 왜 또 이래 응? 너 매를 맞아야 정신을 차릴 모양이구나?"

"집어치워요. 매? 우린 당신의 노예가 아니에요. 우린 이 이상 참을 수 없어요. 우리가 견디어온 건, 선생님과 언니를 생각했기 때문이야요⋯⋯"

"얘 제발⋯⋯"

"언니 가만 계세요. 언니는 이런 데 나설 사람이 아니에요. 노예로서의 우릴 감싸주는 일밖엔 못할 사람이야요. 언니 맘이 너무 곱기 때문이죠. 그러나 지금은 달라요. 우린 저 늙은 여우한테 이 이상 시달림을 받지 않기로 했어요."

"아니 저년이⋯⋯"

"그래서 우리는 선생님에게 묻기로 했어요. 선생님도 우리를 천한 계집들이라고 생각하시는지, 선생님 말씀을 듣고 행동하기로 했어요. 선생님 대답해주세요. 대답하시는 게 선생님의 의무예요.

왜 잠자코 계세요? 우린…… 선생님을 사랑해요. 선생님 우린 어떻게 해야 할까요? 선생님 왜 지켜만 보세요?"

그녀들은 꼬마와 미라를 앞세우고, 조용히 민의 앞으로 다가온다. 미라도 달라졌다. 미라의 그 눈. 꼬마의 눈. 그 뒤에서 지켜보는 수십 개의 눈. 그녀들은 그의 앞으로 조용히 다가온다.

수없이 많은 탐조등 불줄기가 초조하게 도시의 하늘을 헤매고 있다.

여기는 혁명군 방송입니다. 당신들은 왜 가만히 지켜만 봅니까? 당신들은 왜 방관합니까? 적은 반격에 나섰습니다. 압제자들은 반격을 개시하였습니다. 자유는 목 졸리려 합니다. 공화국은 교살당하려 합니다. 혁명은 위기에 빠졌습니다. 시민 여러분, 빨리 힘을 빌려주십시오. 혁명은 교살 직전에 있습니다. 여러분의 의무를 팽개치십니까? 저 미래의 아이들이 발을 구르는 소리가 들리지 않습니까? 당신들의 미래를 버리십니까? 당신들은 자유보다 노예를 고르십니까? 아직도 늦지 않았습니다. 무기를 들고 거리로 나오십시오. 교만하던 자들의 목에 죽음의 목걸이를! 염치를 모르던 자들의 기름진 배에 다이너마이트를! 사랑을 모르던 자들의 심장에 죽음의 훈장을! 알고도 행하지 않은 자들의 머리통에 폭탄을 선사합시다. 혁명군은 곳곳에서 힘겨운 싸움을 하고 있습니다. 가장 가까운 싸움터로 달려가서 자유를 지키십시오. 사태는 긴박합니다. 압제와 부패와 학살이 우리에게 구애求愛하고 있습니다. 이 구애를 물리치십시오. 압제와 부패와 학살은 아직도 우리를 사랑한다 합니다. 그들은 강간으로 시작한 결혼 문서를 내밉니다. 이 불법 문서의 권위를 거부하십시오. 빨리. 빨리. 당신들은 무얼 하고 있습니까? 당신들은 우리를 죽이시렵니까? 연인이여 당신의 사랑을 밝히십시오. 그 찬란하던 별빛 아래 당신이 세운 사랑의 맹세를 증거할 땝니다. 배반합니까? 모른다 하십니까? 오 그럴 수 없습니다. 당신은 나의 영원한 사람. 나를 버리지 못합니다. 빨리 오십시오. 이 팔을 동여매주십시오. 바리케이드를 쌓아주십시오. 승리한 다음에 우리의 포옹이 태양보다 뜨겁기 위하여. (총소리 스피커에서 흘러나오면서 아나운서의 목소리가 끊어진다. 또다시 총소리) 아아 마지막입니다. 압제자들은 이곳을 에워쌌습니다. 형제여 자매여 그리고 사랑하는 이여. 당신들의 배반을 용서합니다. 우리 가슴마다 하나씩 박혔던 보석을 뽑아 하나의 자그마한 도끼를 만듭니다. 당신들과 우리 사이에 가로놓인 저 깊은 늪 속에 던져넣었습니다. 엎드려 그 깊은 갈라짐 속을 들여다봅니다. 그것은 나의 속으로 들어가는 입구. 사랑을 가지고도 이르지 못했던 깊이. 그 속에 어른거리는 당신의 얼굴을 봅니다. 당신의 희디흰 가슴을 봅니다. 그 가슴을 향하여 나는 도끼를 던집니다. 너에게로 던지는 나의 사랑. 너의 가슴을 부수고 저 흔들리는 별빛 아래 그대가 세운 맹세를 밖으로 내놓기 위하여. 나는 본다. 불사조처럼 날아오르는 그대의 양심을. 그대의 사랑을. 양심과 사랑에 거듭나서, 심연의 그 아득한 거리에 승리하고, 저 높은 자유를 향하여 날아오르는 그대의 앞날을 봅니다. 이 도끼를 받으십시오. (총성. 또 총성. 뒤따라 기관총의 이어쏴) 안녕히. 연인이여. 그래도 나는 그대를 사랑한다. 자유 만세. 공화국 만세.

방송은 뚝 그쳤다. 하늘에서 춤추던 탐조등이 하나둘 사라진다. 사람들은 거리를 헤매고 있다. 바람은 여전하다. 밤하늘이 아주 말짱하게 개어서, 있는 대로 별이 나왔았다. 가슴에 장부를 안은 감사역을 앞세우고, 노인들은 바삐 걷고 있었다. 사실은 그들은 뛰고 있었지만 그것은 그들의 생각뿐이고, 아무리 보아도 걷고 있는 것이다. 걸어가면서 감사역은 가끔 장부를 펴고 들여다본다. 가로등 밑이라든지, 불빛이 환한 길가 창 앞에서. 그러면 다른 노인들도 걸음을 멈추고, 그를 둘러싸고 중얼중얼 토론이 벌어진다.

"사장님 말씀도 무리는 아니야. 그렇다고 해서, 10월 말 현재로 봐서는 전연 무리한 얘기니 결국 그게 그것이고…… 어허 참."

"헴 헴 쿨럭. 즉 다시 말하면 쿨럭, 우리가 말입니다. 즉 그 협동산업 조로 쿨럭……"

"여보시우들. 그게 그런 게 아니라, 우리가 지금 이 거리를 곧장 지나가면, 혹 사장님을 만날지도 모르니, 아무래도 내 생각에는 한번 잘 봐두는 게 좋을 것 같구려."

"암 그렇고말고. 내 아들놈이, 이거 참 아들 자랑 같소만, 이놈이 범상한 놈이 아니라, 영 가끔가다 내가 꿈틀할 소릴 꽤 한단 말입니다. 옛날만 해도, 애들 얘기가 어디 신통한 게 있었소? 한데 작금에는 그렇지 않습데다. 무서운 소리들을 한단 말이오. 오십에 어쩌고 하는 것도 다 옛 애기구, 요새 애들은 아주 속성식으루 인생을 깨쳐버린단 말이거든. 하기야 늙은 소 콩밭이겠지만…… 그래 그놈이 하는 얘기가, 오늘날 우리가 살기 위해서는 남을 사랑해야 한다고 하는데, 우리는 그걸 모르고 덮어놓고 막무가내라, 즉 좀 모자란다, 이것이거든."

"옳기야 옳지. 그래도 경제라는 게 도대체 적산敵產 나눠먹기에 그치고 보니 어디 꽃필 날이 있겠는가 말이오. 요사이 꽃집이 부쩍 늘었는데, 파는 꽃이란 게 또 어째 그 모양인지. 요 얼마 전 일인데……"

감사역을 비롯해서, 그들은 빠짐없이 모자를 쓰고, 외투를 입었다. 웬일인지 장갑을 낀 손은 하나도 없다. 그들이 가로등 밑에서 이렇게 토론하고 있는데, 옆 골목에서 사람들이 한 떼 미친 듯이 달려나온다. 그들은 노인들과는 아주 딴판이었다. 외투 입은 사람이 몇 안 되고, 그보다 모두 젊은 사람뿐이다. 나이 지긋한 사람도 있지만, 젊은 사람 못지않게 사납다. 손으로 삿대질을 해가면서, 고함을 지르고 있다. 노인들을 보자 이 사람들은 제각기 소리를 지른다.

"노인장들. 우리 선생님 못 보셨습니까?"

"선생님 말입니다."

"잠수함이 가라앉을 때 금붕어들은 탄생할 것입니다."

마구 떠들어서 종잡을 수 없으나, 노인들은 입만 딱 벌릴 뿐이다. 노인들에게서 신통한 소식을 못 받을 눈치자, 그들은 오던 길로 되잡아 달려간다.

"저런 노물들에게 물어본다는 게 비극이야."

"저렇게 나이를 먹었다는 것. 오 그것은 누리의 치욕이 아니고 무엇인가?"

"인마 늬 할배도 있더라."

"할배? 닥쳐라! 나의 할배가 어딨단 말인가? 나의 할배는 하늘에 있나니, 나는 땅에 속할 몸이 아니로다."

"그렇다. 우리는 할배가 없다."

"양보해서는 안 된다. 배반자를 처단하라."

그들은 갑자기 멈춰섰다.

"배반자?"

"누구야?"

바글바글 끓기 시작한다.

"아니다. 배반자는 없다."

"그럼 웬 소리야?"

"배반자가 누구야?"

"그것을 묻지 말라."

"그렇다. 묻는 것은 외람되다."

"묻지 말라. 그대는 묻기 위해 만들어지지 않았다."

"묻는 것은 악마의 학교."

"제군 진정하라."

"왜들 이래. 선생님을 찾아얄 게 아냐?"

"사명을 생각하라."

"그렇다."

그때 맞비로 반대편에서, 발가벗은 여자들이 이리로 뛰어온다. 그들은 멈췄다. 발가벗은 건 아니고, 무용 슈트만 입은 모습이 밤

눈에 그렇게 보인다. 그녀들 앞에는 늙은 댄서가 있다. 그녀가 먼저 말을 걸었다.

"여보세요. 우리 그이 못 보셨어요?"

이쪽에서는 아무 대답도 없다. 그녀들은 저마다 떠들어댄다. 미라와 꼬마는 늙은 댄서 바로 등 뒤에 있다.

"저분들은 모르는 모양이야."

"뭐 저런 것들이 다 있어!"

"얘 저 맨 앞줄에 선 녀석 좀 봐. 10년 재수 없게 생겼다 얘."

"어디?"

"저기 맨 앞에 말야?"

"넌 올빼미 눈깔이니? 난 안 보여."

"애는."

"것보다도 선생님을 찾아야지 않니?"

"왜?"

"글쎄 왜 그럴까?"

"난 사실은 알아."

"그래 넌 좋겠다."

이번에는 남자들 쪽에서 댄서들을 향해 소리친다.

"당신들은 뭐요?"

댄서들은 합창하듯 외친다.

"예술가들이에요."

남자들은 충격이나 받은 듯이 뒤로 물러나더니, 뒤이어, 떠나갈 듯 세찬 웃음을 터뜨렸다. 댄서들은 가만히 서서 그들을 바라보았다. 시인들은 좀체로 웃음을 그치지 않았다. "사람 살려!" 가끔가다 그런 외마디가 웃음소리에 섞인다. 여자들은 여전히 웃는 사람들을 바라보고 있었다. 남자들 가운데 몇몇은, 한편에서 담배를 피우면서, 의논을 하고 있다.

"아이 춰."

누군가 한마디 하자, 그녀들은 아이 춰를 입마다 뇌까리며, 일제히 달리기 시작했다. 달리면 춥지 않을 것이다. 달려가노라면 만날 것이다. 미라는 그렇게 생각한다. 바람이 세다. 그래도 그녀들은 달린다. 달리면 구원될 것이다. 늙은 댄서는 그렇게 생각한다. 우리의 사랑은 불가사리. 그와 더불어 살아온 시간의 뜻을 아무도 풀지 못한다. 다만 나뿐. 그리고 그이. 그녀들은 광장에 나섰다. 광장 한가운데는 분수가 있었다. 분수는 얼어붙어 물을 못 뿜는다. 봄여름철에 꽃밭이었을 곳에는, 지저분한 쓰레기가 그득하다. 그녀들은 분수를 싸고 빙 둘러선다. 분수는 마치 동상을 옮겨버린 밑판 같았다. 그녀들은 말없이 그 돌기둥을 바라보았다. 가슴마다 느낌이 있었으나, 아무도 입 밖에 내는 사람은 없다. 바람소리가 악기의 울림 같다. 아마 전봇대가 우는 소리일 것이다. 양철지붕을 쓰다듬는 소리일 것이다. 쌓아놓은 장작더미를 흔드는 소리일 것이다. 틈난 문으로 새어들어가는 소리일 것이다. 댓돌 위에 벗어놓은 고무신을 움직이는 소리일 것이다. 신문사 지붕에 꽂힌 깃발을 나부끼게 하는 소리일 것이다. 바람 속을 사람들은 달려간다. 달려라. 달리면 구원될 것이다.

독고민은 간수를 따라 감방 구역으로 들어섰다. 감방문은 두꺼운 쇠널로 되어 있고, 위쪽에 들여다보는 구멍이 있었다. 복도는 좁고 불이 환했다. 흔히 감옥이 풍기는 음침하고 무거운 분위기는 조금도 없었다. 가끔 가다 벽에는 기상도氣象圖가 걸려 있었다. 퍼런 굵은 줄이 그래프 형식으로 그려진 그림은, 분명히 자리에 어울리지 않았다. 그런가 하면, 벽이 움푹하게 파진 요면凹面에, 목이 떨어진 해태가 앞발을 모으고 앉아 있었다. 서먹서먹하고 별나게 도사린 분위기가 독고민을 눌렀다. 그는, 이 모든 것에 대하여 간수에게 물어보고 싶었으나, 입이 떨어지지 않았다. 그런 말을 물으면 간수는 입을 딱 벌리고, 목젖을 간들거리면서 앙천대소하거나, 그렇지 않으면, 몹시 화를 내며 어떤 해를 가해올지 모르는 것이므로, 암말 말고 있는 편이 으뜸이라고 그는 마음을 고쳐먹었다.

간수는 어떤 감방 앞에 멈추며, 들여다보는 창을 열어놓고, 독고민에게 눈짓을 했다. 독고민은 구멍으로 안을 들여다보았다. 세간이고 무엇이고 하나도 없는 텅 빈 방 안에, 늙은 남자가 한 사람 서 있었다. 그는 알몸뚱이였다. 아무것도 입지 않은 그 몸뚱이는, 그다지 늙은 것은 아니었다. 두 다리 사이에 축 늘어진 뿌리도 아직 힘이 있어 보였다. 그는 두 주먹을 가슴에 모으고, 턱을 치킬싸한 채, 허공을 노려보고 있었다. 얼굴 표정은 점잖고, 높은 것을 그리워하는 사람의 의젓함이 있었다. 독고민은 물어보았다.

"저분은 무슨 죄로 잡혀 있는 것입니까?"

"네, 각하께서도 아시다시피, 이 감옥에는 신분이 높은 사람들이 퍽 많습니다만, 저 사람도 그렇습니다. 저 사람은 원래 유명한 시인인데, 그의 죄목은 '투시透視하려 한 죄'입니다. 그의 눈길을 보십시오. 마치 벽을 뚫고 아득한 곳을 바라보는 것 같지요. 외설한 이야기가 되어 죄송합니다만, 저 사람은 잔치 같은 데서, 차려입은 양반아낙들을 저런 눈초리로 뚫어보아 그녀들의 육체의 비밀을 샅샅이 즐긴 것입니다. 어떤 공작부인의 왼쪽 허벅다리에 있는 상처를 뚫어보아 그것을 입 밖에 낸 탓으로, 남편인 공작은 부인을 내보내고 저 사람을 간통죄로 고소한 것이지요. 그때는 증거 불충분으로 놓여났습니다만, 특히 기혼 여성들보다 처녀들이 아우성쳤지요. 성생활을 겪은 여성들은 자기 몸에 대한 부끄럼을 점차 잃어버리는 법이지만, 처녀들은 사정이 다르거든요. 물론 요즈음 세상에 사회에 나다니고 아니고를 물을 것 없이 처녀가 어데 있느냐고 한다면 이야기는 그뿐입니다만, 그렇더라도 미혼 여성의 성 감각은 아직도 보수적인 데가 있지 않습니까? 어쨌든 저 사람의 눈앞에 서면, 공작부인이고 천사고 할 것 없이, 모조리 누드가 되어버렸으니, 저 사람을 잡아먹지 못해한 사람들이 부지기수였지요. 그렇지 않겠습니까? 글쎄, 수십 년씩 데리고 살면서도 알지 못하던 자기 마누라의 육체상의 비밀을 남이 다 알고 있으니 말입니다. 하기는 그것은 저 사람 자신에게 있어서 더 큰 비극이었지요. 처음에는 스스로 한 일일지 모르지만, 나중에는 본인이 괴로워서, 별별 치료를 다해봤으나, 이미 붙어버린 신통력神通力은 떼어버릴 수도 없었다는 말입니다. 혹시 오해하실까 두렵습니다. 제가 말씀드린 걸 들으시고, 저 사람이 순전히 여자의 알몸만 투시한 것으로는 생각지 마십시오. 만물을 다 그렇게 봤다는 말입니다.

이를테면 존재存在를 뚫어봤다는 소립니다. 이 사람은 여왕의 밥주머니 속에 든 시루떡을 보았을 뿐이 아니라, 금강산 비로봉 밑에 깔린 다이아몬드광鑛을 투시했다는 말입니다. 그뿐입니까. 보통 사람에게는 시간이라는 벽이 가로막혀서 보이지 않는 '과거' 역시 투시한 것입니다. 선덕여왕의 배꼽 밑에 까만 점이 있었다는 설을 내놓아서, 사회에 물의를 일으켰던 것은 잘 알려진 얘깁니다. 우리는 이 사람이 짊어진 운명을 동정합니다만, 일개 옥리獄吏로서는 어찌할 수 없는 일입니다. 권력가들도 한때는 이 사람을 사랑하여 퍽 써먹었습니다만, 마지막에는 두려워하여 옥으로 보낸 것입니다. 어쨌든 남다른 재주를 가졌다는 것은 신세 망치는 원인입니다. 한마디, 말을 걸어보시렵니까?"

독고민은 생각이 얼른 나지 않았다. 간수는,

"그럼 제가 대신 물어보지요. 여보."

간수는 감방 쪽을 향해 불렀다. 무거운 대답이 돌아왔다.

"왜 그러시오?"

"당신이 만일 그 투시력을 없앨 수 있다면 그렇게 하겠소?"

곧 대답이 없었다. 한참 만에,

"딱히 말할 수는 없소."

간수는 독고민을 돌아보고 웃었다.

"가둬두는 까닭을 아셨지요?"

간수는 들여다보는 창을 뻑 닫아버리고, 걸음을 떼놓는다. 독고민은 따라갔다. 다음 감방 창을 열고 간수는 자리를 비켜주었다. 독고민은 들여다보았다. 거기에는 웬 남자가 책상에 앉아서 제도

286

製圖를 하고 있었다.

"기술잡니까?"

"네? 하하. 재밌는 말씀입니다. 기술자는 기술자지만, 좀 색다른 기술잡니다. 저 사람의 죄목은 '결론結論을 내려고 한 죄'입니다. 지금 저 사람이 하고 있는 작업은, 제도가 아니고 기호신학記號神學 문제를 풀고 있는 것입니다. 신학과, 철학과, 논리학과 거기에다 수학까지를 뭉친, 새로운 방법으로 존재의 구조를 수식화數式化한다는 게 저 사람의 소원입니다. 저 사람은 결론 없는 인생은 지옥이다 이것이지요.

한여름밤을 쏟아지는 소낙비. 번갯불. 깊은 산골짜기에 수북이 쌓인 솔방울. 가을 들판에서 연인들이 피우는 모닥불. 느릅나무 가지에서 울어대는 참매미. 지뢰를 밟은 전차戰車. 실연한 철학자. 생산성 본부에 걸린 통계표. 파헤친 무덤. 잎사귀 거름이 된 경주 콩밭의 신라 진골의 뼈. 이글거리며 뻗어가는 두 마리 구렁이 같은 철길. 관음선원의 창살 문의紋衣로 씌어진 卍과 콧수염 달린 알불한당의 상징으로 쓰인 卐. 피카소의 그림과 유치원 아동의 크레용화 사이의 다름. 데생이 확실한 무절제無節制와 그렇지 못한 장난. 신神을 잃어버렸을 때 아이들이 대신으로 찾게 되는 장난감의 문제. 데카르트는 통상 그의 불알을 바짓가랑이의 어느 편에 두고 있었는가, 왼쪽이냐 오른쪽이냐의 문제. 화폐는 여왕과 갈보를 골라내지 못한다는 사실. 진심으로 사랑했는데도 여인이 도망해버린 시인의 경우. 혹은 그 역逆. 장미꽃 가시에 찔린 도마뱀의 상처. 운하運河 속에 떨어진 기중기起重機. 복숭아와 버섯의 관계. 떡 찌는 솥 밑에서 타는 솔잎과 여름내 빛나던 태양과의 결혼. 한이 없는 애기가 됩니다만 아무튼 누리 오만가지를 통틀어서 한 줄의 수식數式 혹은 한마디의 명제命題로 나타내자는 것이지요. 짐작하시겠지만 그게 쉬운 일입니까? 저 사람으로 말할 것 같으면, 집안이 좋았고 다정한 친구에다, 몸 바쳐 받드는 아내를 가지고 있었습니다. 이 일에 빠진 나머지 조금도 돌보지 않게 되었단 말씀입니다. 생각해보십시오. 사람 한평생에 믿음 있는 친구 한 사람 갖기가 어디 쉬운 일이며, 딴 남자에 대한 욕망을 장하게도 눌러가며 스스로 인간적 성장을 통하여 천지신명에 부끄럽지 않은 한 남편 섬기기를 마치는 아내를 갖는다는 것이 다 가질 수 있는 행복입니까? 저 남자는 그 모든 것을 가졌던 것입니다. 그러면서도 그는 만족지 못하고, 단 한 줄의 명제에 음佳했던 것입니다. 그에게는 결론만이 중요했습니다. 그는 밤이나 낮이나 길거리에서나 방에서나, 산에서나 바다에서나, 땅에서나 하늘에서나, 결론만 생각했습니다. 당연한 결과로 그는 밤하늘이 얼마나 아름다운가를 모르고 지냈으며, 태양의 정열과 바다의 한없는 매력과, 산의 숭고함, 장작을 뜨뜻이 지핀 온돌의 정서情緒, 이런 모든 것을 모르고 지냈던 것입니다. 쿨럭쿨럭, 죄송합니다. 해수병이 있어서요. 가래가 튀지 않았습니까? 그는 그것들을 다만 수단, 혹은 현상現象에 불과하다고 믿었습니다. 그의 이른바 근본 원리가 밖으로 나타난, 현상에 지나지 않는다고 믿었던 것입니다. 물론 이런 죄목을 달면, 스피노자며, 데카르트도 잡아올 수 있는 일입니다만 잘 알아본 바에 따르면, 스피노자는 뛰어난 렌즈공工이었고, 데카르트는 착실

한 가정교사였습니다. 그런데 저 새끼는 놀고먹는 땡땡이, 1년 열
두 달 책상에서 떨어지지 않았던 것입니다. 제가 저 사람 여편네
를 보았는데, 양귀비가 울고 갈 얼굴에다 천사같이 아련한 여잡디
다. 못할말로, 그 여잘 저에게 준다면 히히…… 각하 실례했습니
다. 제가 이렇게 악담을 퍼붓는 심정도 넉넉히 짐작하시리라 믿습
니다. 옥리 생활 36년에 원 별 개 같은 새끼를 다 다룹니다그려.
무슨 말씀 물어보시렵니까?"

　간수는 멋대로 지껄여놓고는 감방 속의 인물에게 소리를 지른
다.

　"여보!"

　"……"

　"여보!"

　"왜 그러나?"

　"어럽쇼, 아주 높직이 나오시는데. 그건 그렇고 한마디 묻겠는
데……"

　"……"

　"당신이 지금 풀고 있는 문제가 해결되는 값으로, 당신 여편네
가 다른 남자와 잔다면 어떻겠소? 이를테면 나하고라도 좋고, 이
히히."

　"……"

　"응?"

　"글쎄, 무어라 말하기 거북하군……"

　간수는 독고민을 보고 웃었다.

"이 사람을 가두어두는 까닭을 아셨지요?"

간수는 창문을 닫고 다음 감방으로 걸어간다.

"자, 보십시오."

그 방에는, 용모가 매끈한 젊은이가 침대에 걸터앉아서, 손에 든 한 장의 사진을 들여다보며 울고 있었다. 세간이며 꾸밈이 으리으리한 방이었다. 이 청년도 알몸뚱이였다. 아까 본 늙은이와 달라서, 젊은이의 육체는 미끈하고 탐스러웠다. 침대가에 턱 걸친 성기는, 알맞게 크고 복숭앗빛이었으며 조금도 망측스럽지 않았다.

"저 사람의 죄목은 '잊어버리지 않는 죄'입니다. 그저 그렇게만 말씀드려서는 얼른 어림이 안 가실 테지만, 이 사람은 첫사랑을 잊지 못한 죄로 여기 붙잡혀온 것입니다. 첫사랑이 다 그렇듯이, 이 청년도 쓴잔을 마셨던 것이에요. 좀 걸쭉걸쭉한 젊은 놈이면야, 세상에 계집이 너뿐이더냐, 하늘의 별만큼이나 많은 게 여자더라 하고 씩씩하게 다음 조개로 달려간다든가, 그것을 계기로 무슨 유익한 분발심을 내는 게 보통일 텐데, 저 친구는 그렇지 못했거든요. 그녀가 왜 나를 버렸을까, 내 어디가 못났을까, 나는 있는 정성을 다했는데. 이런 식으로 무한정 고민하고 들어앉게 됐다는 것입니다. 저 친구가 보고 있는 사진이 그 여자 사진인데, 낯짝은 반반한 편이지만, 눈웃음치는 거며, 얄팍한 입술하며, 어지간히 굴러먹은 여자인 게 분명하거든요. 저런 순진한 친구한텐 도무지 어울리지 않는 족속이에요. 어느 주먹 센 놈한테 시집가서, 하루에 두서너 번씩 늘씬하게 얻어맞으면서, 늘 푸르죽죽한 눈두덩을 달고 살 팔자란 말씀입니다. 본인이 죽어라구 입을 열지 않으니 모를 일이지만, 도대체 애초에 어떻게 돼서 두 사람이 알게 됐는지가 궁금하기 짝이 없습니다그려. 아무튼 여부가 있었겠습니까. 발바닥 핥지 않을 정도로 저 친구가 흠씬 빠져버렸단 말씀예요. 한쪽은 점점 기승하구. 뻔하지요. 홀랑 도망했습니다. 자, 죽는다 산다 생야단 났을 게 아닙니까? 저 친구 집안이 이름 있는 가문이라, 딸 주자는 집이야 밟히고 쌓일 지경이었지요. 학벌 좋고, 인물 잘나고, 활발한 아가씨들을 들이댔단 말입니다. 어림도 없었지요. 아니라는 것입니다. 다 못하다는 거지요. 저 사진의 여자에 대면 비교가 안 된다는 것이지요. 문을 닫아걸고 주야로 신음하니, 어느 집에서나 바깥양반은, 저런 쓸개 빠진 놈은 자식도 아니니 썩 꺼져버리라구 호령호령인가 하면, 어머니는 눈치를 보면서 밥그릇을 나른다, 약탕관을 나른다, 이렇게 됐습니다. 이 첫사랑의 문제는, 청년 지도상에 가장 어려운 것 가운데 하납니다. 저 사진 속의 여자가 다른 여자보다 나은 것은 그를 배반했다는 사실을 빼고는 아무것도 없다는 점을 아무리 타일러도 쓸데없습니다. 사진을 한번 보십시오."

간수는 청년을 불렀다.

"여보 친구, 자네 따알링 좀 보여주게!"

사진을 쥔 하얀 손이 창구멍으로 나왔다. 간수는 그것을 받아서 민에게 건넸다. 그는 하마터면 소리 지를 뻔했다. 그것은 숙의 사진이었다. 왼뺨에 있는 까만 점. 사정을 모르는 간수는 웃으면서 사진에다 쪽 소리를 내며 키스하고는, 아직도 창문에 걸쳐 있는 하얀 손가락에 끼워주었다.

"자네 따알링은 정말 예뻐. 하지만 아무래도 화냥년 같은걸. 히히."

독고민은 얼굴이 화끈 달았다. 벽에 걸린 전화기가 따르릉 울린다. 간수는 전화기를 들었다.

"네 소장님이십니까? 네네 여기 계십니다. 글쎄요. 헤헤. 네네 알았습니다."

간수는 독고민을 향해 돌아섰다.

"소장님이 뵙잡니다. 다음 안내는 소장님께서 직접 하시겠다는군요. 따라오십시오!"

그들은 복도를 이리저리 휘고 돌아서 어떤 방문 앞에까지 왔다. 간수는 노크를 했다.

"들어오십시오!"

들어선 방은 묵직한 느낌이 드는 사무실이었다. 소장은 의자에서 일어서며 빠른 걸음으로 다가왔다. 간수는 물러갔다.

"죄송합니다. 제가 손수 안내해야 옳을 것이로되, 사령부에 불려간 사이여서…… 지금 막 돌아온 길입니다. 혁명이 일어난 모양입니다. 늘 있는 일이니까요. 뭐 괜찮겠죠. 간수가 혹시 실례나 하지 않았는지……"

"아닙니다."

"네. 워낙 교양이 없고 게다가 입이 건 편이어서. 귀빈 안내는 시키지 않도록 하고 있는데 오늘은 어떻게 된 건지……"

그는 그 점이 몹시 걱정인 모양이었다. 그는 민에게 의자를 권하고 자기도 앉았다.

"이 감옥에 대한 설명을 드리겠습니다. 각하도 느끼셨겠지만, 안내인을 따라 견학하면서 저 이탈리아인 감옥 제도 연구가인 단테와, 그의 저서 『신곡神曲』을 떠올리셨을 것입니다. 감옥 제도에 대한 체계적인 연구로서는 그의 『신곡』이 효시라고 하겠는데, 그동안 감옥 자체의 성격이 본질적으로 달라져버렸습니다. 그 책 연옥편煉獄篇에 나오는 죄수들은, 대개 그 죄목이 신학상神學上 및 윤리적인 것입니다. 쉽게 말해서 그 사람들이 이 징역을 사는 이유는 신神과 도덕에 어긋나는 일을 한 탓입니다. 따라서 그 감옥의 관리자는 신부神父였습니다. 그리고 그들의 처벌 법규는 십계명+戒銘이었던 것입니다. 하나님과 그 율법에 반항하는 것, 이것이 단테 시대의 죄였던 것입니다. 이 시대 다음에 소위 형법刑法 시대라는 것이 있습니다. 국가가 제정 공포한 형법에 저촉되는 행위는 다 죄罪다 하는 사상입니다. 감옥이란, 이 죄인에 대한 응징이며 사회가 가하는 처벌이라는 거죠. 이 시대는 감옥사監獄史에 있어서 일대 타락의 시대였습니다. 감옥사조상으로는 암흑 시대였던 것입니다. 죄형법정주의라는 것입니다. 이 사상이 얼마나 어처구니없고 그 자체 죄악적이었느냐 하는 것은, 그 사이 이름난 수감자들의 이름을 훑어보는 것으로써 넉넉합니다. 장발장. 간디. 안중근. 오스카 와일드. 이순신. 소크라테스. 플라톤. 성춘향. 그래 이 사람들을 악당이라고 해서 곧이들을 사람이, 천하에 어디 있겠느냔 말입니다. 이 세기 초에 행형사行刑史상에 르네상스가 왔습니다. 오늘날의 감옥은 이 새 흐름에 따라 꾸려가고 있습니다. 오늘날에 있어서 죄罪란, '심리적인 조화調和를 가지지 못한 것'일 터입니다. 어떤 사람은 우리 감옥을 부르기를 정신병원이라고 합니다. 또 복역수들을 환자라고 부릅니다. 좀 재치 있는 수작이 아닙니까? 옛날에 탈난 사람은 부락민들에게 뭇매를 맞아 죽지 않았습니까? 병이란 마귀와 결혼한 상태이며, 따라서 죄이지요. 이런 야만스런 제도는, 육체肉體의 분야에서는 벌써 고쳐져서 병리학, 약리학, 임상학으로 정연한 범죄 이론을 벌이고 병원 제도 및 자택 감금 제도로 이상화된 지 오랩니다만, 유독 정신 면에서만 늦어진 것은, 영혼이네 무엇이네 해서 정신 현상을 쉬쉬하면서 신비한 것으로 다루고자 애쓴 직업적 무당巫堂들의 간계 때문입니다. 본인이 기회 있을 때마다 내세우는 바입니다만 이제는 감옥의 관리권을 신부神父나 권력자에게서 우리 정신의精神醫들의 손으로 뺏어오자는 말입니다. 사실상 대세는 그런 쪽으로 움직이고 있습니다만, 이런 개량주의적 점진漸進 놀음으로는 공연히 과도기에 있는 세대만 골탕을 먹게 마련입니다. 현재 서울을 비롯한 몇 개 도시에, 우리 동지들에 의한 사설 감옥이 정신병원精神病院이란 명목으로 세워졌습니다만 이것은 감옥의 민영화民營化에 크게 이바지하고 있으며, 우편일을 아직도 국가가 틀어쥐고 있는 나라로서는 신나는 일이라 하겠습니다. 권력자란 어리석은 것이어서, 정신병원을 묵인하는 것이 자기들의 권력에 위협이 된다고까지는 머리가 돌아가지 않는 모양입니다만, 하긴 중세기 끝판에 귀족들이 도시 장사치들에게 차용 증서를 써주면서 권력을 넘겨주고 있다고는 생각지 않았으니, 확실히 역사는 되풀이하는 모양이죠? 물론 제가 정신의精神醫

라고 했을 때, 저는 넓은 뜻에서 이 말을 쓰는 것입니다. 작가, 시인, 철학자, 과학자를 두루 가리킨 것입니다. 각하, 한마디로 말씀드리겠습니다. 각하는 정계에서도 진보적인 분으로 알려진 분이니, 믿고 말씀드립니다. 큰일을 꾸며보실 생각은 없으십니까? 플라톤은『공화국』에서, 마지막 정치 형태는 철학자에 의한 다스림이라고 까놓았습니다. 철학자를 정신의로 풀이해도 어긋나지 않을 것입니다. 각하. 민중은 폭정에 시달리고 있습니다. 결심해주십시오."

독고민은 소장의 얼굴을 빤히 쳐다보았다. 이 사람은 무슨 소리를 하고 있는가.

"각하!"

"용서해주세요."

"그러면 각하는⋯⋯"

그때 문이 열리며 부녀부장婦女部長이 한 통의 공문公文을 가지고 들어섰다. 카바이드처럼 퀭한 눈알. 그녀는 서류를 소장의 책상에 얹어놓고 나가버렸다. 소장은 공문을 읽었다.

극비極秘. 당신을 만나고 있는 독고민 박사를 그 자리에서 체포하라. 그의 죄명은 '풍문인風聞人.' 그는 인생을 살지 않았으며 살았으되 마치 풍문 듣듯 산 것임. 즉 흉악범兇惡犯이므로 밖에 새지 않는 한 어떠한 학대를 가해도 묵인하겠으며 서서히 살해하는 방향으로 취급 요. 본 명령은 집행 후 태워버릴 것.

소장은 두 번 세 번 읽었다. 그는 조용히 낯을 들고 독고민을 바라보았다. 그는 멍청히 앉아 있었다. 소장은 사령부의 간섭에 속으로 화를 냈으나 어쩌는 도리가 없었다. 그의 손으로 박사를 붙들게 하는 사령부의 막된 본대에 소장은 이를 갈았다. 그는 탁상 단추를 눌렀다. 그 간수가 들어선다. 소장은 간수에게 공문을 건넸다. 간수는 한 번 읽고 공문을 책상 위에 얹고는, 독고민에게 다가와서 그의 팔을 잡았다. 독고민은 소장을 보며 빌붙었다.

"왜 이러십니까?"

소장은 침통한 목소리로 대답했다.

"각하는 체포되었습니다."

"네?"

간수는 독고민의 겨드랑을 단단히 끼고 문 쪽으로 끌고 갔다. 소장은 성냥을 그어 공문을 태웠다.

간수는 독고민을 끌고 한없이 이어진 구불구불한 복도를 걸어갔다. 가끔 급사 계집애가 쟁반에 커피를 담아들고 지나갈 때면, 간수는 한 팔로는 여전히 독고민의 겨드랑을 꽉 낀 채 다리를 놀려 소녀의 스커트 위로 음란한 장난질을 했다. 계집애는 킬킬거리면서 눈을 흘겼다. 어디를 어떻게 가는 것인지 간수는 자꾸 끌고 간다.

"어디로 가는 겁니까?"

"감방으로."

"저는 아무 죄도 없습니다."

"그러니까 잡는 거야!"

"죄가 없는데요……"

"몇 번 말이나 해야 아나! 죄 업수니까 잡는다꼬 말이나 하지 않았나!"

독고민은 이 간수가 일본 사람이구나 했다. 일본 사람이 아직도 우리나라에서 간수 노릇을 하다니. 벌써 십오 년 전에 없어졌을 왜놈들이. 어떤 문 앞에서 간수는 멎었다.

"정말 전 아무 죄 없습니다."

"바까야로. 센징와 슝아 나이!"

간수는 눈에서 불똥이 튀게 민의 뺨을 후려갈기고는, 방문을 휙 열고 독고민을 처넣었다.

자욱한 담배 연기. 분홍 불빛 속에서 담배 연기도 분홍빛이다. 유행가 소리. 막판이 돼가는 바는 취한 사람들의 혀 꼬부라진 소리와, 여급들의 풀어진 웃음소리로 흐드러졌다. 에레나는 남자가 하자는 대로 허리를 맡기고 한 손으로 담배를 피웠다. 왼쪽 뺨에 까만 점이 눈을 끈다.

"담배를 버려!"

사나이는 손을 뻗쳐서 에레나의 손에서 담배를 뺏으려 한다. 에레나는 안 뺏기려고 팔을 저으면서, 남자를 올려다봤다.

"왜 그러세요? 술이나 드세요."

"이거 왜 이래."

"뭐가 왜 이래예요? 자 그러지 말고 술이나 드세요."

"시시하게 굴지 말라우."

남자는 어르듯 뱉으면서, 안고 있던 여자의 허리를 탁 놓았다. 에레나는 사나이의 넓은 어깨를 물끄러미 바라다봤다. 이 괴물이 왜 또 지랄인구. 남자는 카운터를 향해서 소리쳤다.

"더 가져와!"

"그만하세요. 과하신 것 같아요."

남자는 듣는 체 않고 또 한 번 고함을 지른다. 에레나는 연기를 훅 뿜어내면서 다리를 고쳐 꼬았다.

"왜 아니꼬와?"

"……"

그녀는 대답을 않고 또 한 번 담배를 깊이 빨아들였다. 카운터에서 바텐더가 눈으로 무슨 신호를 보낸다. 아마 술을 더 가져가도 되겠느냐는 뜻인 모양이다. 에레나는 반으로 짝 갈라붙인 바텐더의 반들반들한 머리를 물끄러미 바라본다. 그는 자꾸 눈짓한다. 그래도 그녀는 그저 멍청하게 쳐다만 본다.

"어떻게 된 거야! 장사하기 싫어?"

단념한 카운터에서 술을 가져온다.

"따라!"

에레나는 남자가 내미는 잔에 술을 쳤다. 남자는 연거푸 마셨다. 아무 소리 없이 마시는 사내에게, 에레나는 아무 소리 없이, 비우는 대로 잔을 채워주었다. 그들의 등 뒤 자리에서는 노래를 부른다. 명숙이 목소리다.

돌아오지 않은 그 배는

외로운 내 마음을 싣고 떠난 배

카드 점을 치며

페퍼민트 마시던 그 밤

사랑하는 그대 언제 오려나

에레나는 생각했다. 명숙이년 노래는 그만이야. 외로운 내 마음을 싣고 떠난 배. 외로운 내 마음을? 싣고? 떠난 배? 흥 빌어먹을. 유행가 가락이 구수해지더니 요 꼴이 됐지. 계집이 못쓰게 될 땐 유행가 맛부터 알아지는 모양인가? 카드 점을 치며 페퍼민트 마시던 그 밤. 빌어먹을 년. 사람 간장 다 녹인다.

"나 페퍼민트 마실래요."

남자는 에레나를 쏘아봤다.

"아까우면 관둬요!"

"페퍼민트 한 잔."

남자는 팔을 뻗쳐 에레나의 허리를 안는다.

"내 맘 모르겠어?"

"남의 맘을 어떻게 알아요?"

"시시하게 굴디 말라우."

"이 양반은 쩍 하면 시시하게 굴디 말라우."

그녀는 까르르 웃었다. 술이 걸려서 캑캑거린다. 남자는 잔뜩 찌푸린 얼굴로 웃는 여자를 노려본다.

"아이 무서워. 그렇게 노려보지 말라우."

그녀는 또 까르르 웃는다.

"정 이러기가?"

"좀 그 헤설픈 소리 작작하세요. 누가 뭐래요?"

남자는 씩 웃는다. 술이 센 모양인지 눈도 풀리지 않았다.

"그러지 말고 잘 사귀어보잔 말이지."

"또 그게 멋이 없다는 거예요. 잘 사귈 만하면 잘 사귀는 거고 아니면 아니고 그렇잖아요?"

"얼마나 하면 사귀어지는 거야?"

"글쎄 그건 가봐야지요."

"야 사람 죽이지 말라우."

"죽어보세요. 살는지 알아요?"

이 녀석이 왜 나한테만 눈독을 들이누. 머리가 핑 돈다. 귀찮아서 주는 대로 받아 마신 술이 그대로 취해온다.

그녀는 몸을 내밀 듯하면서 지금 막 바 문을 열고 들어선 사람을 바라보았다. 옆의 남자가 그녀의 눈치를 채기도 전에 에레나는 입구로 뛰어갔다. 독고민은 입구에서 급사와 더불어 승강이를 하고 있었다.

"아닙니다. 미안합니다. 잘못 들어왔습니다."

에레나는 독고민의 가슴에 매달렸다. 민은 깜짝 놀라서 그녀를 뿌리치려고 했다. 에레나는 민을 끌고 가까운 빈자리로 가서 그를 주저앉혔다. 그녀는 그의 가슴에 얼굴을 묻고 어깨를 들먹인다. 보이가 주문을 기다리고 서 있다. 에레나는 한참 만에 독고민의 가슴에서 떨어졌다. 보이가 또 한 번 재촉한다.

"뭘로 하실까요?"

"아무 거나. 페퍼민트."

대답한 것은 에레나였다. 급사는 허리를 굽혀 보인 다음 저리로 사라졌다.

"여보 오늘은 웬 바람이 불었수? 난…… 난……"

그녀는 민의 목을 끌어안았다. 그런 거 물어선 뭣 해. 왔으면 됐지. 만났음 됐지. 멋없게. 여자란 좋아하는 남자 앞에선 멋이 없어지는가 봐. 그녀의 머릿속에서 무엇인가 핑그르 돌았다. 뺨을 얻어맞고, 간수의 발길에 채어, 들어와보니 이곳이었다. 민은 머리를 짚으면서 신음했다. 그는 이 여자를 어디선가 본 듯싶었다. 그러나 생각나지 않았다. 어디서 봤을까. 봤을 리가 없다. 자기를 쫓아오던 사람들 가운데 그녀와 비슷한 사람이 있은 것 같았다. 그러나 생각나지 않았다. 이 여자는 나를 제 애인으로 잘못 아는 모양이지. 라디오에서 뉴스 해설이 흘러나온다.

검은 비둘기를 낳은
어머니들이 울고 있었다
애기 들던 날 밤
그녀들은 왜 그토록 음란했을까

그녀들은
정숙한 계절에 자랐었다
고운 해를 보며 언제부터
그녀들의 핏줄은

검은 피를
나르기 시작했는가

비둘기들은
껍질을 벗다

자란 애기들은 검은 기사가 되어
피 묻은 돈을 받아쥐고
장미꽃 심장을 가진 사람들을 찾아다니며
그 갈비뼈 사이에 빛나는
쇠붙이를 찔러넣는다

은혼식 테이블에 마주앉아서
남편에 대한 부정한 음모를 골똘히 새기는
귀부인은 누구란 말인가

아이들은
장난감 없이 자란 아이들은
전쟁을 사랑하고
잘라낸 적병의 모가지를
어머니에게
소포로 부친다

외국은행의 수표를

들고 온 돼지들과

피 묻은 장갑을 벗는

기사들을 상대로

딸들은 옷을 벗는다

본보기 없이 자란

늙은 아이들은

기도를 모르고 자란

늙은 아이들은

아들의 젊은 계집을 훔쳐서

제 계집을 삼는다

소돔의

해가 뜨는 거리에서

누이들은 얼굴을 가리고

형제들은

손을 감추고 다닌다

저 검은 해를

쏘아죽일 씩씩한 사내는

어디서 오는가 그러한 인간을

밸 태胎가

이 거리에

아직도 남아 있을까
내리는 비
저 검은 해가
흘리는 정액

그날 밤
그녀들이
음란했던 것은
정말은 계절 탓이었다
고 둘러댄다고 해서
그것이 무슨
구원이 되는가
연인이여

그대 어머니의
딸이여 이래도
당신은
아이를 배고 싶은가

"이건 어디서 튀어나온 개뼉다귀야?"

민은 깜짝 놀라서 올려다봤다. 그 남자였다. 에레나는 민에게
눈짓을 주며,

"잠깐만 기다리세요. 저 이분 모셔다드리고 올게."

남자를 잡고 원 자리로 끌었다. 남자는 그녀를 홱 뿌리쳤다. 그
녀는 마룻바닥에 나동그라졌다.

"이게 뭐 이런 게 있어? 다리몽뎅이가 부러뎃나? 인나 봐."

남자는 민의 멱살을 잡아 일으켜세웠다.

"안 돼요. 이러지 말아요. 이분은 몰라요. 제가 잘못했어요,
네?"

에레나다. 남자의 팔에 매달려서 뜯어말린다.

"쌍 비키디 못한간. 이 새끼레 벙어리가? 아가리 좀 놀려보라
우. 네 새끼레 뭐이가?"

앞뒷자리에서 손님과 여급들이 우 일어난다.

"뭐야 뭐야?"

"왜 그래?"

"글쎄 저 깡패 녀석이 손님을 치나 봐요?"

"손님을 쳐?"

홀이 떠들썩하면서 민의 자리로 사람들이 몰려왔다.

마담이 나서면서 남자에게,

"왜 이러세요?"

남자는 물어뜯을 듯이,

"아니 이건 눈깔도 없나?"

"말씀 낮추세요. 왜 영업 방핼 하시는가 말예요?"

"영업 방해? 이걸 그냥. 술 치던 년이 그래, 훌쩍 딴 자리루 가
도, 닥치구 앉았으란 말이가?"

"떠나긴 누가 떠나요. 에레나는 아까 초저녁부터 이 손님 모시

고 있었는데."

"야 이거 참 애새끼레 환장하갔구나."

"에레나 어떻게 된 심이니?"

"어떻겐 뭐가 어떻게예요? 마담 얘기대로죠."

"정말 이러지 마세요. 말씀이 있으면 저한테 해주세요. 장사 못하게 이럴 원수진 일은 없으니까요."

아까 문간에서 독고민과 승강이하던 보이가, 어깨를 재면서 나섰다. 그는 남자의 팔을 턱 잡았다.

"형씨 좀 봅시다."

그러나 보이는 적수가 아니었다. 머리끝까지 화가 치민 사나이는, 돌아서기가 무섭게, 보이를 태질하듯 뿌리쳤다. 윽, 소리를 토하며, 어디를 어떻게 맞았는지, 마루에 엎어진 채 일어나지 못하고 버둥거린다. 지켜보던 나머지 보이와 바텐더까지 곁들어, 사나이에게 달려들었다. 사나이는 의자를 집어들자 달려들어 작자의 골통을 내리깠다. 아이쿠. 사람들이 뒤로 물러서느라 의자가 넘어지고, 걸려서 자빠지고. 여자들의 외마디. 쨍그렁, 유리창 깨지는 소리. 민은 이때다 하면서 사람을 헤치고, 입구로 달릴 셈으로 몸을 돌렸다. 그의 팔을 꼭 붙드는 사람이 있다. 돌아본다. 에레나. 그녀는 죽자고 민의 팔에 매달린다.

"너무해요."

그녀는 술이 깬 모양 또렷한 눈으로 그를 쏘아보면서, 숨을 몰아쉬었다. 민은 잡힌 팔을 뿌리치려고 기를 쓰면서, 한 발씩 문 쪽으로 다가간다.

"데리고 가요. 안 놓을 테야!"

그녀는 원망스럽게 입을 꼭 다물고, 매어달린 채 따라온다. 독고민은, 자기에게는 숙이라는 여인이 있다는 일을, 이 여자가 모르고 있는 게 안타까웠다. 그러나, 그 말을 할 용기는 없었다. 그것은 너무한 일인 것 같았다. 민은 자꾸 문간으로 움직인다. 에레나는 갑자기 소리를 질렀다.

"마담. 마담."

민은 붙잡고 늘어지는 에레나를 힘껏 걸어차버리고, 문밖으로 뛰어나갔다.

"마담, 저일 붙잡아주세요!"

마담과 손님들, 에레나와 여급들이, 민을 따라 거리로 몰려나갔다. 민은 저만치 달려간다.

"저기다. 붙잡아라!"

그들은 고함을 지르며 따라갔다.

민은 있는 힘을 다해 달린다. 그때 또다시 스피커가 부르짖기 시작했다. 민은 달리면서 듣는다.

여기는 정부군 방송입니다. 반란자들은 진압되었습니다. 시민은 경거망동치 말고, 집 안에 머물러 계십시오. 이 명령을 어기는 시민은 몸의 안전을 보장받지 못할 것입니다. 모든 문과 창을 닫으십시오. 정부의 다음 명령이 있을 때까지 거리에 나와서는 안 됩니다. 정부군은 소탕전을 벌이고 있습니다. 반란자들의 주력은 격파되었으며, 남은 자들은 붙들렸습니다. 음모를 짜고 지휘한 괴수는 현재

도주 중에 있으며, 정부군에 의하여 쫓기고 있습니다. 반란 수령의 이름은 독고민獨孤民입니다.

민은 얼이 빠진다. 귀를 의심했다. 똑똑히 들으려고 위험을 무릅쓰면서, 뛰기를 멈추고 건물에 기대섰다. 방송은 이어진다.

반란 수령은 독고민. 모某 국의 지령을 받고 정부 전복을 꾀한 무정부주의잡니다. 그는 현재 S로 2가 가까이를 달아나고 있습니다. 반란 수령은 독고민. 모 국의 뜻을 받고 조국을 팔려고 꾀한 국제 아나키스트 구락부의 정회원입니다. 독고민은, 시가전에서 네 번이나 에워싸여, 그때마다 간곡한 투항 권고를 받았으나, 여전히 반항을 계속하고 포위망을 번번이 돌파, 달아났습니다. 그에게 제시된 투항 조건은 너그러운 것이었는데도, 그는 이를 마다했던 것입니다. 그는 현재 S로 2가 가까이를 달아나고 있습니다. 일당은 보이지 않고, 독고민은 홀로 달아나고 있습니다. 쫓는 부대의 무선 보고에 따르면, 도주자와의 사이는 아주 가까우며, 체포는 시간문제라 합니다. 그를 포위, 타이른 바 있는 전기 추격 부대는 5개 부대로 나누어 사면으로 그물을 좁히고 있다 합니다. 체포는 시간문젭니다. 시민 여러분은 거리로 나오지 마십시오. 군의 마지막 작전을 가로막지 않는 것이, 가장 큰 협력이 될 것입니다. 독고민에 대한 투항 권고문을 보내겠습니다. 독고민. 무기를 버려라. 달아나기를 그치라. 쓸데없는 도주를 그만두라. 아니면 개처럼 쏘아죽일 것이다.

민은 튕겨지듯 달리기 시작한다. 도대체 어떻게 된 노릇인가. 그의 머릿속은 걷잡을 수 없이 빙글빙글 돌아간다. 도대체 어떻게 된 노릇인가. 그는 몇 번이나 골목을 빠졌으나, 그를 쫓는 사람들은 끈질기게 따라왔다. 광장이 나진다. 광장에는 가로등이 환하고, 텅 비어 있다. 그가 광장을 곧장 가로질러, 건너편 골목으로 빠지려 할 때, 그 골목에서 한 떼의 군중이 쏟아져나오는 것이 보인다. 손에손에 종이를 들었다. 시인들이었다. 그는 오른편으로 방향을 돌렸다. 그쪽 골목에서도 한 떼의 군중이 몰려나온다. 장부책을 가슴에 안은 노인을 머리로, 그들은 걸어나오고 있었다. 그는 기겁을 하면서 왼쪽으로 달렸다. 그 편 골목에서 한 떼의 군중이 쏟아져나온다. 그녀들은 왁자지껄 떠들면서 민을 손가락질한다. 민은 뒤로 돌아섰다. 그쪽에서 에레나를 앞세우고 깡패, 마담, 보이, 손님들, 여급들이 다그쳐든다. 광장으로 들어오는 길은 이렇게 네 곳뿐이다. 민은 몰리면서, 분수가 얼어붙은 돌기둥 위에 올라섰다. 자리는 두 발로 서고도 남았으나, 얼음바닥이 미끄러워서, 스케이팅을 처음 하는 사람처럼 두 팔을 내저으며 허우적거렸다. 사람들은 민이 올라선 돌기둥을 가운데 두고 빙 둘러섰다. 그들은 민을 쳐다보면서 고함을 질렀다. 그렇게 된 민은 꼭 동상銅像 같았다.

"선생님 우리를 버리십니까?"

"사장님 결심하십시오!"

"여보 우리 사랑은 승리한 거예요."

"선생님 대답해주세요!"

"사랑해요."

"사랑합니다."

민은 밀려드는 사람들을 내려다보았다. 그때, 광장을 둘러싼 고층 건물들의 맨 꼭대기 창문들이 한꺼번에 활짝 열리면서, 불빛이 흘러나왔다. 그 때문에, 광장은, 마치 빛무리를 머리에 인 꼴이 됐다. 민은 대석 위에서 한 바퀴 빙 돌면서, 그 창들을 올려다본다. 남자, 여자, 늙은이, 청년, 소녀들. 어린 아기들은 어머니 팔에 안겨서 독고민을 내려다보고 있었다. 그들은 모두 잠옷을 입고 있었다. 금방 잠자리에서 빠져나온 것이 분명했다. 그들의 창틀에는 둔하게 빛이 나는 무슨 기계가 하나씩 놓였는데, 사람들은 집에서 기르는 강아지나 고양이를 쓰다듬듯 그것을 만지고 있었다. 어머니들은 허리를 굽혀, 품에 안은 아기들도 만져보게 하고 있다. 민은 그것을 유심히 보았다. 기관총. 독고민은 가슴이 꽉 막혔다. 그 창문들 중 한 군데서 민을 향하여 손을 흔드는 사람이 있다. 공항空港의 비행기 트랩에서 하듯이. 젊은 여자였다. 환한 불빛을 역광으로 받으며 그녀는, 옆에 선 남자의 팔을 낀 채, 민을 향하여 손을 흔들고 있다. 그녀 역시 잠옷 바람이었다. 여자가 남자를 올려다보면서 웃었다. 그녀가 머리를 돌릴 때 불이 비치면서, 얼굴이 뚜렷하게 드러났다. 숙이. 숙이다. 그는 너무나 뜻밖의 일에 미칠 듯이 고함쳤다. 스피커가 또 방송을 시작한다. 스피커가 울리기 시작하자, 대석 주위에 몰렸던 사람들은 재빨리 물러나, 각기 나온 광장의 통로 어귀로 돌아가서 거기 머물렀다.

시민 여러분 기뻐하십시오. 반란 수괴 독고민은, 드디어 광장에 갇혔습니다. 추격 부대는 광장으로 통하는 네 개의 길을 완전히 막았으며, 다른 부대는 광장 둘레의 건물 위층을 차지하고 창문에서 그를 지켜보고 있습니다. 또한 현장 부대의 무선 보고에 의하면, 포위 부대의 마지막 투항 권고에 대하여도 냉소로 거절하고, 악마적인 집착執着과 발악을 나타냈다고 합니다. (스피커 잠시 그침) 정부군 총사령부의 작전 명령을 보내드리겠습니다. 현장 부대 지휘자는 잘 들어주십시오. 정부군 총사령부의 명령을 보내드리겠습니다. '작전 명령. 포위 부대는 오색 신호탄의 발사를 신호로 반란 수괴 독고민을 현장에서 총살하라.' 다시 한 번 보내드립니다. '작전 명령. 포위 부대는 오색 신호탄의 발사를 신호로 반란 수괴 독고민을 현장에서 총살하라.' 오색 신호탄이 곧 발사될 것입니다.

광장 어귀에 몰려선 사람들은 하늘을 올려다본다. 건물 창가의 사람들은 하늘을 올려다본다. 부시도록 아름다운 별하늘이다. 유리처럼 단단하고 짙푸른 하늘 바탕에, 찬란한 보석들이 쏟아질 듯이 부시다. 독고민은 미친 듯이 부르짖는다.

"아닙니다. 아닙니다. 저는 아닙니다. 저기 있는 저 여자가 제 애인입니다. 저 여자한테 물어봐주십시오!"

독고민이 미칠 듯 부르짖자 사람들은, 가로등 밑에 모여서 잠깐 의논을 하더니, 그중 몇 사람이 바삐 건물 속으로 뛰어 들어간다. 잠시 후에 그들은 다시 나왔다. 맨 앞에 여자를 앞세우고 그들은 독고민의 발밑으로 모여들었다. 민은 여자를 봤다. 숙이였다. 그녀는 아까 창가에서 같이 서 있던 남자의 팔을 붙잡고 있었다. 독고민은 소리친다.

"숙이, 나야 나."

"당신이 누구예요?"

"응? 내 얼굴 잊었어? 독고민이야! 나야!"

"독고민?"

사람들 가운데 한 명이 나서면서 마지막으로 다짐하듯 여자에게 묻는다.

"저분을 아십니까?"

"어떻게 된 영문인지 모르겠군요. 전혀 기억이 없어요. 아마…… 가여워라!"

그녀는 애처로운 듯 민을 쳐다보고는 같이 온 남자의 부축을 받으며 군중을 헤치고 빠져나갔다. 얼이 빠진 독고민은, 진짜 동상처럼 얼어붙은 듯 움직이지 못한다. 그때 스피커가 또 한 번 울려나온다.

긴급 뉴스입니다. 악한 독고민은, 마지막 순간에 한바탕 추태를 보였습니다. 그는 자기의 신분과 반란 현장에 대한 부재 증명을 한다고 울부짖으면서, 정부 모某 고관의 부인을 지명했는데, 재판의 공정성을 고려하여 정부의 종용으로 현장에서 독고민과 대질한 전기 부인은, 명확히 이를 부인했습니다. 이로써 재판은, 범인 자신이 신청한 증거까지도 공정히 살핌으로써, 법 앞에서의 만민의 평등을 구현한 것입니다. 판결은 확정되었습니다. 정부군 사령부는, 전기 명령을 재확인하고 이의 집행을 명령합니다. 신호탄이 곧 발사될 것입니다.

어느새 사람들은 광장 어귀로 물러가서 하늘을 보고 있다. 사람들은 숨을 죽인다. 오직 독고민만은, 아까 숙이 사라진 쪽을 멍하니 쳐다본 채, 동상처럼 움직일 줄 모른다. 그녀는 창가에 돌아와서 흰 목을 젖히고 하늘을 보고 있다. 신호탄이 올랐다.

불줄기는 중천까지 이르자 일순 멈추는가 싶더니, 탁 터지면서, 파랑 빨강 노랑 백색 갈색의 다섯 줄기가 별 모양의 다섯모꼴을 이루면서 사방으로 튀었다.

동시에 광장을 뒤흔드는 발사음과 함께, 창틀에 얹혔던 수십 틀의 기관총이 불을 뿜기 시작했다. 저 낯익은 고전 무용의 몸짓 가운데 하나처럼, 한 손을 허리에 대고 다른 손은 꼬부장하니 관자놀이 곁에 올리고, 한 발을 달싹한 독고민의 모습이 언뜻 보였으나, 다음 순간에는 벌써 퍼붓는 총알이 돌기둥에 부딪혀서 일으키는 뽀얀 돌먼지 속에 싸여, 아무것도 보이지 않게 되었다. 사격은 1분간 실시된 후에 뚝 멎었다. 광장 어귀에서 지켜보던 사람들이 돌기둥으로 몰려왔다. 그들은 둘러서서 쓰러진 물건을 들여다보았다. 사람 크기의 물체가 뒹굴어 있다. 겉이란 겉에서 흐르는 피가, 언 땅에 스미지도 못하고, 가로등 빛을 받아 번뜩인다. 사람들은 그 물건을 맞들어 돌기둥에 걸쳐놓았다.

사람들은 기쁜 얼굴로 서로 쳐다보면서 악수를 나누었다. 그러면서 이렇게 각계각층의 인사와 사귄 고인의 넓은 사귐에 대하여,

새삼스럽게 혀를 내두르며 감탄했다. 시인들은 은행가들한테서 담뱃불을 얻으면서, 아리랑담배의 맛이 좋아졌다고 했다. 노인들한테서 담뱃불을 얻고 있다는 엄청난 일에 대해서는 별로 생각하지 않았다. 댄서 가운데 열심인 애들은 뒤에서 포즈 연습을 하고 있었다. 그런 다음에 노인들은 장부를 돌기둥 밑에 던졌다. 시인들은 손에 들었던 종이를 던졌다. 댄서들은 양말을 벗어던졌다. 바에서 온 패는 계산서며 아리랑 빈 갑 따위를 던졌다. 누군가 성냥을 그어댔다. 불이 확 타오른다. 할 일을 마친 사람들은 저마다 나왔던 길로 광장에서 물러갔다. 모닥불은 곧 사그라졌다. 사람들이 다 물러간 다음 광장에는 얼어붙은 돌기둥 위에 독고민 혼자 누워 있었다.

신호탄 불꽃은 도시의 지붕을 향하여 차츰 떨어져온다.

약 반 시간쯤 지나서.

광장으로 나오는 모퉁이에 언뜻 그림자가 보인다. 곧 사라졌다. 그림자는 벽에 착 붙어선 모양이었다. 하늘에는 이미 신호탄 불꽃도 사라지고, 활짝 열렸던 창문도 하나같이 닫혔다. 광장에는 환한 가로등이 초병哨兵처럼 늘어섰다.

끝내 그림자는 벽에서 떨어져 광장으로 나선다. 좌우를 살피면서 조심조심 그러나 재빠르게 분수까지 이르렀다.

늙은 댄서였다.

그녀는 분수 아래에 꿇어앉아서 두 손을 모았다. 그리고 얼굴을 들어 대석에 걸쳐진 독고민을 바라본다. 그녀는 입 속으로 기도를 드린다. 오랫동안. 대석 위의 주검을 바라보면서. 동굴처럼 퀭한 그녀의 두 눈에서 주르르 눈물이 흘러내린다. 깊은 샘에서 흐르듯 눈물은 한없이 흐른다. 그러자 이상한 일이 생겼다. 젖은 카바이드처럼 윤기 없던 그녀의 두 눈이, 이른 봄 샘터같이 환해지기 시작한다. 흙두덩처럼 거센 눈 가장자리가 봉곳이 살이 오르기 시작한다. 눈을 중심으로 그 가까운 힘살이 서로 끌어당기듯 팽팽해지면서, 완전한 젊은 여인의 얼굴로 바뀌고 있는 것이다. 그녀는 일어서서 축 처져내린 시체에 입을 맞췄다. 입술이 떨린다. 그 순간 입술에도 바뀜이 왔다. 낙엽처럼 까슬하던 입술이 장밋빛으로 물들기 시작하고, 이 빠진 조개껍질 같던 턱이 동그란 아래턱이 되는 것이었다. 그녀의 얼굴에 일어난 기적은 온몸으로 빠르게 퍼져갔다. 두 팔은 우아한 조각처럼 살이 오르고 젖가슴은 보살보다 곱게 부풀었다. 마지막으로 쭉 곧은 다리는 암사슴처럼 가볍고 순종 사라브레드처럼 든든했다.

그녀는 팔을 들어 조심스럽게 시체를 끌어내렸다. 그 끔찍한 모양에 그녀는 부지중 낯을 가려버렸다. 그녀는 한참 그런 모양으로 있다가, 겨우 손을 떼고 또 한참이나 시체를 들여다보았다. 끝내 용기를 낸 듯, 그녀는 시체를 이리저리 더듬기 시작한다. 시체에서 무엇인가 찾아내려는 모양 같다. 그녀는 손을 온통 시뻘겋게 물들이며 시체의 한 부분을 잡아서 세게 잡아당겼다. 지퍼가 주르륵 열리면서, 껍질이 훌렁 벗어졌다. 그녀는 껍질을 사지에서 벗겨 던졌다. 독고민은 말짱하게 누워 있었다. 그것은 아래위가 곁달리고, 후드까지 달린, 방탄복防彈服이었다. 그녀는 가볍게 소리지르며 독고민을 흔들었다.

독고민은 눈을 떴다.

그리고 자기를 들여다보고 웃고 있는 여자를 보았다. 왼쪽 뺨에 까만 점이 눈을 끈다. 그녀는 그를 끌어안고 입을 맞췄다.

"서둘러야 해요. 빨리!"

그녀는 사방을 둘러보면서 서둘렀다. 두 사람은 방탄복을 꾸려 들고 광장을 떠났다. 그들은 몇 번이나 뒤를 돌아보면서, 뒤를 밟히고 있지나 않나 조심했으나, 그런 눈치는 없었다. 광장을 빠지자, 거기 자동차 한 대가 기다리고 있었다. 그녀는 서너 발 앞에서 자동차에 대고 나지막하게 말했다.

"피닉스는 다시 날까요?"

운전석 문이 열리며 한 남자가 내려서면서 대꾸한다.

"사랑이 있는 한 날 것입니다."

그녀는 독고민을 보고 방긋 웃은 다음, 그의 팔을 잡고 차에 올랐다. 성능이 좋은 고급 승용차는, 소리도 없이 스르르 달리기 시작한다. 운전사는 앞을 본 채로 말한다.

"수령首領. 우리측의 손해도 적지 않지만 저걸 보세요."

그는 고갯짓으로 밖을 가리켰다.

"근위近衛사단은 전멸했을 겁니다."

독고민은 창밖을 내다보았다.

전차가 아직도 불타고 있다. 녹아내린 포탑砲塔이 무한궤도 위에 진흙처럼 덮였다. 그 옆에 전봇대가 선 채로 새까맣게 그을렸다. 잎 떨어진 플라타너스 밑에 기관총 탄환이, 케이스에서 흘러나와

흡사 그 열매처럼 깔렸다. 차가 달리는 데 따라 치열한 싸움의 뒤끝이 자꾸 펼쳐진다. 눈에 띄는 시체는 거의 붉은 제복을 입은 정부군이었다. 그 말대로 근위사단은 전멸했는지도 몰라. 곳곳에 쌓아놓은 바리케이드도 타고 있다. 차가 멈췄다.

붉은 제복을 입은 근위장교가 보병총을 든 병사와 나란히 서 있다. 장교가 한 손을 들고 있다. 그들은 차 곁으로 다가왔다.

"누구의 찬가?"

운전사가 창문을 열고 증명서를 내민다. 장교는, 불타는 바리케이드 쪽으로 돌아서서 들여다보더니, 휙 돌아서면서 거수경례를 한 다음 증명서를 돌려준다.

"몰라뵈었습니다. 지나가주십시오."

차가 지나갈 때까지, 장교는 차렷으로 서 있고 병사는 받들어총을 하고 있었다. 운전사는 껄껄 웃는다.

"비상통행증입니다. 사령부에 들어가 있는 동지한테서 보내왔지요."

차는 시가지를 벗어나 교외로 나선다. 탄탄대로다. 별빛이 어슴푸레 비친 산마루. 어두운 숲. 번쩍이는 강. 길 옆 나뭇가지에서 가끔 푸드덕 깃소리를 내며 다른 나무로 옮겨앉는 새. 금방 지나온 끔찍한 거리와는 너무나 심한 대조였다. 차에 붙은 라디오에서 잔잔한 음악이 흘러나온다. 꼭 창밖에 펼쳐지는 풍경처럼 맑고 신비로운 가락이다. 음악이 뚝 멈추며 뉴스를 보내기 시작한다.

여기는 바티칸 방송입니다. 전 세계의 벗들에게 슬픈 소식을 전하겠습니다. 한국에 보내졌었던 교황 사절 독고민 대주교大主敎는, 수 미상의 신도 여럿과 함께 오늘 한국 시간 13시에 장엄한 순교를 하였습니다. 붉은 악마들은, 지난달 28일, 동 대주교를 그들의 사령부로 속여서 불러들여, 돌연 그를 가뒀으나 사령부 안 모 고위 신도의 도움으로 빠져나와 숨어 있었던 것인데 보름이 지난 오늘 2월 15일 다시 화평 제의를 신문으로 호소, 신도들의 안전을 염려하여 말리는 것을 뿌리치고 나타난 대주교를 또다시 체포했으나, 대주교는 이번에도 빠져나오는 데 성공했던 것입니다. 그러자 붉은 통치자들은 오늘 10시를 잡아, 서울 일원에 걸쳐 믿는 사람들에 대한 대학살을 벌였습니다. 붉은 통치자들은 방송을 통하여 동 대주교에게, 그들의 사령부로 나오도록 권고했으나, 악마의 꾀를 뚫어본 모시는 자들의 말에 따라 신도들의 집을 옮겨가면서 피신을 거듭하던 동 대주교는, 네 번이나 숨은 곳에서 에워싸였으며, 그때마다 신도들이 몸으로 지켜 죽을 고비를 벗어났으나, 끝내 붉은 근위사단의 치열한 뒤쫓음과 뒤져내기에 몰려, 도시 중심부 '자유의 광장'에서 순교한 것입니다. 붉은 학살자들의 살해 방법은 악랄을 다한 것으로서, 동 주교를 광장 중앙부에 밀어넣고, 물러날 길을 끊은 다음에, 고층 건물의 지붕으로부터 기관총에 의해 일제 사격을 가한 것이라고 합니다.

교황 베드로 2세 성하께서는 즉시 동 대주교를 성도의 반열에 넣을 것을 결정, 이를 알리도록 분부하시고 특별 미사의 준비를 이르셨습니다. 전 세계의 교우 여러분, 소식이 들어오는 대로 다시 자세한 진상을 보내드리겠습니다. 너그러우신 성모 마리아, 대주교와 그의 양떼를 주님께로 이끄소서. 아멘.

아나운서의 말꼬리가 걷히면서, 우람스럽고 드높은 바다 울음처럼 장엄한 혼성 합창으로 구노의 「아베 마리아」가 물결쳐 나온다. 꼬리에 꼬리를 물고 밀려드는 새파란 물결. 튀는 물방울. 독고민은 꿈틀 몸을 움직인다. 그녀가 팔을 꼭 붙잡아준다.

어느새 차는 국도를 버리고 옆길로 들어서더니, 이윽고 울창한 숲 속에서 멎는다. 독고민과 그녀는 운전사를 남겨둔 채 오솔길을 따라서 걸었다. 별장풍의 건물이 나선다. 나무로 짠 문이 굳게 닫혔다. 그녀는 주먹으로 문을 두드린다. 안에서 묻는다.

"피닉스는 다시 날까요?"

"사랑이 있는 한 날 것입니다."

그녀가 대답하자 삐걱 소리가 나며 조그만 드나들 문이 열린다. 두 사람은 현관을 지나 어떤 방문 앞에 이르렀다. 안내하던 남자는 인사를 하고 돌아간다. 그들은 방 안에 들어섰다.

으리으리한 침실이다.

벽의 사면은 밤하늘처럼 짙은 푸른빛 휘장으로 덮이고, 검고 육중한 나무 침대가 안쪽에 놓였다. 바다 속처럼 어슴푸레한 푸른 불빛. 그들은 침대에 걸터앉았다. 그러자, 맞은편 벽을 덮었던 휘장이 가운데로부터 스르르 갈라져 벽 크기의 커다란 스크린이 드러난다. 스크린에 그림자가 비친다. 민은 숨을 죽였다.

스크린에는 안경 쓴 감사역, 빨간 넥타이를 매고 「해전」을 낭독하던 젊은 시인, 미라, 에레나, 그 밖에 여러 사람. 그들은 모두

민을 바라보고 있다. 민은 그들이 영사막 저편이 아니고 꼭 한방에 같이 앉아 있는 듯한 헷갈림이 든다. 시인과 에레나는 팔에 붕대를 감았다. 감사역이 일어서서 한바퀴 돌아본 다음 입을 열었다.

"먼저 간 동지들의 명복을 빕시다."

민과 그녀도 일어섰다. 조용한 기도. 관세음보살 하는 소리가 나직이 들린다. 그들은 앉았다.

그들이 둘러앉은 앞쪽에는, 은컵 속에 수기手旗가 꽂혀 있다. 새하얀 바탕에 붉은 장미꽃 한 송이를 입에 물고 불티를 털며 날아오르는 새 한 마리가 수놓여졌다. 빨간 넥타이가 일어섰다. 그는 독고민을 똑바로 쳐다보면서 이야기를 꺼낸다. 그의 눈은 이글이글 타는 것 같았다.

"수령首領. 봉기는 실패했습니다. 조직은 무너지고 동지는 흩어졌습니다. 왜? 왜 실패했는가? 민중들이 돌아섰기 때문입니다. 그들이 받아 움직이지 않은 탓입니다. 그들은 우리를 버렸습니다. 그들은 우리의 부름을 깔아버렸습니다. 우리가 거리에서 피를 흘리고 있을 때, 그들은 갈보들의 더러운 배 위에서 숨을 죽이고 있었습니다. 더러운 고깃덩이를 하룻밤 살 수 있는 품삯을 주는 자들에게 아쉬움이 있었던 것입니다. 그들은 자유인의 죽 대신에, 노예의 떡을 택한 것입니다. 누구를 위하여 싸우는 겁니까? 대체 누굴 위한 희생입니까. 기막힌 짝사랑. 계집은 싫다는데 무슨 유토피압니까? 짝사랑까진 좋아도, 잘못하면 강간이 됩니다. 그래서야 억울해서 살겠습니까? 챈 것도 기막힌데, 고소를 당해서야 쓰겠어요? 수령. 구락부의 강령 개정을 동의합니다. 민중과의 공동전선을 규정한 현 강령하에서는, 저는 손가락 하나도 명령에 따를 수 없습니다. 새 강령을 주십시오. 버림받지 않을 새 깃발을 주십시오. 새 보람을. 새 원리를!"

그는 주저앉아서 낯을 가리고 울기 시작했다. 어깨가 마구 들먹인다. 독고민은 눈을 감은 채 아무 말도 없다. 감사역은 일어난다.

"내 아들이여. 내 젊은 동지여. 내 말을 들어보십시오. 당신은 그들이 돌아섰다고 합니다. 그렇습니다. 그들은 배반했습니다. 그러나 생각해보십시오. 사랑이란 먼 것입니다. 사랑이란 아픈 것입니다. 어두운 것입니다. 그리고 젊은 동지여. 당신은 그들의 배반이 당신에게 상처를 주었다고 합니다. 당신의 자존심을 다쳤다고 합니다. 그러나 생각해보십시오. 지금부터 2,000년 전에, 신神의 아들조차도 그들에게 버림받았던 것입니다. 기억하십시오. 신의 아들조차 버림받았던 것입니다. 신의 사랑을 마다한 사람들이, 인간의 사랑을 마다한다고 당신은 노여워합니까? 당신은 신보다도 더한 자존심을 가지고 있습니까? 신의 아들은 모욕을 당하고도 2,000년이나 그들을 가만두었습니다. 당신은 한번 버림받았다고 대뜸 징벌론을 들고 나옵니까? 벗이여 사랑은 멀고 오랜 것입니다. 사랑은 어둡고 죄악에 찬 것입니다. 당신의 입술에 미움의 말을 담아서는 안 됩니다. 미움은 가장 아름다운 마음도 썩히고 마는 독입니다. 선을 행하기 위해서도 증오해서는 안 됩니다. 우리가 실패한 것은 어쩌면 우리가 너무 미워한 탓인지도 모르지요. 비록 자유를 위한 증오였더라도. 당신은 고운 아가씨들을 너무 얕잡아봅니다. 끊임없이 구애하십시다. 신의 아들조차 실패했는데,

우리라고 대번 수지를 맞춘대서야 너무 꿀맛이지요. 피 흘리는 짝 사랑이라고 생각할 게 아니라, 좋아서 하는 예술가지요. 그들을 사랑하는 것 말고는, 신에게로 이르는 딴 길이 없는 걸 어떡합니까? 그들이 싫대도 사랑해야 합니다. 젊은 동지여. 자 다시 한 번 머리를 빗고 다시 한 번 꽃다발을 챙깁시다. 이런 늙은이도 아직 희망을 버리지 않았는데……"

감사역은 한 손으로 빨간 넥타이를 손짓했다. 청년은 수줍은 듯이 일어서더니 노인 곁으로 와서, 주름진 뺨에 입을 맞췄다. 빵 하고 소리 나는 굉장한 키스였다. 일동은 한바탕 웃었다. 빨간 넥타이는 흥분해서 소리 높이 읊기 시작한다.

얼마나 좋을까
이 비뚤어진 노래를
그만 부를 수만 있다면
정말은 내 맘은 저
어여쁜 종다리처럼
뛰놀고 싶은데
높은 산꼭대기에서 눈을 밟고
울어대는 짐승처럼
너와 더불어
노래 부를 수 있다면

얼마나 좋을까

붉은 해가 불끈 솟는
바닷가에서
사랑하는 여자의
가슴을 물어뜯으며 아무
꾸밈도 없이
사랑을
속삭일 수 있다면

얼마나 좋을까
우람하지 못해도 좋은 내
나라의 호수 속에서
검은 햇바퀴 비치지 않은 하늘을
볼 수 있다면
호수보다
깊고
사랑스런
너의 눈을
들여다보며
너를
사랑할 수 있다면

얼마나 좋을까
거짓말하는 사람들이 없어진

거리에서

아카시아

꽃처럼 향그런 맘씨와

늦가을

시뿌연 옥수수

뭉치처럼 청결한

체구 가진 처녀에게

장가들 수 있다면

그리고

아무리 타일러도 제 버릇

개 못 주는

나쁜 자식들을

하느님께서 모조리

붙들어가시고

우리들에게 한가위

잔치술처럼

진한

기쁨을 보내

주신다면

그럴 테지 우리 손으로

해야 할 테지 나는

알고 있다
하느님은
지금
나들이 가신 것을
그러나 우리
앞을 막는 어두운 벼랑
이 너무나 튼튼한 벼랑 우리의
아이들은 이 벼랑 너머에
설 수 있을 것인가 정말
그렇게 될까

그 어두운 벽
때문에 우리의
성대는 중풍쟁이
다리처럼 뒤틀리고
헛바닥은 비뚤어졌다
저 옛날
애기의 개구리는 울음 한 번에
구슬 하나씩 뱉었는데 미물보다
나은 우리는 말
한마디에 독버섯 하나씩을
토한다 내 마음은
그렇지 않은데

나를 배반하는 혀 내

말을 듣지 않는 혀 이

비뚤어진 노래를 그만

부를 수 있다면 얼마나

좋을까

하느님 우리

입술에서 검은

낱말들을 거두어

주십시오 우리의

혀를 바로잡아

주십시오 될 수

있으면 우리만 말고 저 나쁜

자식들도 한 번 더

타일러

주십시오

지금 곧

아니라도 좋습니다 우리는

당신이 지금 나들이

가신 것을

압니다 당신이 집을

비운 사이에 일어난

일까지 갚으라고는

안 합니다 이것은 우리의

책임입니다 우리는

싸울 것입니다 이 벼랑에 다이너마이트를

꽂아서 한 조각씩이라도 깨뜨려

보겠습니다 다만 하느님 나들이에서

돌아오시는 대로 우리를 도와

주십시오 하느님 정말

꼭

부탁합니다

믿겠습니다

　사람들은 마지막 마디에서 모두 낭독자를 따라 "믿겠습니다" 하
고 외친다. 민은 서먹서먹하면서도 어쩐지 뭉클했다. 사람들의 얼
굴은 환하게 빛나고, 눈에는 알지 못할 괴로움과 꿈의 빛이 있었
다. 민은 그 까닭을 알 수 없었다. 이 훌륭한 사람들이, 무엇 때문
에 이렇게 슬퍼하는지 알 수 없었다. 감사역은 모두에게 자리에
앉도록 권했다. 노인은 독고민을 향하여,
　"수령. 바쁜 일은 뒷수습인데, 수령께서 오시기 전에 우리 의원
들 사이에 이미 완전한 합의를 보았습니다. 모든 조직이 드러나고,
한 군데는 붙들렸으므로, 우리가 지금 할 일은 지하로 들어가는
것입니다. 그리고 수령은 나라 밖으로 나가도록 결정했습니다."
　그녀가 한마디 했다.
　"그럴 것까지 있을까요?"

"있습니다. 이번 싸움을 통해서 수령의 인상은 완전히 드러났으므로, 국내에서 견디기는 힘든 일입니다. 이번에도 저 동지들……"

감사역은 빨간 넥타이, 미라, 에레나의 세 사람을 가리켰다.

"저 동지들을 근위사단에 프락치로 심어놓지 않았더라면, 수령은 지금 이 자리에 탈 없이 계실 수 없었을 겁니다. 그 방탄복은?"

그녀는, 자기 앉은 소파 아래를 손가락으로 가리킨다.

"그러면 시간이 급하니 서둘러야 합니다. 당신은 수령과 함께 가십시오. (그녀를 지명한다) 연락 일체는 아까 말한 대로…… 조금 더 있으면 바닷가도 막힐는지 모르니까 빨리 하십시오."

독고민과 그녀는 현관에 나섰다. 차는 현관 계단 바로 밑에 모로 대 있었다. 그들은 차를 탔다. 독고민은 그녀가 가리키는 곳을 보았다. 어느새 굳게 닫힌 커다란 현관문이 영사막으로 바뀌고, 거기 감사역을 비롯한 사람들이 따라나와서 그들을 바래고 있다. 흡사 현관에 몰려선 진짜와 조금도 달라 보이지 않았다. 진짜 크기의, 비친 사람들의 표정까지 뚜렷했다. 감사역의 안경 너머로 번쩍 빛나는 눈물을 민은 놓치지 못했다. 그녀는 밖으로 머리를 내밀고,

"여러분, 피닉스는 또다시 날까요?"

보내는 사람들의 외침.

"사랑이 있는 한 날 것입니다. 수령."

소리도 없이 발동을 걸고 차는 스르르 미끄러져간다. 민은 아까부터 골똘히 생각하고 있었다. 그는 야릇한 헛갈림에 빠져들고 있

다. 나는 정말 이 사람들의 수령이 아닐까. 아니다. 이 사람들에게 홀리면 안 된다. 그러면 다시는 숙을 못 만난다. 하지만 숙은, 아까 광장에서 내가 총 맞아 죽을 때도 건져주지 않았다. 왜 그랬을까. 그 생각을 하자 왈칵 서러워진다. 무슨 까닭이 있을 것이다. 아까 노인도 자꾸 사랑하라고 했다. 필시 그녀에게 무슨 사정이 있었으리라. 아니 사정이 없대도 좋다. 그녀가 몰라도 좋다. 독고민은, 금방 울음이 터질 것 같아 어금니를 굳게 물며 입술을 떨었다. 이 사람들에게 홀리면 안 된다. 어떤 유혹이 와도 물리치리라. 집착할 아무 까닭도 없어진 사람이, 집착할 아무 까닭도 없어진 사람에게 매달리기로 마음먹은 것이다. 바보는 끝까지 바보였다. 독고민은 앞 창문을 통해 어둠을 내다본다. 허虛가 허虛를 보고 있다. 그녀는 민의 옆모습을 황홀하게 바라보면서 그녀대로 딴생각을 하고 있었다. 오늘밤 이 수줍은 애인을 데리고 자줘야지. 배가 해안을 떠날 때. 그녀는 오랜 사이를 두고 수령에게 바쳐온 짝사랑이 이제 열매 맺는 것을 생각하면, 자기의 사명이 얼마나 위험한 것인가를 돌이켜볼 짬이 없었다. 그녀는 수컷을 사로잡은 암호랑이처럼 자랑스러웠다. 배가 해안을 떠날 때. 차의 모습이 숲을 돌아 사라지자 바래던 사람들은 안으로 사라져버리고, 감사역과 빨간 넥타이만 남았다. 그들은 묵묵히 서서 멀리 하늘을 내다본다. 아름다운 별밤. 짙푸른 하늘 바탕에 차디찬 보석들이 쏟아질 듯 부시다. 바람이 쏴 지나가면서 나뭇가지가 스산한 소리를 낸다. 추운 밤이다. 겨울의 한밤중, 마른 나뭇가지에 바람이 스치는 소리에는, 한 가닥의 에누리도 없다. 노인은 부지중 몸을 떨면서 말했다.

"이런 밤에는 얼어 죽는 형제도 있을 거야."

시인이 받는다. "마음이 추운 사람만."

노인은 잠시 생각하는 듯 고개를 숙이고 있더니 짧게 고친다.

"마음이 추운 사람도."

시인은 가볍게 웃었다. 그들은 서로 팔을 끼고 천천히 안으로 사라졌다. 현관문은 굳게 닫혀 있다.

이튿날 아침.

김용길 박사는, 2층에 있는 원장실 창문에 붙어 서서, 병원 뜰을 내다보고 있다. 여름에 그리도 짙푸르던 나무들은, 하나 없이 앙상한 가지만 드러내고 있다. 굉장히 넓은 뜰이다. 잎이 없어진 나뭇가지들의 멋대로 자연스런 데생 속에서, 흰 페인트칠한 반듯반듯한 벤치가 유별나게 눈에 띈다. 자연은 살아 있는 물건이지. 박사는 그런 생각을 한다. 자연은 살아 있다. 산 물건은 붙잡기가 힘들다. 더구나 사람은. 한가운데 기운차게 물을 뿜던 분수도, 무슨 동상을 옮겨낸 대석臺石처럼 허전하다. 그는 잎사귀가 다 떨어진 엇비슷한 나무들 가운데, 지난봄 그가 손수 심은 복숭아나무를 눈으로 찾았으나 헛일이었다. 신경외과의 대가며 뇌수술의 첫손으로, 사람의 골이라면 제 손금보다 환한 김 박사도, 잎 떨어진 나무를 알아볼 만큼 나무가꾸기에는 밝지 못했다. 그는 문득 돌아보는 느낌에 잠겼다. 그는 황해도 태생으로, 고을에서는 밥순가락이나 먹는다는 포목전을 내고 있던 아버지 덕으로, 이렇다 할 어려움도 모르고 지냈었다. 북도 사람에 흔한 일로, 그의 부친은 자녀 교육에 푼수에 지나칠 만큼 열을 가진 사람이었다. 하긴 김 박사는 독자였다. 3대는 아니었지만. 그는 대학에 올라갈 때 미술을 택할 생각이었다. 흔히 있는 일로 부친은 잡아떼고 허락지 않았다. 끝내 꺾이는 수밖에 없었다. 그러나 대학에서 전공을 고르게 될 무렵에 또 한 소동이 일어났다. 신경외과를 버리고 내과를 하라는 것이 부친의 말. 그것만은 제 뜻을 들어달라는 김 박사. 이번에 굽힌 것은 아비 쪽이었다. 하긴 그 시절, 아내를 여읜 부친은 대가 약해져 있었다. 어쨌든 김 박사는 뜻을 이루었다. 그때만 해도 신경과는 몰리는 데가 아니었다. 더구나 골은…… 지금, 김 박사는, 국내뿐 아니라 오히려 밖에서 이름이 더 높다. 이를테면 이름이 역수입된 셈이었다. 처음에는 국내 학계와 의료계에서 이러쿵저러쿵 했으나, 뚜렷한 업적에는 어쩌는 수가 없었다. 대학병원이 교외 넓은 땅에 새로 서서 옮긴 다음에는, 밀려닥친 행정적인 짐 때문에 그의 연구 시간은 다 앗기고 말았다. 박사에게는 지금 하고 있는 일이 있었다. 심령학회 보고에 따르면, 외국에 전혀 가본 적이 없는 피술자被術者가 그 외국의 어떤 도시에 대하여 정확하고 자세한 진술을 했다는 것이다. 또 어떤 피술자는 300년 전의 일에 대한 진술을 했는데, 최근 나온 고문서古文書로써 그 사실史實이 밝혀졌다는 것이다. 만일 이것이 정말이라면, 그 진술의 화자話者는 진술한 본인일 수 없다는 말이 된다. 그렇다면 누가 말한 것인가? 그 얼굴 없는 화자는 누군가? 그것은 또 개체個體 개념을 뿌리에서 흔든다. 겪지도 못한 수백 년 전의 기억을 지니고 있는 것은 그 개체일 수 없기 때문이다.

이와 같은 일의 테두리를 넓힌다면 개인의 유일성과 동일성이 뿌리에서 다시 살펴져야 한다. A는 A이면서 A가 아니다? 그것은 인간을 '현재'와 '여기'라는 시간과 공간의 두 축軸으로 완고하게 자리 주어진 좌표로부터, 허虛의 진공 속으로 내놓음을 말한다. 그리고 개인은 시공에 매임 없이, 인류가 겪은 얼마인지도 모를 기억의 두께 속에 가라앉아, 급기야 그 개인성을 잃고 만다. 바다에 떨어진 한 방울의 물처럼, 그것은 미궁迷宮 속에 빠진 몽유병자 같은 상태일 거다. 그 속에서 끝까지 개체의 통일성을 지킬 수 있는 힘은 무엇일까. 박사의 연구는 이 같은 가정에 대하여 과학적인 분석과 종합을 해보되, 그의 전공 분야에서 하자는 것이었다. 연구는 시원치 않았고, 그 탓으로 요즘 박사는 기분이 좋지 못했다. 신경과를 택한 것도, 미술을 못 할 바엔 인간의 신비를 바로 손으로 만지면서 연구하겠다는 생각에서였다. 그 점에서 뉘우침은 없다. 정신의 자리는 뇌수라고 생각한 당시의 소박한 동기는 지금으로선 미소로 더듬어지는 기억이다. 박사는 데스크 위에 놓인『프시케』를 집어들어 책장을 넘긴다. 한국 심령학회에서 내는 계간 잡지다. 그는 한 손으로 책을 꼬나잡고 읽기 시작한다.

옛날, 세 마리 짐승이 각각 발원發願하여 극락으로 가는 길을 떠났다. 극락에 이르자면, 고해苦海라는 강을 건너야 한다. 강은 넓고 깊다. 강 건너편이 바로 극락이다. 그들은 강물에 들어섰다. 토끼는 물 위에 둥실 떠서 헤엄쳐 건넌다. 말은, 뒷다리는 강바닥을 밟고 앞발로 허우적거리며 목을 내밀고 건넌다. 코끼리는, 기둥

같은 네 다리로 강바닥을 튼튼히 밟고도 머리와 등이, 능히 물 위에 솟은 채 건넌다.

세 짐승은 탈 없이 강을 건넜다. 토끼는 가슴을 할딱이며 숨을 돌리고, 말은 물기를 털며 한마디 울고, 코끼리는 그들을 보고 있었다. 한숨 돌리자 이 세 짐승 사이에는 점잖지 못한 싸움이 벌어졌다. 서로 제가 더 고생했다는 싸움이 시작된 것이다.

"넘실거리는 물 위에 떠오르는데 어찌 어지러운지. 속이 울렁거리고 정신이 떠날 지경이었어. 내가 제일 고생했지."

토끼의 말.

"뒷다리는 강바닥을 밟고 앞다리만 쳐들었으니 그 불안스럽기란 이루 말할 수 없었지. 내가 제일이야."

말이 하는 말.

코끼리는 말이 없었다.

"웬걸. 강물 위로만 헤엄쳐 왔으니, 내가 제일 깨끗하게 왔지 뭐야. 내가 제일 순수해."

토끼의 말.

"그런 소리 마. 나는 물 위 경치만 아니고, 강 밑바닥까지 내 이 두 발로 확실히 짚어봤단 말이야. 내가 더 풍부한 겪음을 했어. 내가 제일이야."

말이 하는 말.

코끼리는 눈만 껌벅거릴 뿐.

이렇게 끝없는 싸움을 벌이고 있는데, 저편 숲속에서 관세음보살이 걸어나오신다. 소풍 나온 걸음인 모양이다. 왼쪽 뺨에 까만 점이 있다. 보살은 그들의 이야기를 듣고 고개를 설레설레했다.

"안 될 말. 여러분들이 고생해서 고해를 건너온 보람도 없이, 그게 무슨 겸손치 못한 말이람. 토끼는 몸집이 작아서 헤엄쳐 건너고, 말은 선 키가 높아 서서 건너고, 코끼리는 덩치가 크니 걸어서 건넜으되, 극락의 땅을 밟기는 매한가지. 여기 이렇게 셋이 다 서 있지 않은가. 누가 높고 누가 낮으며 누가 높았고 누가 낮았으면 어떻단 말인가?"

세 짐승은 문득 깨달았다.

그들은 보살 앞에 꿇어앉아 잘못을 빌었다. 보살은 웃으며, 꿇어 엎드린 코끼리의 잔등에 오르셨다. 코끼리는 보살을 등에 태우고 일어섰다. 그 앞에 말이 서고 또 그 앞에 토끼가 서서 일행은 저편 보리수 우거진 연못 쪽으로 나아갔다. 보살은 코끼리 잔등에서 한마디 짓궂은 말을 덧붙였다.

"그래, 코끼리가 덩치가 커서 나를 태웠으니, 코끼리가 더 잘났단 말인가?"

그 말에 말은 너무 창피해서, 괜히 앞발을 들었다 놓았다 하면서 딴전을 피우느라 애를 쓰고, 토끼는 숫제 들리지도 않습니다, 저 앞에서 공처럼 굴러갔다.

박사는 책을 거머쥔 채 눈을 감는다. 이 얘기는 원래 불경에 있는 법화를, 작자가 살을 붙인 모양이다. 작자의 말을 따르면, 원전에는 짐승들이 싸웠다는 얘기는 없다지만, 그런 건 아무래도 좋다. 이 단편을 처음 읽었을 때의 깊은 맛을 박사는 아직도 떠올린다. 그 짤막한 묘사, 보는 듯한 우스움. 깊은 상징을 통한 시원스런 대

긍정大肯定. 그러나 박사는 종교인도 아니고 동양 심취자心醉者도 아니다. 박사가 이 단편에서 충격을 받은 것은, 이 간결한 종교적 비유와 심층심리학에서 쓰이는 '빙산의 비유' 사이의 비슷함 때문이다. 비슷함이라느니보다 꼭 같다. 인간의 의식은 바다 위에 솟은 빙산의 꼭대기 같은 것이며, 그 거대한 뿌리는 물 밑 깊이 묻혀 있다는 학설. 이를테면 토끼가 빙산의 꼭대기, 말이 중턱, 코끼리 다리가 뿌리라는 식으로 풀이할 수 있다. 그러나 박사가 이 얘기에서 받은 충격은, 이것 때문만은 아니다. 박사는 성인군자라느니보다, 역설과 아이러니의 세례를 받은 요즈음 사람이고 게다가 과학자다. 그는 두 가지 각도로 이 종교 얘기를 꼬집어보는 것이다. 먼저 이 얘기는 성공한 때의 얘기다. 다시 말하면, 누가 더 고생했든 탈 없이 강을 건넜다는 얘기다. 다음에 이 얘기의 인물상人物像은 고전 물리학적인 통일상이다. 건강한 따라서 자기 분열이 없는 소박한 고대인의 그것이다. 토끼라 하고, 말이라 하고, 코끼리라 하지만 결국은 똑같은 인간형이다. 장삼張三이 이사李四보다 키가 한두 치 더 높고 낮다고 해서 그들의 우정에 무슨 변화가 있을 수는 없다. 그들은 '같은 무리' '한 가닥'인 것이다. 그러므로 이 얘기를 현대에 있어서도 뜻을 가지게 하자면, 얼마쯤의 보강 혹은 뜻을 넓힘이 마땅하다. 현대는 성공의 시대가 아니라 좌절의 시대며, 건너는 시대가 아니라 가라앉는 때며, 한마디로 난파의 계절이므로. 다음에 현대인의 인격적 상황은 극심한 자기 분열이다. 오늘날 토끼란 동물은 존재치 않는다. 토끼의 뒷다리는 말의 뒷다리가 되고 싶은 욕망으로 중풍에 걸렸으며, 밤송이처럼 동그란 등은 집채 같은 코끼리 등이 되지 못한 열등감으로 애처롭게 꼬물거린다. 토끼는 이미 토끼가 아닌 것이다. 말의 멋없이 민숭한 낯짝은, 토끼 같은 타고난 미모를 갖지 못한 불만으로 늘 괴롭고, 코끼리보다 모자란 무게와 그 가는 다리 때문에 그는 괴로운 짐승이다. 코끼리는 그만인가. 아니다. 그는, 자신의 병신스럽게 육중한 물체성에 구역질이 난다. 토끼 같은 깨끗한 가벼움이 부럽고, 말의 비할 수 없이 멋진 우아함에 대한 부러움으로, 그의 기둥 다리는 짊어진 자학 때문에 오히려 무겁다. 오늘날 토끼, 말, 코끼리란 짐승은 없다. 다만 '토끼―말―코끼리' 혹은 '말―토끼―코끼리' 혹은 '코끼리―토끼―말'이란 짐승이 있을 뿐이다. 스스로에 만족한, 따라서 무자각한 인간이란 원리적으로는 현대와 가장 먼 것이다. 하기야 현대에도 소박한 인간이야 사실상 있긴 하지만, 조만간 진화(?)하게 마련이고, 안 그렇더라도 분열의 분위기는 널리 퍼져 있다.

이것이 박사의 의견이지만, 그는 이 얘기의 끝 모를 깊이를 모른다 하지는 않는다. 풀기에 따라서는, 이 세 짐승은 한 인간의 각각의 구석을 나타낸다고 볼 수도 있다. 한 인간의 여러 재질이 다 함께 자라기는 어려우며, 그것은 그런대로 좋다는 말도 된다. 그러나 이 같은 심리적心理的 조작操作에 의한 체념이나, 칼뱅적인 은총에 있어서의 hierarchy를 받아들이는 방법이 아니고, 처음부터 가라앉지 않도록 뜰 주머니를 주고, 분열하지 않도록 코르셋을 주자는 것이 박사의 생각이다. 그런 뜻에서 박사는 어쩔 수 없이 과학자다. 만져보지 않고는 믿지 못한 도마의 형제다. 문제는 처음부터 어렵고, 갈피로 말하면 무한히 헝클어졌다. 세 짐승이 건넌 물과 현대인이 헤엄쳐야 할 물은 우선 그 복잡성에 있어서 견줄 바 안 된다. 바다처럼 방대한 조직과 풍문보다 불확실한 뉴스 문화의 홍수 속에서 개인의 해체를 막고 그의 허리를 꼭 죄어줌으로써, 한 자루의 대〔竹〕 빗자루처럼 펑 하니 설 수 있게 해줄 코르셋은 과연 무엇인가. 일을 더욱 어렵게 만드는 것은, 현대 속의 고대인 이다. 배움도 적고 겪음의 너비도 좁은 사람들의 정신질환이다. 불경 얘기의 논리를 빌리자면, 대학생의 정신병이든 유치원 신입 생의 그것이든, 병리 현상 자체의 생김새는 마찬가지이다. 그러나 과연 그런가? 자연과학의 법칙은 대상에 대하여 무차별적으로 타 당하다. 정신 현상에 있어서도 그러한 법칙이 가능한가. 정신병 환자더러 민간에서 귀신이 '들렸다'고 말하는데, 이 피동형의 의 미는 중대한 것이 아닐까? 교양인은 스스로 마귀를 불러'들이'고 소박한 인간들은 밖으로부터 '들리'는 것이 아닐까? 이 '피초대 자'와 '불청객'은 같은 인물인가 혹은 다른 인물인가? 이른바 '문 화'라는 것이 그 인물인가? 박사가 고안한 뜰 주머니는 자꾸 공기 가 새고, 코르셋은 노상 터져왔다. 그럴 때마다 이 불경 얘기를 다 시 집어들었다. 야릇한 일로는 그처럼 간결한 얘기가 읽을 때마다 새 짐작을 주는 사실이다. 종교적인 비유의 무한한 다의성多義性, 혹은 미의성迷義性. 아무려나 그것은 생각을 위한 최고의 발판 구 실을 해주었다. 발판 없이는 아무도 뛸 수 없다. 신의 아들조차 십 자 형틀을 가져야 했다.

인기척. 박사는 뒤돌아봤다. 조수였다. 빨간 넥타이가, 대학 갓

나온 풋내기 티를 더 돋우어준다. 박사는 이 청년이 수재임을 잘 알고 있었다. 게다가 아마추어 시인이라는 걸 알고 있는 박사는 그 고상한 취미와 젊은이다운 순정 때문에 이 청년을 사랑하고 있었다. 어젯밤에도, 「해전海戰」이라는 자작시를 들고 와서 비평을 졸라대는 통에 혼이 났다. 머리가 좋은 사람치고 인격적인 사랑스러움이 갖추어진 경우는 흔치 않은데, 이 청년은 그 드문 예외다. 나이 탓일까…… 아니. 사람은 바뀌지 않는다. 틀은 안 변해. 집채만 해도 토끼는 토끼. 강아지만 해도 코끼리는 코끼리. 나는 코끼리만 한 토끼. 이 친구는 토끼만 한 코끼리. 거토왜상巨兔矮象일까?

"자네 논문은 어떤가?"

"네…… 한번쯤 더 해봤으면 싶은데, 확실치 않은 데가 있어서요."

"무얼 말인가?"

빨간 넥타이는 대답 대신에 손으로, 해부하는 시늉을 해보였다.

"왜, 하면 되잖나?"

"시체가 떨어졌습니다."

"그래?"

박사는 아직 그 보고를 받지 못하고 있었다. 그는 눈살을 찌푸렸다.

노크가 울렸다.

"들어오시오."

간호부장이었다. 환갑이 가까운 간호부장의, 카바이드처럼 바싹 마른 움푹한 눈은, 부하 간호원을 대할 때의 그 서슬은 간데없고, 원장 앞에 선 지금, 그녀는 견습 간호부처럼 수줍다.

"무슨 일이오?"

"제7병동 앞 벤치에서 동사자가 발견됐습니다."

"뭐? 입원 환자란 말인가?"

"아닙니다. 외래인인 모양입니다."

"그럼, 경찰에 알려야지."

"지금 막 보고 돌아갔습니다."

"그래서?"

"밖에다 둘 수도 없고, 연락이 있을 때까지 시체실에 보관해달라기에 지금 옮겨놓았습니다."

"그래 신원은?"

"네, 경관이 수색했을 때는 아무것도 없었는데, 지금 운반하는데 몸에서 이런 게 떨어졌어요."

간호부장은 신분증을 원장에게 건넸다.

"뭐, 독고민?"

조수가 기웃하고 들여다본다.

"네, 독고란 성이 있습니다. 희성이죠."

"그런데 어떻게 돼서 여기까지 왔을까? 환자도 아니라면……"

"혹시 몽유병잔지 압니까?"

박사는 제자의 재치 있는 농담에 껄껄 웃었다.

"직업이라…… 무직…… 가족이 없고…… 본적이 황해도……
독신…… 자네 뭐라고 했지, 몽유병자라구?"

그 순간 원장과 충실한 조수는 꼭 같이 어떤 생각을 했다. 바꾼 눈짓은 그 생각이 같은 내용이었다는 것을 말해주었다.

"그럼, 제가 가보겠습니다."

빨간 넥타이는 간호부장을 앞세우고 부산스럽게 방을 나갔다.

일층에 내려와서 시체실과 해부실로 가는 T자 갈림길에서 빨간 넥타이는,

"먼저 가세요, 저 잠깐 들렀다 갈게요……"

오른쪽으로 걸어갔다.

간호부장은 혼자서 왼쪽 복도를 지나 시체실에 들어섰다. 굳이 먼저 올 필요는 없는데 그녀는 그렇게 했고, 게다가 혼자 오게 된 것을 다행으로 여겼다. 까닭이 있다. 음지 쪽인 이 방은 본동에서 뚝 떨어진 외딴 채다. 지붕에 뚫린 빛받이창에서, 가냘픈 겨울 아침의 햇살이 가난하게 비춘다. 그녀는 시체 앞으로 걸어간다.

시체는 일어나 앉아 있었다.

벤치에 앉은 자세대로 얼어버린 몸은, 아무리 구부리려 해도 되지 않아서, 그대로 환자용 바퀴의자에다 담아온 것이다. 아까 여러 사람이 붐비는 사이에서 보던 때보다 시체는 어딘지 조용해진 (?) 느낌이었다. 부스럭. 부장은 문간을 보았다. 견습 간호부였다. 학교를 갓 나온 풋내기다. 기웃이 들이민 동그란 얼굴 왼쪽 뺨에 까만 점이 귀엽다.

"부장님. 저, 민 선생님이 오시래요."

"어디로?"

"해부실에 계셔요."

부장은 잠깐 발부리를 내려다본다. 민 선생이란 빨간 넥타이다. 알았어 하면서 낯을 들었을 때는 벌써 까만 점은 사라진 후였다. 그녀들이 잠시라도 더 있고 싶을 곳은 아니다. 인부들 손에만 맡기게 되는 이 시체실은 늘 손질이 나쁘다. 부장은 시체 쪽으로 돌아섰다. 시체는 앉아 있다는 것 말고도 또 하나 몸매에 부자연한 것이 있다. 오른팔을 들어서 얼굴을 반쯤 가리듯한 채 굳어 있는 것이다. 마치 애인의 첫 키스를 막는 처녀의 자세처럼. 눈은 편히 떴다. 아까 첫눈에 그녀는 지난 4월에 잃은 아들을 보는 듯싶었다. 그녀의 외아들이었던, 서른둘에 낳은 유복자를 꼭 닮았다. 코언저리며 어질디한 입매가 죽은 내 새끼를 닮았구나. 그녀는 손을 시체의 얼굴로 가져갔다. 편히 뜬 눈꺼풀을 내리쓸었다. 몇 번 만에 눈은 감겨졌다. 나무관세음보살. 다음에 시체의 얼굴을 가린 팔을 아래로 당겨봤다. 시체는 완강하게 고집한다. 그녀는 가슴이 콱 막혔다. 얼른 돌아서서 방을 나왔다. 빗장을 지르고 자물쇠를 물렸다. 본관과 이어지는 복도를 하이힐을 조용히 울리며 걸어나온다. 푸드덕. 시체실 건물 지붕에서 비둘기 한 마리가 날아올라 본동 시계탑에 가 앉는다. 시계탑은 후면인 이쪽에도 문자판이 새겨져 있다. 그녀는 멍하니 쳐다본다.

그 4월. 줄이어 들이닥치는 부상자로 병실이 넘쳐서 복도까지 침대로 막히고. 바로 이 병원에서 숨을 거둔 그 애가 하던 말. "어머니 난 후회 없어요. 다만 어머니가 불쌍해…… 용서하세요. 네." 녀석은 여느 때 무슨 일을 저지른 다음, 불쌍한 어미를 얼렁뚱땅 속여넘길 때처럼 눈을 찔끔해 보일 속셈인 것 같았으나, 이미 얼굴 힘살은 제대로 말을 듣지 않았다. 그 침대 곁에서 금방 무너질 것 같던 가슴. 그녀의 남편이 임종할 때 손을 내밀며 "재혼해…… 내 희망이야" 하던 때 슬프던 일도 그만은 못했다. "어머니, 나 연애해도 돼?" "원 누가 붙들던?" "괜히 질투하려고?" "저런 망나니 좀 봐." 신년 파티에서 돌아온 밤, 농담 같으면서 짐짓 그렇지도 않은 성싶던 암시. "그렇지만 안 할래." "왜?" "어머니가 울까 봐." "일없다, 일없어. 어유 음흉한 녀석……" 하면서도 덜컥 무엇인가 떨어져내리던 그녀의 가슴. "안심해. 나 어머니 돌아가실 때까진 결혼 안 할 테야." "원 점점 한다는 소리가. 빨리 죽으란 말이구나." "아니야 사실 어떻게 살아야 할지 모르겠어. 난 조그만 행복이면 만족해. 어머니 모시고 세상 한 귀퉁이에서 찍소리 않고 평범하게 살래." 고백하듯 침울하게 맺었다. 봄빛이 한창이던 4월의 그날. 환히 눈에 불을 켠 젊은이들이, 캠퍼스에서 파도처럼 쏟아져나와, 병원 앞을 지나 시내로 향했다. 현관에서 구경하던 어머니 앞에 녀석은 불쑥 나타났다. 어머니를 한옆으로 끌고 가서 "우린 지금 가는 길이야. 가. 바빠. 어머니 우린 가. 알아주지 않아도 좋아. 아무도 몰라줘도 좋아. 우리도 뭐가 뭔지 모르겠어. 그저 가는 거야. 가서 말야 하하하……" 갑자기 껄껄 웃으면서 그녀의 어깨를 두 손으로 잡고 되게 흔들어놓고는, 쉴 새 없이 밀려가는 파도 속으로 달려갔다. 내 것아. 내 귀중하던 망나니. 다시는 이 가슴에 돌아오지 않을 내 것아. 벌써 한 해. 곧 4월이 온다. 그 4월을 어떻게 참을까. 그 4월이 무엇 하러 또 오느냐.

그녀는 복도 난간에 엎드려 소리 없이 흐느낀다. 빳빳하게 풀

먹인 하얀 모자 아래로, 겨울 아침의 맵짠 바람을 안은 머리카락
이 구름처럼 날린다.

이윽고 머리를 든다. 얼굴을 매만진다. 다시 걸음을 떼놓는다.
모퉁이를 돌아 사라진다.

비둘기는, 시계탑 꼭대기를 발톱으로 걷어차고 푸드덕 날아오른
다. 햇빛이 가득한 하늘로 높이높이 아스라이 솟아, 올라간다.

『아라비안 나이트』 속에 나오는 '알리바바와 40인의 도적'을 기억
하시겠지요. 그 얘기 속에서 알리바바의 욕심쟁이 형이, 도적들에
게 갈기갈기 찢겨 죽는데, 알리바바는 형의 시체를 찾아다 놓고 몹
시 걱정하지만, 여종의 꾀로 탈 없이 장례를 치르게 됩니다. 즉 신
기료장수를 데려다 시체를 꿰매 붙여서, 감쪽같이 사람들 눈을 속
인 것입니다. 이 신기료장수는 해부사解剖師의 반대 작업을 한 것입
니다. 조각을 이어붙여서 제 모습을 되살리는 것. 고고학考古學이란
먼저 이렇게 알아두셔도 좋습니다.

죽음을 다루는 작업. 목숨의 궤적軌跡을 더듬는 작업. 그것이 고
고학입니다. 우리들의 작업대 위에 놓이는 것은 시체가 아니면 시
체의 조각입니다. 사면장死面匠. 박제사剝製師. 우리의 이름입니다.
박제한 호랑이는 아무리 그럴듯하더라도 영원히 단 한 치를 움직이
지 못할 것입니다. 그런 점으로 우리는 동상凍傷 취급잡니다. 우리
들의 작품을 가리켜 생명에 넘쳤다느니, 창조적이라느니, 허구虛構
의 진실이라느니 하고 칭찬할 때는 사실 낯간지러워집니다. 고고학
자란 목숨이 아니라 죽음을, 창조가 아니라 발굴發掘, 예언이 아니

라 독해讀解를 업으로 하는 사람입니다. 콜럼버스는 아메리카를 발명發明한 것이 아니라 발견發見했던 것입니다. 발명이란 것도 유有의 순열조합順列組合 놀이에 불과합니다. 쉽게 말해서 고고학자는 신이 아니라 인간이라는 말이지요. 시구始球는 늘 신에 의해서 던져집니다. 요사이는 인간들도 이 흉내를 냅니다. 야구공을 던지는 대통령의 사진을 뉴스 필름에서 보셨지요. 화 있을진저. 옛날 모든 여인들은 그 처녀성을 신에게 바친 시대가 있었는데, 이 종교적 의식이 나타낸 기막힌 상징성을 좀 보십시오. 우리가 하는 일은 신의 행위의 결과인 처녀막의 열상裂傷을 검증하는 일입니다. 우리 자신의 성기를 들이미는 일이 아닙니다. 역사란, 신神이, 시간과 공간에 접하여 일으킨 열상裂傷의 무한한 연속입니다. 상처가 아물면서 결절結節한 자리를 시대 혹은 지층이라고 부릅니다. 이 속에 신의 사생아私生兒들이 묻혀 있습니다. 신은 배게 할 뿐, 아이들의 양육을 한번도 맡는 일 없이 늘 내깔렸습니다. 우리가 하는 일은, 이 지층 깊이 묻힌 신의 사생아들의 굳은 돌을 파내는 일입니다. 캐어낸 화석들은 기형아가 대부분입니다. 그것도 토막토막 난. 일반론과 용어 풀이는 이쯤으로 그치겠습니다.

근대 고고학에 대한 인식이 차츰 높아지고, 따라서 눈여겨보는 분이 늘어가는 일은, 이 밭에서 밥을 먹는 본인들로서는 솔직히 흐뭇한 일이라 아니할 수 없습니다. 꽤 알려진 일이지만 한국의 유적은 그 황폐성과 뒤죽박죽으로서 이름이 있습니다. 폼페이를 파냈을 때, 그곳 전문가들도 놀랐다고 합니다. 그 너무나 말짱한 보존 상태 때문에. 이 같은 이상적인 유적을 다룰 수 있는 그쪽 학자들의 처지는, 우리로서는 부럽기 짝이 없는 이야깁니다. 우리의 유적은 제 꼴이 그대로 보존되고 있는 것은 거의 전무합니다. 그뿐 아니라, 햇수 짚어내기에 결정적인 요소의 하나인 매몰 상태도 엉망입니다. 고석기 시대의 유물이 신생대에 파묻혀 있는가 하면, 그 바로 밑에는 아주 최근의 것과 닮은 기계붙이가 있는 형편입니다. 이것은 시대 가르기가 불가능한 경우인데, 난점은 한 시대의 유물 서로 사이에도 있습니다. 이를테면 화장실 자리에 고려자기가 놓여 있습니다. 어느 땐지 아직 밝히지 못하고 있으나, 불행한 우리 조상의 역사에 뒷간 기물까지 고려자기를 쓴 시대는 아마 없었을 것입니다. 그런가 하면, 성경책 속에 피임 도구가 끼여 있는 화석이 나옵니다. 작전 서류 속에 연애편지가 섞여 있기도 합니다. 장군이 시장市場 앞에 서 있는 것은 어떻게 풀어야 할지 알쏭달쏭입니다. 발굴된 저 '베제 상像'을 방불케 하는 남녀 포옹상像이, 최근 우리나라에서 나왔는데, 한 팔로 남자의 목을 감고 입을 맞추고 있는 이 여인의 다른 손에는 비수가 들려 있고, 그 쇠붙이는 남자의 옆구리로 슬그머니 다가가는 몸매대로 굳어 있습니다. 이런 예를 들기로 치면 한이 없습니다. 그러나 뭐니 뭐니 해도 가장 난처한 것은, 전혀 성질이 다른 조각으로 이루어진 일기─基의 인물 화석입니다. 즉, 머리는 신부. 얼굴은 배우. 가슴은 시인. 손은 기술자. 배는 자본가. 성기는 말의 그것. 발은 캥거루의 족부. 이 화석의 눈알이 무언지 아십니까? 웃지 마십시오. 아니, 웃으십시오. 눈알이 있을 자리에는 현미경 렌즈가 박혀 있었습니다. 이것은 누가 보나 희극입니다. 그러나 우리로서는 그렇게만 보이지는 않습니다. 이 이지러지고, 우습게 겹치고, 거꾸로 붙은 화석은, 고난에 찬 시대를 살았던 우리 선조들의 서글픈 자세가 아니고 무엇이겠습니까? 우리 조상들의 역사는, 생남生男 기념으로 아버지가 심어준 나무가 아름드리 노목으로 자란 뿌리 가에, 그 아들의 늙은 뼈가 묻히는 식의 역사도 아니었고, 한 도시의 아름다움을 보존하기 위하여 작전을 바꿨던 어떤 지역의 그것처럼, 복받은 역사가 아니었던 것입니다.

눈알 대신에 현미경 렌즈를 가진 이 상像이 던지는 문제는, 그러나 이런 감상만이 아닙니다. 이 화석은 그 흉측한 모양에도 불구하고, 그런 대로의 통일감統一感을 느끼게 한다는 사실입니다. 렌즈와 캥거루의 다리와의 결합이, 그냥 이질적異質的인, 장소상場所上의 접근이 아니고, 연속성을 가진 Gestalt로 보이게 하는 힘은 무엇인가, 다시 말하면 장미꽃과 돌멩이를 똑같이 올려놓는 손바닥은 과연 무엇인가 하는 문제입니다.

오늘 여러분이 보신 영화는, 고고학 입문 시리즈 가운데 한 편으로, 최근에 파낸 어느 도시의 전모입니다. 이 도시는 분명히 상고시대 어느 왕조의 서울로 짐작됩니다. 이 한 편을 특히 고른 것은, 그것이 아주 최근의 발굴이라는 것뿐 아니라, 아까 말씀드린 한국 유적이 모두 그런 황폐성과 무질서성이, 아주 본보기로 나타나 있는 까닭입니다. 그런 점에서 이 영화는 한국 고고학의 과제, 전망 및 골치를 한눈에 보여주고 있는 백미편白眉篇이라 하겠습니다. 이 영화는 학적學的 결벽성潔癖性이 강한 분에게는 사도邪道로 비칠는지 모르나, 초보자를 위하여 어느 정도의 원형 복구가 되어 있습니다만, 말할 것도 없이 전혀 가설적인 맞춤입니다. 그런 탓으로, 언제든지 다시 뗄 수 있게 하기 위하여, 질이 좋은 수용성水溶性 풀로 가볍게 붙여놓았으며, 화학 처리, 원형 변경 등은 아예 하지 않았습니다. 이렇게 함으로써, 학문적 엄격성과 학문의 대중화라는 서로 달아나는 명제를 잠정적으로 붙들어매느라 애썼습니다. 변명이 아닙니다만 이것은 과도기 속에서 삶을 받은 자의 슬픔이라 하겠습니다. 순수한 과학자치고 계몽에 손대기 좋아할 사람이 있겠습니까만. 이는 우리의 십자가인 것입니다. 보신 가운데 맞춤이 의아스러운 점이라든가, 다른 의견이 생각나시는 분은 본 학회에 알려주십시오. 아마추어의 순수한 아이디어는, 전문가들에게는 숫처녀보다 더 귀중한 보뱁니다. 이 영화는 피사체被寫體 자신의 성질 탓에, 그리고 말씀드린 만들게 된 뜻에 따라, 비교적 느린 걸음을 썼으며, 클로즈업을 쉴 새 없이 끼워넣었고, 같은 장면의 되풀이 및, 심지어는 영사기의 돌림을 멈추고, 중요한 화면을 정물 사진으로 볼 수 있게 다루었습니다.

다음에 이 필름의 이름은 '조선원인고朝鮮原人考'라 되어 있는데, 조선이라는 이름에는 아무 뜻도 없고, 우리나라의 옛 국호 가운데서 제비를 뽑아 골라진 기호에 지나지 않습니다. 연구가 다 끝나 그 연대가 다른 것으로 밝혀지더라도, 이 이름은 그대로 고유명사 취급을 하여, 바꾸어지지 않게 되기가 쉬울 것입니다. 마지막으로 원인고라 하였는데, 그야 유물은 사람뿐 아니라 거의 한 도시 모두를 이룰 건물 및 그 밖의 것들로 이루어져 있으나, 우리가 미술관에서 풍경화 속을 거닐다가도, 끝내는 초상화부 앞에 와서 제일 오래 머물게 되는 예로 보아, 원경고原景考보다는 원인고를 택한 것이며, 인물 이외의 유물들의 값을 낮게 매긴 때문은 아닙니다. 그 증거로서 이 캐낸 도시는 빙하기氷河期의 것인데, 그것이 몇 번째의 빙하기냐 하는 점은 모르지만, 혹한기의 도시였다는 점을 나타내고자 적잖게 애를 쓴 자취를 느끼실 것입니다. 필름에는, 미루어본 그때 실내 온도, 기온, 바람골, 강설량 등의 날씨 조건, 냉대 미생물, 극광極光 현상, 각 유물이 지닌 방사능의 비례표 등등이 밝혀져 있는 것을 보셨지요. 이것으로 성탄절 기념 초대 시사회試寫會를 마칩니다. (쿨룩 쿨룩) 따르릉.

불이 켜졌다. 사람들은 우르르 일어서서 드나들 문으로 천천히 밀려나온다. 그들은 깊은 감동을 애써 감추려 하지 않는 탓으로 오히려 침울하게 보이는 낮으로 말없이 회관을 빠져나갔다. 훈풍이 산들거리는 5월의 밤. 음력 4월 초파일이다. 성탄을 기리는 꽃불이 도시 하늘을 눈부시게 수놓았다. 음향관제가 풀린 공기 속에는, 즐거운 가락이 안개처럼 울려퍼져 있다. 두 연인은 나란히 보도를 걸어간다. 가로등 빛에 박꽃처럼 환한 여자의 왼쪽 볼에 까만 점이 귀엽다. 남자는 빨간 넥타이를 맸다. 말없이 걷는다. 눈치가 말이 일없게쯤 된 사이다. 그들은 대승정 관음선사觀音禪師의 설법을 들으러 시민회관으로 갈 셈이었으나 걸음걸이로 봐서 시간 안에 댈 생각도 아닌 모양이다. 이런 친구들의 예정이 어떻게 바뀌는지는 관음선사도 짐작하시지 못할 거다. 바람이 플라타너스 잎을 사르르 흔들고 지나간다. 어디선가 밤 노래가 흘러온다.

5월의 밤
가만히
귀를 기울이면
남몰래 다가드는
소리가 있다

또드락또드락 창틀에
간들간들 플라타너스 가지 끝에
멀리 흘러와서 부딪는 소리
아득한 옛날에서 부르는 소리

5월의 밤
아득한 목소리
듣고 있으면
이 내 맘 공연히
싱숭해지며
님이여 그립다는
편지를 쓴다

꽃불처럼 아름다운 소프라노다. 둥둥 치는 반주는 기타일 거다.
여자가 남자의 옆모습에 눈을 주며 입을 연다.
 "민!"
 "……"

이쪽은 말이 없이 눈으로 대답.

"그런 시대에도 사람들은 사랑했을까?"

남자는 그 물음에도 여전히 대답이 없이 우뚝 걸음을 멈춘다. 여자도 선다. 남자가 두 손으로 여자의 팔을 잡는다. 그녀의 눈동자를 들여다본다. 신기한 보물을 유심히 사랑스럽게 즐기듯.

"깡통. 말이라고 해? 끔찍한 소릴? 부지런히 사랑했을 거야. 미치도록. 그밖에 뭘 할 수 있었겠어."

남자는 잡고 있던 여자의 겨드랑 밑으로 팔을 넣어, 등판으로 거슬러올라가서, 두 손바닥으로 여자의 부드러운 뒤통수를 꼭 붙들어서 꼼짝 못하게 만든 다음, 입을 맞춘다. 오랫동안.

하늘에는 꽃불. 땅에는 훈풍과 아름다운 가락. 플라타너스 잔가지가 간들간들 흔들린다. 잎사귀가 사르르 손바닥을 비빈다.

그들의 입맞춤은 아직 끝나지 않았다.

사랑의 재확인

─『광장』개작에 대하여

김현
(문학평론가)

정치사적인 측면에서 보자면 1960년은 학생들의 해이었지만, 소설사적인 측면에서 보자면 그것은 「광장」의 해이었다고 할 수 있다. 그것을 『새벽』 잡지에서 처음 읽었을 때의 감동을 나는 잊을 수가 없다. 장용학의 지나치게 고압적인 관념어들과 손창섭류의 밑바닥의 삶, 그렇지 않으면 초기 김동리의 토속적인 세계에 식상하고 있던 나에게 그것은 지적으로 충분히 세련된 문체로, 이데올로기와 사랑에 대해서 말하고 있었던 것이다. 그것을 통해 나는 최인훈이라는 작가와 첫 대면을 한 셈인데, 그 후에 읽게 된 「가면고」「구운몽」『회색인』 등은 그를 전후 최대의 작가로 인정하지 않을 수 없게 만들었다. 그를 단번에 문단의 총아로 만든 「광장」에 대해서 그는 남다른 애정을 갖고 있는 듯하다. 그것을 그는 벌써 다섯번째로 고쳐 쓰고 있는 것이다.

1960년 11월 『새벽』에 발표된 「광장」은 원고 매수로 약 600여장에 이르는 중편소설이었는데, 그것을 단행본으로 내면서, 그는 거기에 약 200여 장을 덧붙였고, 그것이 소위 『광장』의 원형을 이룬다. 그것은 그 뒤에 신구문화사에서 간행된 『현대한국문학전집』에 실릴 때 다시 섬세한 교정을 받게 되며, 그것은 또 민음사에서 발간한 『광장』에서 상당량 수정을 받는다. 신구문화사판에서 민음사판으로 바뀔 때, 그것은 작가 자신에 의해 문체와 내용 양면에 꽤 주목할 만한 수정을 받는데, 그 수정은 한자어를 한글로 바꾸는 것과, 『광장』의 첫머리와 끝머리에 나오는 갈매기 부분을 손질한 것으로 약술할 수 있다. 그러나 그 수정이 신구판과 민음사판을 서로 다른 작품으로 볼 정도로 심하게 행해지지는 않았다. 전집판에서 그는 다시 『광장』에 손을 대고 있는데, 내가 보기에는 민음사판과 대단한 거리를 갖고 있을 정도로 대폭적으로 고쳐지고 있다. 그 작업을 그가 행한 것은, 한 잡지사 기자와의 인터뷰에 의하면 미국에서이다. 미국에서 모국어의 한계와 가능성, 그리고 이명준의 운명에 대해서 다시 곰곰이 생각할 시간을 갖게 되었던 모양이었다. 그가 3년에 걸치는, 길다면 길다고 할 수 있는 세월 동안에, 단 한 편의 작품도 발표하지 않고, 『광장』에만 매달려 있을 정도로 그것은 그의 삶 속에서 중요한 위치를 차지하고 있었던가? 나는 그가 다섯번째로 고쳐 쓴 『광장』을 다시 읽어보고서, 그의 『광장』과의 싸움이 갖고 있는 중요한 의미를 깨달을 수가 있었다. 전집판 『광장』은 그 이전의 『광장』과 다른 여러 가지 점을 갖고 있다. 구성상으로 본다면, 이명준의 삶에 있어서 그 이전의 판에 드러나 있는 연대기적 애매모호성이 상당량 가셔 있으며, 문체상으

로 본다면 한자어가 거의 완전하게 없어지고, 한글로 대체 가능한
것은 다 대체되어 있으며(이것은『광장』뿐만 아니라, 전집판에 실린
그의 모든 작품에서 다 그렇다), 동시에 민음사판에서까지는 작가
의 세심한 배려를 받지 않던 콤마가 빈번하게 사용되고 있다. 그
리고 나에게 가장 중요하게 보인 정정은 서두와 말미에 나타나는
갈매기가 갖는 의미의 변모이다.

　전집판 이전에 보여지는 이명준의 삶이 갖고 있는 연대기적 애
매모호성이란 대략 다음과 같은 이유에 근거하고 있다. 이명준의
삶을 신구판과 민음사판에 의해 추적을 해보면,

1) 그는 신징·하얼빈·연길 등의 중국의 도시에서 소년 시절을 보
　　내고, 해방이 되자 어머니와 함께 부랴부랴 서울로 나온다(아버
　　지와 같이 나왔다는 것을 암시하거나, 적기한 곳은 한 곳도 없다).
2) 해방되던 해(1945년), 아버지는 북으로 가고, 그 몇 달 뒤에
　　어머니가 돌아가신다(1945년 말이나 1946년 초이다).
3) 그 이후, 그는 아버지의 친구인 은행지점장 변 씨 집에서 신
　　구·민음사판에 의하면, 수3년을 지낸다(수3년이라면 3년 정
　　도일 테니까, 1946년에서 1948년 말에 이른다).
4) 가장 최소한도로 잡아도, 그가 '대학 신문'에 시를 투고한 시
　　기는, 수3년 뒤라면, 1948년 5월이다. 그때 그는 철학과 3학
　　년이다(그가 바로 예과를 거치지 않고 본과 3학년에 진학했는지,
　　아니면 예과를 해방 전에 다녔는지, 혹은 중국에서 대학에 다녔
　　는지 등에 대해서는 전혀 알 수 없다. 신구판과 민음사판에는『대

학신문』에 꺾쇠가 질려 있는데, 그렇다면 그가 다닌 곳은 서울대 문리대인가?).

5) 그해 여름에 그의 첫 애인인 강윤애와 그는 변 씨 집에서 처음 으로 만난다. 소설의 지문으로 이해하자면, 그 뒤 어느 날 저 녁 6시에 그녀와 만나기로 약속이 되어 있었던 모양인데, 거 기에 대한 진술은 없고, 그해 겨울(혹은 그 다음 해 초) 영미 와 그녀의 집에 한 번 간 것으로 되어 있다.

6) 그다음 해(1949년) 5월 그는 아버지 때문에 두 번 경찰서에 소환된다.

7) 그해 7월에 그는 인천 윤애의 집에서 기거하다가 월북한다(몇 달간 그녀의 집에 머물렀는지에 관해서는 알 수 없다).

8) 월북 이후에 그는 이북의 어느 신문사에서 일을 하고 있으며, 1950년 이른 봄에 그의 두번째 애인인 은혜를 만난다.

9) 1950년 6~7월에 그는 만주에서 일주일을 보내고, 그해 겨울 을 원산 해수욕장 노동자 휴양소에서 보내는데 거기서 그는 은혜를 다시 만난다.

10) 1951년 3월 중순에 그는 은혜를 마지막으로 만난다.

11) 그리고 소설에 의거하면 그는 1950년 8월에 서울에 보위부원 으로 나타난다.

이러한 연대기적인 착오는 신구판과 민음사판에 "8·15 직후에 월북해버린 아버지는 먼 사람이 되어가고 있었다. 아버지가 북으 로 간 지 얼마 안 돼서 돌아가신 어머니, 아버지 친구였던 영미 아버지 밑에서 지나는 수3년 동안에 〔……〕"라고 씌어진 것 때문에 생긴 것이며, 그 '수3년'을 전집판에서는 '몇 해'로 고침으로써, 해결하고 있는 것이다. 연대기적으로 올바르자면, 신문에 시를 투고한 것이 1947년 5월이어야 하며, 그렇다면 그가 변 씨 집에 기거한 것은 길어야 1년 반 안팎이다. 전집판에서 고쳐진 또 하나의 것은, 그의 정치 기피증의 정체이다. 1947년에 철학과 3학년이면 (그때의 학제에 밝지 못한 나로서는 지금의 그것에 대치시켜 생각한다) 21~22세일 텐데, 그 사변적이고 말 많은 친구가 해방과 그 이후의 정치적인 혼란에 대해서 입을 꽉 다물고 있는 것이다. 전집판에서 그는 "요즈음 그 숱한 정치 모임의 어느 하나도 모르고 지내온 생활이었다. 〔……〕 아버지 아들인 그는 조심해야 했다" 는 구절을 집어넣음으로써 그 문제도 해결하고 있다. 다시 말해 이명준으로서는 사회주의자로 인정받기 싫어서, 정치적인 것에 대한 생각을 일부러 거세하고 있었다는 말이다.

구성상으로 연대기나 성격상의 애매모호한 점을 해결하고 난 뒤에, 최인훈은 문체에 대단한 신경을 써, 지문의 거의 대부분을 고치고 있다. 그가 문체에 얼마나 세심한 신경을 쓰고 있는가를 알아보려면, 『광장』 서두를 서로 비교해보면 금세 알 수 있다.

1) 바다는 크레파스보다 진한 푸르고 육중한 비늘을 무겁게 뒤채면서 숨쉬고 있었다. 〔신구판〕
2) 바다는 숨쉬고 있다. 크레파스보다 진한 푸르고 육중한 비늘을 무겁게 뒤채면서. 〔민음사판〕

3) 바다는, 크레파스보다 진한, 푸르고 육중한 비늘을 무겁게 뒤
　채면서, 숨을 쉰다. 〔전집판〕

　신구판의 문장은 전형적인 재래의 소설 문장이다. 민음사판의
문장은 신구판에 비하면 리듬에 비교적 신경을 써서, 하나의 문장
을 둘로 나누고 있다. 전집판의 문장에서는 우선 콤마의 빈번한
사용과 현재형 어미를 주목할 수 있다. 콤마를 빈번하게 사용하는
것은 리듬을 맞추기 위한 것으로 생각되며, 현재형 어미는 사건
진행에 속도감을 주기 위한 것으로 생각된다. 문체적인 측면에서
는 매우 중요한 변모이다. 특히 현재형 어미가 거의 없다고 할 수
있는 신구판과 민음사판에 비해, 전집판에서는 과거형 어미가 오
히려 적다. 그것 외에 작자는 한자어를 거의 다 비한자어로 고치
고 있다. 그 고침이 어느 경로를 거쳤는가, 그리고 어느 정도인가
하는 것은 다음의 세 예문으로 충분히 알 수 있으리라 생각한다.

　　1) 좋은 계절
　　　　철학 공부하는 친구는
　　　　보람을 위함도 아니면서
　　　　코피를 흘렸는데
　　　　조국의 하늘은 매양 곱구나. 〔신구판〕
　　2) 좋은 계절
　　　　철학 공부하는 친구는
　　　　보람을 위함도 아니면서

코피를 흘렸는데

조국의 하늘은

곱기가 지랄이다. 〔민음사판〕

　3) 좋은 철

궁리질 공부꾼은

보람을 위함도 아니면서

코피를 흘렸는데

내 나라 하늘은

곱기가 지랄이다. 〔전집판〕

　한자어를 비한자어로 고치는 문제는 한국의 전문화사적 배경이
문제되는, 그리 간단한 문제가 아니다. 그래도 때때로는 약간 어
색한 듯한 문장도 생겨난다. 시도로서는 여하튼 주목할 만한 것이
라고 생각한다.

　과거의 판본들과 비교해볼 때, 전집판에서 완전히 달라진 것은
갈매기라는 상징적 장치에 대한 작가의 태도이다. 남과 북의 어느
곳도 선택하지 못하고 중립국으로 가는 이명준의 뒤를 두 마리의
갈매기가 짓궂게 쫓아다닌다. 그 갈매기가 이명준에게는 그가 사
랑한 두 여자처럼 생각된다. 그가 결국 자살하게 되는 것도 그 갈
매기로 표상되는 두 여자와의 과거에서 그가 완전히 자유스러울
수 없다는 것을 깨닫게 되었기 때문이다.

　사람은 모르는 사람들 사이에서는 자기 성격까지도 마음대로 선

택할 수 있다고 믿었다. 성격을 선택하다니! 만사가 잘될 터이었다. 다만 한 가지만 없었다면 그는 두 마리의 흰 갈매기들을 고려에 넣지 않았다. 그녀들의 그림자가 수위실 창유리에까지 미치리라는 생각을 미처 하지 못했다. 〔……〕 정직해야지. 초라한 내 청춘에 '신'도 '사상'도 주지 않던 '기쁨'을 준 그녀들에게 정직해야지. 〔신구판〕

신구판의 이 부분은 민음사판에서는 더욱 선명하게 묘사되어, 그녀들 때문에 그가 죽는다는 것을 확실하게 인식케 한다.

〔……〕 큰일날 뻔했다. 물속에 가라앉을 듯 탁 스치고 지나가는가 하면 다시 수면으로 내려오면서 바다와 희롱하고 있는 모양은 깨끗하고 넓은 잔디 위에서 흰 옷을 입고 뛰어다니는 순결한 처녀들이었다. 저기로 가면 그녀들과 만날 수 있지 않나. 그는 비로소 마음이 놓였다. 〔민음사판〕

바로 이 부분에 그는 전집판에서 상당히 중대한 수정을 가한다. 중대할 수밖에 없는 것이, 이전의 판본에서는 그 두 마리의 갈매기가 윤애와 은혜를 다 같이 표상하고 있었지만, 전집판에서 그 갈매기들은 은혜와 윤애 대신에 은혜와 그의 딸로 표상되고 있는 것이다. 전집판의 그 부분은 이렇다.

〔……〕 성격을 골라잡다니! 모든 일이 잘될 터이었다. 다만 한

가지만 없었다면. 그는 두 마리 새들을 방금까지 알아보지 못한 것이었다. 무덤 속에서 몸을 푼 한 여자의 용기를, 〔……〕 그리고 마침내 그를 찾아내고야 만 그들의 사랑을.

돌아서서 마스트를 올려다본다. 그들은 보이지 않는다. 바다를 본다. 큰 새와 꼬마 새는 바다를 향하여 미끄러지듯 내려오고 있다. 〔……〕 무덤을 이기고 온, 못 잊을 고운 각시들이, 손짓해 부른다. 내 딸아.

전집판의 이 부분에 갑작스럽게 딸이 튀어나오는 것은, 낙동강 전투 때의 은혜와의 마지막 밀회 때에(그 이전의 판본에서는 보이지 않는 것인데) 그녀가 그에게 자기가 임신을 했으며, 자기는 딸을 낳을 것임을 말해주었기 때문에 가능해진 것이다. 마지막 밀회를 묘사하고 있는 작가의 필체가 전부 바다의 이미지와 관련되어 있는 것도 주목을 요하는데, 바로 그것이야말로 이명준을 편안하게 '은혜＝어머니＝바다'로 보내기 위한 것이다.

〔……〕 사랑의 일이 끝나고, 그들은 나란히 누워 있었다. "저―" 깊은 우물 속에 내려가서 부르는 사람의 목소리처럼, 누구의 목소리 같지도 않은 깊은 울림이 있는 소리로 그녀가 불렀다. "응?" "저―" 명준은 그 목소리의 깊이에 몸이 굳어졌다. "뭔데, 응?" "저―" 그녀는 돌아누우면서 남자의 목을 끌어당겨 그 목소리처럼 깊숙이 남자의 입을 맞췄다. 그러고는, 남자의 귀에 대고 그 말을 속삭였다. "정말?" "아마." 명준은 일어나 앉아 여자의 배를 내려

다봤다. 깊이 팬 배꼽 가득 땀이 괴어 있었다. 입술을 가져간다. 짭사한 바닷물 맛이다. "나 딸을 낳아요." 은혜는 징그럽게 기름진 배를 가진 여자였다. [……] 그 기름진 두께 밑에 이 짭사한 물의 바다가 있고, 거기서, 그들의 딸이라고 불릴 물고기 한 마리가 뿌리를 내렸다고 한다. 여자는, 남자의 어깨를 붙들어 자기 가슴으로 넘어뜨리면서, 남자의 뿌리를 잡아 자기의 하얀 기름진 기둥 사이의 배게 우거진 수풀 밑에 숨겨진, 깊은, 바다로 통하는 굴속으로 밀어넣었다.

여자의 배를 바다의 표상으로 보는 것은 인류의 오랜 상상력의 소산이다. 위의 인용문에서 은혜의 배는 바다이며, 그녀가 수태한 아이는 그가 뿌리내린 물고기이다. 그녀의 배에서는 짭사한 바닷물 맛을 맛볼 수 있다. 은혜를 바다와 동일시하고, 마침내는 그녀와 그녀의 딸을 큰 새와 꼬마 새로 표상했다는 것은, 작자의 의식이 그 이전의 판본에서와는 상당히 먼 거리에 와 있음을 보여준다. 그 이전의 판본에서 작가는 이명준이 그와 그의 애인들과의 과거에서 자유스러울 수 없다는 것을 깨닫고 그녀들이 있는 곳으로 돌아간다고 묘사하고 있는데, 전집판에서 그는 그에게 기쁨을 준 바다로 되돌아가는 것처럼 묘사되고 있다. 그의 뿌리를 받아준 바닷속으로 그는 그의 몸을 던져 들어가는 것이다. 바다는 단순한 죽음의 장소가 아니라, 자신이 몸을 던져 뿌리를 내려야 할 우주의 자궁이다. 이 진술은 작가에게 매우 중대한 의미를 갖고 있다. 그 이전의 판본에서 이명준의 죽음은 중립국에서도 별로 보람 있는 삶을 찾을 수 없으리라는 것을 깨달은 자의 죽음이지만, 전집판에서의 이명준의 죽음은 정말로 사랑이라는 것이 무엇인가를 투철하게 깨달은 자의 자기가 사랑한 여자와의 합일, 작자의 표현을 빌리면 "무덤 속에서 몸을 푼 여자의 용기"에 해당하는 행위인 것이다. 작자가 전집판에서 이명준의 죽음을 사랑을 확인하는 행위로 묘사하고 있는 것은, 그 이전의 판본에서 그가 이명준의 죽음을 이데올로기적인 죽음으로 처리하고 있는 것에 비교할 때, 그의 사고가 지금 어디에 와 있는가를 짐작할 수 있게 한다. 작가 자신은 이데올로기 대신에 사랑을 택한 것이다. 아, 이제 알겠다. 그가 왜 그토록 오랜 미국에서의 회의와 방황 끝에 『광장』만을 개작하여 가지고 온 것인가를. 그 역시 이명준처럼 그를 사랑했고, 그가 사랑해야 할 사람들을 사랑하기 위해 그런 것이다. 그의 그러한 결론은 「구운몽」의 결론에 또한 다름 아니다.

"그런 시대에도 사람들은 사랑했을까?"

[……]

"깡통. 말이라고 해? 끔찍한 소릴? 부지런히 사랑했을 거야. 미치도록. 그밖에 뭘 할 수 있었겠어."

[1976]

다시 읽는 『광장』

김병익
(문학평론가)

1

　나는 최인훈의 『광장』을, 이번의 것까지 포함해서 아마도 네 번
쯤은 읽은 것 같다. 맨 처음은, 그의 첫 판본으로 1961년에 정향
사에서 출판된 것으로 내가 대학을 갓 졸업하고 무위도식하던 시
절에서였을 것이고, 그다음에는 한참 후인 1976년 문학과지성사
에서 기획한 그의 전집의 첫 권으로 그가 미국에서 가지고 온 전면
개작의 원고를 교정보면서였으며, 그다음이 이보다 두어 해 후 우
리 소설에서의 분단 문학 개괄을 위한 준비를 할 때였다. 물론 당
연히도, 읽을 때마다 『광장』은 상당히 또는 조금씩 달라진 얼굴로
내게 다가왔고 그래서 내가 이 소설에 대해 느끼고 생각하는 것도
그만큼 달라질 수밖에 없었다. 나의 20대에 읽은 중편 「광장」은,
그리 대단한 작품이 아니었다. 머리 좋은 문학 청년이 미처 체화

시키지 못한 채 한국의 정치 현실을 사변적으로 비판한, 그래서 패기는 만만하지만 소설로는 다소 엉성하고 설익은 작품으로 보였다. 그때의 나는 문학을 제대로 알기도 전의 순진한 독자였고 최인훈이란 작가에 대해서는 전혀 몰랐으며 손창섭과 황순원 그리고 도스토옙스키에 빠져 있었던 것이다. 여러 해 후 신문사 문화부 기자로 일하면서 나는 그의 「총독의 소리」를 읽고서 그 작가를 알게 되었으며 그를 직접 만났고 그리고 그의 여러 작품들에 매혹되기 시작했다. 그러고서 근 10년 뒤 『광장』을 두번째로 보게 되었는데, 교정을 보면서 읽게 된 그의 개작 원고는, 한자어를 한글말로 바꾸는 큰 작업으로 덮여 있어 나는 이 작품에서 소설로서보다는 문장으로, 문장보다는 어휘에 더 많은 신경을 써야 했었다. 6·25와 한국 분단에 관한 글을 쓸 때는 여러 관련 작품들과 함께 읽어야 했으며 그 독서는 목표가 예정된 것이어서 거칠게, 그것도 이념 문제와 연관해서, 그러니까 바로 앞의 읽기가 언어 문제와 연관되었던 것과는 반대의 독법으로, 이루어져야 했다. 거듭 읽기를 이렇게 치른 후에야 나는 『광장』이 왜 많은 젊은 독자들을 여전히 사로잡고 있으며, 그것은 우리 문학에 어떤 위치를 차지하고, 그리고 우리 현대 민족사에 이 얄팍한 장편소설이 무엇을 증거하고 있는가를 깨달을 수 있게 되었다. 참으로, 더딘(!) 깨달음이었다. 그리고 이번에 다시 읽었다. 읽으면서, 나는 그동안의 『광장』에 대한 나의 상이한 독후감들을 회상했고 뛰어난 작품이 누릴 수 있는 집요한 생명력에 감탄하지 않을 수 없었다.

집요하기로는, 그러나 나보다 『광장』 그 자체가 더한 것이었고,

그 작품에 대한 작가 최인훈의 애정이 더욱 심한 것이었다. 그가
문단에 데뷔한 이듬해 그의 나이 25세 때 씌어진 이 소설은 당초
600장 정도의 중편이었고, 그런 후 이제까지 단행본으로 나올 때
혹은 판본이 바뀔 때마다 작가는 어딘가에든 어떤 방식으로든 수
정을 가해왔다. 우리 현대 소설사에서 아마도 가장 복잡한 텍스트
의 분석 연구를 요구할 만큼, 『광장』은 1960년 『새벽』지의 발표
이후, 정향사판·신구판·민음사판, 그리고 문학과지성사의 두 가
지 전집판 등 여섯 개의 판본을 가지고 있고, 이 판본들은 전집판
의 전면 개작 말고도 조금씩의 변화를 안고 있다. 이러한 수정 과
정을 검토하는 일은 한 작가의 내면적 변화를 추찰할 수 있는 하나
의 범례가 될 것이며 그런 변화를 이루게끔 만든 작가 자신의 이력
과 그 작가를 둘러싼 현실 세계의 변화를 검토할 자료를 제공할 것
이다. 3년간의 미국 체류 생활을 정리하고 귀국했을 때 그의 손에
들려진 유일한 물건이 한글 문체로 새로 씌어진 『광장』의 원고였
다는 사실은 그가 이 작품에 얼마나 한 애정을 가졌던가를 보여주
는 뚜렷한 증표이기도 하지만,[1] 그가 그의 『광장』이 판본이 바뀔
때마다 머리말을 다시 쓰는, 그래서 전집판의 가로쓰기 개판이 이

---

1) 이런 에피소드는 소개되어도 좋을 것이다. 1976년 그의 전집판 『광장』을 발행할 때
1973년에 나온 그것의 민음사판은 여전히 서점에 유통되고 있었다. 나는 출판권 소유
자로서 그 판본의 폐기를 요청했고 그는 개작되었기 때문에 서로 상당히 달라진 두 개
의 판본이 동시에 독자 앞에 제공되기를 희망했었다. 멀지 않아 그 민음사판은 서점에
서 사라졌지만, 나는 그때 한 작품의 완결성 유지를 염두에 두어 하나의 텍스트만 있어
야 한다고 생각했던 것이고 그는 한 작품에 두 가지의 판본이 공존토록 함으로써 각각
의 독자성을 인정받고 싶어 했다. 그의 이 의견은 물론 『광장』에 대한 그의 유다른 애
정의 표현 외에 다른 것이 아닐 것이다.

루어지는 1989년판에는 일역판의 서문 말고도 다섯 개의 머리말이 실려 있는 데서도 이 애정의 집요함은 다시 나타나는 것이다. 그러나 이 소설에 대한 작가의 애정은 자신의 대표작에 대한 미련스러운 자부라든가 젊은 시절의 고뇌에 대한 무력한 향수 때문은 아닌 것이 분명하다. 그는 20대에 만들어낸 인물, 그리고 그의 사유와 행위, 고민과 선택이 바로 지금의 이 시대의 것으로의 '현재화'라고 주장함으로써, 한 세대 전의 것에 대한 그의 애정의 근원을 밝힌다. 그 '현재성'이 그의 한 작품에 대해 끈질긴 생명력을 끊임없이 부여할 이유가 된다. 그의 「1989년판을 위한 머리말」에서 예컨대 그는 이렇게 쓴다:

이 작품의 첫 발표로부터는 30년, 소설 속의 주인공이 세상을 떠난 날로부터는 40년에 가까운 세월이 흘렀다. 이 소설의 주인공이 겪은 운명의 성격 탓으로 나는 이 주인공을 잊어버릴 수가 없다. 주인공이 살았던 것과 그렇게 다르지 않은 정치적 구조 속에 여전히 필자는 살고 있기 때문이다. 이명준은 그가 살았던 고장의 모습이 40년 후에 이러리라고 생각하였을까──이런 생각이 떠오르는 것이다. 당자가 아니기에 단언할 수는 없지만, 아마 현실의 결과보다는 훨씬 낙관적인 전망을 무의식적으로 지니고 있지 않았을까 싶다. 〔……〕 40년이 지난 다음에 지금 같은 상태라고는 다시금 짐작지 못한 것이 아닐까 생각하는 것이다.[2]

---

2) 1989년판, p.6. 문학과지성사의 전집판은 1976년에 처음 나왔고, 그것의 세로쓰기를 가로쓰기로 바꾸어 새로 만든 것이 1989년판이다. 앞으로 다른 표시가 없는 한 인용문

요컨대 이명준이나 그의 작가와 독자들은 마찬가지로 "유보 없는 꿈과 희망에 휩싸인 시대"를 살고 있지만 오늘의 우리는 이명준의 희망에도 불구하고 그의 시대와 같은 현실 구조 속에 살고 있다는 최인훈의 이 인식은 이 머리말을 쓴 이듬해의 한 젊은 작가와의 대담에서도 다시 반복된다. 역시 분단 문제를 자신의 문학적 주제로 삼아온 이창동에게 그는 이렇게 말한다:

『광장』에 대한 논란에 대해 작가로서 겸연스러움을 무릅쓰고 이야기한다면, 그 작품은 30년 전에 발표된 것이죠. 30년 전 그때 내가 좌우의 이데올로기니 남북 문제니 하는 문제에 대해 의사 표시를 한 건데, 그 30년 사이의 세계 역사의 변화로 미루어서 그때 내가 『광장』에서 표시한 생각이 오늘날에 와서 완전히 반동의 언사이거나 역사 허무주의니 뭐니 하는 차원으로 판명된 것인가, 또는 역사에 대한 실증적인 것을 동원하지 않았음에도 불구하고 그 작품이 그래도 역사에 대한 예언이랄까 직관이 있는가 없는가, 그것이 그렇게 틀린 것인가 묻고 싶어요.[3]

이 발언대로라면, 작가의 자신의 작품에 대한 끈질긴 개작 혹은 수정 작업과, 그의 한 세대 전의 인식에 대한 자신감은 서로 어긋난 것이 아닐까. 그러나 그럼에도 그렇지는 않다. 그는 위의 발언

___
의 페이지는 이 판의 것이다.
3) 이창동, 「최인훈의 최근의 생각들」, 『작가세계』 1990년 봄호, p.58.

바로 앞에서 자신의 개작의 성격을 이렇게 밝힌다: "그런데 작품의 말을 다듬고 하는 것은 작품 전체의 보편적 질감의 문제지 그 내용에 대한 논란과는 관계가 없는 거죠. 물론 내용을 다소 손본 것도 있는데, 특히 소설의 마지막에 죽음의 의미를 명확하게 하려고 한 것 같은 경우가 그렇죠. 그러나 보통 개작이라는 말의 통념으로 볼 수 있는 대폭적인 고침은 아니었어요. 즉 내가 처음에 가지고 있던 비전은 별로 양보하지 않았다고 말할 수 있죠." 30년 전의 젊은 시절에 가졌던 비전에 대한 저 도저한 자신감(!). 그의 끊임없는 수정이라는 참으로 애정 어린 작업은 자신의 비전에 대한 재검토가 아니라 그 비전을 보다 생생하게 살아 있기를 원하는 작가의 집요한 정신의 드러냄이었을 뿐이다. 그리고 그의 이 자신감은 회의당하기 어려운 것도 사실이다. 실제로 나는 김현이 전집판 해설을 다음과 같은 유명한 구절로 쓴 것에 대해 교정을 보면서 그것은 과장이라고 생각했었다: "정치사적인 측면에서 보자면 1960년은 학생들의 해이었지만, 소설사적인 측면에서 보자면 그것은 「광장」의 해이었다고 할 수 있다"(p.280). 우리 민족의 역사에서 처음으로 밑으로부터의 혁명이 가능했던, 그리고 그를 위해 숱하게 고귀한 피를 흘려야 했던 4·19가 한편의 중편소설에 비견되다니! 그러나, 한국전쟁과 분단에 대한 우리 작가들의 인식의 진전 과정을 살펴서 결국 김현의 그 진술은 과장이 아니거나, 적어도, 『광장』의 출현 자체가 극히 돌올한 현상이었다는 것을 부인할 수 없게 된 것을 깨달았다. 그렇다, 그것은 돌올한 것이었다. 그 돌올함은, 1950년대 전반에 걸쳐 6·25와 분단이 우리 민족의 비극적인 수난이었다는 의식, 전통적인 휴머니즘의 상실이었다는 정서적 반응의 문학적 양상에 대한 대담한 항명이었다는 것으로만 그치지 않는다. 오히려 그것은 그 후의 우리의 분단 문학사에서 더욱 첨예하게 나타난다. 『광장』에서 제기된 분단의 이념적인 주제들이 우리의 문학에서뿐이 아니라 사회과학에서라도 다루어질 수 있기 위해서는 20년 이상의 시간을 바쳐야 했고, 주인공 이명준이 후반부에서 복무하게 되는 인민군이 작품에서 긍정적인 형상력을 얻는 데는 이병주의 『지리산』과 조정래의 『태백산맥』, 김원일의 『겨울 골짜기』가 발표되는 1980년대 중반까지 기다려야 했다. 더구나 이들의 그 군대는 인민 군이 포기한 빨치산일 뿐이었다. 이명준이 월북하여 뛰어든 북한의 권력 내부에 대한 묘사는 그리고 아직까지 우리 문학에서 발견되지 않는 영역이다. 다만, 이문열의 『영웅시대』가 이 영역을 건드린 바는 있지만 그 건드림은 정면이 아니라 주인공 이동영의 낙오를 만들어내기 위한 부정적 장치였다. 그렇다면, 이 소설이 제시한 남북 문제에 관한 문학적 인식의 지평은 30년이 지난 이제에 이르러서도 아직 극복되지 못한 셈이다. 『광장』의 비전과 그 주제가 지닌 돌올함은 그래서 여전히, 그리고 더욱, 유효한 것이다.

    2

　『광장』의 거듭된 고침은, 김현이 이미 지적했듯이, 주인공 이명 준의 생애에 대한 연대기적 모호성의 수정과, '갈매기'의 상징적 장치에 대한 의미의 변화로 크게 모이고 있지만, 우선 우리가 주목할 그의 고침은 문장 표기 방법에서 보인다. 최인훈은 그의 말대로 "비전은 별로 양보하지 않은" 것은 사실이지만 그러나 소설의 표기법에 대해서는 엄청난 양보를 한 것이 분명하기 때문이다. 그는 1973년부터 1976년까지, 아이오와 국제 창작 프로그램에 참여한 김에 미국에 눌러앉아 언어에 익숙지 않은 외지 생활을 했는데, 그때 그는 『광장』에 다른 수정을 덧붙이면서 가장 중요하게는, 기존 판본이 가지고 있던 전래의 국한문 혼용 표기를 대폭 한글말 표기법으로 바꾸었다. 그것이 전집판 『광장』이지만, 그 표기는 이 소설의 어느 곳에서든 쉽게 발견될 수 있다. 그것은 가령 이렇다:

　*1) 개인적인 상처를 건드린 실수를 사과하는 그런 태도에서 그들로서는 습관인지 모르나 퍽 지각 있는 사람의 능란한 몸짓이 얼핏 스쳤다. 선장이 잠시나마 어색한 기분을 가지게 한 것을 명준은 미안스럽게 여겼다. (민음사판, p.18)
　1) 아픈 데를 건드린 실수를 비는 그런 품에 그들로서는 버릇인지 모르나 퍽 분별 있는 사람의 능란한 몸짓이 얼핏 스친다. 선장을 잠시나마 거북하게 해서 안됐다. (p.21)

이 예문은, 우리 토속어에 어원을 둔 한글말을, 고칠 수 있는껏 고쳐보려는 작가의 섬세한 노력을 보여준다. 그래서 예컨대, '상처'를 '아픈 데'로, '태도'를 '품'으로, '사과하는'을 '비는'으로, '습관'을 '버릇'으로 어휘를 바꾸었고, 이 바꿈에 따라 함께 고쳐

겨야 할 것들을 고치게 된다. 그것은, 한글 문체로 고치는 데에 따라 옮기기 거북한 것들을 지우거나 다른 구절로 대체하는 것, 그래서 '개인적인'이 없어지고 '어색한 기분을 가지게'를 '거북하게 해서'로 바꾼 것이 그 하나이고, 과거형의 시제가 현재형의 그것으로 변화된 것이 그 두번째이다. 물론 그의 고치기 작업은 한글말로의 대체로 끝나지 않는다. 김현이 검토한 세 가지 판본이 보여주는 이 소설의 첫 문장을 비교해보는 그의 관심이 어휘에만 있지 않음을 확인시켜준다: **2) "바다는 크레파스보다 진한 푸르고 육중한 비늘을 무겁게 뒤채면서 숨쉬고 있었다"(신구판); *2) "바다는 숨쉬고 있다. 크레파스보다 진한 푸르고 육중한 비늘을 무겁게 뒤채면서"(민음사판); 2) "바다는, 크레파스보다 진한, 푸르고 육중한 비늘을 무겁게 뒤채면서, 숨을 쉰다"(전집판). 김현은, **2)가 "전형적인 재래의 소설 문장"이며, *2)는 한 문장을 둘로 나누면서 "리듬에 비교적 신경을 쓴" 것이고, 2)는 콤마의 빈번한 사용으로 "리듬을 맞추면서" 현재형의 어미 변화로 "사건 진행에 속도감을 준다"고 지적한다(pp.283~84). 그가 자기 작품들을(그는 『광장』만이 아니라 전집의 거의 모두를 그렇게 바꾸었다) 왜 한글 문체로 고치려 했을까에 대해 그는 여러 기회에 설명을 가하고 있다. 국·한문의 이중 표기가 갖는 '부당 이득'을 거부하기 위해서는 '한글 오로지 쓰기'를, 그것도 "그 원칙을 뿌리까지 따라가는 것, 한글 표기만이 아니라, 한자 어원의 말을 우리 고유의 —— 또는 그렇다고 마음이 받아들이는 —— 말로 바꾸는 일"(「소설 『광장』을 고쳐 쓴 까닭」, 『문학과 이데올로기』, 최인훈 전집 12, 문학과지성사,

1994, p.379)이라고 그는 쓰기도 하고, 어느 사이엔지, "언어의 환기력에 대한 굉장한 공허감"을 느끼기 시작하여, 그에 대한 저항의 일종으로서 "말에다가 무게를 달아보고 싶어서 이른바 토박이말이란 것에 관심을 두게" 되었다고 대답하기도 한다(이창동, 「최인훈의 최근의 생각들」, p. 56). 요컨대 "내용과 표기 체계 사이의 감각적인 거리를 가능한 한 접근시키"(이창동, 같은 곳)는 최인훈의 노력은, 그러나, 반드시 또는 항상, 성공적인 효과만을 주었던 것은 아닌 것 같다. 가령 이런 문장을 보자:

*3) 행동을 위해선 악마와 위험한 계약을 맺어도 좋다고 뽐내지만, 악마가 얼마나 무서운지는 모르고 하는 소리였다. 교수의 강연을 초연히 무시해본다. 신. 이 문제의 해결 없이는 만사가 소용없다. 사치가 아니라 자기의 경우 절박한 대결이다. 어떤 책에서고 Dialektik의 D자만 보아도 연인의 두문자를 대하듯 가슴이 두근거리는 것을, [……] (민음사판, pp.34~35)

 3) 보람 있는 일이라면 도깨비하고 흥정해도 좋다고 뽐내지만, 도깨비가 얼마나 무서운지는 모르고 하는 소리다. 교수의 강의를 짐짓 낮추어 본다. 신. 이 일을 풀지 않고는 모두 쓸데없다. 사치가 아니라 나한텐 사무치는 허전함이다. 이러면서, 허전함과 맞서본다. 어떤 책에서고 Dialektik의 D자만 보아도 반한 여자의 이름 머리글자를 대하듯 가슴이 두근거리는 것을, [……] (pp.45~46)

『광장』의 한글말 고침의 전형적인 예를 따르고 있는 이 예문에서 문제는, '악마'를 '도깨비'로 바꾼 것이다. 기존판의 '악마'는 파우스트와 계약을 맺은 그 메티스토펠레스를 가리킨다. '도깨비'가 사람의 혹을 떼었다 붙였다 해주기도 하고 돈보따리를 가난한 양민에게 주었다 뺏기도 하지만, 메피스토펠레스가 지고 있는 우주적 혹은 철학적·관념적 의미를 그것이 가지고 있는 것은 아니다. 그래서 '도깨비─Dialektik'이란 관계는 도포 입고 자전거 타는 모습처럼, 어색하다기보다는 연상의 배반적인 효과를 가져온다. 한글말로의 개작이 빚은 이 같은 역효과는『광장』에서 의외로 많다. 그래서 김현도 "때때로 약간 어색한 듯한 문장도 생겨난다" (p.285)고 지적하는데, 그것은 두 개의 상이한 문화 체계가 일원화되기가 얼마나 어려운가를 보여주는 뚜렷한 예가 될 것이다. 말이란 그것의 쓰임의 전통이 깊어지면서 그 말의 나라가 갖는 문화적 더께가 알게 모르게 진하게 덮씌워지는 것이고 그 더께는 다른 나라의 말로 대체되면서 다른 의미망으로 전이되기 때문이다. 최인훈의 개작이 갖는 이러한 역효과는 토속말로의 바꿈을 그 원칙의 뿌리까지 따라가보려는 지나친 작업에서 비롯된 것이기도 하겠지만, 관념의 세계 속으로 진지한 탐구를 지속해온 그가, 그의 독서 체험을 일본어에 깊이 뿌리박은 데서도 연원되는 것이기도 할 것이다. 그의 나이는 4·19세대에 접근해 있지만, 그의 지적 자산은 김수영·장용학의 세대에 더 근접해 있는데, 그 세대는 김동리·황순원처럼 토속어에 익숙한 세대가 아니었고 김승옥·김현처럼 일본어를 모르는 채 모국어로 책을 읽고 사유한 한글 세대도 아니었다. 문학에서의 그 세대는 시니피앙과 시니피에의 간극을 가장 첨예하게 의식하지 않을 수 없는 세대이며, 최인훈은 그 간극을, 모국어로는 생활하기 힘든 미국에서 무척 실감했을 것이었다. 한글 세대가 『광장』을 썼다면 혹은 개작했다면 최인훈 자신보다 더 적절하고 효과적인 표기법을 사용할 수 있었을 것이다. 그는 4·19의 덕분으로 『광장』을 쓸 수 있었지만 4·19세대의 체질까지로는 변모할 수 없었고 그 이후의 문화적·인식론적 변화를 따르는 데는 한계를 지니지 않을 수 없었던 것이다.

　『광장』을 거듭 읽으면서 최인훈 세대의 한계를 다시 확인하고는 있지만, 그렇기 때문에 오히려, 그의 언어에 대한 자의식은 새로이 주목되어야 한다는 생각이 솟아났다는 것을 나는 이제 말해야겠다. 흔히 지적되듯이 우리의 언어 체계는 이중 혹은 삼중의 겹치기로 기표와 기의 간의 갈등을 체험해왔다. 표의문자인 한자어와 구문 체계가 전혀 이질적인 서구어, 거기에 식민지 시대의 공용어인 일본어까지 끼어 매우 복잡한 언어 생활을 우리는 치러내야 했던 것이다. 어쩌면 이것은 동양의 여러 나라에 공통된 현상으로 보이기도 하지만 우리의 사정이 보다 착잡했던 것은, 한자어/서구어/모국어의 갈등이 문화 체계의 갈등을 연계시킬 뿐만 아니라, 일본어까지 합세해서 그 갈등들이 지배자/피지배자, 근대성/전통성, 관념 문화/토속 문화 등의 결렬까지 내포하게 되었기 때문이다. 그리고 특히 우리 소설 문학에서만은 시 혹은 비평의 다른 장르와는 달리 한글 전용을 채택하고 있다(장용학과 근래의 박상륭의 예외가 있지만). 이 갈등을 가장 실제적으로 살아야 했던 세대가 일본어 세대였고 그 이전과 이후의 세대는 모국어로 생활하고 외래어를 외국어로 공부한 세대였기 때문에 그 불운은 상당히 줄어들 수 있었다. 그 불행한 일본어 세대에 마지막 나이로 끼어든 최인훈은 그 갈등에 깊은 자의식을 가졌다. 그래서 우리의, 특히 소설의 표기 체계에 대한 전반적이고 근원적인 반성을 가했고 그 결과가『광장』의 개작이었다. 그리고 그 효과는 대체적인 성공 속에 작은 실패를 안고 있는 것이었다. 그 성공과 실패가 어떤 평가를 받는 것이든 간에, 한국 문학 표기 체계의 일원화라는 과제는『광장』의 한글말 개작이 발표된 지 반세대가 지난 이제 오히려 진지한 문제로 검토되어야 한다는 것은 분명하다. 오늘의 제2의 한글 세대, 즉 한자 교육을 받지 않았고 혹은 외국어로 배움으로써 그것의 일상적 활용법을 모르며 오히려 구문 체계가 전혀 다른 서구어에 익숙하고 서구어체의 번역 문투를 더욱 즐겨 사용하는 세대들에게, 모국어가 어떻게 문화어로 세련되며 그것이 어떻게 문학어로 기표/기의 간의 갈등을 해소할 것인가의 문제를 최인훈은 안겨주고 있다. 우리는 이제 보기에 많이 어색한 부분도 가지고 있는『광장』의 한글 문체에서 그 성공의 의미를 살려내는 동시에 그 실패를 통해 우리말의 가능성을, 서구어의 번역 문체 홍수 속에서 다시 추구해볼 단계에 이르러 있는 것이다.

3

문체와 표기의 영역에서는 최인훈이 자신의 세대적 한계를 근본

적으로 극복하는 데에는 이르지 못함으로써 그 문제성을 오늘의 세대에게 넘겨주었음을 지적했지만, 『광장』의 주제가 제시하고 있는 이념의 영역에 관해서는, 그가 여전히 선진적이고 지금의 독자들에게 계몽적인 역할을 가하고 있다는 점은, 앞에서도 얼핏 암시했듯이, 적절한 판단일 것이다. 현재 이 책이 60쇄에 이르도록 매년 1만 부 이상 꾸준히 나가고 있다는 것, 그 대부분이 대학생 등의 젊은 층에게 읽히고 있다는 것, 분단 문학에 대한 논의가 제기될 때마다 30년 전의 많은 소설들 중 이 작품에 대해서만은 유독 언급되고 인용되고 있다는 점 등등이 이 장편의 '현재성'을 확인시켜주는 예가 될 것이다. 그러나 다시 읽어보면, 『광장』은 그 현재성 이상의 것이다. 우리는, 다시 말하지만, 『광장』에서 다루는 듯한 남한의 정치적 현실에 대한 문학적 해부와 비판을 숱하게 보아왔지만 북한의 권력 내부에 대한 솔직하면서도 진지한 해명과 이의를 거의 보지 못했고 앞으로도 당분간은 보기 어려울 것 같다. 여기서 나는 '거의'란 말을 썼는데, 그것은 아주 없지 않아 있기는 하지만, 아니 상당히 많이 있지만, 그 대부분은 이쪽의 시각과 평가 기준에 의거한, 그러니까 반공주의적 관점이 압도하고 있으며 그래서 '솔직하면서도 진지하기'가 실상 어렵다는 점 때문에 씌어진 것이다. 혹은, 1980년대 중반 이후의 우리 소설 문학에서 그 실상을 보자면, 좌파의 의식과 인간상에 대한 묘사는 극히 정력적으로 이루어져왔고 그것이 북에 대한 우리의 고식적인 이해와 관념에 대폭적인 변화를 일으켜왔음은 분명히 인정되어야 할 것이다. 그럼에도, 그 묘사는 최인훈이 30년 전에 그려본 것보다 객관적이고 공정하다고 단언하기 어렵다는 점에도 그 '거의'는 해당된다. 북의 실상에 대한 작가의 묘사가 그 스스로 "실증적인 것을 그리 많이 동원하지 않았다"고 인정하듯이, 개연적이기는 할망정 구체성은 부족한 묘사이기는 하지만, 그렇다.

좌파 및 북의 이념과 그것의 실제에 대한 이해와 인식이 지난 10년 동안 비약적으로 넓어지고 깊어진 정도와, 그것들에 대한 문학계와 사회과학계의 형상화와 연구가 극히 구체화되어온 수준은 40년 전의 이명준이나 오늘의 최인훈이 도달할 수 있었던 것보다 훨씬 더한 것이다. 그것들은 이미 『광장』의 수준과 정도를 뛰어넘은 것이다. 그럼에도 불구하고, 이명준이 남한에 대해 "개인만 있고 국민은 없습니다. 밀실만 푸짐하고 광장은 죽었습니다"(p.57)라고 비판한 것이나, 북한에 대해 "일이면 일마다 저는 느꼈습니다. 제가 주인공이 아니고 '당'이 주인공이란 걸. '당'만이 흥분하고 도취합니다. 우리는 복창만 하라는 겁니다. '당'이 생각하고 판단하고 느끼고 한숨지을 테니, 너희들은 복창만 하라는 겁니다"(pp.104~05)라고 항의한 것의 진실성이 소진된 것은 아니다. 그간에 이루어진 우리의 이념적 지평의 확대는 20대의 최인훈—이명준이 한 세대 전에 지적한 이념의 실제를 사실로서 확인하는 과정에 다름 아닐 것이다. 그렇다는 것을, 비약적인 경제의 성장과 더불어 그 경제가 기초하고 있는 자본주의 체제의 모순이 심화되어온 우리의 현실에서 목격한 것으로, 그리고 다른 한편으로는 근년의 동구권의 거대한 변화와 북의 퇴화하는 실제들에 대한 소식으로써, 우리는 분명히 알아낼 수 있다. 최인훈이 이 소설에서 대비하고 있는 남과 북의 현실은 사실 관념적이기도 하고 추상적이기도 해서 구체적인 실감을 일으키기에는 부족함이 있으며, 그 이념의 비교도 그리스도교와 스탈리니즘(기존 판본에서의 공산주의를 그는 이렇게 특정화시켜 수정했다)의 "한 가지 정신의 소산"으로 유추하는 도표(pp.149~50)에서 보듯이 도식적이다. 그의 표현을 빌리면, "헤겔은, 바이블에서, 먼저, 역사적 옷을 벗기고, 다음에 고장 색깔을 지워버린 후, 그 순수 도식만을 뽑아낸 것이다. 말하자면, 헤겔의 철학은, 바이블의 에스페란토 옮김이었다. 도식이란, 그것이 뛰어날수록 본뜨기 쉽다. 마르크스는 선생이 애써 이루어놓은 알몸에다, 다시 한 번 옷을 입혔다. 경제학과 이상주의의 옷을"(p.150). 이러한 분석의 방법틀은 많은 오해를 낳을 수 있고 착잡한 이념 구성의 실재를 설명하기에는 너무 소박한 수준이다. 적어도 오늘의 사회과학적 훈련을 받은 젊은이들에게는 이명준의 이 도식과 사고법은 무척 단순한 것이 아닐 수 없다.

그러나 최인훈의 뛰어난 점은 지금 보면 단순한 것이라 하더라도 30년 전의 반공 일변도의 사유 풍토 속에서는 그의 비전이 극히 선진적이었다는 동정에서 이루어지는 것이 아니다. 내가 주목하고 싶은 것은 두 개의 대립적인 이념 체계들에 대해 그가 동시에 비판적이고 그것들의 우리 한반도의 남과 북에서의 현실화에 마찬가지로 비판적이었다는 그의 공정한 사고법에 관해서이다. 그는 1960년대의 통념적인 지적 풍토에 젖어 북한의 이념과 현실을 반인간적으로 보지도 않았으며, 오늘의 급진적인 사유들처럼 그것들을 환상적으로 만들지도 않았다. 그는, 『광장』의 여러 판본 서문에서 밝히듯이, '풍문' 속에서 살기를 거부했고 '삶의 현장'에서 살기를 원했다. 그럴 수 있기 위해서, 그리고 그럴 수 있을 만큼, 그는 냉철했고 정직했으며 균형적이었다. 혹은 그는 이성주의자이고 합리주의자였으며 이념과 현실의 균열을 꿰뚫어보았다. 이 점에서 그는 1960년대의 지식인들에게 훨씬 앞서 있었고 1990년대의 급진론자들보다 매우 현실주의적이다. 이념 문제에서 이명준이 이처럼 유연한 태도를 취할 수 있었다는 것은 지금 돌이켜보아도 신기스러울 정도인데, 그것은 최인훈이 6·25 때 고등학교 1학년생으로 월남했고 그래서 남북의 이념적 실제를 잇달아 체험할 수 있었으며, 이 작품이 씌어진 때가 분단이 고착된 지 미처 10년도 지나기 전이어서 비교적 탄력적이며 대조적인 사유가 가능했고 더욱이 그때가 자유주의가 팽배해 있던 4·19 직후였다는 점을 생각해볼 수 있다. 그러나 이 시의적 이점보다 더 중요한 것은, 이 소설이 가능하게끔 만든 작가의 주제 정신일 것이다. 젊은 비평가 한기는 이렇게 그 의미를 분석한다: "『광장』은 그 시대적 배경이 해방 공간에서 휴전으로 이어지는 역사적 공간을 취하고 있기는 할망정 본질적으로 특정한 역사적 시기와 상관없이, 분단 시대의 본질을 추상화한 공산에서 주인공이 뛰놀고 있는 형국입니다. 이것이 이 작품의 현실적 실감의 이유입니다. 그것은 다시 말하면 이 작품의 주역이 실상 주인공 이명준의 성격과는 아무 관계 없는 남북 이데올로기 자체임을 뜻합니다."[4] 이렇게 이념으로 추상화되었기 때문

---

4) 한기, 「『광장』의 원형성, 대화적 상상력, 그리고 현재성」, 『작가세계』 1990년 봄호, p.95.

에 이명준의 고뇌는 우리 현대사의 누구보다도 진지하고 근원적이며 치열할 수 있었다. 그리고 그가 절망하는 것은 대결하는 어느한 이념 체계와 그 현실의 선택에 대한 주저로 말미암은 것이 아니라, 어느 이념도 그것의 실제화에 있어 개인과 공동체의 화해의꿈을 보장해줄 수 없다는 순수한 지적 딜레마에서 빚어진 것이다.

개인의 밀실과 광장이 맞뚫렸던 시절에, 사람은 속은 편했다. 광장만이 있고 밀실이 없었던 중들과 임금들의 시절에, 세상은 아무일 없었다. 밀실과 광장이 갈라지던 날부터, 괴로움이 비롯했다. 그속에 목숨을 묻고 싶은 광장을 끝내 찾지 못할 때, 사람은 어떻게해야 하는가? (pp.70~71)

이 "광장을 끝내 찾을 수 없을 때, 사람은 어떻게 해야 하는가"라는 질문을 만들어내고 그 대답을 발견하기 위한 율리시스적 방황이 이명준이 『광장』에서 기록하는 고난스러운 이력이다. 그는이남에서와 마찬가지로 "때묻지 않은 광장"(p.99)이라고 믿어 찾아간 이북에서도 그 질문을 제기했고, 환상으로 그려보는 이국 땅인도의 '평범한 현자'적인 삶에서도 그 대답을 얻어낼 수 없었다.그의 질문이 순수하고 원천적인 것이기에 그의 방황은 결코 끝낼수가 없는 것이고 지상에서는 그 선택이 불가능한 것이기에 율리시스처럼 고향 땅으로 상륙할 수가 없는 것이다. 그의 바다에의투신은, 달리 어떻게 해석되든, 작가가 자주 쓰는 말처럼 '운명적'이다.

그러나 『광장』의 이념적 성격에 대한 검토에 마지막 덧붙여야 할 말은 아직 남아 있다. 나는 최인훈이 남북의 우리 민족이 기초하고 있는 상반된 이념 체계에 대해 공정하고 객관적인 태도를 취하고 있다고 말했었다. 그러나 아무리 객관적인 정신을 가진 사람이라 하더라도 끝까지 하나의 균형점에 서서 모든 것들에 등거리의 객관성을 유지할 수는 없다는 것이 진실일 것이다. 그것은 곧 최인훈이 인문주의적인 혹은 자유주의적인 성향의 기초를 감추지 못하고 있음을 가리키는 말이기도 하다. 가령, 이명준은 은혜와의 전선에서의 따뜻한 대화 중에, "과학적인 친구들이 앉아서 한다는 게 요 꼴인가?"(p.145)라고 반문하고, 포로의 남북한 선택에 관한 요구를 받을 때 그는 "게으를 수 있는 자유"(p.150)가 없어 북으로의 길도 거부하는데, 그것은 매우 최인훈답다는 생각을 일으키면서 그가 끝내 집단주의를 회피하는 심리적 근거로 다가오는 것이다. 공산주의의 이념이 '과학적'이라는 주장은 이제 상식이 되었지만 이명준은 그 과학적임을 더 이상 신뢰할 수 없게 된 것이고, '게으를 수 있는 자유'란 밀실의 체제가 갖는 가장 유혹적인 미덕인데 북에는 무엇보다 그 미덕이 허용되지 않는다는 것이 그가 북행의 권고를 거절하는 동기가 되는 것이다. 이런 이명준의 사유의 뿌리는, 그의 '광장'에의 지향이 아무리 강렬하다 하더라도 그 지향의 정서적 근원은 1960년대적 자유주의에 닿아 뿌리박혀 있고 오늘의 진보주의와는 그 자질이 다르다는 것을 암시한다. 나로서는 이 자유주의를 좋아한다. 그러나 1980년대의 '과학적'인 소설가가 같은 '광장'을 써서 같은 결말을 맺어놓는다 하더라도 그

결말에 이르기까지의 사고 진행 과정은 달리 나타날 것이다. 나는 이런 '과학적인' '광장'이 나오기를 바라고 그런 '광장'이 나올 수 있을 때 최인훈의 한 세대 전의 『광장』의 세계는 극복이 될 수 있을 것으로 생각된다.

4

그러나 새로운 '과학적인 광장'이 나온다 하더라도, 이념이 아니라 인간과 그들의 삶이 작품의 주제가 되기를 바라는 한, 최인훈의 『광장』이 도달하는 사랑의 이야기로 그 결말이 이루어지기를 나는 바란다. 그런 점에서 나는 이전의 『광장』보다는 한글말로 개작된 『광장』을 더 좋아하는데, 거기서 작가는 이명준의 죽음을 이념의 갈등을 못 이긴 설익은 지식인의 자기 포기로보다는 김현이 해석하는 '사랑의 재확인'으로 바꾸어놓는 것이다. 이전의 판본과 전집판 개작본 간의 차이를 섬세하게 고찰한 김현은 소설의 서두에서부터 이명준의 뱃길에 끈질지게 따라 날아오면서 그의 죽음의 자리에까지 함께하는 갈매기가 만들어주는 표상을, 이명준이 사랑하는 여자 은혜와 그녀가 그와의 사이에 잉태하고 있던 딸로 작가가 구체화시켰음을 밝혀내고서, 이렇게 설명한다: "그 이전의 판본에서 이명준의 죽음은 중립국에서도 별로 보람 있는 삶을 찾을 수 없으리라는 것을 깨달은 자의 죽음이지만, 전집판에서의 이명준의 죽음은 정말로 사랑이라는 것이 무엇인가를 투철하게 깨달은 자의 자기가 사랑한 여자와의 합일, 작자의 표현을 빌리면 '무덤 속에서 몸을 푼 여자의 용기'에 해당하는 행위인 것이다."(p.287) 이 해석대로라면, 최인훈에게는 1960년대로부터 1970년대 중반에 이르기까지의 이념이 지식인의 의식을 결정짓는 동인이 되었지만, 가족과 떨어져 미국에서 사는 동안 이후, 사랑이, 그것도 어쩌면 가족에의 사랑이 그의 삶을 규정짓는 가장 강한 요소가 되었는지도 모른다. 그것이 그가 1960년대적 자유주의의 문화 체계 속에 그가 소속하고 있다는 앞에서의 나의 짐작을 확인시켜주는 것이기도 한다. 그 한 세대 전의, 삶의 의미에 대한 최인훈의 사유가 이제에도 여전히 유효하기를, 최인훈과 더불어 나는 바라고 있는 것이다.

최인훈의 사랑에 대한 탐구는『광장』아닌 다른 작품에서 더욱 간곡하게 제시되고 있다. 가령 중편「광장」보다 몇 달 앞서 발표된 중편「가면고」는 예술과 구원이 사랑으로 매개되어 인간의 영원한 꿈으로 나아가는 집요한 도정이 서술되고 있으며 그보다 10년 뒤의「어디서 무엇이 되어 만나랴」와 그에 잇달은「둥둥 낙랑둥」의 희곡 작품들은 사랑과 운명의 비극을 진술하고 있다. 이 사랑을 주제로 한 작품들에 비해, 『광장』에서의 사랑은 주제에서 도구적인 것이고 그 형태에서 미숙하며 때로는 혼란스럽기까지 하다. 그러나 이명준이라는 여전히 고지식한 지식인이 찾고 있는 사랑은 아름답고 애틋하다. 그가 자신의 과잉된 지적 제스처의 관념적 세계 이해를 '몸의 길'로서 사랑이 깨뜨려주기를 바라기 때문에 그 사랑은 아름답고, 그럼에도 그 사랑의 행위가 늘 제약받고 숨어서

해야 하는 것이기에, 그리고 그 사랑이 전쟁의 폭격으로 상실되어야 하는 것이기에 애틋하다. 그러나 무엇보다 『광장』의 사랑이 가장 훌륭하게 받아들여져야 하는 것은, 그 사랑이 구체적인 인간을 향해 열려 있는 사랑이고 이데올로기와 그 현실적 체제를 넘어서는 사랑을 보여주기 때문이다. 그것이 수동적이고 기계적인 영미와 다른, 능동적이고 본연스런 은혜의 사랑과의 차이이다. 은혜의 그 사랑이 이명준을 이데올로기의 성벽으로부터 자유스럽게 만들어주었고 그의 추상적 세계 접근을 구체화시켜주었으며, 삶 자체를 사랑하는 것을 의무로 삼도록 했고, 그래서 최인훈으로 하여금 『광장』을 다시 쓰게 만들었다. 그 개작은, 어떤 이념도, 어떤 이상도 사랑이 기초되지 않는 한 그것들은 인간의 적일 뿐이라는 최인훈의 결론을 유인한다:

"나라면 이런 내각 명령을 내겠어. 무릇 조선민주주의인민공화국의 공민은 삶을 사랑하는 의무를 진다. 사랑하지 않는 자는 인민의 적이며, 자본가의 개이며, 제국주의자들의 스파이다. 누구를 묻지 않고, 사랑하지 않는 자는 인민의 이름으로 사형에 처한다. 이렇게 말이야." (p.145)

최인훈은 『광장』 이후, 그의 정치적 사유는 『회색인』과 『서유기』와 같은 장편소설과 「총독의 소리」 「주석의 소리」 등의 단편소설 등이 취하고 있는 에세이소설로 진전되며, 『광장』의 주인공이 보여주는 것과 같은 지식인상은 그 두 장편들과 스스로를 '소설 노동자'라고 일컫는 『소설가 구보씨의 일일』의 내면적 피카레스크 소설로 발전한다. 이 두 경향이 추구하고 있는 지식인적 이념의 탐구의 다른 한편에, 사랑의 추구라는 작가의 또 하나의 정신의 도정이 자리하고 있다. 이명준은, 작가가 1973년판의 서문에서 말한 것처럼, "'이데올로기'와 '사랑'이라는 심해의 숨은 바위에 걸려 다시는 떠오르지 않았다"(p.13). 그러나 절망으로의 포기이든, 승화에로의 투신이든, 원초적인 세계로의 회귀이든, 그가 죽음을 통해 우리에게 남겨놓은 유서는 '사랑에의 의무'였다. 어떤 형태로든 우리 민족의 분단 상태가 지속되는 한 『광장』은 우리가 역사적으로 억압받아온 이데올로기의 전반적 상황을 증거하는 발언으로 거듭 읽힐 것이다. 그리고, 분단 상황이 해소되고 이데올로기로부터도 해방되고 나서도 그것은 그래도 여전히 읽힐 것이다. 그것은 어느 시대 어느 정황에서나, 인간이 살아 있는 한 의무로서 지워질 사랑의 운명을 이야기하고 있기 때문이다. 나는 앞으로의 30년 후, 『광장』이 그렇게 읽히기를 소망한다.

〔1994〕

사랑과 혁명의 미로

김인호
(문학평론가)

1. 「구운몽」이 『광장』과 함께 있는 이유

최인훈은 어느 글에서 "우리들이 앞으로 의지할 지주는 석굴암 속이 아니라 저 4월의 함성 속에 있다"고 말한다. 4·19의 감격을 『광장』으로 표현한 작가다운 견해다. 『광장』은 그 비극성에도 불구하고 광장이라는 이상을 찾는 젊은이의 패기가 느껴지는 아름다운 소설이다. 그런데 곧바로 1962년 4월에 발표한 「구운몽」은 그것과는 완전히 달라진 내면의 어둠 속에 갇힌 사람의 이미지만을 보여준다. 작가도 『화두』에서 "세상도 아닌 것을 세상처럼 그려서는 안 되지 않는가"라고 말하면서, 그 시대, 5·16 군사쿠데타 상황에 대한 암울한 심기를 드러내며, 「구운몽」이 당대 세계를 어떻게 반영하고 있는지 설명한다. 분명한 것은 내용적 차원에서 『광장』이 한 일 못지않게 「구운몽」이 형식적 차원에서 이루어낸 성과 또한 특기할 만하다는 점이다. 그것은 가슴 깊이 4월의 함성을 묻어놓고 5월의 참극을 독특한 방식으로 증언하고 있다.

이제 '전집판'이 나온 지 30년이 되어간다. 왜 작가는 그리 오랫동안 「구운몽」을 『광장』과 함께 묶어놓았을까? 그렇듯 마주 서듯 다른 형식들이 함께 놓인 것은 그럴 만한 이유가 있었을 거다. 「구운몽」을 읽다 보면 계속되는 지연과 반복으로 독자의 자의식을 일깨우며 참여를 유도한다. 독고민의 꿈의 해석도 그렇지만, 뒤로 가서 접구조인 김용길 박사의 이야기와 영화 시사회의 해설, 그리고 빨간 넥타이를 맨 '민'이 영화를 보고 나오는 장면 등을 읽게 될 때 더욱 그렇다. 그것들은 의미의 층을 두텁게 쌓은 채 무수히 많은 해석의 가능성을 열어놓는다. 독자들은 먼저 어디로 가야 할지 망설여진다. '미궁 속에 빠진 몽유병자'의 이야기는 읽다 보면 읽는 사람조차 미로에 갇히게 한다. 카프카의 절망이나 처음 뭉크의 그림 앞에 선 사람의 느낌이 그랬을까? 빨리 깨어나고 싶지만 깨어나지 않는 꿈. 그리고 가위눌림과 채 가시지 않은 어두운 여운. 바다에 빠진 『광장』의 이명준이 그랬을까?

최인훈은 2003년에 발표한 단편소설 「바다의 편지」에서 잠수함 속에 갇힌 채 바다에 빠져 죽은 사람의 이야기를 다루었다. 그만큼 그는 이명준의 바다 속 죽음에 대해 관심이 많았나 보다. 그 소설을 읽다가 문득 이런 생각이 들었다. 만약 이명준이 다시 살아났다면 어떤 모습일까? 이것이 나만의 생각이 아닌 듯, 몇몇 논자들은 「구운몽」을 읽으면서 느낀 이명준의 재생을 거론하고 있었다. 내용에서 형식에 이르기까지 모든 것이 다른 소설이건만, 그들은 독고민에게서 이명준의 냄새를 맡고 있었다. 그런데 이들의 견해가 전혀 낯설게 여겨지지 않았다. 그것들은 달랐지만 서로 다른 대로 서로를 떠받쳐주고 있었던 것이다. 말하자면 「구운몽」이 『광장』의 내부세계를 이루고, 『광장』이 「구운몽」의 몸을 이루는 것과 같다는 생각이었다. 만약 4·19의 빛에서 나온 이명준이 5·16의 어둠으로 들어갔다면 또 그렇게 길을 잃고 헤맬 것이라는 생각도 들었다.

「구운몽」은 5·16에 대한 정치적 반응으로 씌어진 소설이다. 그것은 많은 점에서 『광장』과 구별되지만 또 그러면서도 4·19에 대한 갈망을 감추고 있어 마치 동전의 양면과도 같이 서로를 지탱한다. 독고민은 거의 말을 하지 않고 달아나기만 한다면, 이명준은 다변가일 뿐만 아니라 직접 판단하고 행동하는 자신감이 넘치는 청년이다. 제3국에 가는 것도 이명준이 자기 자신의 판단에 의해 결정했다면 독고민은 혁명군의 결정에 따를 뿐 자기의 의사가 없었다. 그리고 이명준이 행복한 미소를 띤 채 죽음을 맞이한다면 독고민은 사랑하는 여인에게서 배반당한 채 눈을 감지 못하고 죽는다. 독고민에게 자기 의지라는 것은 '숙'을 찾아야 한다는 것 정도이고 그 외의 모든 행동은 피해의식에 시달리는 사람의 모습이다. 두 소설에서 사랑의 중요성은 똑같이 강조되지만, 이명준이 적극적으로 구애한다면, 독고민은 한없이 기다리기만 할 뿐이다. 그러나 무엇보다도 두 작품의 차이는 광장에 대한 의미 부여에서 나온다. 「구운몽」의 광장이 얼어붙어 있다면 『광장』의 광장은 부패했을망정 활력이 넘친다. "한국 정치의 광장에는 똥오줌에 쓰레기만 더미로 쌓였어요. 〔……〕 경제의 광장에는 도둑 물건이 넘치고 있습니다"(p.65).[1] 하지만 「구운몽」에서는, "광장에는 얼어붙은 분수가 환한 가로등 불빛 아래 동상을 옮겨낸 밑판처럼 서 있을 뿐 오가는 그림자 하나 없이 텅 비어 있었다"(p.233), 이런 꼴이다. 『광장』에서는 '광장'에 대한 꿈이 있었고, 광장을 찾고자 했다. 이명준이 북으로 넘어가는 배 위에서 꿈꾼 광장을 보자. "광장에는 맑은 분수가 무지개를 그리고 있었다. 꽃밭에는 싱싱한 꽃이 꿀벌들 잉잉거리는 속에서 웃고 있었다"(p.127). 그것은 그야말로 이상적인 낙원이자 유토피아였다. 그리고 이명준은 거기서 은혜를 만나 사랑하게 된다. 물론 그는 광장의 이상을 실현하지 못하고 좌절한다. 하지만 광장에 대한 절대적 사랑을 포기한 적이 없다. 심지어 그는 바다에서 '푸른 광장'을 보았을 정도였다. 그러나 「구운몽」에서 독고민은 광장을 피해 달아나고, 달아나면 달아날수록 광장에 내몰리고, 그리하여 마침내 그곳에서 처형을 당한다. 그에게는 광장이야말로 출구가 막힌 지옥이다.

이런 대립 상황의 공존. 겉으로 광장을 추구할수록 속으로 그것을 피하고 싶은 게 무의식의 원리일까? 이 소설은 현대인의 정신 분열적 상황을 보여준다. 겉과 속이 다를수록 그런 현상이 벌어진다. 더욱이 꿈과 환상과 현실이 어우러져 그것의 구분을 어렵게 하고, 인과적 플롯 구조가 무너져 소외와 공포의 이미지만 남긴 이 소설은, 우리에게 현대적 상황의 위기를 다급하게 전한다. 그

---

[1] 이하 이 글의 인용문은 최인훈 전집 1 『광장/구운몽』 6판 1쇄(2008년 11월 13일 발행)에서 가져온 것이다.

러나 무엇보다도 『광장』을 통해 보여주었던 외부세계에다가 「구운
몽」의 내부세계를 열어놓음으로써 최인훈의 소설에 깊이를 더해주
었다. 『광장』이 최인훈 문학의 겉을 치장한다면 「구운몽」은 속을
가득 채운다. 무의식의 영역을 탐구하는 기법을 통해 현실의 문제
를 다루는 그 방식은 『회색인』 『서유기』 『화두』 등에서 다양하게
전개되면서 최인훈만의 독특한 미적 형식으로 자리 잡는다. 그 작
품들은 바로 『광장』과 「구운몽」의 장점이 종합된 것들이다.

2. 공포와 소외의 형식

‘관 속에서 막 나온 미라’가 어두운 계단을 올라가는 독고민과
오버랩되면서 소설은 시작된다. 그것이 꿈인지 현실인지 꿈속의 꿈
인지 경계가 모호하고 게다가 누구의 꿈인지도 명확하지 않다. 독
고민이 계단을 올라가면서 "지난밤 꿈을 골똘히 생각하면서"
(p.222)라는 구절이 나오는 것으로 보아 그것이 그의 꿈일 가능성
이 많지만, ‘독고민의 이야기’가 끝난 뒤 "이튿날 아침."(p.338)
이라는 구절이 갑자기 나오는 것을 보아 앞의 내용이 간밤의 이야
기가 되고, 그 장면의 화자인 김용길 박사의 꿈일 가능성도 생겨
난다. 김용길 박사는 ‘토끼―말―코끼리’가 하나로 이루어진 인간
의 이야기를 하면서 현대를 ‘분열의 시대’로 규정짓는데, 그것은
앞의 내화內話에 대한 설명이기도 하다. 그뿐만 아니라 독고민과
김용길 박사, ‘빨간 넥타이’라는 시인과 조수, 그리고 늙은 댄서와

간호부장 등 허구적 인물과 현실적 인물들의 특성이 비슷한 점들도 이 세 사람의 요소가 모여 하나의 허구를 만들었다는 혐의를 갖게 한다. 다시 말해 독고민의 이야기는 그것의 사실성과는 상관없이 김용길 박사의 꿈과 뒤엉켜 있는 이야기일 가능성이 많다.

어쨌거나 얼어 죽은 독고민의 시체가 발견되었고, 그의 행각을 다룬 이야기가 전개되어 있다. 그런데 그것은 복잡한 겹구조 속에 감싸여 있고, 이야기하는 사람은 서술자 말고도 독고민, 김용길 박사, 시사회 해설자, 영화를 본 뒤의 민 등이 될 수 있다. 그렇다면 독고민 이야기의 화자話者는 김용길 박사의 말처럼 '얼굴 없는 화자'가 되거나 '어느 누구'일 수도 있다. 한편 그 선정적 색깔만큼이나 표가 나는 '빨간 넥타이'는 젊고 유능한 의사이면서 시인인데, 그의 시 「해전海戰」이 내화와 외화에 공통되게 나오고, 그가 쓰고 있는 '몽유병자에 대한 논문'과 시사회에서 상영된 '조선원인고朝鮮原人考'라는 영화의 내용이 관련되어 보이고, 또 만약 '민 선생'이라는 그의 호칭을 '민'이라고 부를 수도 있다면 그와 맨 마지막에 영화를 보고 나온 '민'(그도 빨간 넥타이를 하고 있다)과의 관련성도 좀 수상해진다.

소설에서 여러 겹구조에 등장하는 반복은 우연을 가장한 치밀한 장치이다. 김용길 박사(그는 황해도 출신 외아들인 데다가 그림을 좋아한다는 점에서 독고민과 같은 특성을 지니고 있다)가 독고민의 시체를 발견한 벤치를 바라보며 "산 물건은 붙잡기가 힘들다. 더구나 사람은"(p.338) 하고 독백할 때, 그것은 그가 아직 독고민의 죽음을 보고받지 못했을지라도 간밤에 그와 유사한 어떤 꿈을 꾸었거나 그와 비슷한 '자기 분열'의 상태에 있었다는 증거가 된다. 게다가 독고민은 4·19 때 죽은 간호부장의 아들과 비슷한 느낌을 주었다가, 그 뒤에 두 개의 겹을 열면 영화를 보는 관객인 '민'으로 환생한 것처럼 여겨질 정도로 그는 시공을 초월해 있다. 이쯤 되면 이것은 전생前生의 이야기와 다를 것이 없고 모든 사람들의 내부에는 '독고민'이 들어 있다고 말할 수 있을 정도가 된다. 게다가 시사회 해설자는 독고민의 죽음이 고고학적으로 '어느 도시의 전모'를 보여주고 '우리의 십자가'가 된다고 말함으로써, 우리 모두와 무관한 일이 아니라는 것을 설명한다. 이런 점에서 김용길 박사와 그의 조수, 그리고 간호부장의 마음을 독고민의 꿈으로 만든 이야기가 「구운몽」이 될 가능성은 더욱 많아진다.

그렇다면 '고고학 입문 시리즈' 가운데 한 편인 이 영화는 바로 우리들의 이야기가 된다. 다만 그것은 지루해지기 쉬운 내용이기 때문에 서스펜스 효과와 급격한 장면 전환 등 많은 영화적 기법을 사용하며 효과를 살리고 있을 뿐이다. 달아나거나 뒤쫓는 수많은 발소리들, 확성기 소리, 그리고 총성. 또한 그와 함께 클로즈업되는, 탐조등 불빛에 눈을 가리는 독고민의 얼굴. 우리는 그런 것들을 상상해보는 것만으로도 이 소설의 내용을 다 알게 된 듯한 생각이 든다. 하지만 그 내용에 좀더 깊이 들어가면 곧바로 수많은 미로와 수수께끼를 만나게 된다. 독고민이 '숙'의 편지를 받고 그녀를 만나러 나갔다가 아무런 관련도 없는 시인과 은행원과 발레리나 들에게 쫓기고, 또 혁명군 수령이 되어 정부군에게 쫓기는 내용은 그것이 꿈인 줄 알면서도 너무 갑작스러워 당황스러워진다.

그런데 그런 것조차 하나의 효과라는 것을 알게 될 때 계속되는 반복에 작은 전율조차 느끼게 되고 거기서 의미가 바뀌는 것까지 파악하게 된다. 독고민이 사람들에게 쫓겨 어느 집 담벼락에 바싹 등을 기대고 서 있다가, 함정에 빠지듯 훌렁 나자빠져, 갑자기 발레리나들이 연습하는 넓은 홀에 들어가거나, 또 간수가 눈에서 불똥이 튀게 그의 뺨을 후려갈기며 그를 감방에 처넣자, 갑자기 담배연기 자욱한 술집에 들어서게 되는 적도 있는데, 그 장면에서 우리는 이제 어느 것이 길이고 함정인지 또 어느 것이 꿈이고 현실인지 구분하지 못하는 독고민이 된다. 끝없이 달아나는 독고민. 또 달아나면 달아날수록 더 많이 쫓아오는 사람들. 물론 그것은 꿈이 꿈을 부르는 구조로 꿈속의 꿈인지, 또 그 꿈속의 꿈인지 모를 상태에서 꿈에서 깨어나지 않는 공포를 안겨준다. 하지만 아무리 꿈일지라도 하나의 일관된 이야기를 원하는 독자들에게 그것은 너무 가혹하다. 그러나 생각해보라. 어떤 내용들이 자꾸 반복되면서 현실과 꿈의 경계가 무너져, 꿈이 현실 같고 현실이 꿈 같다가, 마침내 완전히 현실로 자리 잡게 되는 그 방식은, 좀 불친절하기는 하지만 작가에 의해 의도된 것이고, 다양한 해석을 가능하게 하는 특수한 장치임에 틀림없다.

현실의 복잡함과 부조리를 드러내자면 그에 맞는 형식이 필요하다. 우리는 그런 내용을 직접적으로 다룬 글보다는 카프카나 베케트가 이루어놓은 문학적 형식에서 더 많은 것들을 느낀다. 더욱이 군사정권 시대에 검열자의 눈을 속일 수 있는 적절한 장치가 없으면 그런 내용은 발표조차 힘들었다. 그 정도로 작가가 느끼는 시대적 상황은 막막했고, '현실의 어이없음에 맞먹는 표현형식'을 찾아내기는 어려웠다. 아무리 사실주의적 규칙을 벗어던져도 그 혼돈과 당혹감을 제대로 표현했다는 생각이 들지 않았던 것이다. 물론 '최루탄이 눈에 박힌 김주열의 사진' 하나가 혁명을 가능하게 하듯, 작가는 불행한 독고민의 죽음을 하나의 이미지로 만들어 당대에 대한 비판과 고발을 담고자 했다. 하지만 그의 실험적 형식들은 당대에 이해받지 못했다. 그것은 작가가 너무 앞서 갔기 때문이지만 비평가들이 완고하게 정형된 틀을 요구했기 때문이기도 하다. 작가가 직접 자신의 '소설론'을 펼쳐 보여도 한번 닫힌 비평가들의 귀는 열리지 않았고, 아무리 완곡하게 자신의 작업이 〈리얼리티 = 구상〉이 아니라 〈리얼리티 = 구상 혹은 추상〉이다. 구상과 추상은 가치의 높낮음이 아니라, 방법의 '차이'인 것이다"라고 말하며, 자신의 작업을 '추상적 리얼리즘'이라고 이름을 붙여도, 리얼리즘을 옹호하는 일부 비평가들은 그것을 거들떠보지도 않았다. 그들은 그 이후에 보르헤스나 마르케스의 마술적 리얼리즘에 깊이 빠져들면서도 그 이전에 이룩한 최인훈의 독특한 리얼리즘 정신은 이해하려고 하지도 않은 것이다.

「구운몽」은 실험적 소설이지만 현실 비판에 초점을 맞추고 있다. 만약 이데올로기 틀 속에 갇힌 자의 절망을 읽고 그 틀 밖에서 다시 그것을 사유한다면, 이제 그 틀에 대한 인식마저도 가능해진다. 비인과적 플롯과 상황들의 반복도 단순한 무질서가 아니라 그 틀을 인식하기 위한 중요한 장치이다. 그리고 몇 겹의 액자들을 조심스럽게 들춰내면 그것의 밑그림이 드러난다. 그런데 그 해독의 열쇠는 몇 겹의 액자 속에 숨겨져 있다. 물론 작가의 의도대로 우리가 따라야 할 이유도 없고, 짐짓 남의 이야기인 척 딴전을 피우며 어느 구석에 숨어 나오지 않는 작가를 의지할 필요도 없다. 하지만 시체를 만진 듯 섬뜩한 공포가 느껴졌다면 이미 상황은 반쯤 밝혀진 것이기에, 그때부터 독자는 그것을 자기 이야기로 끌어들여 새 이야기를 꾸며보는 것도 괜찮은 일이다. 그것은 어떤 비평가의 말마따나 "〈나〉와 남들 사이의, 〈나〉와 집단 사이의 가해와 피해의 관계를 어느 한 시대의 불행한 사태로만 한정시키지 아니하고, 인간 일반의 숙명적 조건으로서 파악"[2]한 것이기 때문이다. 아무리 실험적인 글일지라도 '인간 일반의 숙명적 조건'을 지니고 있지 못하면 삶과 무관한 이야기가 되고 만다. 「구운몽」이 4·19와 5·16의 이야기로 끝나지 않고 10월유신과 긴급조치와 계엄령 등의 문제로 이어지고, 현재의 관점에서 보자면 광주민주화항쟁과 6월항쟁의 뿌리를 만나게 한다는 점에서, 그것은 한 개인은 물론 사회 전체의 '억압된 무의식'을 보여준 소설이 된다. 20세기를 가로질러 온 사람들이라면 누구나 겪었을 이런 공포. 어느 시대건 가해와 피해의 역사는 존재하고, 새로운 방식의 억압은 더 교묘하게 진행된다. 현재 우리가 민주화 시대를 산다지만 출구 없는 미로의 의식은 더 확산되고 있다. 그래도 우리 공통의 억압된 무의식에 대한 이 증언을 읽어낼 때 닫힌 미로의 문을 열 수 있는 가능성은 그만큼 많아진다.

---

2) 천이두, 「나와 남들의 관계」, 『현대한국문학전집 16—최인훈집』, 신구문화사, 1967, p.531.

3. 사랑으로 부활은 가능한가?

최인훈은 「가면고」에서 빙하기에서도 살아남을 사랑을 꿈꾼다. 『광장』에서는 이데올로기보다 더 숭고한 사랑 속에 빠져든다. 그런데 「구운몽」에서 보여주는 것은 '빙하기의 도시'에서 얼어 죽은 사람의 사랑 이야기다. 처음부터 잘못 시작한 만남이라서 아무리 절박하게 매달려도 결과는 비참하게 끝날 수밖에 없었지만 그래도 포기하지 않고 끝까지 가본 사랑이기에 더욱 값지게 느껴지는 그런 이야기다. 그것은 열정만으로 덤벼든 혁명의 결과와도 같았다. 그런 사랑에 목숨 거는 사람의 이야기는 아직 지층에 묻혀 있지만 우리의 삶이 혁명에의 소망으로 바뀔 때 더욱 빛난다.

독고민이 사랑을 찾아다닌다지만 전체적으로 소설에는 사랑이 이루어질 배경조차 갖추어지지 않았다. 고작 '혁명군 방송'이 "연인이여. 그래도 나는 그대를 사랑한다. 자유 만세. 공화국 만세" (pp.286~87)라고 부를 뿐이다. 하지만 거기에는 어떤 준비도 되어 있지 않았기 때문에 그 소리조차 암울한 분위기를 더욱 돋보이게 하고, 그곳이 더 황량하게 보이도록 할 뿐이었다. 또한 아무리 그들이 '우리들의 찬란한 옛날' '우리들의 황금시대'를 되뇐다고 해도 독고민의 과거를 돌아볼 때 그것은 한낱 지나간 백일몽일 따름이지 사랑이 아니었다.

이 소설에 늙은 댄서나 간호부장의 모성애적 사랑을 빼고는 사랑이 없다. 하지만 사랑의 가능성은 널려 있다. '왼쪽 볼에 까만 점'은 그가 찾고 있는 여인인 '숙'의 상징으로서 그가 사랑할 만한 대상이 그렇게 많다는 표현이기도 하다. 노란 스웨터를 입은 젊은 여자, 발레리나인 미라, 술집 여급인 에레나, 늙은 댄서에서 바뀐 젊은 혁명대원, 견습 간호부, 영화를 보는 민의 애인, '잊어버리지 않는 죄'를 지닌 청년의 사진 속 여자 등 그와 맺어질 가능성을 지닌 사람들이다. 하지만 그들은 그에 대한 욕망을 지니고 있을 뿐, 그것을 사랑으로 바꿔낼 만한 준비를 갖추고 있지 못했다. 그들이 위기에 빠진 그를 구하고, 심지어 총살당한 그를 살려내기도 하지만, 다른 한편에서는 그를 살려낸 늙은 댄서가 젊어지자 또다시 그를 욕망하여 사지死地에 내몰듯 아직 그들은 구원의 사랑에 이르지는 못한다. 예컨대 늙은 댄서에서 혁명 여전사가 된 젊은 여인은 망명을 떠나는 그를 보고 "오늘밤 이 수줍은 애인을 데리고 자줘야지"라고 생각하거나, 혹은 "그녀는 수컷을 사로잡은 암호랑이처럼 자랑스러웠다"(p.337)라고 표현되는데, 그런 장면에서 그녀는 독고민을 구하지 못한 채 다음 날 주검으로 발견되게 만드는 역할을 하게 된다. 그것은 '잠옷 입은 숙'이 혁명 상황에서도 자신의 이익과 관능만 탐할 뿐, 광장에서 그를 부인했기에 벌어진 일과 크게 다르지 않다. 그것을 확대시켜 말하자면 민중조차도 혁명군을 배반했기에 혁명은 실패로 돌아간 것이다. 그래서 빨간 넥타이는 다시 누구를 사랑하고, 혁명 세력을 규합하는 일은 거의 불가능하다고 절규한다. 하지만, 감사역은 그런 그를 감싸주면서 대답한다.

그러나 생각해보십시오. 사랑이란 먼 것입니다. 사랑이란 아픈 것입니다. 어두운 것입니다. 그리고 젊은 동지여. 당신은 그들의 배반이 당신에게 상처를 주었다고 생각합니다. 당신의 자존심을 다쳤다고 합니다. 그러나 생각해보십시오. 지금부터 2,000년 전에, 신神의 아들조차도 그들에게 버림받았던 것입니다. 기억하십시오. 신의 아들조차 버림받았던 것입니다. 신의 사랑을 마다한 사람들이, 인간의 사랑을 마다한다고 당신은 노여워합니까? 〔……〕 벗이여 사랑은 멀고 오랜 것입니다. 사랑은 어둡고 죄악에 찬 것입니다. 당신의 입술에 미움의 말을 담아서는 안 됩니다. 미움은 가장 아름다운 마음도 썩히고 마는 독입니다. 선을 행하기 위해서도 증오해서는 안 됩니다. 우리가 실패한 것은 어쩌면 우리가 너무 미워한 탓인지도 모르지요. 비록 자유를 위한 증오였더라도. (p.329)

사랑은 이루기 어려운 꿈이지만 어떤 절망 속에서도 포기할 수 없는 것이다. 신마저도 배반한 인간이 다른 인간들을 배반하기는 식은 죽 먹기지만, 그렇다고 인간에 대한 증오만 갖는다고 되는 일은 없다. 먼저 될 일을 되게 하려면, 아무리 인간이 신의 사생아이고, 무수히 배반하더라도 끝까지 사랑해야 한다. 사랑할 사람이 없어도 사랑해야 한다. 실패한 혁명군의 강령. 사랑은 시간을 기다리고 혁명은 사랑을 기다려야 한다. 그래야 후일을 도모할 수 있다. "사랑하는 것 말고는, 신에게로 이르는 딴 길이 없는 걸 어떡합니까? 그들이 싫대도 사랑해야 합니다"(p.330). 이런 사랑만이 혁명을 가능하게 한다.

사랑의 힘은 아직도 위대하다. 그것이 하루아침에 이루어지지는 않지만, 언젠가 이 빙하기의 영화를 감상한 젊은이들이 극장을 나설 때 맞이할 그 봄날을 위해, 이 영화는 그런 사랑을 기다리며 만들어졌다. 그때 그날은 눈부실 게다. 젊은이들의 사랑이 꽃처럼, 연등처럼 피어날 것이므로. '빨간 넥타이'를 맨 민과 '왼쪽 볼에 까만 점'이 있는 여인의 격정적인 입맞춤은 그들의 사랑이 곧 돌아오리라는 사실을 새삼스럽게 확인시켜준다. 이 소설은 그렇듯 미래의 독자들에게 열려 있다.

4. 「구운몽」의 현재성

「구운몽」은 실패한 혁명의 이야기이지만 여덟 겹 꿈속에서 사랑을 찾아내는 사랑의 이야기이기도 하다. 거기서 사랑을 찾아내지 못한 사람들은 황량한 벌판에 내몰리지만, 그래도 책장을 덮은 뒤 사랑의 소중함을 새삼스럽게 기억한다. 그리고 사랑하지 않을 수 없는 '빨간 넥타이'가 되어 있는 자신을 발견하게 된다. 아무리 쫓아가도 신기루처럼 멀어지는 사랑. 그래도 쫓아가지 않을 수 없는 사랑. 그것을 잡았다고 생각한 순간 그것은 더 멀리 사라져 잡을 수 없지만, 사랑마저 없으면 이 세상은 어떻게 되겠는가? 그래서 우리는 아무리 배반당해도 사랑해야 하며, 또다시 혁명의 불길을 지펴야 한다. 「구운몽」에서 이런 것들을 읽어내면서 우리 시대의 사랑과 혁명을 생각해본다. 놀람과 충격, 그리고 공포 속에서 죽어간 독고민의 이미지는 결국 깊은 미로 속에서 길을 잃은 사랑의 모습이지만, 그런 이미지 때문에 다시금 준비하는 '사랑의 혁명군'은 오늘도 지하에서 우리 사회에 사랑을 실현할 그날을 기다리고 있다. 그것은 부처님의 경전에서나 봄직한 '거룩한' 사랑이지만 결코 포기할 수 없는 사랑이기도 하다.

나는 이 책을 덮으면서, 지금 방금 붓을 놓고 떠난 그림을 보는 것과 같은 작가의 온기를 느낀다. 「구운몽」에는 그런 절절한 현재성이 담겨 있다. 45년 전에 쓴 이야기가 아직도 감동으로 다가오는 것은, 전에 내가 '『광장』 발간 40주년 기념 한정본'에서 해설한 것처럼, 바로 지금, 우리가 출구 없는 미로에 갇혀 있기 때문이다. 그것은 정말 『광장』을 읽었을 때 느낀 실감과 비슷하다. 그것들은 너무 다름에도 불구하고 같은 정신을 추구하고, 같은 사랑에 매달렸기 때문에 그와 같은 효과를 지니게 되었다. 발표한 시기로 따지자면 1년 5개월의 짧은 기간에, 『광장』에서 「구운몽」으로, 그토록 다른 소설을 쓴 작가에게 경의를 표한다. 물론 그것은 5·16 직후에 쓴 단편소설 「수囚」에서부터 방향을 잡은 것이겠지만, "나는 사랑한다"로 시작해서 "나는 갇혔다"로 끝나는 그 소설이 변해, 이렇듯 폭넓고 깊이 있는 인간의 내면을 보여주게 되었다는 사실이 경이롭다. 아직도 이상의 「날개」와 「수囚」의 느낌이 그대로 「구운몽」에도 살아 있다. 최인훈은 우리의 실험적 소설의 전통을 이어받으면서, 사회의식은 물론 인간의 내부세계의 폭넓음마저 보여준 전인미답의 금자탑을 세우게 된다. 그것은 바로 「구운몽」으로부터 시작하는 최인훈만의 문학적 세계다. 아무리 퍼올려도 마르

지 않는 우물 같은 깊이가 그의 소설에 있다. 그리하여 앞으로도
무수히 많은 독자들은 기꺼이 그 우물에서 자기만의 우물물을 길
어올릴 것이다.

〔2005〕

'광장,' 탈주의 정치학[1]

이광호
(문학평론가)

왜 여전히 『광장』인가? 『광장』은 하나의 뜨거운 역사이다. 분단
상황을 외면하고 한국 현대사를 성찰할 수 없다면, 『광장』과 같은
문제의식의 규모와 치열성을 보유한 한국문학은 아직 태어나지 않

---

[1] 『광장』의 7판(2010.5.7.발행)에서 작가는 또 한 번의 문제적인 개작을 감행한다. 이 개
   작의 핵심은 정치보위부원으로 다시 남한에 가게 된 이명준이 남한 시절의 친구였던 태
   식을 반공첩보 혐의로 취조하고 폭력을 휘두르고, 태식의 아내가 된 옛 연인 은혜를 능
   욕하는 장면이 포로수용소에서 꾸게 되는 악몽으로 바뀐 것이다. 이에 대해서는 김병익
   의 「텍스트의 진화와 의미의 확장」(『문학과사회』 2010년 가을호)이라는 비평이 자세하
   게 그 의의를 밝혀주고 있다: "이 수정을 통해 주인공의 개성을 보다 확연히 만들고 시대
   와 상황의 고통스러움을 보편적인 정황으로 확장하면서 '이 깰 수 없는 꿈'으로부터 벗어
   나기 위해, 그의 제3의 선택, 그리하여 바다의 투신으로까지 나아가는 그의 앞으로의 운
   명의 궤도에 그 필연성을 명확히 해주는 성과를 새로이 길어낸 것이다." 이 분석에 동의
   하면서, 이 해설의 논지와 관련하여 다음과 같이 덧붙일 수 있다. 포로수용소에서의 이
   명준의 폭력에 대한 악몽은 소설의 후반부에 드러나는 이명준의 의식의 탈각, 그리고 육
   체의 투신이라는 서사적 흐름을 강화한다고 할 수 있다. 이 소설이 투철한 자아의 서사
   이면서, 자아라는 관념에 대한 근원적인 회의의 서사, '탈존'의 서사라고 한다면, 이 개
   작은 이명준의 창조적 혼돈의 내면 과정을 보다 선명하게 만든다고 볼 수 있다.

았다고 할 수 있다. 국가와 개인의 관계에서 진정한 '광장'을 발견하기 힘들었던 이명준의 고뇌는, 외세에 의한 해방과 단독정부 수립, 6·25전쟁, 분단체제의 심화로 이어지는 한국 현대사의 태생적 질곡과 구조적으로 일치한다. 『광장』을 통해 표현된 작가 최인훈의 역사에 대한 서늘한 직관은 아직 유효하다. 그것은 『광장』에 대한 축복이면서, 한국 현대사의 불행이기도 하다. 그런데 『광장』의 위대성은, 그것이 단지 분단 현실에 대한 의미 있는 문학적 증언이기 때문만이 아니다. 『광장』은 완료형으로서의 역사를 기술하기보다는 역사의 고고학적 심층을 사유하고, '다른 역사'를 꿈꾸는 힘으로서의 정치적 상상력을 보여준다. 작가는 좋은 정치소설의 요건으로 "국민적 규모의 소설이면서 정치적 유토피아에의 개방성과 공상을 잃지 않는 소설의 공간"[2]을 제시하고 있는데, 『광장』을 떠받치고 있는 정치적 (무)의식과 상상력은 그 문제의식의 깊이와 열림에서 분단의 사유를 넘어서 있다.

이런 이유로, 『광장』이 역사에 대한 비관적 전망을 보여준다는 지적은 일면적인 것이다. 먼저 주인공의 행동양식만으로 소설의 정치적 상상력을 재단하는 오류를 말할 수 있다. 또한 이명준의 망명과 자살은 단순히 현실로부터의 좌절이나 도피를 의미하는 것이 아니라, 다른 역사와 다른 미래를 향한 상징적인 투신으로 볼 수 있다. 이명준의 상징적 선택이 보여주는 바의, 국토와 국가체제를 넘어서는 곳에서의 부재로서의 유토피아를 꿈꾸는 행위는,

---

2) 최인훈, 「이명준, 좌절과 고뇌의 회고」, 『광장』(발간 40주년 기념 한정본), 문학과지성사, 2001, p.64.

날카로운 정치적 상상력에 해당한다.

『광장』에 대한 리얼리즘 이론의 가장 상투적인 오해 중의 하나는, 그것이 '관념적'이라는 것이다. 물론 소설 『광장』에는 주인공 이명준의 사변이 직접적으로 진술되는 부분이 적지 않으며, 그것은 일종의 관념적 성찰을 동반한다. 분단시대를 온몸으로 관통한 한 젊은 지식인의 내적 의식이 서사적 동력이 되는 이 소설에서, 주인공이 관념의 틀로서 세계를 이해하는 것은 당연하다. 그러나 '관념 철학자의 달걀'이라고 명명되는 이명준의 관념성이 그대로 이 소설 전체의 관념성을 규정한다고 볼 수는 없다. 또한 이명준의 관념성에 대해서만 말한다 해도, 그것은 철저하게 자신의 실존적, 정치적 문제와 부딪친 사유의 결과이다. 작가의 말을 빌리면, "어떤 인간이 자기 인생의 문제를 가장 철저하게 해결하려 하면 할수록 그는 관념적이 된다."[3] 그것은 이명준이 자신에게 닥친 현실적 문제의 근원적 구조를 성찰하고 개인적 경험을 넘어서는 보편적인 문제의식을 발견해나가는 과정이다.

『광장』을 떠받치고 있는 가장 중요한 관념인 '광장/밀실'의 대위법 역시, 이러한 사유의 결과이다. 그는 남한과 북한의 정치현실을 경험하면서, "밀실과 광장이 갈라지던 날부터, 괴로움이 비롯했다. 그 속에 목숨을 묻고 싶은 광장을 끝내 찾지 못할 때, 사람은 어떻게 해야 하는가?"(p.92)라는 질문을 만들어낸다. 자신에게 부닥친 현실의 문제의 내적 구조를 사유하려는 인간에게 관념

---

3) 최인훈, 앞의 글, p.62.

적 성찰의 과정은 필연적이다. 이 소설에는 여러 가지 다양한 이항대립들, 이를테면 '현실/이념' '집단/개인' '여성/남성' '현실/이데올로기' '마음의 길/몸의 길'과 같은 추상적인 것들로부터, '남/북' '자유주의/공산주의' '국토/바다' '인간/짐승' '윤애/은혜'와 같은 상대적으로 구체적인 상호대립적인 이름의 쌍들이 존재한다. 이명준은 이 대립적인 이름들 사이에서 명명할 수 없는 진실을 찾아 끊임없이 탐색한다. 이 대립적 요소들 사이에서 부재하는 진실, 혹은 부재로서의 진실을 찾아가는 사유의 모험이 『광장』의 팽팽한 소설적 긴장을 만들어낸다.

이와 같은 관념들의 체계를 다른 방식으로 말하면 표상체계라고 말할 수도 있겠다. 표상체계는 세계를 말할 수 있는 것과 없는 것, 인식할 수 있는 것과 없는 것으로 분할하는 체계이다. 중요한 것은 『광장』의 소설적 모험이 이런 표상체계들의 틀 속에서 이루어지는 것이면서, 한편으로는 그 틀을 허물어가는 과정을 보여준다는 것이다.[4] 정신분석의 개념으로 말한다면, 이명준의 투쟁은 이 세계의 상징질서에 대한 싸움을 의미하는 것인데, 그가 결코 실재계에 도달할 수 없다는 측면에서 실패를 예정한 것이다. 그는 결코 세계를

---

4) 『광장』에서 이항대립의 구조를 적절하게 설명한 김욱동의 경우, 그 구조에 대한 이해의 적절성에도 불구하고, "최인훈은 '이것이냐 저것이냐'의 선택적 태도 대신에 '모두 둘 다'라는 포용적 태도를 취하거나 그렇지 않으면 '이것도 저것도'라는 배타적 태도를 취한다"라고 분석하는 것은 일면적이다. 『광장』은 '균형과 조화'를 모색하는 '회색'의 사유를 보여주는 것이 아니라, 그 이항대립의 틀 자체에 대한 근원적인 회의와 창조적인 혼돈을 심화시키는 과정을 드러낸다(김욱동, 『광장을 읽는 일곱 가지 방법』, 문학과지성사, 1996, p.385 참조).

구성하는 완강한 인식의 질서를 바꿀 수 없을지 모른다. 그러나 이 실패의 과정을 통해 그는 현실에 대한 이데올로기적 구성을 폭로한다. 상징계는 언제나 불충분하며, 언어의 세계와 사물의 세계는 결코 일치할 수 없다. 문제는 그 어긋남을 철저하게 살아내는 일이다. 『광장』은 한 지식인이 관념적 틀을 통해 현실의 문제를 극복하려는 치열한 사유의 궤적을 담고 있으면서, 그 사유의 끝 간 데서, 그 틀 자체를 허물고 창조적 혼돈에 진입하는 과정을 보여준다. 『광장』은 표상들과 이름들 사이에서 그 정치적 아이러니를 발견해나가면서, 그 관념의 단면들을 가로지르는 '횡단'의 모험을 감행한다.

이명준이 '밀실/광장'의 문제틀로서 '남/북'의 정치체제와 사회 현실을 비판하고 있다는 것은 주지의 사실이다. 그리고 그 비판의 예리함과 균형감각에 있어 『광장』이 이룬 성취 역시 기념비적인 것이다. 그러나 지금 이 시점에서 이런 측면만으로 『광장』의 현재성을 설명하기는 힘들다. 그 고뇌의 진정한 국면은 '밀실/광장'이 상호소통하는 이상적인 체제에 대한 좌절뿐만이 아니라, 이런 개념의 틀로서 인간과 현실이 다 설명되지 못한다는 것을 깨달아가는 자의 고뇌이다. '광장/밀실'의 경계는 평면적인 차원에 있는 것이 아니다. 최인훈은 이미 1961년판의 서문에서 "광장은 대중의 밀실이며 밀실은 개인의 광장이다"라는 의미심장한 선언을 한다. 이것은 '광장/밀실'의 이항대립이 사실은 '광장(밀실)/밀실(광장)'의 관계일 수 있다는 것을 암시한다. 표상과 관념의 체계에 대해 정밀하게 사유할수록, 사물의 질서와 언어의 질서의 간격에 대해 날카로워질수록, 이항대립의 체계는 정교해지면서 안으로부터 붕

괴된다. 그리하여 다시 그것이 '광장〔밀실(광장)〕/밀실〔광장(밀실)〕'의 관계로 보다 중층적인 것이 되어갈수록, 최초의 이항대립의 단순성은 무너지게 된다. 소설의 주인공이 이분법적 표상체계를 통해 세계에 대한 첫번째 질문을 만들었다면, 소설의 진행은 그 이항대립 항들이 상대의 요소를 내재하고 있다는 것을 깨닫게 한다. 그 대립적 요소들은 마주 보는 거울처럼 서로를 무한대로 비춘다. 이런 이항대립의 겹들의 깊이로 들어가게 될수록, 이항대립의 항들은 서로 자리를 바꾸어가며 무한반복된다. 그러니까 최초의 이항대립적 관념체계는 현실 속에서 끊임없이 유예된다.

이 작품에서 나타나는 체제에 대한 비판은 북한 사회가 '광장'만이 있다거나, 남한 사회가 '밀실'만이 보장되어 있다는 단순한 차원의 것이 아니다. 가령, 북한 사회에서 이명준이 본 것은, "혁명과 인민의 탈을 쓴 여전한 부르주아 사회. 스노브들의 활보"(p.140)이다. '남/북'의 사회현실은 '광장/밀실'의 대립과 일치하지 않는다. 이 점에 연관하여 이 소설에서 문제적인 인물은 이명준의 아버지 이형도와 친구 변태식이다. 아버지 이형도는 좌익 활동을 했던 혁명가이고, 변태식은 자신을 거두어준 아버지 친구의 아들로서 전형적인 부르주아 자유주의자이다. 월북해서 만난 아버지는 '민주주의민족통일전선' 중앙 선전 책임자라는 고위 직책을 가지고 있었지만, 모란봉 극장 가까운 적산집에서 이명준을 '도련님 받들듯이 하는 조선의 딸'과 살고 있다. "일류 코뮤니스트의 집에서, 중류 부르주아의 그것 같은 차분함이 도사리고 있는 바에야, 혁명의 싱싱한 서슬이 어디 있단 말일까"(p.131). 북한의 혁명가인 아버지는 더 이상 혁명가가 아니라, 부르주아 사회의 관료와 마찬가지의 삶을 살고 있었다. 이 정치적 아이러니는 이명준으로 하여금 심각한 혼란과 회의에 빠지게 만들고, 아버지라는 이름의 '역사'와 '이데올로기'의 허명을 깨닫는 순간, 이명준은 관념과 현실의 낙차를 다시 한 번 확인한다. 그것은 이명준으로 하여금 아버지의 이름에서 자신을 해방시키는 계기가 되기도 한다.

이 소설에서 또 하나의 중요한 대립적 요소를 이루는 것이 이명준의 '남한/북한'의 체험과 구체적으로 연관된 '윤애/은혜'라는 두 여성 캐릭터이다. 다소 상반된 이 두 여성의 캐릭터 때문에, 이들이 각기 상이한 관념을 표상한다는 가설 또한 가능할 수 있다. 그러나 반드시 이 두 여성 캐릭터가 대조적인 관념을 의미한다고 보기 힘들 뿐만 아니라, 이들은 모두 이명준의 '여성'에 대한 어떤 관념을 '배반'하는 인물이라는 측면에서 동일성을 공유한다. 윤애가 '순결콤플렉스' 때문에 자신과의 성적인 소통에 장애가 있었다면, 은혜는 온전히 자신을 받아주었음에도 불구하고 자신에게 거짓말을 하고 모스크바로 떠나는 배반감을 안겨준다. 이들의 배반은 그에게 여성이라는 이름에 대한 편견을 확인하는 계기이자 동시에 여성이라는 존재를 더욱 알 수 없게 만드는 경험이 된다.

『광장』에는 이명준이 여성에 대한 남성 중심적인 편견을 가지고 있다고 판단되는 부분이 여러 차례에 걸쳐 나온다. 이를테면 "사랑의 말에서는, 남자가 얼간이고 여자가 재치 있게 마련이었다. 남자가 고지식하고 여자가 교활하다는 말일까. 남자는 따지고 여자는 믿는다는 까닭에서일까"(p.151)와 같은 질문들이 등장한다.

"여자란 자기가 무엇인지를 알지 못하는 짐승 같다. 남들이 사랑하니까 사랑한다는 식의 허영을 그녀들의 지나가는 조잘거림에서 깨닫는 수가 적지 않다"(p.58)라는 여성에 대한 단정적인 표현도 등장한다. 그러나 이 문장은 다시 "50킬로 남짓한 그녀 자신의 뼈와 살로 이루어진, 한 마리 이름 모를 짐승이었다. 그것은 여자란 이름의 사람이 아니었다. 무어라 이름 붙일 수 없는 짐승이었다"(p.125)라는 진술로 변주된다. 여자가 자신이 누군지 모르는 짐승이라는 명제와, 여자는 무엇인지 알 수 없는 짐승이다,라는 명제는 다르다. '모른다'라는 것의 주어가 앞의 문장에서는 여자이고, 뒤의 문장에서는 이명준이다. 앞의 명제가 여성에 대한 이명준 특유의 편견과 관련된 것이라면, 뒤의 명제는 여성이 어떤 관념으로부터도 빠져나가는 텅 빈 존재라는 것을 암시한다. 이명준의 여성관은 이 둘 사이에서 흔들린다. 주목할 것은, '남성/여성'에 대한 이명준의 서사적 모험은 그 이름의 경계를 넘어서고 있다는 것이다. "남자는 씩씩해야 된다? 여자는 상냥스러워야 한다? 시시한 소리다. 아득한 옛날 수풀에서, 돌도끼로 짐승의 이마빡을 치던 때 얘기다. 씩씩하려야 씩씩할 거리가 없다. 어찌 보면 문화란 말은 턱없는 믿음의 범벅이다. 남자는 씩씩하다고들 한다. 이미 씩씩하다는 이야기는, 스포츠에서나 보이는 몸놀림의 깨끗함이라는 값밖에는 매길 수가 없는 시대에, 아직도 이런 믿음이 남아 있다. 남자들은 씩씩한 체하려고들 한다. 애인들 앞에서, 굳센 수컷의 맛을 보여주려고 애쓴다"(pp.90~91)와 같은 부분에서, 이명준은 '남성/여성'에 대한 이분법을 넘어서 '젠더'의 관점에서 '남성성/여성성'

408

의 구분이 '문화의 턱없는 믿음'에 불과하다는 자각을 한다. '남성/여성'의 상징체계는 성적 차이의 실재에 대한 실패한 상징화 방식이다. 여성에 대한 이명준의 이러한 모순적이고 복합적인 태도와 섹슈얼리티의 측면은 『광장』의 또 다른 문제적 요소이다.

이 소설에서 여성적 존재들이 다지 주인공의 성적 대상으로 의미화되는 것이 아니라, 그가 세계를 인식하고, 다른 삶의 가능성을 탐색하게 하는 계기로서 작동하고 있다. 여성적 존재를 통해 이명준은 관념의 체계와 이데올로기적 질서를 스스로 무너뜨리는 과정에 돌입하게 된다. 그것은 순결 콤플렉스라는 가부장적 상징체계의 내부에 있다고 볼 수 있는 윤애와 그보다는 더욱 활달한 모성적 존재로서의 은혜 모두에 해당한다. 몸의 거부와 소통, 여성적 존재에 대한 믿음과 배반의 과정 속에서, 이명준은 세계에 대한 살아 있는 실감과 절망의 시간에 도달한다. 그리고 이 주제는 『광장』의 또 하나의 중요한 주제인 몸의 존재론과 정치학에 연결된다.

『광장』의 섹슈얼리티와 연관해서 중요한 국면 중의 하나는 이른바 '몸의 길/마음의 길'에 관한 이명준의 관념이다. 이 소설은 한편으로 보면, 관념 철학자의 달걀로서의 이명준이 유물론적인 맥락에서의 '몸의 길'을 자각하게 되는 과정, '몸/마음'의 표상체계를 해체하게 되는 과정으로 이해할 수 있다. 처음에 관념 철학자 이명준의 세계에 대한 태도는, "철학의 탑 속에서 사람을 풍경처럼 바라보았다"(p.106)라는 문장으로 집약된다. 그는 다만 관념의 틀에서 사람을 '풍경'으로 이해하는 청년 지식인이었다. "자기라는 낱말 속에는 밥이며, 신발, 양말, 옷, 이불, 잠자리, 납부금,

담배, 우산······ 그런 물건이 들어 있지 않았다. 오히려 어떤 물건에서 그것들 모두를 빼버리고 남는 게 자기였다. 모든 것을 드러낸 다음까지, 덩그렇게 남는 의심할 수 없는 마지막 것. 관념 철학자의 달걀 이명준에게 뜻있고, 실속 있는 자기란 그런 것이다"(pp.73~74). 이명준에게 '자기'란 이렇게 주위의 타자들과의 관계나 사물들과는 상관없는 순수하고 절대적인 주체로서의 자기이다.

그러나 이런 '자기'에 대한 관념이 붕괴되기 시작하는 것은 그가 '몸의 길'을 경험하기 시작하면서부터이다. 그 첫번째 장면을 이루는 것은, 북한의 아버지로 인해 취조실에서 형사에게 구타당하는 장면에서부터이다. 그는 이 장면에서 "아, 이거구나, 혁명가들도 이런 식으로 당하는 모양이지. 그런 다짐조차 어렴풋이 떠오른다. 몸의 길은, 으뜸 잘 보이는 삶의 길이다. 아버지도? 처음, 아버지를 몸으로 느낀다"(p.77)라고 고백한다. 그는 형사의 구타를 통해서 혁명가의 몸과 아버지의 몸과 연결된 자신의 몸을 지각한다. 그것은 순수한 정신적 주체라는 관념으로서의 '자기'의 이데올로기가 변화되는 첫번째 계기가 된다.

이명준은 윤애와의 연애를 통해 몸의 진실에 도달한다. "그녀의 마음을 그동안 눈치 채지 못한 건 아니었지만, 그녀의 몸의 한군데를 내받은 지금에야 마음 놓고 믿을 수 있었다. 마음은 몸을 따른다. 몸이 없었던들, 무얼 가지고, 사람은 사람을 믿을 수 있을까. 눈에 보이지 않는 신을 보고지라는 소원이, 우상을 만들었다면, 보고 만질 수 없는 '사랑'을, 볼 수 있고 만질 수 있게 하고 싶은 외로움이, 사람의 몸을 만들어낸 것인지도 모른다"(p.100). 사랑이라는 보이지 않는 관념이 결국 육체라는 소통방식을 통해 실현된다는 것을 자각하면서, 이명준의 사유는 보다 더 몸의 길에 접근한다. 그러나 윤애에게 성적인 소통을 거부당했을 때, 이명준은 그녀에 대한 믿음을 접고 월북한다. 그래서 이명준에게 윤애는 거부당한 몸과 도망친 자신에 대한 일종의 죄의식으로 작동하며, "스스로 몸을 얽어오던 그리운 사람들의 사무치는 마음이 그리웠다. 마음이 몸이었다. 그는 꿈속의 윤애에게 말하는 것이었다. 윤애, 난 사랑했어. 방법이야 아무리 서툴렀을망정, 난 사랑했기 때문에 윤앨 버리고 도망한 거야"(p.119)라는 스스로의 고백을 불러온다. 그에게 '마음이 몸이었다'라는 명제는 점점 자명한 것이 되어간다.

은혜라는 모성적 존재를 통해 이명준의 몸의 소통은 거의 완벽한 차원에 진입한다. 그는 스스로에게 다음과 같이 선언한다. "이 여자를 죽도록 사랑하는 수컷이면 그만이다. 이 햇빛. 저 여름 풀. 뜨거운 땅. 네 개의 다리와 네 개의 팔이 굳세게 꼬인, 원시의 작은 광장"(p.174)에 그는 도달한 것이다. 특히 이명준은 은혜의 '다리'에 집착하는데, 그것이 가진 모성적 함의와 에로티시즘의 상징성은 절대적인 것이다. "이 다리를 위해서라면, 유럽과 아시아에 걸쳐 모든 소비에트를 팔기라도 하리라. 팔 수만 있다면. 세상에 태어나서 지금 이 자리에서 처음으로 진리의 벽을 더듬은 듯이 느꼈다. 그는 손을 뻗쳐 다리를 만져보았다. 이것이야말로 확실한 진리다. 이 매끄러운 닿음새. 따뜻함. 사랑스러운 튕김. 이것을 아니랄 수 있나. 모든 광장이 빈 터로 돌아가도 이 벽만은 남는다. 이 벽에 기대어 사람은, 새로운 해가 솟는 아침까지 풋잠을 잘 수 있다. 이 살아 있는 두 개의 기둥. 몸의 길은 몸이 안다"
(p.149). 여기서 다리의 페티시즘은 여성을 신체의 일부로 사물
화하는 차원에 머물지 않고, 이념과 관념으로부터 배반당한 존재
가 타자의 몸을 통해 '진리의 벽'을 만나게 되는 것을 의미한다.
그래서 이명준은 "순례자가 일생에 몇 번이고 성지를 찾아 의심을
죽이고 믿음을 다짐하듯이, 손에 닿고 만져지는 참에만 진리는 미
더웠다. 남자가 정말 믿을 수 있는 진리는, 한 여자의 몸뚱어리가
차지하는 부피쯤에 있는 것인가"(p.150)라고 단언한다. 은혜와의
육체적 소통은 이명준으로 하여금 에로티시즘적 차원에서의 유물
론에 도달하는 계기가 된다.

은혜라는 존재를 통해 몸의 길이 완성된 그 즈음, 은혜는 '풍성
한 거짓말'의 존재로 드러난다. 전쟁의 와중에서의 해후한 뒤, 동
굴에서의 처절한 육체적 소통은 그들에게 '마지막 광장'의 공간을
허락한다. "접은 지름 3미터의 반달꼴 광장. 이명준과 은혜가 서
로 가슴과 다리를 더듬고 얽으면서, 살아 있음을 다짐하는 마지막
광장"(p.175)이다. 이제 '광장/밀실'의 이항대립은 몸의 길의 절
정에서 완전하게 해체된다. 그들에게 동굴은 '밀실'이 아니라, 마
지막 '광장'의 의미였던 것. 동굴의 이미지가 가지는 '자궁'으로서
의 여성적 상징성을 상기한다면, 이 마지막 광장의 공간은, 생명
의 탄생의 자리이면서, 죽음의 자리이다. 이 최후의 광장에서 그
들이 도달한 절정의 순간은, 끝내 은혜의 죽음으로 소멸된다. 이
명준이 자신의 욕망으로 완전히 귀환할 때, 그것을 가능하게 해준
여성적 존재는 죽는다.

은혜의 죽음 이후, 이 소설의 하나의 시간 축을 이루는 바다 위 타고르호에서의 이명준의 의식은 착란의 상태로 접어든다. 몸의 길조차 은혜의 죽음으로 배반당한 상황에서 이명준의 자기의식은 근원적인 해체의 길에 가까워진다. 여기서 중요한 양상은 배와 바다 위에서 이명준이 보는 '환상'들이다. '자기를 따라오는 그림자'와 '갈매기'로 상징화된 이 환상들은 몸의 길 이후에 이명준이 만난 다른 차원의 '몸'이다. 그 몸은 자기와의 완벽한 소통을 이루었던 '그 몸'의 대체물로서의 환상이다. 그 환상의 몸이 그의 무의식으로부터 바다 위로 솟아오른 것이다. 작가가 집중적으로 개작한 이 마지막 부분에서 이명준의 자기 해체의 과정은 보다 명료해진다. 이명준에게 처음 그 환상의 몸들은 섬뜩하고 불길한 존재였으나, 그는 은혜와의 마지막 기억을 상기하면서, 그 존재가 누구인가를 깨닫게 된다.

큰 새와 꼬마 새는 바다를 향하여 미끄러지듯 내려오고 있다. 바다. 그녀들이 마음껏 날아다니는 광장을 명준은 처음 알아본다. 부채꼴 사북까지 뒷걸음질 친 그는 지금 핑그르 뒤로 돌아선다. 제정신이 든 눈에 비친 푸른 광장이 거기 있다.

자기가 무엇에 흘려 있음을 깨닫는다. 그 넉넉한 뱃길에 여태껏 알아보지 못하고, 숨바꼭질을 하고, 피하려 하고 총으로 쏘려고까지 한 일을 생각하면, 무엇에 씌웠던 게 틀림없다. 큰일 날 뻔했다. 큰 새 작은 새는 좋아서 미칠 듯이, 물속에 가라앉을 듯, 탁 스치고 지나가는가 하면, 되돌아오면서, 그렇다고 한다. 무덤을 이기고 온, 못 잊을 고운 각시들이, 손짓해 부른다. (p.208)

여기서 이명준의 의식은 완전히 들린 상태, '신내림'의 상태에 도달한다. 관념 철학자의 달걀 이명준은 이제 어디에도 없다. 착란의 상태에서 그는 갈매기에서 은혜와 자신의 딸을 본다. 이명준의 의식이 완전히 해체적인 지점에 도달했다는 것을 보여주는 이 부분에서 흥미로운 것은, '처음 알아본다' '제정신이 든 눈에 비친 푸른 광장' '홀려 있음을 깨닫는다' '무엇에 씌웠던 게 틀림없다'와 같은 문장들의 전도된 표현법이다. 이명준이 이 장면에서 갈매기를 은혜와 자신의 딸로 보는 것이야말로 착란임에도 불구하고, 이 문장들은 그것은 뒤집어져서 표현한다. 갈매기에서 은혜와 딸을 보는 것을 '제정신'으로 보고, 갈매기를 갈매기로 보거나, 그것을 불길한 존재로 보았던 것을 '무엇에 씌웠던 것'으로 설명한다.[5] 이 전도는 이명준의 의식이 도달한 최후의 지점이며, 그 지점은 이명준의 무의식이 어둠 속에서 귀환하는 장소이며, 의식의 완전한 죽음이 가까웠음을 암시하는 시간이다. "거울 속에 비친 남자는 활짝 웃고 있다"(p.209)라는 문장에서 드러난 것처럼, 이명준은 '거울 속의 남자'라는 익명적이고 비인칭적인 존재로 분열된다. 이명준은 마침내, 자기 자신에 대해 외재화된다.

그러나 이명준의 의식의 탈각, 그리고 육체의 투신은 다른 삶의 가능성과 연계되어 있다. 은혜의 성기를 '바다로 통하는 굴'이라고 표현하는 데서 명확해지는 것처럼, '바다'는 '동굴'이라는 최후의 광장을 넘어선 곳에 있는 '푸른 광장'이다. 동굴이 여성적 몸의 자

---

5) 졸고, 「몽유의 형식과 의식의 고고학」, 『환멸의 신화』, 민음사, 1995 참조.

궁을 의미한다면, 바다는 그보다 더욱 근원적인 차원의 모성적 공간이다. 그것은 최후의 광장 이후에 있는, 미래의 광장에 해당한다. 엄밀하게 말한다면, '사랑'이라는 관념 역시 이데올로기와 무관하지 않다. 사랑이라는 관념은 성적 차이의 실재가 결코 상징화될 수 없다는 사실을 은폐한다. '남성'과 '여성'의 완벽한 일치가 불가능하다는 것을 또한 은폐한다. 그럼에도 불구하고, 이명준의 사랑은 죽음에의 투신이라는 방식으로, 그 어긋남을 넘어서려 한다. 그는 이데올로기의 유령에 대항하여, 자신이 유령이 되는 것을 선택한다. 그 유령은 기존의 삶과 미지의 삶 사이에서 다른 생성의 시간을 살 것이다.

이명준의 탈주는 그가 남한에서 북한으로 망명했다거나, 전쟁이 끝난 후 다시 중립국으로의 망명을 선택했다거나, 결국 바다에 투신하여 죽음의 세계로 망명했다는 사건의 층위에만 해당되는 문제가 아니다. 『광장』의 탈주에는 이와는 또 다른 심층적 층위가 있다. 이명준은 관념 철학자의 달걀로서 자신의 삶과 정치적 문제를 해결하기 위해 치열하게 사유했으나, 그는 그 관념의 틀이 몸의 현실과 일치하지 않는 것을 계속적으로 경험한다. 그는, 여성적 존재를 통해 황홀한 몸의 길을 경험하게 되고, 관념과 이데올로기를 넘어서는 몸을 통한 사랑의 진리에 접근한다. 그러나 격렬하게 사랑하던 하나의 몸이 죽음에 직면하게 되었을 때, 그는 '자기'를 근원적으로 해체하는 다른 삶의 시간에 도달한다. 그것은 모든 사유와 관념의 중지이며, 자기 존재의 완전한 탈각이고, 동시에 다른 삶의 가능성에 대한 암시이기도 하다. 그래서 죽음 이후에도

'광장'을 둘러싼 이명준의 망명과 탈주는 지속될 수밖에 없다. 이명준의 유목은 한국문학사상 가장 기나긴 혁명의 과정에 속한다.

'광장/밀실' '사랑/이데올로기' '몸/마음'의 관념적 구조에 대한 이명준의 횡단적 모험은 이로써 탁월한 탈주의 정치성을 획득하게 된다. 정치가 결국 삶의 방식을 변화시키는 것에 관한 문제라면, 이명준의 탈주는 날카롭게 정치적인 것이다. 그래서 『광장』은 최고의 관념소설이면서, 최고의 탈관념소설이 되었다. 다른 방식으로 말한다면, 투철한 자아의 서사이면서, 자아라는 관념에 대한 근원적인 회의의 서사, '탈존'의 서사가 된다. 이명준의 정치적 유토피아는 남과 북의 국가체제 내에서는 성립될 수 없었고, 그 정치적 상상력의 끝에서 그는 '남/북'으로 표상되는 국가주의적 관념으로부터 탈주한다. 그는 자신을 상징적 질서에 종속시키는 과정에 저항하면서 자기 존재를 끊임없이 바꾼다. 이명준은 스스로의 바깥으로 나와서, 그 관념 철학자의 달걀로부터 나와서, 더 이상 존재하지 않는 것과 아직 존재하지 않는 것으로 나아간다. 이로써 그는 한국문학사에 가장 문제적인 망명자, 유목민, 그리고 '탈주기계'가 되었다. 4·19를 통해 『광장』이 극적으로 정치적, 미학적 '현대성'을 획득했다면, 주체화에 대한 근원적인 회의와 창조적인 혼돈의 모험을 통해 『광장』은 다시 '현대'를 넘어선다. 이것이 『광장』이라는 문학사적 사건이 분단시대의 기념비를 넘어서, 다른 미래에 닿는 이유이다.

〔2008〕